DUMONT

Berlin in den Jahren der Gründerzeit: Die kleine Henrietta verlebt ihre Kindheit in der Charité, wo der Vater als Krankenwärter arbeitet. An seiner Seite verbringt das neugierige Mädchen ihre Kindertage zwischen Präparaten und Reagenzgläsern. Je deutlicher jedoch Henriettas eigene Begabung zutage tritt, desto heftiger stößt sie an die Grenzen der Gesellschaft: Die Schranken von Herkunft und Geschlecht blockieren ihren Weg. Henrietta entschließt sich zum Versteckspiel und nimmt in Männerkleidern ein Medizinstudium auf. Doch sie kann nicht aus ihrer Haut – es kommt zum Skandal. So nimmt Henrietta den Kampf auf, sich in der Männerdomäne der Wissenschaft zu behaupten.

Martin Kluger wurde 1948 in Berlin geboren und lebt dort. Er studierte Anglistik und Linguistik und arbeitete als Werbetexter und literarischer Übersetzer (u. a. Malcolm Lowry, Donald Barthelme, John Fowles, Iris Murdoch, Aharon Appelfeld). Außerdem schreibt er Drehbücher für Film und Fernsehen. 1998 veröffentlichte er den Roman ›Die Verscheuchte‹, bei DuMont erschienen der Erzählungsband ›Der Koch, der nicht ganz richtig war‹ (2006) sowie seine Romane ›Abwesende Tiere‹ (2002), ›Die Gehilfin‹ (2006) und ›Der Vogel, der spazieren ging‹ (2008). Martin Kluger wurde 2008 mit dem Bremer Literaturpreis und dem Candide-Preis der Stadt Minden ausgezeichnet.

Martin Kluger

DIE GEHILFIN

Roman

DUMONT

Von Martin Kluger sind im DuMont Buchverlag außerdem erschienen:
Abwesende Tiere
Der Koch, der nicht ganz richtig war
Der Vogel, der spazieren ging

FSC
www.fsc.org
MIX
Papier aus verantwortungsvollen Quellen
FSC® C083411

April 2014

Umschlaggestaltung: Lübbeke Naumann Thoben, Köln
Umschlagmotive: © akg-images / Erich Lessing
Gesetzt aus der Dante
Druck und Verarbeitung: CPI books, Leck
Gedruckt auf säurefreiem und chlorfrei gebleichtem Papier
Printed in Germany
ISBN 978-3-8321-6275-7

www.dumont-buchverlag.de

Only the impossible lasts forever; with
time, it is made accessible.
Djuna Barnes, Nightwood

Für Maureen

Inhalt

Erstes Buch *Henrietta*

Zweites Buch *Henry*

Drittes Buch *Silhouette*

Erstes Buch

Henrietta

1 Darf ich diese Tür öffnen?

Henriettas Vater war Tischler, er besaß eine eigene kleine Werkstatt in der Langen Straße. Kein glücklicher Name für eine Straße, meinte er, sie ist am Ende so lang, daß kein Kunde zu mir findet. Doch die Leute wollten seine Stühle und Schränke, und besonders seine Tische, denn er stand in dem Ruf, einen Tisch für jeden Gebrauch und jeden Geschmack binnen eines Tages und einer Nacht anzufertigen. Warum warten?, dachten die Leute, wenn es in der Langen Straße so fix geht und auch nicht mehr kostet als bei Tischlern in kürzeren Straßen. Paul mußte sich gar nicht groß anstrengen, seine Hände arbeiteten wie von allein, und er sang dabei: ›Ist dein Herz noch ledig, schick es nach Venedig.‹ Sein Herz war aber nicht ledig, es gehörte Luise, der Zigeunerin aus dem Havelland. Luise war keine echte Zigeunerin, für so eine hätte Paul Mahlow auch keine Verwendung gehabt, aber sie hatte schwarze Augen und gekräuseltes schwarzes Haar, in dem sie rote und gelbe Bänder trug, und war von ihrer Familie verstoßen worden, wegen Träumerei, fortwährendem Singen und Aufmüpfigkeit. Der Dorfschullehrer hatte ihr schwiemelige Augen gemacht, und sie hatte ihn mit einem Buch erschlagen, wovon er nur allmählich genesen wollte, er fühlte sich in seiner Ehre gekränkt, Bücher waren ihm heilig. Luise wanderte also los und war tagelang von Wiesen und Nebel umgeben, bis sie irgendwann am Horizont das Häusermeer der Stadt sah. Auch wer das Meer noch nie gesehen hat und gar nichts davon weiß, verspürt Sehnsucht danach, will hin und hinein und nie mehr hinaus.

Luise ernährte sich ihren Hals als Korbmachergehilfin, aber der Korbmacher war unmusikalisch und setzte sie bald auf die Straße. Sie fand Arbeit als Bedienung in einer Eßhalle, da ging es so lärmend zu, daß ihre Lieder gar nicht gehört wurden und man sie in Ruhe ließ. Und in jeder freien Minute sang Luise mit den Leierkastenmännern in den Höfen und auf den Brücken, aus reiner Freude am Singen, was eigentlich verboten war, denn zum öffentlichen Singen brauchte man Lizenz vom Amt. Ein Blauer wollte sie an der Jannowitzbrücke in Gewahrsam nehmen, Luise riß sich los, glitt auf den regennassen Bohlen der Brücke aus und wäre um ein Haar von einem Pferdekarren überrollt worden, der eine Ladung Holz in die Lange Straße lieferte, vielleicht geradewegs zu Paul, aber das konnte sie nicht wissen, niemand weiß das.

Eines Wintermorgens schaute Paul von seiner Arbeit auf und sah die singende Luise im stockdunklen, verschneiten Hof der Werkstatt. Sie sang ›Ist dein Herz noch ledig, schick es nach Venedig‹, und Pauls lediges Herz machte sich postwendend auf den Weg zu ihr. Zwar hatte Paul seiner Mutter auf dem Sterbebett versprechen müssen, nie eine Rothaarige oder Schwarzhaarige zu heiraten oder, schlimmer noch, eine rothaarige oder schwarzhaarige Katholische, denn sie waren alle falsche Katzen, doch er konnte sein Herz nicht mehr aufhalten, es war schon unterwegs.

Paul und Luise gehen im Tiergarten spazieren, es ist Sonntag, Paul trägt Hut, den er lüftet und schwenkt, als der Kaiser mit seinen Kindern in der kaiserlichen Schlittenkutsche vorbeifährt, der Schnee fällt von den Bäumen, und Schnee bleibt an Luises Wimpern hängen. Schon den ganzen Nachmittag sucht Paul einen Baum, hinter dem er Luise vielleicht küssen könnte, jetzt ist, dem Kaiser sei Dank, ein Notfall eingetreten. Paul zieht Luise hinter einen Ahornbaum und haucht ihre Wimpern an, die Schneekrumen schmelzen und rutschen ihre Wangen hinab, es ist nicht weit zu ihrem Mund.

Vor dem ersten Kuß sagt Luise: Das wußte ich. Paul versteht nicht, wie sie etwas wissen kann, bevor es geschieht. Luise dreht und wendet einen Tannzapfen im letzten Licht des Tages, schau doch mal, es sind hundert kleine Tische. Paul sieht keine Tische an dem Zapfen. Hundert kleine Dächer, hundert kleine Dachziegel, hundert Schuhlöffel. Alles, was wir für neu halten und heutig, ist vielleicht immer schon dagewesen, sagt Luise, auch wir beide, es mischt sich, aber es ist immer das gleiche. Das sind ihre überkandidelten Gedanken, und Paul läßt sie ihr, so sind Frauen eben, sie müssen geheiratet werden.

Weil ihre Familie sie verstoßen hat, bringt Luise keine Aussteuer in die Ehe, dafür hat sie ein süßes Geheimnis. Als frisch Vermählte lassen sich Paul und Luise im Atelier Noack vor einem römischen Panorama photographieren, auf der Photographie ist das süße Geheimnis noch nicht zu sehen.

Paul, der in seiner Werkstatt unter der Hobelbank geschlafen hat, übernimmt die Wohnung der säumigen Zahler über der Werkstatt, zwei Zimmer und ein halbes, die säumigen Zahler ziehen ihren Karren durch den Regenmatsch der Langen Straße, irgendwann sind sie nur noch kleine Flecken am Horizont. Paul hat ihnen zwei Zuckerstangen gegeben, für einen Spiegel mit Entenornamenten. Paul zimmert Tisch, Spind, Schrank, Stühle und Bettstelle aus Mahagoni und eine Wiege aus Birke, er schnitzt einen Spielmann der Gardeinfanterie für seinen ersten Sohn, den er Wilhelm nennen will, aus Dankbarkeit für den Schnee und dafür, daß der Kaiser ihn nicht zum Krieg bestellt hat. Der nächste wird dann Paul heißen. Luise fegt singend die Späne zusammen, kocht, wäscht und schaut ihrem Mann aus den Augenwinkeln bei der Arbeit zu. Eines Nachts, als er von welkem Laub begleitet aus der Kutscherkneipe geweht kommt, überrascht sie ihn mit technischen Zeichnungen. Sie hat seine Handgriffe und Arbeitsschritte aus dem Kopf aufgezeichnet und numeriert. Sie hat eine Idee, wie Paul seine Kunst des Tischemachens verbessern, die Natur des Holzes wirksamer nutzen kann. Es ist alles im Holz, es ist alles schon da, du mußt es dir nur nutzbar machen, sagt sie. Paul ist müde und gereizt, in der Kneipe hat er beim Würfeln verloren, die Würfelaugen verfolgen ihn, ihm wird ganz schwindelig, als Luise ihm nun auch noch mit Zahlen kommt und vorschlägt, er möge den sechsten vor dem fünften Schritt machen. Paul zerreißt die Zeichnungen, sie streiten, Luise klaubt die Papierschnipsel vom Fußboden, Paul sperrt Luise aus, soll das Weibsbild im Hof beim Köter schlafen. Luise legt sich neben den Kettenhund, der sie aus Augenschlitzen beobachtet.

Weihnachten soll Wilhelm auf die Welt kommen, aber er will noch nicht, und Paul lädt die Hebamme zu Nüssen und Wein ein. Neujahr ist sie wieder da und läßt Paul und Luise wieder mit einer leeren Wiege zurück. Als Paul sie fünf Tage später holen will, weil Luise vor Schmerzen nicht aufhört zu schreien und ihr Gesicht blau anläuft, ist die Hebamme zu einer anderen Geburt unterwegs. Die Hebamme der Großen Frankfurter Straße ist unbekannt verzogen, ihre Nachbarn munkeln, sie erwarte selbst ein Kind, von unbekanntem Vater. Paul eilt zurück in die Lange Straße, spannt ein geliehenes Pferd und Wagen an und bringt die schreiende Luise in die Königliche Charité. Dort steht er nur im Weg, also geht er in die nächste Kneipe. Seine Havelländerin mit den wilden Augen und den überkandidelten Ideen wird das schon schaffen.

Die nächste Kneipe heißt Zum Siechen, hier stemmen Kranke und Medizinstudenten brüderlich vereint die Biere und singen im Chor: ›Das ist der Doktor Dieffenbach, der Doktor der Doktoren, er schneidet Arm und Beine ab, macht neue Nas und Ohren‹. Die Stimmung aus Todesnähe, Trotz und Traum ist ansteckend, es wird spät und später. Ein Bursche des Stabsarztes muß Paul aus der Kneipe holen, auf der Frauenabteilung kommen ihnen der junge *dujour*-Arzt und eine Diakonisse entgegen. ›Gestatten, von Leyden‹, sagt der junge Arzt, ›sie ist tot. Beileid.‹ ›Sie lebt‹, sagt die Diakonisse Mariechen Baltuttis, deren Oberlippe ein Milchbärtchen ziert, ›Glückwunsch.‹ Die Diakonisse öffnet ein Fenster. Die Nacht ist eiskalt und schwarzweiß, kein Sternbild ist zu sehen.

Im Schein der Blendlaterne und im Zustand der Biertrance nimmt Paul Abschied. Was kann ich tun, mein Herz, ich konnte nichts tun. Luises toter Mund ist weit aufgerissen. So kann Paul ihr nicht den letzten Kuß geben. Doktor von Leyden versucht, Luises Lippen zu schließen, es ist nicht leicht, schließlich muß er den Mund mit einem Riemen zubinden.

Aber das Kind lebte. Luises süßes Geheimnis, ihre letzte überkandidelte Idee bestand darin, daß es ein Mädchen war. Was nun, fragte Paul das Bierglas, das ihm ein Medizinstudent im Siechen unter die gerötete Nase gestellt hatte, was sollte er mit dem Wurm, ohne Frau? Der Medizinstudent, der Pauls Schmerz auf Pauls Rechnung teilte, verschaffte für eine Summe Geldes dem Wurm eine Amme auf der Frauenabteilung der Charité, es war die Herzogin von Polen oder Italien, jedenfalls eine hochgestellte Ausländerin oder ausländische Hochstaplerin, die unter falschem Namen ihr Kind geboren hatte und nur eines einzigen deutschen Wortes mächtig war: *warum?*

Es half nichts, irgendwann mußte Paul von seinem Tisch im Siechen aufstehen, wo man sich so rührend um ihn kümmerte und die Siechen ihre traurigen, trotzigen Geschichten erzählten, und unter den schneebeladenen, erinnerungsbeladenen Bäumen zum Amt laufen, das Wurm zu melden. An der Jannowitzbrücke schreckte ihn ein Affe aus seinen Gedanken an frühere Tage. Der Affe sprang von Passant zu Passant, erst jetzt bemerkte Paul, daß es ein Kind im Affenkostüm war, es wollte die Leute animieren, einen kleinen Jahrmarkt zu besuchen, der die Feiertage überdauert hatte. In einem verluderten Höllenloch zwischen zwei rußigen Häusern drehte sich im trüben Licht einer Gasfunzel das leere Pferdchenkarussell, die Bude bot bröcklige Brezeln und Zuckerwerk an, das löchrige Zelt verhieß eine Begegnung mit den heiligen drei Königen aus dem Morgenland, ein Pierrot balancierte über einem Häuflein schwärzlichen Schnees. Paul hielt den Affen am Ohr fest: bist du Junge oder Mädchen? Der Affe nahm seinen Kopf ab. Sag mir deinen Namen. Henrietta, sagte der Affe, aber man nennt mich Du-Nu-Wieda.

Geburtsurkunde
Vor dem unterzeichnenden Standesbeamten erschien heute, der Persönlichkeit nach durch Gesellenbrief anerkannt, der Tischler *Paul Mahlow*, wohnhaft zu Berlin Lange Straße 63, evangelischer Religion, und zeigte an, daß von der *Luise Mahlow* geborene *Wittig*, seiner Ehefrau (bei der Geburt verstorben), wohnhaft bei ihm, zu Berlin in der Charité am sechsten Januar des Jahres um sechs ein vier-

tel Uhr ein Kind weiblichen Geschlechts geboren worden sei, welches den Vornamen *Henrietta* erhalten habe.

Vorgelesen, genehmigt und unterschrieben: *Paul Mahlow.*
Der Standesbeamte
In Vertretung Bernicke

Die Geburtsurkunde fand Henrietta erst nach ihrem fünften Geburtstag, hinter dem Spiegel mit den Entenornamenten, dem einzigen Einrichtungsgegenstand, der Vater aus seiner Zeit als Ehemann und Tischler geblieben war. Da konnte sie schon lesen, das Lesen hatte sie mit einer Schnelligkeit erlernt, die sogar Geheimrat Virchow kurios vorkam. Die Milch der Amme, meinte Mariechen Baltuttis vielsagend, das war in Wahrheit die Milch der Herzogin Galeshka Moravioff, der Herzogin von Warschau. Aber niemand wußte Genaues, am wenigsten Henrietta. Es gab einen Sommer, da wollte Henrietta, auch Jette, Etta oder ›die kleine Mahlowsche‹ genannt, heim in die russische Provinz, dem Vaterland ihrer hochwohlgeborenen Amme. An Bücher kam sie kaum heran, sie lernte das Lesen, indem sie mit den Wörtern der Krankenblätter in der 1ten Medizinischen Klinik und der Pathologie spielte. Zeichen, Buchstaben, Wörter sprangen in ihren Kopf und blieben und gründeten Familien, sie brauchte sich gar nicht anzustrengen.

Luises Leichnam war verbrannt worden, selbst als Tote mochte ihre Familie nicht für sie sorgen, und Paul, den die ausländische Amme und sein eigener Kummer kosteten und der Gott, seine Kirchen und seine Friedhöfe verfluchte, vergrub das Holzkästchen mit der Asche an der Böschung der Jannowitzbrücke. Er markierte die Stelle mit dem Spielmann, den er für seinen ungeborenen Sohn geschnitzt hatte, aber nach der ersten Schneeschmelze war der Spielmann verschwunden.

Pauls geschickte Hände, die wie von allein gearbeitet hatten, wurden langsamer. Die Maschinen in den neuen Möbelfabriken arbeiteten schneller. Paul nahm Schlafburschen auf, die zur Miete in der Langen Straße beitrugen. Nächtelang wanderte er durch den Nebel, immer an der Spree entlang, immer bis zum Humboldthafen, bis er gegenüber die Laternenaugen der Charité sah und die anrührenden Stimmen der glücklichen Kranken aus dem Siechen hörte.

Wochenlang hobelte, hämmerte und feilte er an einem einzigen Eßtisch, den der Kunde längst vergessen hatte, dann zerhackte er ihn. Er verkaufte die Möbel, die er für sich und Luise und seinen ungeborenen Sohn gezimmert hatte. Er behielt nur den Spiegel mit den Entenornamenten, denn wenn er seine zappelige, laut lachende Tochter vor diesen Spiegel hielt, wurde sie ruhig und vertiefte sich in ihren eigenen Anblick. Sie lachte und lachte, das dumme Gör. Sie lachte an Ziehtagen, wenn Paul die billige, maschinell gefertigte Bettstelle aus erbärmlich gehobeltem Kienholz auf den Karren lud und sie durch die Stadt zu einer neuen Bleibe zogen, die noch finsterer und feuchter war als die vorige. Sie lachte, wenn sie mit den Nachbarskindern und deren Müttern am laufenden Meter Putzfransen fabrizierte, während Paul sich in der Möbelfabrik mit dem Vorarbeiter kloppte und in der Steingutfabrik, der Textilfabrik, der Bürstenfabrik in immer längere Dämmerzustände fiel und ein ums andere Mal entlassen wurde.

Dringend suchte er, um seine Lage zu bessern, eine neue Frau. Doch die schneidigen Mädchen, die in den Kneipen der Molkenstraße servierten, kamen ihm schnell auf die Schliche, wenn aus der Truhe für die schmutzige Wäsche dieses Lachen kam. Und die jungen romantischen Bonnen, die im Tiergarten die Kinderwagen ihrer Herrschaft schoben, sahen seinen schwimmenden Augen an, ahnten, spürten, rochen, daß er seinen Schwur schon getan, seine Liebe schon vergeben, verwirkt hatte. Wie eine Maus auf der Suche nach ihrem Mäuseloch umzirkelte er in immer kleiner werdenden Kreisen den Siechen. Hatte man ihm dort nicht zugehört und Verständnis für ihn aufgebracht und ihm geholfen? Er schlüpfte hinein und kam tagelang nicht wieder zum Vorschein. Otto Buss, der Vater der neuen Nachbarskinder in der Keibelstraße, mit denen Henrietta bis in die späte Nacht Knopflöcher nähte, machte Paul schließlich ausfindig und erlag ebenfalls dem Sirenengesang der Kranken und ihrer zukünftigen Ärzte, erst weitere zwei Tage später tauchten sie gemeinsam wieder auf. Paul schuldete dem Faktotum des Geheimrats Virchow achtunddreißig Helle und vierzig Kümmel, und das war sein Glück.

Endlich, dieses eine Mal, hatte sein Hang zu Bier und Zeitverlangsamung, dem er nach Luises Tod mehr und mehr anheimgefallen war, ein kleines Lächeln auf Fortunas Lippen gezaubert. Seine merkwürdig eingeschränkte, auf seine Mitverlorenen begrenzte, aber um so tiefere Menschlichkeit, sein unwillkürliches Gespür für die Zusammenhänge des Leidens, das er in den Kneipen der Stadt geschärft hatte, kamen ihm nun in der großen Krankenstadt zugute. Besonders in der Nebenabteilung der 1ten Medizinischen Klinik der Charité, Station der blutspukkenden Schwindsüchtigen, die das Personal nur schaudernd betrat, verstand er das Dahinschwinden, das Schnappen nach letzter Luft sofort als sein eigenes Dilemma, als Entbehrung und Entehrung, und sprach zu diesen Kranken wie ein alter Freund, wie ein Weggefährte. Und nachdem er für Geheimrat Virchows Faktotum Handlangerdienste im Wert von achtunddreißig Hellen und vierzig Kümmel verrichtet hatte, stellte ihn der große Mann höchstpersönlich als Krankenwärter ein, zu zwei Mark achtzig Pfennig Tageslohn.

Fortan trank er nur noch sonnabends, in der Molkenritze am Molkenmarkt, denn der Geheimrat hatte ihm den Siechen verboten und an seine neue Berufsehre appelliert: Du gehörst jetzt zur großen Familie der Charité, du hast jetzt eine Stellung in der Welt, Mahlow. Aber das Wurm blieb ihm lästig, es hing an ihm, hing an seiner Hand, immerfort griff es danach. Gewiß, er hatte sie lieb, sie war sein Fleisch und Blut, doch mehr noch Luises Fleisch und Blut, denn mit jedem Jahr sah Henrietta ihr ähnlicher und erinnerte ihn, und er dachte über den Tannzapfen nach und ihre Worte: Es mischt sich, aber es ist immer das gleiche. Und immer beobachtete sie ihn, die kleine Luise, forschte ihn aus mit ihren schwarzen, wenig vertrauenerweckenden Äffchenaugen, noch im Schlaf beobachtete sie ihn.

Die paar Pfennige, die das Wurm bei der Heimarbeit mit den Bussens verdiente, reichten kaum für die tägliche Mahlzeit, deren Zubereitung

Paul sowieso lästig war. Um sonnabends mehr in den Taschen klingen zu haben, sparte er schon am Pferdebus, marschierte lieber früh um sechs durch die halbe Stadt zur Arbeit, immer häufiger nun mit seiner lachenden Tochter, die er in den Winkeln der Krankenstadt versteckte und mit Suppe, Brei und Brot vom Tisch der Wärter versorgte. Bald fand er heraus, daß sie das Lachen auch lassen, sich in ein Nichts und Niemand, einen Gegenstand, eine Säule im Pathologiesaal verwandeln konnte, nur um in seiner Nähe zu sein, und Henrietta wurde zum blinden Passagier. Bis Mariechen Baltuttis den kleinen Hutständer mit den großen Augen in der Wärterkemenate entdeckte und Dr. von Leyden rief, den schweigenden Zeugen der Geburtsmordnacht, der den Direktor Geheimrat Spinola rief, den Henrietta mit ›Herr Spinatrat‹ anredete. Diese Betitelung fand Geheimrat Virchow, der heimliche König der Charité, der mit Spinola gar nicht konnte, so lustig, daß er Henrietta vom blinden Passagier zum augenzwinkernd geduldeten Maskottchen beförderte. Aber bitte an der kurzen Leine, Mahlow. Paul wußte nicht recht, was er davon halten sollte, daß seine Tochter ihn nun mit Duldung von ganz oben verfolgen und beobachten durfte.

Zentimeter um Zentimeter machte Henrietta die Leine länger, die Erwachsenen bemerkten es nicht einmal. Die riesige, rotsteinerne Krankenstadt, die Hallen und Säle, die endlosen Flure, die Verliese und Dachausgucke wurden ihr Palast, die *dujour*-Ärzte ihr Hofstaat, und sie lernte Brocken der Palastsprache, die eine geheime Sprache war. Beweis, beweisen, wo ist der Beweis, ist das bewiesen? lauteten die Parolen im Palast, die Kranken verstanden bloß Bahnhof. Henriettas Neugier und Schaulust waren größer als ihr Hunger, sie verzichtete lieber auf Backpflaumen als auf Kehlkopfspiegelungen, Beinamputationen, Abortausräumungen, und am aufregendsten war der Pathologiesaal, wo Geheimrat Virchow unter einer längst stehen gebliebenen Uhr, von der die Ziffern fielen, seinen Studenten erklärte, warum die nackten Toten tot waren. Die Zellen waren schuld, die Zeit und die Zelle, erklärte er. *Vulnerant omnes, ultima necat* lautete die Inschrift im morschen Holz der Uhr, doch wollte keiner Henrietta die Bedeutung übersetzen, selbst als sie beweisen konnte, daß sie in der Lage war, die Buchstaben laut zu lesen, jeden einzelnen für sich, e und c und a, ein Vogel hätte nicht klarer gepiepst.

Virchow untersuchte ihren Kopf (die Schädelform läßt auf Begabung schließen, sagte er und schrieb es in ein Heft), schenkte ihr einen Tuschkasten, den sie stets bei sich trug und der nachts ihr Kopfkissen war. Sie durfte Geheimrat Virchow sogar Onkel Rudi nennen, taufte ihn bei sich Zellenzwerg, aber es war ihr nicht gestattet, durch eines seiner Mikroskope die kranken Zellen zu betrachten, die es nicht gab, die er sich ausgedacht hatte wie Vater den schwarzen Hund, der ihn neuerdings von der Molkenritze nach Hause verfolgte. Sie fand es heraus, als sie einen heimlichen Blick durchs Okular wagte: nichts, nix, nischte. Die Doktoren und Professoren der Charité untersuchten das Nichts. Sie sprach mit niemandem darüber, es blieb ihr Geheimnis. Unheimlich auch das Zimmer, in dem Onkel Rudi viel verschwand, um zu schreiben und nachzudenken, Eintritt verboten.

›Na, kleine Parze, wie war's in der Schule?‹ sagte Onkel Rudi. Sie ging jetzt mit dem Nachbarmädchen Anna Buss in die Volksschule, das hieß: Anna trottete müde und mißmutig, Henrietta mit ihren langen Beinen machte lange Schritte, denn sie liebte die Schule, Tafel, Kreide, Fibel, sie malte sich einen Trichter aus, durch den alles Wissen der Welt in ihren Kopf geschüttet werden sollte, und jeden Morgen wurde der Trichter breiter. Im Nu lernte sie schreiben, der Lehrer wollte nicht glauben, was er sah, stellte sie zur Strafe in die Ecke, wo sie leise lachte, dafür zog er ihr das Lineal über die Finger, die anderen Kinder hatten ihre Freude.

›Darf ich diese Tür öffnen?‹ fragte Henrietta. Sie stand vor Onkel Rudis Arbeitszimmer, er wollte gerade hineingehen. Er nahm seine Nikkelbrille ab und behauchte die Gläser.

›Besser mit mir als allein und heimlich‹, seufzte er.

Es war die Schatzkammer des Palasts. Hängende und stehende und sitzende Skelette, ja sogar eines, das leicht vorgebeugt und grinsend seinen Fuß auf einen Hocker mit Papieren stellte, Totenschädel aller

Größen und Formen, Knochen über Knochen, ein Paradies für die Köter der Keibelstraße wäre es gewesen, aber König Virchow nannte es sein Menschenmuseum zum Wohle der Menschheit, seine Schatzkammer des Wissens. Wenn im Palast von der Menschheit gesprochen wurde, waren immer die anderen gemeint, das hatte Henrietta herausgefunden, die Habenden. Aber sogar die endeten als Hundeknochen. Und dann die riesigen Einweckgläser, in denen keine geklauten Birnen aus Köpenick schwammen, sondern tote Säuglinge mit zwei kirschkleinen Köpfen oder vier Augen oder gar keinem Auge, und ganz hinten das Glas der Gläser, das winzige Wesen, dem eine dritte Hand aus dem Nabel wuchs. Mißbildungen, die kommen vor in der Natur, das hat mit den Zellen zu tun und teleologischen Unwägbarkeiten, über die wir noch zu wenig wissen, sagte Onkel Rudi. Totgeboren, das kommt vor, das hätte dir auch passieren können bei deiner Stirnlage.

Eine dritte Hand, von der niemand wußte, eine gute starke Hand, stärker als Säbel und Pistolen, die Gutes und Großes vollbringen konnte, während die beiden anderen Hände das Nötige und Übliche verrichteten, und von der niemand wußte. Vater hatte den Eierkoks vergessen und schickte sie zum dritten Mal hinunter auf die Straße? Kein Problem, sie war Henry der Held, besaß eine dritte Hand, die aus Henrys Nabel direkt zum Kohlenhändler fuhr. Otto Buss zog der armen Anna den Schürhaken über die Stirn? Henrys dritte Hand brach ihm jeden Knochen im Leib. Der Lehrer brummte Strafarbeiten auf, nur so zum Quälen? Die dritte Hand erledigte sie spielend. Und blätterte zusätzliche Seiten in zusätzlichen Fibeln um, die Henry nachtsüber schrieb, damit Henrietta sie tagsüber lesen konnte.

Es schneit und schneit. Sie kneift die Augen zusammen: Wenn man anders schaut, wird alles anders. Die Menschen lösen sich in tausend Punkte auf. Bleiche Boote stecken im Fluß fest. Mit spitzem Stein ritzt sie in ihr Spreemäuerchen an der Jannowitzbrücke *Ihr werdet euch noch wundern.* Vorgelesen, genehmigt und unterschrieben von Henrietta Mahlow (bei der Geburt am Leben geblieben).

Ich muß dir etwas beichten, hat Mariechen Baltuttis gesagt, die Henrietta gern das Leben schwer macht, manchmal jedoch feuchte Augen dabei bekommt. Es ist Henriettas siebter Geburtstag, und Mariechen hat gebeichtet, daß sie das Kleid der Mutter an sich genommen habe, bevor die Mutter verbrannt wurde, es sei ein so hübsches blaues Kleid gewesen, zu schade für den Ofen, sie habe es verkaufen wollen, aber das Gewissen, und dann habe sie es gewaschen und ganz hinten in ihren Schrank gelegt, vor dem Waschen aber eine Ecke Papier im Ärmel gefunden, von einem zerrissenen Blatt. Weil Henrietta viel besser lesen könne als ihr Vater, hat Mariechen ihr die Ecke Papier überreicht, behutsam, mit spitzen Fingern, wie der Herr Jesus, zu dem sie betet, in Gestalt der Oblate überreicht wird. Henrietta hat die Schrift auf dem Papier mit der Schrift auf der Rückseite der Hochzeitsphotographie verglichen, es ist die Schrift der toten Mutter. Mariechen Baltuttis hat versprochen, ihr das blaue Kleid zurückzugeben, sobald sie hineingewachsen sei. Henrietta hat die Ecke Papier in Onkel Rudis Schatzkammer versteckt, in einem Spalt hinter dem Einweckglas, in dem Henry mit der dritten Hand für immer und ewig schwimmt. Sie hat Vater die Ecke Papier verschwiegen. An einem der unzähligen Sonnabende des Jahres hatte er sie in sein bierseliges Vertrauen gezogen und von dem Streit mit Mama und von den zerrissenen Zeichnungen erzählt.

Die Hochzeitsphotographie ist im Lauf der Zeit vom Bord neben der Bettstelle zum Brett über der schimmeligen Anrichte und schließlich in den Schrank unter Pauls zwei Hemden gewandert, den kleinen silbernen Rahmen hat er verkauft. Auf der Rückseite sagt Paul, daß er Luise liebe, seine Schrift ist krakelig, die Buchstaben sehen aus wie Hasenschlingen. Luise, die tagelang durch Wiesen und Nebel gegangen ist, bis sie irgendwann am Horizont das Häusermeer sah, in dem auch Paul lebte, hat mit kleinen Spatzenspuren daruntergesetzt, daß sie ihr Glück nun gefunden habe.

Die Katzen der Keibelstraße hatten sich heftig. Henrietta wachte auf, ihre Haut klebte an ihr, könnte man die Haut doch ausziehen wie den

Kittel. Es waren gar nicht die Katzen, es waren Sägegeräusche unten im Hof, und sie dachte: Es ist alles nur ein Traum gewesen, das ist mein Vater, der Tischler, sein Platz im Bett ist leer, er arbeitet an einem neuen Tisch, gleich wird Mama kommen, mich küssen, mit mir lachen und singen, wir stehen auf einem Fassadenbalkon und blicken ins Freie. Sie taumelte zum Fenster und schaute hinaus. Unten hielt eine alte Frau eine erschlagene Katze am Schwanz und warf sie über die Kackbude in den Nachbarhof. Alle anderen schliefen noch vor Erschöpfung. Henrietta knabberte sich die Fingernägel sauber. Wieder ein Sonntag. Sie konnte baden gehen, eintunken und, nur die Augen über dem Wasser, zuschauen, wie die Spree vorbeifloß.

Es war kein Traum gewesen, all das war geschehen. Aber, wie die Herzogin von Polen gesagt hätte: *warum?* Warum ihr und nicht den toten Säuglingen in den Einweckgläsern?

2 Der Wassertropfen

Und wieder war der 6te Januar gekommen. Es war Montag, und Vater und Henrietta redeten nicht miteinander, vom Aufstehen bis zum Schlafengehen. Ihren Geburtstag, soviel stand fest, würde sie bis zum Ende ihres Lebens nicht feiern, man feierte nicht den Todestag der Mutter. So empfand auch Vater, kein Gruß, kein Kuß, kein Geschenk, bloß die Zeit totschlagen, bis der Tag endlich vorbeigegangen war. Aber dieser Tag ging nicht einfach vorbei wie ein Passant auf der Straße, sondern blieb stehen, dachte nach und machte für jeden Schritt nach vorne viele Schritte zurück.

Inzwischen wußte Henrietta, von den Kapazitäten der Charité belehrt, daß sie ihre Mutter nicht ermordet hatte. Doch das Wissen, die Waffe gewesen zu sein, machte ihr Herz besonders am 6ten Januar eng und klein, und sie fühlte sich lebensbucklig wie Anna Buss. Ich glaub dir kein Wort, sah sie Vater denken, ich sollte dich verkaufen wie die Möbel und den Photorahmen.

Henrietta half Vater, die Nachttöpfe und Speischalen der Blutspukker auszuleeren. Die Schwindsüchtigen fabrizierten im Schwall oder in Bonbongröße helles oder schwarzes oder gesprenkeltes Blut, und Stabsarzt Runkwitz konnte daran ablesen, wie es in den Lungen aussah, aber gesund machen konnte er sie nicht. Selbst Onkel Rudi, der König der Medizin, hatte keine Idee. Er war verreist, grub in fernen Erdteilen Skelette aus, auch Töpfe und Tiegel und Malereien, die auf Sitten und Gebräuche der Vergangenheit schließen ließen. Die Sitten und Gebräuche, sinnierte Henrietta, während sie einen Nachttopf nach dem anderen leerte und auswusch, die meisten machen nur traurig und haben nichts mit den Tatsachen des Lebens zu tun. Weihnachten verbrachten die Ärzte bei ihren Familien und die Diakonissen bei Jesus, und die armen Patienten wurden von Unterstabsärzten gequält, die wichtig taten. Nur der einsame Oberarzt Ehrlich arbeitete in seinem Kabuff.

Heiligabend hatte Henrietta wie immer einen Schneemann vor der Molkenritze gebaut, bis es Zeit war, Vater am Riemen herauszuholen und den langen, stockfinsteren Weg nach Hause zu zerren. Silvester waren Anna und zwei ihrer Schwestern zur Verstärkung gekommen, da Otto Buss (dessen Leber laut Dr. von Leyden auf die Größe eines Groschens geschrumpft war) beschlossen hatte, sich nie mehr vom Kneipenboden zu erheben.

Feierten denn die Tiere Geburtstag, die betriebsamen Ratten? Nein. Das einzige, was blieb und was Onkel Rudi einmal in der Keibelstraße würde ausgraben können, waren die leeren Flaschen und die ausgedienten Nachttöpfe, mit denen die Leute nach den kreischenden Katzen warfen, die sich um vier Uhr in der Früh im Hof hatten. Und das neue elektrische Licht, mit dem Siemens & Halske am Sedanstag ein paar Minuten lang die Königsstraße erhellt hatten, würde bleiben, das war eine Tatsache, ließ der Kaiser verlauten. Satt werden wir davon auch nicht, hatte Mahlow gesagt, der immer satt wurde, fest oder flüssig. Und Henrietta hatte gedacht: Das neue Licht in den Lampen wird nie erlöschen, es wird länger leben als du.

Diakonisse Grete mit den blauen Blumenaugen schleppte einen Stapel neuer Nachttöpfe heran, gab Henrietta einen kleinen Kuß und flüsterte ihr zu, in der Wärterkemenate warte ein Rosinenkeks auf sie.

Oberarzt Ehrlich, den sie den bunten Hund genannt hatte, als sie noch klein und dumm gewesen war, fischte sie vom Flur.

›Ich habe etwas für dich. – Warum so trübsinnig?‹

Ehrlich war kurz nach ihrem letzten Geburtstag in die Krankenstadt gekommen, er war ein schmaler, stiller junger Mann, ein Jud, dem die Zeit und Uhren der Charité egal waren, der nach seiner eigenen unsichtbaren Uhr lebte und statt eines Mundes ein Mündchen hatte, sein Mund war irgendwann stehen geblieben, vielleicht als er zum ersten

Mal geschmunzelt hatte. Er färbte die weißen Blutkörperchen bunt und vergaß darüber seine Pflichten als *dujour*-Arzt, aber sein Vorgesetzter, der alte Professor Frerichs, verglich ihn mit einem bunten Vogel, der nur in der Freiheit schön singe. Wir sind beide Maskottchen, hatte Ehrlich zu Henrietta gesagt, wir haben Narrenfreiheit, nutzen wir sie.

An jedem anderen Tag gerne.

›Heute ist mein Geburtstag.‹

›Allmächtiger, ganz vergessen. Gratuliere. Du Arme.‹ Ehrlich setzte sie auf den einzigen freien Hocker in seinem gestopft vollen Kabuff. Die Glasbecher, Glaskolben, Glastrichter, Glasstäbe und die Glasplättchen für das Blut, mit dem er seine Spielchen trieb, die Reibeschalen und Hornlöffel und Abdampfschalen und der Bunsenbrenner machten keinen Menschen wieder lebendig. Ehrlich beugte sich über einen getrockneten Blutstropfen. Das Wissen, die Waffe gewesen zu sein, dachte Henrietta.

›Das Wissen ...‹, sagte sie zu sich selbst.

›Wissen hält nicht länger als Fisch‹, sagte Ehrlich.

Henrietta, die nie weinte, niemals, und versänke die ganze Stadt im Sand, schluckte das Wissen hinunter. Ehrlich legte ihre Hand in seine bunt glänzende. Manchmal lieh er sich ihren Tuschkasten, wenn ihm die Farben ausgegangen waren. Er arbeitete und rauchte pausenlos, ein Eisbär könne nicht einsamer sein als er, hatte er einmal gesagt.

›Sprich mir nach ...‹

Henrietta schaute weg.

›Sprich mir mal nach: *Die Sonne schien ins Stübchen rein ...*‹

›Die Sonne schien ins Stübchen rein ...‹

›*... war längst schon aufgewacht. Ich hab an dich, lieb Mütterlein, die ganze Nacht gedacht. Kein Schlaf war in den Äuglein ja, mir war das Herz so voll ...*‹

›Nein.‹

›Sprich mir nach, Jette: *Von allem, was ich dir, Mama, heut sagen will und soll.*‹

›Nein.‹

›Vielleicht heitert dich das hier auf.‹ Ehrlich kramte in seinen Papieren, die ebenfalls in allen Regenbogenfarben schillerten. ›Du hast Post.‹

Es war nur ein Zettelchen, aber es war der erste Brief, den sie je erhalten hatte, denn Annas Botschaften in der Schule und unter dem lockeren Brett des Treppenhauses (›Bist du noch meine Freundin?‹) zählten nicht. Natürlich ließ sie sich vor Ehrlich nichts anmerken, sondern streckte seufzend die Hand aus wie Onkel Rudi, wenn einer seiner Assistenten ihm das Postbündel des Tages brachte. Ihr erster Brief klebte an einem Auftrag für Vater und war von Doktor Koch, diesem traurigen Provinzarzt aus Posen, der letztes Jahr mit zwei Koffern sterbender Milzbrandmäuse in der Charité vorstellig geworden war. ›Frag doch den Kollegen Doktor Koch einmal‹, hatte Onkel Rudi sich an Henrietta gewandt, ›ob er mir wirklich weismachen will, daß ein von außen in den Körper eindringender Parasit die Macht hat, Krankheiten zu erzeugen?‹ Vater und sie hatten den niedergeschlagenen Doktor Koch mitsamt seinen Mäusekoffern zum Lehrter Bahnhof führen müssen, an hundert neuen Baustellen vorbei, und an jeder war der Doktor wie ein Kind stehengeblieben. *Liebes Kind*, schrieb Koch, der wohl nicht wußte, daß sie kein Kind mehr war, ein liebes schon gar nicht.

Liebes Kind!
Erinnerst Du Dich noch an mich? Ich erinnere mich gut. Du hast mir nämlich auf unserem Gang zum Bahnhof so viele Löcher in den Bauch gefragt, daß mir gleich besser wurde.
Hilf brav Deinem Papa, dann sehen wir uns bald bei mir in Wollstein wieder, und Du kannst mit meinem Trudchen und ihren viel zu vielen Puppen spielen.

Es grüßt Dich
Robert Koch

›Eine Reise zum Geburtstag‹, sagte Ehrlich, ›du bist zu beneiden.‹

›Bin ich nicht.‹

›Wenn du eine prononcierte Existenz führen willst, und ich glaube, das willst du, dann gehört Reisen einfach dazu.‹

Das Trudchen, jetzt fiel es ihr wieder ein, war die Tochter des Provinzdoktors, er hatte zu Hause ›auch so eine‹. Keine zehn, keine zwanzig Pferde würden sie nach Wollstein bringen, um dort mit *Puppen* zu spielen. Heimlich, weil Henrietta es ihr verboten hatte, tat Anna immer noch so, als sei sie die Mama ihrer Lumpenfriedel und sang sie in den Schlaf und sorgte sich um sie und brachte das häßliche Ding aus Scheuertuchresten zum Pinkeln aufs Hofklo. Keine dreißig Pferde.

Doch sie fuhren mit der Eisenbahn, und das war nun wirklich das tollste Geschenk seit Onkel Rudis Tuschkasten. Auch transportierten sie in der 4ten Klasse bedeutende Fracht nach Wollstein, Ehrlichs alten Spektralapparat. Geheimrat Frerichs hatte Ehrlich das neueste Modell besorgt, und Koch bezahlte Mahlow und Henrietta die Reise und Mahlow fünfzehn Mark obendrauf für die Mühe. Vielleicht verkauf ich dich an diesen Doktor Koch, sagte Vater, er hat ein Auge auf dich geworfen, das hab ich gleich kapiert. Du wirst nicht wiederkommen, greinte Anna, die ihr den Tuschkasten trug und trödelte und aus der Nase blutete, als sie sich dem Lehrter Bahnhof näherten, der wie ein Bellevue aus der Spree auftauchte, wir werden uns nie wiedersehen, und daran ist nur dein Charitépalast schuld. Ja, mein guter alter Palast, dachte Henrietta, und Anna nickte trübe. Konnte es einen besseren Beweis für die Macht und Größe der Charité geben, in der sie leben durfte, als diese Eisenbahnfahrt? Man schickte einander Briefe und Apparate, kein Preis war zu hoch, kein Weg zu weit, kein Provinzdoktor zu unbedeutend, da würde man auch mit einem Trudchen fertig werden.

Sie erinnerte sich an die Maus, die sie damals beim Abschied von Doktor Koch auf dem Bahnsteig gesehen hatte, in die sie sich am liebsten verwandelt gehabt hätte. Wie anders es diesmal war, der ganze Bahnhof ein Ort der Verwandlung, Abreisende und Ankommende verloren ihre Namen im Gerufe und Gedränge, keiner war wirklich da, keiner wirklich weg, Lachen verwandelte sich in Weinen, böse Blicke wurden weich und rund und bettelten, Anna sah aus wie ein Schaf, in das der Blitz eingeschlagen hatte, die Zeit selbst schien sich zu verwandeln, wußte nicht so recht, wollte weder vor noch zurück, war nicht Arbeitszeit und Schlafenszeit auch nicht, wollte für immer Bahnhofszeit sein. Bis zum Pfiff der Lokomotive, diesem schönsten Laut der Stadt, noch in der Keibelstraße war er entfernt zu hören, und jetzt erinnerte sich die Zeit wieder, wozu sie nütze war, jetzt mußten alle einsteigen, sonst drohte Verspätung. Die Habenden hatten Schnupftücher, die anderen winkten mit den Händen. Buss winkte gar nicht, nur ihre Schürhakennarbe glühte im Dampf und Rauch des abfahrenden Zuges. Henrietta hatte kurz mit der Idee gespielt, Anna als ihr Maskottchen nach Wollstein zu schmuggeln, sie wäre gewiß bei Kochs Dienstmagd untergekommen, doch Anna, die schon beim Anblick eines Pferdebusses angstbleich stehenblieb, hätte im ersten Tunnel Schreikrämpfe gekriegt.

Am zweiten Tag der Reise hörte Henrietta auf, vorbeifliegende Kirchtürme zu zählen. Sie hatte das Gefühl, nirgendwo zu sein, weder draußen in den Landschaften, die umhergeschoben wurden wie die Panoramen im photographischen Atelier Noack, noch im Zugabteil, das vom monotonen Schnarchen der Mitreisenden erfüllt war. Auch Vater dämmerte vor sich hin im Nirgendwo, es war Sonnabend, doch seine Hände hingen friedlich herab, er schien seinen Wochenenddurst vergessen zu haben. Die Eisenbahnschaffner, die sich bei voller Fahrt an den Waggons entlanghangelten, ins Abteil sprangen und die Fahrscheine der Zugestiegenen knipsten, soffen vielleicht nur halb soviel, wußten dafür aber nichts von dem, was Onkel Rudi ›die letzten Dinge‹ nannte und womit ein Krankenwärter der Charité beschäftigt war. Zum Glück grub Onkel Rudi in der Fremde Knochen aus, bei seiner Verachtung für den Provinzdoktor hätte er ihr die Eisenbahnfahrt bestimmt verboten und den grünen Strickschal, den Diakonisse Grete ihr aufgezwungen hatte und den sie über ihrem frisch gewaschenen Kittel trug. Wie Henrietta verachtete Onkel Rudi die Verpimpelung durch warme Winterkleidung, wie Henrietta ging er alle Wege zu Fuß, immer in grimmigen

Gedanken, der Mann, der als einziger wußte, daß die nichtsahnenden Leute, die ihm in den Straßen begegneten, aus Zellen zusammengesetzt waren wie der Bienenstock aus Waben, ein Zwerg gegen den Rest der Welt.

Ein aufgeregter, mit sich selbst redender Apotheker namens Knechtel holte sie, eigentlich jedoch den Spektralapparat, mit seinem Einspänner vom Bahnhof ab, während der Fahrt umklammerten seine Beine das kostbare Stück und schützten es vor den tiefen Schlaglöchern der Wollsteiner Gassen. Es war ein tristes, flachhäusiges, matschiges Kaff, das zweimal in die Keibelstraße gepaßt hätte und wie ausgestorben wirkte, sogar der Schnee wollte in Wollstein nicht liegen bleiben. Aber hinter den dreckblinden Scheiben des Dorfkrugs klangen die Gläser, das war Vater im Vorbeifahren nicht entgangen.

Vater würde im Stall schlafen dürfen, Henrietta in der nach Käsefüßen und saurer Haut müffelnden Dachkammer der Dienstmagd. Vorher sollte es ein gemeinsames Abendessen geben, in vier Stunden, und Henrietta befürchtete das Schlimmste, doch das Trudchen und seine vielen Puppen waren nirgendwo zu sehen. Frau Emmy Koch, eine Bohnenstange mit dunklem Dutt, die Mutter des Trudchens, schaute Knechtel nach, der sich an schniefenden Patienten vorbei ins Sprechzimmer des Doktors drängelte, und sagte:

›Warum seid ihr mit eurem Apparat nicht in Berlin geblieben?‹

Die wollen uns hier nicht, sagte Henrietta vor dem Haus, was machen wir jetzt? An einem der oberen Fenster erschien ein bleiches Mondgesicht und starrte zu Henrietta herunter, dann wurde das Fenster von der Dienstmagd aufgerissen und das Mondgesicht beiseite gestoßen: Du weißt doch, was der Herr Papa immer sagt, Trudchen, hörte Henrietta, Frischluft macht gesund. Nein, man holt sich den Tod bei offenem Fenster, antwortete Trudchen, das weiß doch jeder.

›Ich war schon bei solchen Leuten in solchen Häusern‹, sagte Vater leise. ›Früher. Mit meinen Tischen.‹ Henrietta nickte. Mondgesicht war also krank. Henrietta wurde nie krank, keinen Tag, keine Stunde, sie wurde böse, wenn ihr Körper nicht auf dem Posten war, was erlaubte er sich, Husten und Fieber und zwei aufgeschlagene Knie oder wenn er speien wollte, was für eine Zumutung, Heimsuchung, Beleidigung. Dann dachte sie einfach an die dritte Hand, die immer gesund sein würde, noch im Grab oder in Spiritus eingelegt kerngesund, und spürte nichts mehr.

›Hör mir zu‹, sagte Vater, ›die laden unsereins nicht mir nix, dir nix zum Essen ein. Dieser Doktor Koch hat ein Auge auf dich geworfen, keine Ahnung, warum, aber vielleicht stellt er dich ja als Magd ein, dann muß ich mich nicht mehr alleine für uns abrackern. Also halt *einmal* deine vorlaute Schnauze, auch wenn's schwerfällt.‹

›Onkel Rudi wird mich einstellen‹, sagte Henrietta.

›Daß ich nicht lache‹, sagte Vater. Er hatte Henrietta verboten, Virchow ›Onkel Rudi‹ zu nennen, das ist ein sehr mächtiger Mann, hatte er gesagt, sogar der Reichskanzler zittert vor ihm, wann kapierst du das endlich, mit so einem steht unsereins nicht auf du und du, das rächt sich. ›Ich verdünnisier mich‹, sagte er. ›Geh und hilf in der Küche.‹ Ich und Vater, dachte sie, was wissen wir eigentlich voneinander?

›Trudchen hat immer noch Fieber, die Kampferkompressen schlagen nicht an‹, sagte Doktor Koch beim Abendessen. ›Um nun auf Haeckel zurückzukommen ...‹ Die Dienstmagd reichte geräucherten Fisch und Gepökeltes, und Henrietta nahm zuerst den Fisch, wie die Ärzte in der Speiseanstalt der Charité. Die Bücherrücken schimmerten im Kerzenschein wie die dunklen Edelsteine in den Juwelierläden der Leipziger Straße, ganz nah und unerreichbar. (Du-Nu-Wieda, die kleine Meisterdiebin vom Alexanderplatz, räumte ganze Lavendelstände unter den Augen des Verkäufers leer). Der Apotheker Knechtel redete in einem Schwall, als hätten die Worte den ganzen Tag in seinem Mund Schlange gestanden. Mahlow und das Trudchen waren abwesend.

Das Trudchen war eigentlich ganz prima, nur ein bißchen matschig im Oberstübchen, obwohl sie eigene Bücher besaß und aufgespießte Käfer untersuchte. Noch lieber spielte sie mit ihrer Puppe ›Wunderhold‹, die ein Buch gleichen Namens bewohnte und bei allen möglichen Mädchen zu Gast war, freiwillig und unfreiwillig, und nun rate mal, sagte das Trudchen, wie ihre erste Gastgeberin hieß, Henriette hieß sie, mit *e*, ist das nicht lustig? Trudchens Mutter fand es gar nicht lustig, daß Henrietta sich einfach vor dem Abendbrot in das Zimmer mit den festgenagelten Kindermöbeln geschmuggelt hatte, du hast hier nichts verloren, hatte sie gesagt. So unvorlaut wie möglich hatte Henrietta den Brief des Doktors erwähnt, die Einladung zum Puppenspielen. Du lügst, hatte Trudchens Mutter gesagt, aber etwas anderes habe ich auch nicht erwartet.

›Darwin‹ war das letzte Wort in Knechtels Wortschlange.

›Aber daß in der Ontogenie eines Tieres die Phylogenie rekapituliert wird, so weit wie Haeckel ist Darwin nicht gegangen‹, sagte der Doktor. ›Der Mensch schon angelegt im Tier, in der Pflanze, sogar in der anorganischen Materie, vielleicht ein bahnbrechender Gedanke ...‹

Der Apotheker dachte nach.

›Ich lüge nicht‹, sagte Henrietta.

›Das behauptet auch keiner‹, sagte der Doktor.

Henrietta spielte noch einmal, ein letztes Mal Kind, und schwieg. Sie wußte, wenn Kinder lange Zeit schwiegen, machten Erwachsene Fehler, lange Zeit schweigende Kinder konnten sie nicht ertragen.

›Ich nehme nicht an, daß du dem Ding einen Brief geschrieben hast, Robert?‹ sagte die Bohnenstange zum Doktor.

›Doch, habe ich.‹

›Ich verstehe dich nicht. Kaum daß er Zeit für seine eigene Tochter hat, und beginnt er Briefwechsel mit irgendwelchem Gesinde.‹

›Virchows Gesinde, um genau zu sein‹, sagte der Doktor.

›Die Inversion nach *und* ist schlimmer als Raubmord. Sagt unser Lehrer‹, sagte Henrietta höflich.

Der Doktor verschluckte sich, der Apotheker senkte den Blick.

›Ah, Virchow! Der dich nach Hause geschickt hat wie einen dummen Schuljungen.‹ Die Mutter, denn auf irgendeine schwer vorstellbare Art und Weise mußte sie Trudchens Mutter geworden sein, schickte Henrietta einen finsteren Drohblick über den Eßtisch. ›Was hast du gesagt?‹

›Zwischen Leber und Milz ist noch Platz für ein Pils.‹

Vater schwankte im Türrahmen mit feuchten Augen, feuchten Hosen. Henrietta stand auf, knickste und schlenderte zu ihm hinüber, als unternehme sie, was diese Leute einen ›Verdauungsspaziergang‹ nannten, das Haus der Kochs war nicht die Molkenritze.

›Wollt ihr, daß ich verhungere und verdurste?‹ brüllte Vater. ›Wollt ihr das? Dann sagt's doch gleich, daß ich verrecken soll! – Und du! Du speist jetzt mit der Herrschaft, aber ohne mich wärst du längst krepiert, immer hab ich dich mitgeschleppt wie einen Stein am Bein, ohne mein Bein bist du nichts.‹

Henrietta ging zurück zum Tisch und brachte ihrem nach Pisse stinkenden Vater ihren Teller. ›Unerhört‹, sagte Frau Koch. Vater stopfte das Gepökelte in sich hinein. ›Bring sofort den Teller zurück, du ungezogenes Gör. Robert, unternimm doch was.‹

›Ein Anflug von Mutlosigkeit‹, sagte der Doktor und erhob sich halb. ›Gehen Sie schlafen, lieber Mahlow, morgen schaut alles besser aus.‹ Er setzte sich wieder, von seiner eigenen Erschöpfung angeflogen. Henrietta knickste Richtung Tisch, band Gretes grünen Strickschal um Vaters Arm und zog daran. Vater schien sich an das Ritual zu erinnern. Jeden Sonnabend zog Henrietta ihn an einem Lederriemen aus der Molkenritze und durch die dunklen Gassen nach Hause in die Keibelstraße. Auch jetzt ließ er sich wegführen wie der Hund, der er geworden war.

›Die ist ein richtiges Familienunglück, das sag ich dir‹, hörte sie Frau Koch sagen.

Die ganze Nacht lag Henrietta wach, neben ihr sprach die Dienstmagd im Schlaf, ich flehe dich an, Trudchen, trink deine Milch aus, sonst geht es mir schlecht, und Henrietta antwortete: Das ist noch gar nichts, ich habe meine Mutter auf dem Gewissen, ich bin ein Unglück. Die sterbenden Mäuse für die medizinischen Experimente und die Maus, die im Bahnhof wohnte, immer in Gefahr, von den Reisenden totgetreten zu werden, die klappernden Zähne und die Schreie der Blutspucker, die klappernden Zähne der Kadetten und Prüflinge vor der blanken Schiefertafel im Hörsaal, die verkauften Zähne und Haare der Keibelstraßenmenschen, die ungeborenen, unerwünschten Keibelstraßenkinder, blutige, stinkende Eidechsen im Müll, vielleicht war es ein einziges Experiment, die Erforschung des Nichts, das Unglück.

Sie überlegte, ob sie nach unten schleichen, ein Buch und ein Brot stehlen und für immer aus dem Experiment, aus dem Leben der anderen Menschen verschwinden sollte. Auf der Eisenbahnfahrt hatte sie genügend verlassene Landschaft gesehen, in der man verschwinden konnte. Aber Vater hätte es auszubaden, Frau Emmy würde einen Brief an Virchow schreiben, Vater würde entlassen werden und den Sägemehlstaub der Molkenritze fressen, und sie wäre nicht bei ihm, wenn er tot da lag.

Sie kroch aus dem Bett, schlüpfte in ihren Kittel, legte den grünen Schal um, in den Vater ein Loch gebissen hatte, das zu stopfen war, und schlich, mit den Wänden verschmelzend, sich in ein Nichts verwandelnd, hinunter. Im Wohnzimmer war es stockduster, sie tastete nach den Bücherregalen. Die Bücher des Doktors rochen anders als die Bücher in Virchows Schatzkammer, sie rochen nach Fisch und Gepökeltem, Äpfeln, Nüssen, Kaffee, Kakao und Marzipan, man hätte an ihnen lecken, in sie hineinbeißen wollen.

›Kummer, kann man haben. Zweifel, soll man haben …‹

Henrietta verschmolz mit dem Bücherschrank. Die leise Stimme des Doktors kam aus der Ecke neben der Tür, ein Streichholz wurde angerissen, eine Kerze glomm klein, dann voll, der Doktor hockte auf einem Holzschemel wie ein heimlicher Besucher seines eigenen Hauses, er hatte seine Brille abgesetzt, rieb seine Augen, er trug einen blauen Kittel.

›… nur Furcht muß man nicht haben.‹

›Ich suche Zwirn und Faden zum Stopfen‹, sagte Henrietta und steckte ihren Finger in das Loch im grünen Schal.

›Du hältst zu deinem Vater‹, sagte er. ›Du bist ein mutiges Menschenkind.‹ Der Doktor stand auf, ging zur Tür, Henrietta folgte ihm und der Kerze, sie hatte beim Anblick der Kerze, des Holzschemels und der traurigen Augen beschlossen, ihm alles zu sagen, was sie wußte, ihn alles zu fragen, was sie nicht wußte, auch nach der Bedeutung der Worte auf Mamas Papierecke wollte sie fragen, doch im beengten Laboratorium des Doktors, das sich hinter einem dicken Vorhang im Sprechzimmer befand, wurde sie schläfrig wie noch nie. Die sterbenden Mäuse lagen mit geöffneten blanken, engen Augen in ihren Käfigen, der Doktor schob Glasschalen in einen Ofen, setzte sich an seinen Tisch und polierte den Spektralapparat. Henrietta kroch unter den Tisch, rollte sich zusammen, sie sah die Stiefel des Doktors, die aussahen, als lachten sie. Eine Nachtstille wie diese gab es in der Keibelstraße nicht, ein Federbett für Gedanken. In der Keibel quasselten und stritten alle gedankenlos über alles und jeden, immerzu, ohne Unterbrechung, Quasten, Fransen, Geiz, Geld, Bier und Totschlag, die Gesichter grau wie die Häuser, die Münder schief wie die Türen.

›Was bedeutet *vulnerant omnes, ultima necat*?‹ sagte sie.

›Es bedeutet, daß du im Pathologiesaal warst. Wo du in deinem zarten Alter nicht hingehörst. Wenn du einen lateinischen Wahlspruch suchst, nimm meinen: *nunquam otiosus*, niemals müßig, ob Sonne oder Regen, Freude oder Verzweiflung ...‹

Henrietta fielen die Augen zu, eine Maus raschelte, eine andere fiepste: Wohin gehöre ich, wohin gehöre ich?

Henrietta erwachte im fahlen Winterlicht, die lachenden Stiefel an gleicher Stelle dicht vor ihrer Nase. Jetzt erschien die Hand des Doktors und stellte eine Tasse dampfenden Kakao neben ihren Mund. Aus den Höhen des Hauses kam Frau Kochs keifende Stimme: Der Säufer schläft im Stroh, seine Göre ist verschwunden. Der Doktor seufzte, er schrieb etwas, Henrietta hörte die Feder kratzen. Sie trank den Kakao und lauschte. Die Mäuse waren still, vielleicht tot, vor dem Fenster rief eine Krähe, weit draußen schnaubte ein Pferd. Unter dem Tisch war es ruhig und warm und ein sorgenfreies Liegen, nur der Kakao gluckerte leise im Bauch, und der Bauch sagte: Vielleicht gehöre ich hierher.

›Du kannst mir helfen‹, sagte der Doktor.

Henrietta half ihm, die Glasschalen aus dem Ofen zu nehmen und auf Papierecken zu stellen, die der Doktor beschriftet hatte. *Gelatine, Kammerinfus, Fleischinfus,* las sie. *Weizeninfus, Heuinfus.*

›Meine Nährböden‹, sagte er, in sein Mikroskop starrend. ›Mit den Bazillen, die dein Freund Virchow nicht sehen will.‹

›Darf ich sie sehen?‹ Fragte sich, ob man auch in Wollstein das Nichts untersuchte und es *Bazillen* nannte, ob sie alle unter einer Decke steckten. ›Was sind Bazillen?‹

›Warte, ich zeig dir was, das lustiger ist.‹

Der Doktor entnahm einem Glas Wasser mit der Pipette einen Tropfen und ließ ihn auf ein neues Objektglas fallen, das er unters Mikroskop schob. Henrietta wollte statt des Wassers lieber die Bazillen untersuchen, die es vermutlich nicht gab.

Aber das Wasser war nicht einfach nur Wasser. Mit einem Zaubertrick hatte der Doktor Sägespäne oder Mäusehaare hineingestreut, die durcheinanderwirbelten.

›Lustig. Wie haben Sie das gemacht?‹

›Ich habe gar nichts gemacht. Schau mal …‹ Er drehte an einem Rädchen des Mikroskops, und nun sah Henrietta nie gesehene Wesen, beschwanzte und unbeschwanzte, dreihändige und hunderthändige, vieläugige und einäugige Wesen und solche, die überhaupt nur aus einem Auge bestanden, sie wimmelten miteinander, durchdrangen einander, flüchteten voreinander, sie strampelten und bissen um sich, sie lebten, sie waren gemein und pflanzten sich ungemein schnell fort, sie waren häßlich, sie waren schön.

›Was ist das für Wasser?‹ sagte Henrietta, die den Blick durch das Mikroskop nicht beenden konnte, weil die Wesen sich zusammengerottet hatten und sie durch das Okular in ihre winzige wilde Welt saugen wollten, als hätten sie Henriettas Wunsch erraten, aus der Welt der Menschen zu verschwinden.

›Ganz gewöhnliches Tümpelwasser, die Viecher darin sind noch verhältnismäßig riesig, verglichen mit Bazillen. Und bedenke, es ist nur *ein* Tropfen. Unterdessen spielt sich in unzählbarer Zahl von Tropfen auf unserer Erde das gleiche ab, aber nie dasselbe.‹

›Welcher Tag ist heute?‹

›Montag, der dreizehnte. Du stellst Fragen …‹ Er zog das Objektglas unter dem Mikroskop hervor und wischte den Wassertropfen weg. In Henriettas Kopf wimmelte es weiter, nie gedachte Gedanken strampelten, bissen und zerrten, rissen sich die Enden aus und flüchteten voreinander. Ein ganz anderes Experiment hatte begonnen, und ihr Kopf war der Tropfen und der Tümpel, die Pipette und das Objektglas und das Mikroskop zugleich, und zum ersten Mal, seit sie denken konnte, mußte sie kein Gesicht schneiden, sich kein Lachen abzwingen, um glücklich zu sein.

›Für den Fall, daß du mal wieder nicht schlafen kannst‹, hörte sie die traurige Stimme des Doktors, ›wenn es ganz schlimm ist und du glaubst, du bist der einsamste Mensch auf der Erde … dann denkst du einfach an den Wassertropfen und sagst dir: Wenn so viel in einem Tropfen Wasser lebt, dann wird alles gut.‹

Aber sie wollte die Bazillen sehen.

3 Wie sie über die Brücke geht

Mir war das Herz so voll. Erstens, die Bazillen, es gibt sie, Mama. Klitzekleine, für das bloße Auge unsichtbare Lebewesen, die von außen in den Körper dringen und ihn krank werden lassen. Doktor Koch, der eigentlich Matrose werden und immer nur in der Welt herumreisen wollte und der ein guter, aber bekümmerter Mann ist, dem du bestimmt eine bessere Frau wärest als die Bohnenstange Emmy, die herumkommandiert wie auf dem Exerzierplatz, hat bewiesen, daß der Milzbrand der Rindviecher, der tödlich ist, durch diese unsichtbaren Lebewesen, die überall sind, hervorgerufen wird. Er hat es bewiesen, er hat die tödlichen Lebewesen in Nährböden gezüchtet. Der König der Medizin glaubt ihm nicht, nur die Zellen, die der König entdeckt hat, können den Menschen töten, indem sie sich zu Truppen der Krankheit zusammenrotten. Ich aber glaube Doktor Koch. In den Speischalen der Schwindsüchtigen habe ich nie Zellentruppen gesehen, es ist doch verdächtig, daß sie an ihren Lungen sterben, ihren Pforten zur Luft, dem unsichtbaren Element. Wollte ich morden und dabei unsichtbar bleiben, würde ich mich auch in der Luft verstecken. Wenn nun die unsichtbaren Lebewesen überall sind, kann es sein, daß du und ich und Vater ganz neu denken müssen, daß du nämlich nicht an mir, sondern an ihnen gestorben bist.

Von allem, was ich dir heut sagen will und soll. Henrietta ging auf und ab und in kleinen Kreisen an der Böschung der Jannowitzbrücke, vorigen Sommer hatte sie das Grasbüschel, unter dem Vater die Urne vermutete, neu markiert mit einem in vier Teile gebrochenen Pinsel ihres Tuschkastens, von denen zwei noch aus der Schneedecke lugten, die Pinselspitze war nicht mehr da, geklaut worden von den Krähen, den

Dieben der Stadt, die jeden Tag Geburtstag feierten, deren Tage keine Stunden und keine Arbeit kannten. Solange sie zurückdenken konnte, hatte sie sich einen anderen, einen neuen Geburtstag gewünscht, vielleicht den Tag, als sie ihr erstes Wort sagte, vielleicht das einzige Wort, das ihre Amme wußte: *warum*, oder sich ein Gesetz des Reichskanzlers gewünscht, daß der Kalender neu geordnet werde. Nun hatte sie einen zweiten Geburtstag geschenkt bekommen, den 13ten Januar, Tag des Blicks in einen Tropfen Wasser.

Es sieht in diesem Tropfen aus wie in der Keibelstraße, die du nicht mehr erlebt hast, sei froh drum. Doktor Koch hat mir erklärt, in der Natur hänge alles miteinander zusammen und geschehe alles gleichzeitig und sei jedes ein Abbild oder eine Folge des anderen. Wenn die Keibelstraße nur ein einziger Tropfen ist, stell dir vor, muß es Hunderte Millionen anderer Keibelstraßen geben, in denen es unterdessen ebenso wimmelt, in denen andere Henriettas das gleiche, aber nicht dasselbe erleben. Anna Buss, der ich berichtet habe, jagt das Angst ein, mir nicht, Oberarzt Ehrlich auch nicht, wir finden die Vorstellung beruhigend. Was für ein Wort, *unterdessen*, was für ein Gedanke, stell dir mal vor. Die Krähen klauen meine Pinselspitze, ich finde im Schnee den kleinen Flecken Erde nicht, in dem deine Urne begraben ist, aber unterdessen wiegen sich Vögel im Wind in Afrika. Wenn ich wütend bin und hilflos und ohne Familie, brauche ich mir nur vorzustellen, wie viele Menschen unterdessen auf der Welt Türen und Fenster öffnen, dann fühle ich mich erwünscht.

Zweitens, das Buch. Zum Abschied wollte Doktor Koch mir ein Buch schenken, er zog es selbst aus dem Regal, *Was kreucht und fleucht in Wald und Flur?* Frau Koch war sehr dagegen, das Buch gehöre bereits dem Trudchen. Vom Bett, in dem es immer noch mit Husten und Schnupfen lag, verfügte das Trudchen, ich solle das Buch haben, sie besitze noch viele andere Naturbücher. Nun tat sich ein gewisser Herr, über den ich heute vor dir nicht sprechen will, mit Frau Koch zusammen: Er wolle nicht, daß seiner Tochter Flausen in den Kopf gesetzt würden, sie habe ihre Schulfibel, mehr brauche sie nicht, sie wisse genau, wo ihr Platz sei, und außerdem habe man (hier hörten wir die Zähne des gewissen Herrn knirschen) die Gastfreundschaft der Kochs schon genug strapaziert. Der Doktor schenkte mir dann doch ein Buch, *Mensch und Ding im Schattenriß*, einen Leitfaden des Silhouettenschneidens, das gefällt mir, ich habe bereits die Silhouette der Buss und des Frisörs geschnitten und aus der Erinnerung die Silhouette eines der Bewohner des Wassertropfens.

›So haben wir alle mal angefangen‹, hatte Oberarzt Ehrlich gesagt, nachdem sie ihm vom Blick in den Tropfen erzählt hatte. ›Wir wollen wissen, wo wir herkommen, wo wir gewesen sind, das ist der Anfang aller Wissenschaft.‹ Noch während der Eisenbahnheimfahrt, auf der Vater die Reste seines Rauschs ausschnarchte, hatte Henrietta eine Liste von Wollsteiner Wörtern und Beobachtungen angefertigt, hinter die meisten hatte sie ein Fragezeichen gesetzt. Onkel Rudi war noch immer auf Reisen und ließ Doktor Koch sowieso nicht gelten, also hatte sie Ehrlich die Liste gezeigt. Und der bunte Hund hatte sie, wie so oft, überrascht.

›Du erwartest doch wohl nicht, daß ich dir das alles erkläre? Louis Pasteur, Bazillen, Milzbrandbakterien, experimentelle Nährböden für die Züchtung derselben, hängender Tropfen, tja, was Koch betrifft, so steht basalten fest, daß er der Beste ist und den Laden hier eines Tages richtig auf Trab bringen wird ...‹

›Doktor Koch kommt zu uns?‹

›Früher oder später, da bin ich sicher ... Ontogenie und Phylogenie, und sogar richtig geschrieben, du bist mir eine, und wen haben wir hier: Ernst Haeckel mit Fragezeichen und, Allmächtiger!, Darwin! Die Entstehung der Arten ohne unseren Herrgott, das Laboratoriumsgeheimnis der dunkel schaffenden Natur, die so dunkel nicht schafft.‹

›Von der Eintagsfliege zur Madonna.‹

›Schwerbegreiflicherweise. Sogar Geheimrat Virchow ist galvanisiert und erschüttert und sprachlos, wie sein hinkender Vergleich zeigt. Plappere nicht alles nach, was du in diesen Hallen aufschnappst, Jette.

Komm heute abend wieder vorbei, wenn ich mehr Zeit habe, dann lese ich dir ein Märchen vor.‹

Und sie war zu ihm gegangen, obwohl sie nie einen Sinn für Märchen gehabt hatte, das war eher ein Zeitvertreib der Trudchens in den Federbetten. Sie war zu ihm gegangen, weil Vater nach der Reise jede Nacht bis zur Sperrstunde in der Molkenritze wütete und, da der Geheimrat abwesend war, auch wieder heimlich den Siechen unsicher machte und Henrietta auf ihn warten und ihn führen mußte. Er hatte nicht nur die fünfzehn Mark Lohn für den Transport des Spektralapparats versoffen, sondern, von diesen fünfzehn Mark beflügelt, das Doppelte an Schnapsschulden auflaufen lassen und die Miete nicht bezahlt, und Henrietta mußte beim Hauswirt mal wieder knicksen und lieb tun und weinen. Geld half Vater nicht, wenn man ihm Geld gab, wurde alles noch schlimmer. Er lebte in seinem eigenen Tropfen nur für sich allein. Und wollte nichts hören von den unsichtbaren Lebewesen, die Mama auf dem Gewissen hatten, sondern starrte Henrietta an, als sei sie nicht ganz richtig im Kopf, eine Unruhige.

›Weißt du, wo ich herkomme, da gilt die kluge Frage oft mehr als die klügste Antwort‹, hatte Ehrlich aus der Rauchwolke verkündet, die ihm überallhin folgte. ›Antworten überholen sich, die Fragen bleiben, und wer weiterfragt, dem gehört die Zukunft, und die Zukunft ist enorm. Aber als Mädchen mußt du dich nicht mit Medizin und Biologie herumquälen, denn eines Tages wirst du sehen: Ihr weiblichen Wesen habt das alles im Gefühl.‹

›Ich würde gerne wissen, wo Sie herkommen, Herr Doktor.‹

›Das ist eine lange Geschichte. Sind wir jetzt auf einmal per Sie, Fräulein? Ich darf schon noch Jette zu dir sagen, oder?‹

›Auf manchen Namen liegt ein Fluch.‹ Luise und Paul, hatte sie bei sich gedacht, Luise Wittig, Paul Mahlow und Tochter Jette, vielleicht unschuldig an Luises Tod, wenn ein noch namenloser Bazillus in Mama eingedrungen war. Unterdessen lebten in anderen Tropfen andere unverfluchte Pauls ein prononciertes Leben, Oberarzt Paul Ehrlich beispielsweise, und das war beruhigend.

›Mumpitz und Aberglaube. Hör zu, ich lese dir aus einem Märchenbuch von einem Herrn Anderson aus Dänemark vor, in dem ich am Weihnachtsabend zur Zerstreuung blätterte. Es ist lustig und lehrreich und ganz erstaunlich.‹ Und er hatte ihr vorgelesen wie einem Kleinkind, von einem Zauberer namens Kribbel-Krabbel, der durch eine altmodische Lupe einen Tropfen Grabenwasser untersuchte und das Gewimmel der kleinen Lebewesen mittels eines Tropfens Wein oder Hexenblut rosa färbte, damit er sie besser erkennen konnte, und das war auch schon das ganze Märchen gewesen.

Drittens, die Zusammenhänge unterdessen. Alles ist schon einmal dagewesen, alles kommt wieder, vielleicht in anderer Gestalt, nichts geht verloren. Vor vielen Jahren hat der Däne Anderson das Märchen ›Der Wassertropfen‹ geschrieben, Oberarzt Paul Ehrlich war noch gar nicht geboren und hat dieses Märchen auch nie gelesen bis zum letzten Heiligabend, als ihm klar wurde, daß der Däne nichts anderes beschrieben hatte als Ehrlichs Lieblingsbeschäftigung, das Färben von Zellen und Blutkörperchen und kleinen Lebewesen, um sie besser sehen und unterscheiden zu können. Auch du seist nicht fort und verloren für mich, sagt Ehrlich. ›Die Sehnsucht nach deiner Mutter ist in deinem Leben wie der Tropfen Wein, den der Zauberer in den Wassertropfen gibt, um besser sehen zu können‹. *Das erste ist, ich liebe dich, Mama, so sehr. Oh lehr und leite weiter mich, nichts Bessres brauch ich mehr.* Während du in der Erde schläfst, färbt Ehrlich sogar die unsichtbaren Bazillen des Milzbrands, das geht wirklich, frag mich nicht wie (ich werde es herausfinden für uns), er hat es sich bei Doktor Koch abgeguckt, in Breslau, man muß eben reisen und das Geld dafür haben oder zu Fuß gehen.

Bücher muß man lesen, alle Bücher, oder keines oder sie selber schreiben. *Was kreucht und fleucht in Wald und Flur?* bringt den Kolporteur auf die Palme, der dem Frisör die Leihbücher liefert, das sei doch staubtrockene Gelehrtenlektüre, Ernst Haeckel und Darwin kennt er nicht, das Publikum wolle Romane lesen und nichts als Romane, über die Vergangenheit, über Ritter, Burgfräulein, Husaren und Gespenster. Indem ich selber zum Gespenst wurde und den Bibliotheksvorsteher der Charité mit listigem Gerassel von seinem Pult fortlockte, gelang es mir wenigstens, im Konversationslexikon die Bedeutung des Wortes *prononciert* herauszufinden. Da stehen sie in hohen Regalen und langen Reihen im Überfluß, sie riechen anders als die Bücher in Wollstein, weniger wohlig, mehr gefährlich, nach bitterer Medizin und Gift, und die Gewölbe sind menschenleer, denn diese Bücher sind alle schon gelesen worden, wie Igel sehen sie aus mit ihren vielen Spickzetteln, aber keiner der Zettel ist von mir, und ich hatte in der Bibliothek das traurige Gefühl, für immer zu spät gekommen zu sein. Vater wird mir kein Buch kaufen können, auch kein gebrauchtes, das Geld für ein Buch rollt jeden Freitag durch seine Adern, neulich ruckte er auf dem Nachhauseweg am Riemen, ich blieb stehen, er zeigte zum dunklen Himmel, an dem nichts zu sehen war, und kündigte mit ehrfurchtsvoller Stimme an, als sei es die letzte Erkenntnis, zu der er in seinem Leben gelangt wäre: ›Die Sterne sind die Juwelen der Armen.‹ Ein paar kleine Gewissensbisse plagen ihn doch, im Siechen hat er von den Studenten etwas aufgeschnappt: ›Wegen dem Wasser, du quatschst ja von nischt anderem mehr. Also, die Sonne. Die scheint auf das Wasser, damit es verdunstet. Und die Kraft, die das Scheinen sie in einem Jahr kostet, das hat irgendwer ausgerechnet, das stelle man sich mal vor, der arme Trottel, also das sind sechzehn Billionen Pferdestärken. Was sagste nun?‹ Ich wollte antworten, daß ich die drei Kubikmeter Luft, die mir in unserer Stube zustehen, zum Atmen und Lernen brauchte, damit wäre mir schon gedient, aber ich sagte es nicht (auch Doktor Koch schweigt ja und hat auf diese Weise Ruhe vor der Bohnenstange). Ich hätte ihm gern geantwortet, daß ich mein Leben ankündigen will.

Es kostete sie keinen Pfennig, über die Brücke zu gehen, ihre Füße waren frei und zu allem bereit und trugen sie bis in die letzten Winkel der Stadt, während die Stunden sich rundeten, und trugen sie ans Ende dieses dunstigen Tages durch den kalten Schnee, der sich auf den Bohlen noch einmal glitzernd härtete, drüben an der Flußmauer wurde Buss von ihren groben, halb idiotischen Schwestern eingeseift, es war

Sonntag, das Echo der panischen Schreie der Freundin hüpfte über die Eisschollen zu Henrietta.

›Ja, die Zwerge machen die anderen groß, die Monstren machen schön.‹

Henrietta blieb stehen und drehte sich um. Sie war, immer noch zu Buss schauend, an der zwergenhaften, zerlumpten Gestalt mit dem zerklüfteten Gesicht vorübergegangen, der Bettler hielt seine winzige Hand starr geöffnet, als sei sie eingefroren oder als sei er mit geöffneter Hand geboren worden.

›Eine Prinzessin wirkt noch lieblicher in Gegenwart des Monsters.‹

›Sehe ich aus, als ob ich dir was geben könnte?‹ sagte Henrietta.

›Nein.‹

Ein Mann mit Filzhut, der wie auf Zehenspitzen ging und sie in seiner Stadtverlorenheit an Doktor Koch erinnerte, erreichte zögerlich das Ende der Brücke, zog sein Paletot fest um sich wie zum Schutz, schien zu überlegen, in welcher Häuserschlucht er verschwinden sollte, in welchem Wassertropfen.

›Enorme Zeiten brechen an‹, sagte Henrietta. ›Große Experimente werden gemacht. Bald wird es keine Krankheiten mehr geben. Das kannst du allen weitersagen.‹ Und sie dachte: Ich werde dabeisein, ich werde alles wissen und enorm sein, ich werde mich ausbreiten wie eine Brücke über den Ozean und hundertfünfzig Jahre alt werden, weil ich nicht zu den Gang-und-Gäben gehöre.

›Tusch und Gloria‹, sagte der kleine König der Schmalmacher, er war der Vater von Du-Nu-Wieda, der Meisterdiebin vom Alexanderplatz, sie war zwar kein wirklicher Zwerg, doch sie schlüpfte durch jedes Kellerfenster, der Kleinwuchs schlug durch, im Gegensatz zur Begabung, der Vater bettelte um Almosen, die Tochter klaute ganze Brote und Blumensträuße, die sie am Riesenloch in der Friedrichstraße verkaufte, aus dem der größte Bahnhof des Reiches und der Welt wuchs. Als wäre das Erdreich rund um die Charité nicht schon genug umgebuddelt worden. Menschen huschten murmelnd durch halbe Torbögen, fielen blökend in gähnende Baugruben, blieben an eingetriebenen Spundwänden hängen und rangen die Hände, es war schon toll. Verschwenderin von Schicksalen, nannte Virchow die Stadt. Verschwenderin von Bauopfern auch, wie der Brückenfrau Jannowitz, die sich von der Brücke in den Fluß gestürzt hatte, als die Brücke nur halb fertig gewesen war. Baustellen überall, und der Rest sah aus, als sei er vorige Woche erst erbaut worden. Wäre die Welt leer gewesen, dachte Henrietta, die Stadt hätte sie eingerichtet und gleich wieder verschwendet. ›Große Zeiten, dicke Zeiten, dünne Zeiten, immer dasselbe Geschwafel‹, sagte der kleine Bettler. ›In der Mittelstraße haben sie eine Rollschuhbahn aufgemacht.‹

›Na und?‹

›Wo du nie Rollschuh laufen wirst, weil du nie Rollschuhe haben wirst. Und selbst wenn du das Eintrittsgeld hättest, um den anderen beim Rollschuhlaufen zuzuschauen, du bleibst in der Tretmühle, und deine schönen Augen werden alt ... warum schneidest du mir ein Gesicht, denkst du, ich habe Angst vor dir?‹

Der Mann am Ende der Brücke hatte sich noch nicht entschieden, er zog seinen Filzhut vor einem Blauen, der gerade die Brücke betreten wollte, den Bettler und Henrietta im Visier.

›Und wenn du noch so viele Gesichter aufsetzt, du bleibst in der Tretmühle. Und wenn du eines Tages in die Spree springst, wird man die Brücke nicht nach dir benennen.‹

›Die Brückenfrau‹, sagte Henrietta leise. ›Das Bauopfer.‹

›Die Baugötter fordern ihre Bauopfer, war schon immer so, wird nie anders sein. Der fette Jannowitz, der Holzhändler, das ganze Holz und das Geld gehörte seiner Ollen. Er betrog sie mit einer süßen Pißnelke, die Olle sprang in die Spree. Zur Strafe wurde die Brücke nach ihm benannt. Um seinen Namen für immer zu verfluchen.‹

›Aber seine Frau hieß auch Jannowitz. Also ist es genauso ihre Brücke.‹

›Seine Brücke.‹

›Sie war das Opfer.‹

›Schwamm über die Opfer.‹

Als sei er womöglich der wahrhaftige Doktor Koch mit seiner Vorliebe für Baugruben und Bretterzäune, entschied sich der Mann, der wie Doktor Koch aussah, für die Straße der Holzskelette, die noch keine Häuser waren, aber in der Anordnung der Kreuze, Pfeiler, Bohlen und Seile die Butterseite und die Trockenbrotseite bereits erahnen ließen. Irgendeine erfreuliche, überraschende, endlich mal neue Entwicklung wie in der Natur, von der Raupe zum Falter, von der Fliege zur Madonna, gab es bei Häusern nicht. Die Fassaden würden fein werden, die Balustraden und Fenster mit Löwen und Lorbeeren und Weintrauben verziert, doch auch die steinernen Löwen hielten die unsichtbaren Lebewesen nicht ab, einzudringen und den Tod zu bringen, hinter den Fassaden wurde nur stiller gestorben, wie hinter vorgehaltener Hand. In den sechs drehwurmerzeugenden Hinterhöfen, in den sechs Bauklötzen war kein Seufzer zu hören aus dem Vorderhaus. Gucklöcher in die Bauklötze, fürs Gemüt, und ein Plumpsklo für die Polöcher, fertig war der Laborkäfig, mußten bloß die Mäuse reingeworfen werden. Ein nagelneuer, geräumiger Friedhof ohne Kirche war auch schon angelegt, am Ende der Straße, wo die Mäuse um die Ecke zur Arbeit gingen. Aber es werden Helden erscheinen, eine große, dicke Zeit wird kommen, Sieg über die unsichtbaren, todbringenden Lebewesen, die keiner kennt außer Koch, Ehrlich und mir, die alle Menschen zu Mäusen machen und niederdrücken bis in die Häuser hinein.

Henrietta setzte ihr wichtiges Gesicht auf, der Blaue rätselte, dann strebte er dem schwermütigen Bettler zu, aber als Henrietta sich umdrehte, war der Schmalmacher verschwunden. Plötzlich war es Nacht und der Mann im Filzhut verschluckt von der Nacht.

Ich werde Doktor Koch einholen, nachdem ich schnell jung gewesen sein werde, dachte sie.

Weil das eigentliche Experiment (ihr allerneuestes, von dem sie Mama nichts erzählte, es hätte sie vielleicht beunruhigt, vielleicht aber auch nicht, denn niemand wußte, wieviel die Toten wußten, ob sie alles wußten und sahen, wie Grete und Mariechen Baltuttis behaupteten, oder ob sie rein gar nichts mehr wissen wollten, ob die Asche in der Urne und die Skelette in Geheimrat Virchows Arbeitszimmer bedeutungsloser Plunder waren, zerfallene Murmeln, zerbeulte löchrige Nachttöpfe, zurückgelassen von Himmelfahrern wie dem Herrn Jesus, der nun aber von der gesamten Keibelstraße, ausgenommen Familie Buss, als oller Bruder verhohnepipelt wurde, auf den man sich garantiert nicht verlassen konnte) weil also das eigentliche Experiment, das allerneueste, gleicherweise traurig und glücklich machende Experiment die Stunden und Tage und sogar Monate waren, die sich in Nichts auflösten, wenn sie über die Jannowitzbrücke ging und sich dabei nicht umdrehte.

Sie schlenderte, sie trödelte absichtlich an einem beliebigen Tag zu beliebiger Stunde über die Brücke, und sobald sie die andere Seite erreichte, war sie nicht nur um die paar Schritte, die sie für das Überqueren benötigte, sondern wie im Sprung um vieles, vieles älter geworden, während die staubumhüllte Arbeitslokomotive der Bahnhofsbaustelle rückwärts und lautlos heranrollte, als käme sie aus einer unsichtbaren Stadt, einem unsichtbaren Land.

Ihre Hände, ihre Füße waren älter geworden, und größer, auch ihr Bauch, in dem es jetzt manchmal unwohl zog und ziepte, und sie trug ein kleines Hütchen, den Rand mit Schwung, und ihre Gedanken waren älter geworden. Als hätte ihr zweiter Geburtstag, der Blick in den Wassertropfen, eine verborgene Tür zu einer zweiten Welt geöffnet, in der die Natur und die Uhren schneller liefen. Und ich bin doch ein Glückskind, dachte sie. Glück zu haben bedeutete, vertrauensvoll über Brücken zu gehen, Hand in Hand mit der Zeit. ›Du befindest dich in einem wilden Taumel‹, hatte der König der Schmalmacher ihr nachgerufen, ›du bist die Zukunft dieses Reiches, ich sehe es dir an der Nasenspitze an. Aber ich rate dir gut, laß es sein, fahr nach Amerika. Die Leute hier, sie wettern, sie warnen, sie ärgern und beklagen sich, sie reden am liebsten über das, was ihnen nicht gefällt. Und dann vergessen sie alles. Selbst ihr Haß ist eine Laune. Das einzig Echte hier ist die Schadenfreude.‹

Doch nur Frisör Biele, der ihr das grünrote Jägerhütchen, von einem seiner Kunden auf immer vergessen, ohne Bezahlung geändert und für zwanzig Pfennig verkauft hatte, war eingeweiht, er besaß den einzigen vernünftigen Spiegel weit und breit. ›Na, bist du mal wieder über die Jannowitz gegangen?‹, sagte er, wenn sie ihr älter gewordenes Gesicht beim Schein seiner neuen Gaslampe überprüfte, weil zu Hause der Spiegel mit den Entenornamenten log, er spiegelte eine Henrietta, die sie nicht mehr war, eine bedrückte bussartige Henrietta, die sich noch immer die von Eierkohle schwärzlichen Fingernägel sauberkaute und in der einen Hand die Petroleumfunzel hielt, während sie mit der anderen an ihren wilden, verhedderten Locken zog, auf daß sie lang und glatt würden.

Auch Buss schien schnell älter geworden zu sein, sie sah zusammengefaltet aus wie nie zuvor, als sie Henrietta an einem Sonntagmorgen wieder einmal ihre Liebe und Freundschaft erklärte, die nie enden würde, und dabei weinte. Aber es war eine Last mit dieser Liebe, denn Anna Buss dachte und empfand so elend langsam, zuckte auf alle Lebensreize nur schwach wie eine Fliege, die in einen Harztropfen gefallen war, wollte am Sonntag nichts hören von der Hausaufgabe ›Worin besteht die Ehre einer Nation?‹, die Henrietta längst und mit Freuden beendet hatte, sondern wollte herumstehen am Rollschuhring und zugucken, wie die anderen Mädchen, die glücklicher waren als sie, auf die Schnauze fielen.

Henrietta kannte keine freien Tage, *nunquam otiosus.* Montags bis freitags die vier Schulstunden zur Einübung, dann die sieben angespannten, oft verwirrenden Stunden in der Charité, wo sie neuerdings hinter Säulen stehenblieb und jeden Brocken Wissen und Meinung und *vanitas vanitatum*, den sie aufschnappen konnte, heimlich in ein Heft schrieb, über dem sie spät in der Nacht sinnierend einschlief, so wie sie als kleines Kind vor dem Einschlafen die Entenornamente am Spiegel zu enträtseln versucht hatte, die etwas bedeuteten, aber was?

›Das *unum necessarium* ist der Beweis der Wahlverwandtschaft zwischen bestimmten Blutzellen und bestimmten Farbstoffen, verstehen

Sie, Herr Geheimrat, tinktoriale Mittel sind der ideale Reiseführer durch die Landschaft der Zellen‹ (Oberarzt Ehrlich zu Professor Frerichs). ›Im weiteren Krankheitsverlauf zerfallen die Tuberkel, sie zerstören das Lungengewebe des Herrn Leutnant von Winterfeld, es entstehen Höhlen, aber woher die Knötchen kommen ... *res dubia* (Stabsarzt Runkwitz zu einem Studenten). ›Darwins Geschenk, und glaub mir, nie war ein Geschenk weniger willkommen, ist die schreckliche Erklärung unseres Lebens als reiner Mechanismus. Und jetzt vergiß das mal alles, spiel mit deinem Tuschkasten, *sic volo, sic iubeo*‹ (Geheimrat Virchow zu Henrietta).

Sonnabends schnitt sie am Vormittag mit Hilfe des Leitfadens *Mensch und Ding im Schattenriß* Silhouetten von kleinen Schoßhunden, die sie auf den Armen der Damen in der Friedrichstraße gesehen hatte, und verkaufte sie nachmittags den Spaziergängern in der Großen Querallee im Tiergarten, auch dies natürlich heimlich, denn sie sparte für Bücher, und Vater konnte Extragroschen auf hundert Meter riechen. An Sonntagen, die in der neuen Zeit offenbar häufiger vorkamen als früher und sich nicht mehr so anfühlten, als werde man einmal die Woche lebendig begraben, durfte sie ›zum Spaß‹ verschiedene Proben von Wasser auf ihre natürlichen Bestandteile untersuchen, während der König der Medizin lange Briefe an die Akademien und kurze Erlasse an seine Untertanen zu Papier kratzte. Glasröhrchen schneiden und biegen und glätten, die Handhabung von Pipette und Filter, das Bohren und Einpassen des Korks und Einrichten des Mikroskops, dies alles hatte er sie gelehrt, und nicht gewollt (sic volo, sic iubeo, sie schlug jetzt die lateinischen Redensarten, mit denen die Charitéler um sich warfen, bei Gretes Diakonissen in einer Fibel nach), daß Oberarzt Ehrlich, der mit Tinkturen und Temperaturen jonglierte wie kein anderer, ihr auch nur ein Filtrierpapier auslieh. Denn eigentlich war sie in Ungnade gefallen nach seiner Rückkehr von den Ausgrabungen, und die Ungnade des Königs aus heiterem Himmel tat weh.

Weil sie aber durch das Brückengehen zu sich gekommen war, nicht länger Maskottchen war, sondern ein Untertan, die Mahlowsche, eine

Dienerin (aber eine Dienerin mit Plan), besaß sie das Gespür der Diener für die geheimen, vertrackten, unedlen Beweggründe der Herrschaft. Daß ein Landarzt in Wollstein und nicht er, König Virchow, ihr das Innere des Wassertropfens gezeigt hatte, wurmte ihn, aus seinem Kopf schien eine kleine grüne Giftwolke zu steigen, er räusperte sich, nahm eine Salmiakpastille und schob sie in seinem Mund herum, seine Nickelbrille blitzte violett. Er verneinte die unsichtbaren Krankheitserreger, er verneinte Doktor Koch und hegte einen Groll gegen alle, die Kochs Ideen von den Bazillen befreiend und *punctum saliens* fanden. Nur die Zellen und die Zeit verursachten Krankheiten, hatte der König in jahrzehntelanger Arbeit herausgefunden. Aus den Zellen, so verfügte er, kam das Leiden, nicht aus dem Blutsaft, und schon gar nicht aus der Luft, dem unsichtbaren Element.

›Jede Zelle stammt aus einer anderen Zelle, Dummchen‹, belehrte er Henrietta und meinte insgeheim Doktor Koch, ›jede Zelle erzeugt und beherrscht und verändert ihr Territorium, wie der Mensch sein Haus baut und verwaltet und verändert. Die Zelle ist die Lebenseinheit, alles andere ist zweitrangig, abgeleitet, *untertan*.‹ Wußte der langweilende Tropf von Lehrer in der Schule überhaupt, wie recht er hatte, wenn er ihnen den Stock über den Kopf zog und im Takt dazu predigte, daß Wissen Macht sei? Es war die größte Macht der Welt. Alles andere war zweitrangig, untertan. Geheimrat Virchow besaß sie und würde sie nicht teilen, nicht in zweihundert Jahren.

›Du neigst zu Phantastereien‹, tadelte er Henrietta sprich Doktor Koch. ›Du bist halt ein Mädchen. Deshalb verbiete ich dir auch, in meinen Büchern herumzublättern.‹

Es sei eine Gefahr für das seelische Gleichgewicht der Mädchen, das Hineinstecken der Nase in Bücher, behauptete er und behaupteten auch Ehrlich und eigentlich alle. Für Jungen war es ungefährlich (angeblich). Die Keibeljungen und die Jungen in der Schule, allesamt dumpfe Kindsköpfe, steinigten aber lieber Katzen und spielten Leutnant von Winterfeld (und bohrten in ihren pickligen Nasen) anstatt zu lesen.

›Aber ich bin nicht gang und gäbe. Haben Sie selbst gesagt ...‹

›Habe ich niemals gesagt. Und du sollst mich nicht siezen und erwachsen tun. Spiel mit deinem Tuschkasten, mal eine Blume für deinen Vater.‹

›Sie haben gesagt, irgendwann beginnt der Ernst des Lebens.‹

Er legte ein Lesezeichen in ein dickes Buch mit weinrotem Einband und schlug eine seiner Notizkladden auf.

›Ist es nicht bereits ernst genug für euch beide? Muß es noch ernster werden?‹

Auch Vater war älter geworden, so schnell. Aus Angst, seine Ehre zu verlieren, hatte er gegen die Trinkwut angekämpft, indem er sich an den Wochenenden von seiner eigenen Tochter in der Wohnküche einsperren ließ. Nachts drehte und wendete sie auf den Treppenstufen ihre heimlichen Chariténotizen im Kopf herum, während er Schrank, Bett und Tisch mit Füßen trat und die Nachbarn Zeter und Mord schrien. Geheimrat Virchow hatte die Lust an Henriettas Wasseruntersuchungen verloren und sie an den sonntäglichen häuslichen Herd zurückverbannt, dem Vater in einem Tobsuchtsanfall einen ganzen gußeisernen Fuß weghieb, ›schwerbegreiflicherweise‹, wie Oberarzt Ehrlich gesagt hätte. Vater trank Wasser, sie sprachen nicht miteinander, aber sie konnten das innere Flüstern hören, mit dem jeder von ihnen die Wochenenden zählte, es waren dreieinhalb. Am vierten Sonnabend verschwand er im Morgengrauen spurlos und kehrte erst in den frühen Stunden des Montags zurück, auf allen vieren, aus dem zerschlagenen Ohr blutend, aber merkwürdigerweise nicht als das speiende, greinende Kind, dem Henrietta früher in der Molkenritze den Riemen angelegt hatte, sondern als redseliger Philosoph.

›Ja, ich hab dein Erspartes im Schrank gefunden, ich bin ein schlechter Vater, mir graust vor mir, du kriegst es wieder. Und das hab ich auch gefunden ...‹ Er faltete einen kleinen Zettel auseinander, den Henrietta im Schrank vergessen hatte, und las langsam und umständlich: ›*Zwischen bestimmten Blutzellen und bestimmten Farbstoffen gibt es eine Wahlverwandtschaft, hat Ehrlich bewiesen – wenn man Farben aus meinem Tuschkasten zu Blutzellen transportieren kann, warum nicht auch Heilsäfte, Kräutersäfte zum Beispiel, zu kranken Zellen, genau an die richtige Adresse?* Was soll das Apothekergewäsch und warum versteckst du es bei deinem Geld?‹

›Es sind nur Gedanken. Die Gedanken sind frei.‹

›Sind sie eben nicht. Sind sie erst, wenn du so denkst wie ich. Ich habe dem Schicksal ins Auge geschaut, und es hat zu mir gesprochen.‹

›Wo warst du, ich hab dich überall gesucht.‹

›Unten auf dem Land, an der Domäne Dahlem. Mit drei Litern Kümmel vom Feinsten, dein Vater ist ja nicht blöd, wozu den Wirten die Penunze in den Rachen werfen? Auf dem Land ist alles wie früher. Früher war alles besser, kannst du mir glauben.‹

Auf dem Land, wo er mit den Knechten um Henriettas restliche Spargroschen gewürfelt hatte, all die ungelesenen Bücher.

›Und ich habe dem Schicksal ins Auge geschaut, es ist nicht so bekloppt, wie ich dachte, es ist weise. Es sagt, Paul, du mußt verlieren, um deine Ehre zu retten, das ist der Plan, den ich mit dir habe. Die Ehre verlieren, den Beruf, das Geld, die Frau …‹

›Ich will das nicht hören.‹

›… alles mußt du verlieren, und wenn du gar nichts mehr hast, dann bist du endlich dran, dann gewinnst du.‹

›Was gewinnst du, Vater?‹

›Den Respekt vor mir selbst, Jettchen. Wenn ich mich selbst fertigmache, können die da oben mich nicht fertigmachen. Das ist meine einzige Waffe. Das ist der Plan.‹

Vater hat seinen letzten Verstand zunichte gesoffen, dachte Henrietta. Der Diebstahl ihrer dreißig Mark fünfundachtzig, der Mundraub, Bücherraub, Gedankenraub ging zu Lasten ihrer eigenen Dämlichkeit. Sie hätte es halten sollen wie Du-Nu-Wieda, die ihr Beuteversteck laufend wechselte, damit Knochen-Konske, Herrscher der östlichen Unterwelt, ihr nicht alles wegnahm. Allerdings hatte der Frisör vor kurzem eine Notiz in der ›Berlinischen‹ vorgelesen, wonach Du-Nu-Wieda beim Ausbaldowern eines solchen Verstecks von den Blauen hopps genommen und in die Korrekturanstalt gesperrt worden war. Und trotzdem wären Du-Nu-Wiedas Mütter, denn sie hatte einige, nie auf die Idee gekommen, die hochbegabte Diebin ›ein Familienunglück‹ zu nennen.

›Ich habe meine eigene Meinung zu der Chose‹, sagte Vater, ›aber du hörst ja nicht auf mich, es gibt keine Liebe unter den Menschen, auch unter den feinen Pinkels nicht, die du so anhimmelst, es gibt kein Familienunglück, sind alles nur Worte, du mußt dich selbst fertigmachen, dann kann dir keiner was.‹ Neuerdings ohrfeigte er sie ohne jeden Anlaß, nur um danach seinen Kopf gegen die Wand zu rammen.

›Die Knechte haben mir ein prima Mittel gegen den Brummschädel verraten‹, sagte Vater und riß sich den Kragen, den sie ihm für die Arbeit gebunden hatte, vom Hals. ›Hol mir doch mal Schneckenschleim, gestoßenen Weihrauch und Minze, laß anschreiben.‹ Er ging nun alle vier Wochen zum Teufel aufs Land, man konnte den Tag im Kalender ankreuzen. Otto Buss wollte ihm folgen, kam jedoch nur bis zur nächsten Kutscherkneipe, seine Jüngste versteckte sich hinter dem grünen Vorhang im Frisörgeschäft, auch nachts sollte sie jetzt beim Schein der Petroleumfunzel Fransen und Borden nähen, ihre Mutter hatte sie mit einem Strick am Stuhl festgebunden, selbst auf dem Mond würde man der Mutter nicht entkommen, meinte Buss, aber sie entkam, hinter dem Vorhang las sie den Roman *Das schöne Mädchen von Samos oder die Schreckensnächte in den Verliesen der sieben Türme zu Konstantinopel.*

Unterdessen ging Henrietta über ihre Brücke, bis die Brücke eines Tages fehlte. Die Stadtbahnbaustelle, die überall halbe Häuser, halbe Gärten und sogar halbe Wäscheleinen zurückließ, hatte um sich gegriffen und die Brücke verschluckt und die Böschung, unter deren Grasnaben die Nichtfamilie Mahlow die Urne der Nichtmutter vermutete. Wie ein gefräßiger, graugelber Tuberkelknoten lag die Baustelle satt da. Henrietta suchte die Umgebung nach der verschwundenen Böschung ab, nachts siebte sie mit ihren Händen Sand, während Buss, die in Konstantinopel einen kleinen Mut gefunden hatte, Schmiere stand.

›Wieder nichts?‹

›Rostige Hufeisen, ein Kamm ohne Zähne und zwei Maulwurfschädel.‹

›Ich nehm die Flohharke.‹

Henrietta schaute auf den schwarzen Fluß. Wellen suckelten an den schimmernden Eisenpfeilern, die eine neue, andere Jannowitzbrücke tragen würden. Verschwenderin von Schicksalen, erinnerte sie sich, so war die Stadt, durch die Wälder, durch Wiesen und Felder bist du gewandert, um auf einer regennassen Spreebrücke fast von einem Pferdekarren überfahren zu werden, du bist weitergegangen, du hast mich geboren, aber wir haben uns nie gesehen, dreh dich nicht um.

›Laß uns fortrennen‹, sagte Anna. ›Auf Nimmerwiedersehn.‹

›Und wohin?‹

›Wo es besser ist.‹

›Zu den sieben Türmen von Konstantinopel?‹

›Oder ins Morgenland, zum Herrn Jesus.‹

›Ich kann nicht fort. Ich hab noch was vor in dieser Stadt.‹

›Allein schaff ich es nicht. Du bist meine beste Freundin‹, sagte Anna und starrte auf den zahnlosen Kamm in ihrer Pfote, während Henrietta Annas schorfigen Mittelscheitel studierte und zu ergründen versuchte, warum sie damals, in der Vorbrückenzeit, ausgerechnet dieses hilflose, würdelose Bündelchen als Spielgefährtin und Vertraute an sich gezogen hatte. Annas Kinn war jetzt den ganzen Tag in leiser, kaninchenhafter Bewegung, man mußte genau hinschauen, um zu kapieren, daß sie mit sich selbst redete, sie klagte die Welt und die eigene Person an wie eine alte Frau, was ging in ihrem Kopf vor?

›Ich bin so traurig.‹

›Worüber?‹

›Über alles.‹

Henrietta umarmte die Überallestraurige. Es war ihr lästig, das Bündel zu halten, aber sie wollte nicht geizen mit ihren Armen und Händen, die Anna früher über die Hofmauer gezogen und vor den Schlägen der älteren Schwestern geschützt hatten. Die Füße, die Arme, die Finger, treue Gliedmaßen, sie fragten nicht, sie klagten nicht, sie gehorchten. Anna rieb ihr immerfeuchtes Hundegesicht hin und her an Henriettas Hals, und Henrietta dachte an ihre Amme Galeshka Moravioff, die mögliche Herzogin von Warschau. Vielleicht war das Bündel Buss ihr ungeliebtes Ammenkind (denn nie würde sie eigene Kinder haben, nicht in den zweihundert Jahren, die sie zu leben gedachte), ungeliebt und von zwielichtiger Herkunft, ein Geschenk der verschwenderischen Stadt, aber man fühlte Verantwortung, wenn man nicht gerade Paul Mahlow hieß.

›Was trägst du an deiner Brust?‹

›Nichts.‹

Henrietta stieß Anna weit von sich. Anna trudelte mit geöffneten Armen durch den Sand und blieb an einem Baupfahl hängen. Gegenüber am Ende oder Anfang der fehlenden Brücke wartete still eine Nachtgestalt.

›Kannst du was sehen, ist das ein Blauer?‹ Anna war Henriettas Blick gefolgt.

Die Gestalt schien nicht zu begreifen, daß sie umkehren und eine andere Brücke finden mußte. Ein betrunkener Knecht von der Domäne Dahlem vielleicht, auf Gegenbesuch bei Vater, verloren und gelähmt im Unverständnis der Lage.

Was ich dir gestern sagen wollte, als du vielleicht noch hier warst, irgendwo zwischen den kleinen Maulwurfschädeln: ich trage die Papierecke jetzt an meinem Herzen, deine Worte, in einem Beutel aus Bast, an einer Schnur unter meinem Kittel, durch die ganze Stadt, durch mein ganzes Leben. Es war das falsche Versteck für dein Testament, hinter dieser Mißgeburt mit den drei Händen.

›Ist es ein Blauer?‹

Die Nachtgestalt wandte sich ab von dem unsichtbaren Loch über dem Fluß, in das sie gestarrt hatte, und trat in den Lichtkreis einer Straßenlaterne. Henrietta hob langsam die Hand, aber die Nacht war zu dunkel.

›Nein. Das ist Doktor Robert Koch.‹

4 Die erhängte Maus

Der Mond, der alte Verräter, war noch voller als Vater, viel zu viele Nächte nun schon, eine astronomische Rarität, meinten die vermummten Gelehrten. Er beschien den bläulichen Arm der Wrobelschen, der aus dem Kohlensack gerutscht war und dumpf gegen die Tür des Boteneingangs schlug. Gleich darauf meldete sich die Stimme des Leichenwäschers hinter der Tür.

›Wer da?‹

›Wir‹, sagte Henrietta.

›Wo ist der Geheimrat?‹

›Der nimmt gerade ein Fußbad.‹

›In Ordnung, ihr dürft passieren.‹

Henrietta leuchtete mit der Blendlaterne voran, Vater und der Leichenwäscher trugen die Wrobelsche die Treppe hinauf, den Gang entlang und um die Ecke in den Pathologiesaal, wo sie die Tote auf Kochs Lieblingstisch legten, den Tisch des unbekannten Studenten, der weit entfernt stand von Virchows Tisch unter der morschen Uhr und mit dem Podest, auf das der kleinwüchsige König zum Sezieren klettern mußte. Der Leichenwäscher zog der Wrobelschen im Mondlicht das Hemd aus und wusch sie mit einem Schwamm. Henrietta wandte sich ab, sie haßte den Anblick von Schwämmen. Am Morgen hatte die Wrobelsche zwischen zwei Blutspeiattacken noch eine plötzliche Erinnerung gehabt wie die meisten Menschen kurz vor dem Tod, an einen rostroten Sittich mit schwarzen Stecknadelkopfaugen mußte sie denken, der eines Ostersonntags in Puhlmanns Garten zu ihr gesagt hatte ›Nimm mich mit‹, aber sie hatte statt dessen Wrobel geheiratet und derart viele Kinder von ihm geschenkt bekommen, daß sie sie nicht mehr zählen mochte. August Wrobel und zwei dieser Kinder standen ganz oben auf Henriettas Liste künftiger Leichen für Doktor Koch und die Wissenschaft.

Die vermummten Gelehrten betraten wortlos den Saal, Vater folgte seiner Bierfahne hinaus ins Treppenhaus, um Schmiere zu stehen. Die Suche nach den Bazillen, die sich wie winzige Ostereier in der Lunge und der Lymphe der Wrobelschen versteckten, vielleicht weil die Frau an jenem Ostersonntag den rostroten Sittich nicht mitgenommen hatte und danach ein Unglück dem anderen gefolgt war, konnte aufs neue beginnen.

›Jette Mahlow, du mußt dir das nicht anschauen.‹ Oberarzt Ehrlich oder Dr. von Leyden, der stillschweigende Muttermordzeuge, stellten noch in der Wohnküche, der Mansarde, dem Kellerloch den Totenschein aus, auf daß die Leichen an Virchow und seinen Leuten vorbeigeschmuggelt werden konnten. Wobei Henrietta wertvolle Dienste leistete, denn sie hörte sich um, sie wußte, wer zwischen Keibelstraße und Stettiner Bahnhof gerade starb. Sie wußte, worauf sie beim Sichten des Hausmülls zu achten hatte, das getrocknete Speiblut, den getrockneten grauen Auswurf in zerknülltem Zeitungspapier. Sie wußte, wie man mit den Angehörigen der halb schon Toten reden, welchen Händedruck mit wieviel Münzen man ihnen geben mußte, und sie wußte, was eine gute Parole für den Leichenwäscher war und was man ihm und Vater für die Nachtarbeit und das Schweigen zu zahlen hatte. Stundenlang rätselten die Gelehrten über der Parole, kindische Reime und Abzählverse schlugen sie vor, schließlich sogar lateinische Redewendungen, für die der alte Leichenwäscher erst das Latinum hätte erwerben müssen. Und als einzige vielleicht kannte sie Virchows launigen Stundenplan, wußte, wann er überraschend beabsichtigte, mit seinen Leuten eine Nachtschicht in der Pathologie einzulegen. Niemals hätte Virchow die Leichen der Charité mit Koch und dessen Leuten geteilt.

›Ich gehe.‹ Henrietta gab reihum Hand. Den Knicks hatte sie sich zugunsten des Dieners abgewöhnt, sie gehörte zu Kochs Leuten, Kochs

Leute schüttelten einander eilig die Hand und deuteten knapp eine Verbeugung an.

›Sie geht.‹

›Geradewegs.‹

›Auf bald.‹

›Kein Wort zu keinem.‹

Zuerst im Halbdunkel hinauf ins zweite Geschoß, dann über eine steile Stiege wieder hinunter ins Zwischengeschoß ging sie zu der Besenkammer, in der sie sich als Kind oft vor Mariechen Baltuttis versteckt hatte und durch deren zweihandbreite Luftluke sie von erhöhter Warte in den Pathologiesaal linsen konnte, ohne selbst gesehen zu werden. Die Kammer roch heute anders als sonst, nicht seifig, sondern eklig süßlich. Vielleicht war es ihr eigener Geruch, dachte sie, vom Transport der Toten. Sie mußte sich mit Gras und Kastanien einreiben, sonst verriet der Geruch noch das ganze enorme Unternehmen.

Der Leichenwäscher leuchtete mit der Blendlaterne und kaute den Tabak, den er sich jetzt leisten konnte, Koch präparierte, sein Assistent Loeffler, ein junger Militärarzt der Pepinière, der von Kochs Traurigkeit wie von einem unsichtbaren Bazillus angesteckt worden zu sein schien und stets Tränen in den Augen hatte, reichte ihm die Instrumente, Ehrlich hielt Gefäße bereit für die Lungenfetzen der Wrobelschen mit den gelblichgrauen Knoten und Höckern der Schwindsucht, er wartete auf seinen Anteil an der Beute zum Färben, und Henrietta wagte kaum zu atmen. Die Männer um den Seziertisch warfen hohe Schatten an die Wand, auch die tote Frau steuerte ihre zerklüftete Silhouette bei, diente der Forschung, es sind die Vorausschatten der Zukunft, dachte Henrietta, der enormen Zukunft, die nur im Verborgenen durch Verschwörung und Rebellion geschmiedet wird. Und sie hatte teil, war dem Tod auf der Spur, las regelmäßig im Buch des Hippokrates, das sie insgeheim aus Virchows Regal entliehen und für die Dauer der nicht einfachen Lektüre durch den Roman *Das schöne Mädchen von Samos oder die Schreckensnächte in den Verliesen der sieben Türme zu Konstantinopel* ersetzt hatte. Sie war dabei mit ihren weit geöffneten Augen, die im Schein der Laterne gewiß aufglühten wie Katzenaugen, die über die Forscher wachten. Man rätselte sogar über sie.

›Unsere Jette lernt schnell‹, sagte Koch. ›Das manifesteste Material, das mir bisher untergekommen ist.‹

›Eine richtige kleine Arztfrau‹, sagte Ehrlich.

›Ach‹, sagte Koch, ›die Arztfrauen sind auch nicht mehr, was sie einmal waren. Zählen nur noch das Geld.‹

›Bei Ihnen gibt es wenigstens etwas zu zählen‹, sagte Ehrlich.

›Vielleicht mute ich der kleinen Mahlow zuviel zu‹, sagte Koch. ›Aber sie hat den Blick für das Moribunde, der den Weibern sonst völlig abgeht.‹

›Die verkauft noch ihre tote Großmutter, wenn sie eine haben täte‹, sagte der Leichenwäscher.

›Vielleicht bin ich zu weit gegangen‹, sagte Koch.

›Das ist genau Jettes Lebensziel, zu weit zu gehen‹, sagte Ehrlich. ›All die kleingekriegten Seelen in diesen Wohnlöchern. Dreht mir jedesmal das Herz um. Der Dreck, der Gestank, und kein Licht. Aber unsere Jette ... wann kommt eigentlich Ihr Spezialist für Desinfektion, dieser famose Italiener mit dem Batzen Geld, das er in unsere Arbeit stecken will ...?‹

›Ich weiß es nicht‹, sagte Koch, und sein Schatten beugte sich tiefer in die zerrissene Frau. ›Aber er ist mir bewilligt.‹

›... was wollte ich sagen, unsere Jette ist doch der Beweis, daß Anstand und eine hohe Gesinnung über noch so mißliche Lebensumstände obsiegen können, egal was die Herren Sozialdemokraten behaupten. Sie wird ein paar Straßen nach oben heiraten, soviel ist sicher. Vielleicht sogar einen praktischen Arzt.‹

›Wenn da nicht etwas ganz anderes dahintersteckt‹, sagte Loeffler.

›Was denn?‹

›Finden Sie es nicht seltsam, Herr Oberarzt, welche Vertrauensstellung die Kleine bei Geheimrat Virchow einnimmt? Er soll ja früher liebend gern Hausbesuche in diesen Vierteln gemacht haben. Es gibt Leute, die behaupten, sie sei sein Balg.‹

›Es gibt Gerüchte‹, sagte der Leichenwäscher.

›Da hören Sie‹, sagte Loeffler.

›Mumpitz‹, sagte Ehrlich.

›Man munkelt, die Mutter ist eine nahe Verwandte des Zaren‹, sagte der Leichenwäscher. ›Und Geheimrat Virchow nur der Ziehvater und Mahlow sein Handlanger. Den wahren Vater muß man weiter oben suchen …‹

›Und wo bitte?‹

›In Potsdam.‹

›Nun machen Sie mal einen Punkt, Mann.‹ Ehrlichs Schatten zuckte hampelmannhaft, auch Loeffler gab eine Art Lachen von sich, es klang wie ein Schluchzen.

›Jettchen Mahlow, des Kaisers unbekannte Tochter.‹ Koch ließ das Messer fallen. Und nun hielten sie sich am Seziertisch fest und wieherten im Chor. Immer kam dieser Augenblick, da sie die Arbeit kurz unterbrachen und herumalberten wie die Erstklässler in der Volksschule. Nur der Leichenwäscher blieb ernst, er hatte einen anderen Humor.

›Nicht so laut, meine Herren‹, sagte Koch. ›Wir riskieren Kopf und Kragen.‹

Und dann kam dieser andere Augenblick, wenn Koch zur Luftluke der Besenkammer aufschaute und Henrietta wortlos wissen ließ, daß er wußte, sie war da. So wie er in jener Nacht am Ende der verschwundenen Brücke gewußt oder gespürt hatte, daß Henrietta dagewesen war und immer da sein würde. Dann wanderte sein Blick zur Uhr an der Wand, von der die Ziffern fielen, kein Hausmeister hatte sich je ihrer angenommen, tagein, tagaus wurden die Leichen hereingerollt und die Überreste in Tüchern gebündelt hinausgetragen, es war keine Zeit, eine morsche Uhr zu reparieren. *Vulnerat omnes, ultima necat.*

Henrietta wurde sehr müde, aber sie wollte wach sein. Der Schlaf und der Schnaps waren die Hauptfeinde der Zukunft. Jeden Abend legte sich die ganze Menschheit zu Bett, anstatt weiterzumachen. Ohne diesen viehischen Drang wäre der Sieg über den Tod und die Armut eine Sache von Monaten, Wochen gewesen, man mußte eine Arznei, ein Gift gegen die Schlafsucht erfinden. ›Weitermachen!‹, der Ruf der Offiziere vom nahen Exerzierplatz hielt die Charité auf Trab, nicht nur die Ärzte, auch die Kranken, die auf ihren Lagern zusammenschraken und sich erinnerten, daß es noch viel zu tun gab. Ehrlich schlief vier Stunden, Koch drei, Virchow nie.

Koch beugte sich über den geöffneten Schädel der Wrobelschen. ›Das habe ich selten gesehen, auch das Hirn ist von Tuberkeln befallen.‹

›Es ist eine fürchterliche Stadt‹, sagte Ehrlich und zündete sich eine Zigarre an. Er spitzte seinen Kindermund und blies eine kleine röhrenförmige Rauchwolke über Kochs Kopf hinweg, wie zum Schutz. Obwohl man sich als Toter eigentlich bester Gesundheit erfreuen mußte, lauerte der Bazillus noch in der Wrobelschen und war nicht gestorben mit ihr. ›Wildfremde Affen sprechen die Leute auf den Brücken an und mischen sich in die Benennung der Kinder ein.‹

›Haben Sie getrunken, Herr Oberarzt?‹

›Ja, kennen Sie die Geschichte nicht, wie Henrietta zu ihrem Namen kam ...?‹

›Konzentration bitte.‹

Henrietta tastete nach einem Scheuerlappen, um ihr Gesicht wachzurubbeln. Ihre Hand zuckte zurück, sie hatte in etwas Weiches gegriffen, das an der Wand der Besenkammer hing. Eine Hasenpfote vielleicht, ein Glücksbringer? Sie ging auf Zehenspitzen zur Tür und öffnete sie einen Spaltbreit, um das Licht der glotzenden Mondkugel vom Flur hereinzulassen. Was sie im fahlen Schein vom Wandhaken baumeln sah, war gräßlich und böse und schwer zu deuten. Sie roch an ihren Fingerspitzen, eklig süß. Sie schaute weg. Aber das Bild hatte ihr Hirn befallen und tauchte vor ihren Augen auf, in welche Ecke sie auch schaute. Sie roch an ihren Haaren, das tat sie jetzt oft, es half ihr, das Gefühl für sich selbst wiederzufinden, wenn sie in der Aufregung verlorenging wie ein Knopf an Virchows Gamaschen. Ihre Haare rochen nach Bleistiften und Oktoberregen und Kakao.

›Das reicht erst mal für die nächsten Tage‹, hörte sie Koch sagen. Es war ihr Stichwort, sie mußte zurück in den Saal, Vater und dem Leichenwäscher helfen, die Reste der Wrobelschen und alle Spuren zu beseitigen. Dafür gab es jedesmal zwei Groschen, die sie erst, wenn sie den Fluß erreicht hatte, in den Brustbeutel steckte, ihre Habschaft zählend und zum Kaiserlichen Gesundheitsamt hinüberschauend, in dem noch ein einziges Licht brannte, Kochs Licht, das Bazillenlicht, bei welchem er das geraubte höckrige Menschenfleisch untersuchen würde, bis im schwefligen Morgengrauen die ersten Hufe auf der Straße klapperten und die Milchkannen abgestellt wurden vor den Häusern, deren schlafende Bewohner nicht ahnten, daß sie an einem dieser Morgen in einer neuen Welt erwachen würden.

Auf der engen, finsteren Stiege hinab erschrak sie und hielt inne. Schritte und ein Klopfen, das die Schritte begleitete, näherten sich von unten, hielten ebenfalls inne, um sich dann wieder zu entfernen. Im Obergeschoß äugte sie vorsichtig um eine Säule. Ein Schemen lehnte unter dem Mond im Fensterkreuz und balancierte einen schlanken Spazierstock. Das Schemen war unruhig, es klopfte mit seinem Spazierstock mehrmals auf den Boden. Ich habe dieses Schemen mit dem Stock schon einmal gesehen, dachte sie, doch wann, wo? Ich muß sofort die andern warnen, aber das geht nicht, denn eigentlich bin ich gar nicht hier. Das Schemen summte jetzt ein Lied, einen Walzer von der Hasenheide, der Henrietta vertraut klang, obwohl sie noch nie auf der Hasenheide gewesen war. Überhaupt alles kam ihr heute merkwürdig bekannt vor, so als sei es schon einmal geschehen oder als habe sie es vorausgeträumt während der paar Stunden sinnlosen Schlafes, den sie absolvierte wie eine lästige Pflicht: die gelben Augen der Wrobelschen, die gebrochen zum Fenster blickten, als erwarte die Tote den rostroten Sittich, die Tuberkeln im Hirn und das Böse in der Besenkammer und der Mond, der nicht aufhören wollte, in jeden Winkel der Stadt zu glotzen.

›Heinzelmann‹, sagte Henrietta leise hinter der Säule. Auf manchen Namen lag ein Fluch.

Das Schemen unterbrach das Klopfen, es hielt den Stock jetzt wie ein Hirte, der seine Schafe rief.

›Komm mit‹, sagte es, als könne es durch die Säule sehen, hinter der

Henrietta sich verbarg. ›Wir wissen alles. Komm mit, und dir geschieht nichts. Ich kümmere mich um dich.‹ Das Schemen hieß Hans-Ulrich Heinzelmann und war Student bei Virchow.

›Wer ist wir? Was wissen Sie, Herr Student?‹, sagte Henrietta hinter ihrer Säule.

Auch Hans-Ulrich Heinzelmann kam von unten, sein Vater war ein geistiger Mensch gewesen, ein Dekorationsmaler am Theater, und an Trunksucht und Schwindsucht zugrunde gegangen, seine Mutter kochte und schrubbte die Wäsche für Fassadenbewohner in der Nähe des Schlesischen Tors, noch nicht einmal bügeln durfte sie die Wäsche, das besorgte eine höhergestellte Magd, und Hans-Ulrich kaufte sich von drei Wochenlöhnen der Mutter einen Spazierstock. Pathologe wollte er werden, ›Pathologe mit einem Spleen‹, wie er einem Kommilitonen hinter vorgehaltener Hand in der Speiseanstalt anvertraut hatte, der Pathologe mit dem Spazierstock. Virchow war unaufhörlich unzufrieden mit Hans-Ulrich Heinzelmann, schalt und veräppelte ihn und legte seinen Gönnern nahe, ihren Schützling alles studieren zu lassen, bloß nicht Medizin. Doch die Gönner, Freunde des toten Vaters, hörten nur auf Hans-Ulrich und hielten ihre immer leicht zitternden Hände schützend über ihn, wenngleich nicht über seine Mutter.

›Alles weiß ich, Schwarzauge‹, sagte er. ›Ihr seid aufgeflogen.‹

Henrietta hörte das Hauptportal im Erdgeschoß auffliegen und ein Stimmengewirr und ein Schütteln und Wedeln von Mänteln und Umhängen und die Stiefeletten und Überschuhe und Vaters Quadratlatschen im Treppenhaus. Zuerst kamen Loeffler und der Leichenwäscher und Vater gesenkten Kopfes wie Schwerverbrecher, sie nahmen drei, vier Stufen, blieben stehen, drehten sich um, redeten alle gleichzeitig, wurden nicht gehört, gingen weiter, blieben wieder stehen. Koch und Ehrlich nahmen nebeneinander zwei Stufen, blieben stehen, drehten sich um, nestelten an ihren Bärten, hoben erregt die Zeigefinger, nahmen die nächsten zwei Stufen, blieben erneut stehen. Ganz in Schwarz, die kleinen Füße fast geräuschlos setzend, folgte der zischende Virchow.

Henrietta trat hinter der Säule hervor. Der Mann, der ihr den Tuschkasten geschenkt hatte und wohl nie wieder ihr Onkel Rudi sein würde, blieb am Treppenende stehen, stellte das Zischen ein, schaute zu ihr, dachte über sie nach, auch sie dachte über ihn nach, sie dachten übereinander nach wie über ein aufgeschlagenes Knie oder einen Zahnschmerz, und an die guten Tage, als das Knie noch laufen konnte und der Zahn noch blitzen, die vielen guten Tage.

›Sie hat nichts damit zu tun‹, sagte Koch.

›Verschwinde‹, sagte Vater.

›Ich verschwinde nicht so schnell‹, sagte sie.

›Mach doch, was du willst‹, sagte Virchow und ging voran in sein Büro, das Schemen hielt ihm die Tür auf.

›Suchen Sie sich einen Stuhl.‹ Virchow nahm Aufstellung neben seinem ›großen Bruder‹, dem ehemaligen Hünen und Preisringer, seinem Paradeskelett.

›Ich stehe lieber‹, sagte Koch.

›Ich auch‹, sagte Loeffler.

›Gleichfalls‹, sagte Ehrlich.

›Gleichfalls‹, echote Vater, der sich nie im Leben einen Stuhl hätte suchen dürfen.

Henrietta warf einen Blick zu ihrem ehemaligen Platz am kleinen Beistelltisch neben dem kleinen Fenster. Eine Pipette, ein Objektträger und zwei Korken ohne Gläser lagen noch dort und warteten, daß sie die Wasseruntersuchungen wieder aufnahm, die schlichten, treuen Utensilien wirkten wie Überbleibsel einer untergegangenen Zeit, als hätte Virchow sie von seinen Ausgrabungen mitgebracht. Erneut hatte Henrietta ein Gefühl der Wiederholung und des Neben-sich-Stehens, der Scherenschleifer schaute noch einmal zum sommerlich geöffneten Fenster herein und bat um einen Schluck Wasser, und Henrietta lachte, es gibt nur Mikrobenwasser, Spreelimonade, aber Onkel Rudi blieb ernst, er hielt die Pipette gegen das Licht, die braun-grüne Wasserprobe war unergründlich, er sah den Verrat kommen.

War es denn Verrat? Oder war es einfach eine andere Art zu sehen? Sie mochte die Bilder nicht mehr, die sie mit seinem Tuschkasten gemalt und die er so herzallerliebst gefunden hatte, die weichen Sommertage, sie füllte die Rückseiten mit ihren Notizen und schließlich auch ihre blauen Wolken und grauen Häuser und bunten Menschen, platte und glatte Menschen. Wenn man die bunten Menschen umdrehte wie Steine, sah man das Wüten der Bazillen. Er wußte es, wußte es und gab es nicht zu, keiner außer ihm sollte es wissen.

›Ad eins: Paul Mahlow. Du bist deines Postens als Krankenwärter entbunden. Damit das Kind und du nicht gänzlich vor die Hunde gehen, stecke ich dich in die Wäscherei.‹

›Aber das sind vier Mark Wochenlohn weniger. Und ohne Freikost.‹

›Ich bin kein Kind mehr‹, sagte Henrietta.

›Ist das dein letztes Wort?‹, sagte Virchow und sah sie ein letztes Mal an.

›Ja.‹

›Dann bist du verloren.‹

Hans-Ulrich Heinzelmann, der hinter Virchow an einem Bücherregal lehnte, formte lautlos die Worte ›Ich kümmere mich um dich.‹ Das Vertauschen des Hippokrates-Buches mit den *Schreckensnächten in den Verliesen der sieben Türme zu Konstantinopel* war noch nicht bemerkt worden. Blut gleich Wasser, schrieb Hippokrates, und so lernten es die Studenten, nachdem sie feierlich in der Charité Einzug gehalten hatten, Schleim gleich Erde.

›Ad zwei: mein treuer Leichenwäscher Gustav. Welcher Teufel hat dich geritten?‹

›Ich will dem Fortschritt nicht im Wege stehen, Herr Geheimrat.‹

›Schafskopf. Ich sehe keinen Fortschritt, nur blinde Spekulation und blinden Ehrgeiz und Wichtigtuerei und …‹

›Ein Vorschlag zur Güte‹, sagte Koch mit müder Stimme.

›Unterbrechen Sie mich nicht. Leichendiebstahl wie im ersten klinischen Semester, kindisch, aber ich habe darüber hinweggesehen. Doch nun, in großem Stil wie in den übelsten kriminellen Kreisen …‹

›Zweimal allein letzte Woche‹, sagte Heinzelmann. ›Schlimmer als Bärensprung.‹

›Bärensprung …‹, sagte der Leichenwäscher leise.

›Wer oder was ist Bärensprung?‹ sagte Loeffler.

›Der Satan‹, sagte der Leichenwäscher.

›Das war ein Mann‹, sagte Vater. ›Früher war alles besser.‹

›Man unterbricht mich. Ich wünsche nicht unterbrochen zu werden‹, sagte Virchow.

Gelbe Galle gleich Feuer, schwarze Galle gleich Luft. Mühsames Existieren, wenn man eine Maus war oder die Wrobelsche oder Anna Buss, den Elementen standzuhalten, Brand und Überschwemmung und überquellenden Kackbuden und neun Kubikzentimetern Luft, und dann das ganze Drama noch einmal in den Körpersäften, ohne die blasseste Ahnung, wie das alles zusammenwirkte und sich zusammenmischte und ob ein Bazillus oder ein anderes unsichtbares Lebewesen schon eingedrungen waren und die Tage gezählt, die Groschen für die Rollschuhbahn umsonst gespart. Vaters Vorsatz, die zerstörerische Arbeit lieber gleich selbst zu erledigen, bevor es andere taten, gab zu denken. Nicht nur eine prononcierte Existenz war erstrebenswert, sondern auch ein prononcierter Tod. Format mußte man dafür haben und Macht, mehr wissen mußte man, als die meisten Mitglieder der Menschheit wußten, die einfach vor sich hin starben.

›… was glauben Sie eigentlich, warum die Bismarckianer Sie zum Leiter des Gesundheitsamts mit Wohnung in der Chausseestraße berufen haben, Koch? Weil Sie einen Erreger bei Rindviechern nachgewiesen haben? Wohl kaum. Mich, nur mich wollte man treffen …‹

Es konnte aber auch passieren, daß man ein kleines unbedeutendes Tier war und nichts zu wissen brauchte, in keinem Lateinbuch nachschlagen mußte, was der Satz an der morschen Pathologieuhr bedeutete, *vulnerant omnes, ultima necat*, höchstens die Besenkammer kannte mit den paar Brotkrumen, die in den Scheuertüchern klebten, und daß plötzlich ein Schemen nach einem griff.

›… wie Geheimbündler lesen einige meiner Studenten Ihre Abhandlungen heimlich unter dem Pult, natürlich nur die Dümmsten …‹

›Die Namen sind mir bekannt‹, sagte Heinzelmann.

Gesteinigte und aufgeschlitzte Katzen, erschlagene, aufgerissene Köter, zermanschte Vögel lagen überall in den Kellern der Keibel. Aber die Maus in der Besenkammer war nicht zum Zeitvertreib gequält und achtlos liegengelassen worden, man hatte sie erhängt, fein säuberlich gewissenhaft an einem Bindfaden erhängt, und ihre winzige rosa Pfote war von einer Nadel durchbohrt und zeigte auf ein Wort in roter Kreide neben dem Wandhaken: *Liebe*.

›Nichts gegen einen guten Geheimbund‹, sagte Ehrlich. ›Machen Sie doch mit, Herr Geheimrat. Hält jung. Es sind die Phantasten, die die Welt in Atem halten, nicht die Kleinkrämer, Ihre Worte!‹

Virchow wußte es und gab es nicht zu. Er wollte nicht mehr jung sein, genau wie Henrietta, also war auch er verloren. Sie mußte die Maus vom Haken schneiden, das schamlose Wort wegwischen, das Buch zurückstellen und Vater endlich den Gefallen tun und verschwinden.

Koch trat ein paar Schritte auf Virchow zu, er stand jetzt direkt unter Virchows großem Bruder, dem Skelett. Koch wäre lieber als Schiffsarzt zur See gegangen oder als Schiffskatze, anstatt ›zu enden‹ wie Virchow, dessen Tage angefüllt waren mit Audienzen und Konferenzen und Reichstagssitzungen. ›Es widerstrebt mir‹, sagte Koch und steckte einen Finger zwischen die Rippen des Skeletts, ›den behördlichen Weg zu gehen. Ich habe keine Zeit für Machtspiele. Ich brauche frisches Material und werde es mir beschaffen.‹

›Es ist die Berliner Krankheit, Geschäftigkeit und Eile vorzutäuschen und in der Deutschen medizinischen Wochenschrift zu veröffentlichen und alle verrückt zu machen, und nichts steckt dahinter. Sie haben schnell gelernt.‹

›Es ist die deutsche Krankheit, das Neue zu behindern, um nicht zu sagen: zu verhindern. Sie haben es selbst erlebt.‹

›Keiner weiß, was ich erlebt habe. Sie schon gar nicht.‹

›Himmel Herrgott‹, murmelte Ehrlich.

Ein Schweigen setzte ein. Virchow senkte den Kopf und starrte gedankenverloren auf den Boden vor seinen Stiefeletten, die anderen taten es ihm nach, der dünne Schlag der Charitéglocke ertönte, sie schienen gemeinsam einzunicken, die Zukunft war verloren. Ich werde dein Dorf suchen, dachte Henrietta, über Wiesen und Felder.

›Ich‹, sagte Virchow schläfrig, ›erteile Ihnen allen Pathologieverbot.‹

›Mir auch?‹ sagte der Leichenwäscher sanft und vorsichtig.

›Dir ziehe ich vom Lohn ab, das wird dir eine Lehre sein.‹

›Und wenn ich nun, ich meine, wenn Sie mir nun auch ...‹, begann Vater einen seiner Sätze, ›... darf ich dann Krankenwärter bleiben?‹

Jetzt kam Leben in die verfahrene Situation. Die Gelehrten redeten durcheinander, als sei das Schicksal der Nichtgelehrten auf einmal das Wichtigste von der Welt. Sei jetzt schlau, dachte sie, bleibe unbeeindruckt, trage deine Nase hoch.

›Mahlow kommt zu mir‹, sagte Ehrlich. ›Ich werde bei Professor Frerichs ein Wort für ihn einlegen.‹

›Hört, hört‹, sagte Virchow. ›Schauen Sie lieber, daß jemand für Sie ein Wort einlegt, Herr Oberarzt.‹

›Keine Sorge, Herr Geheimrat, das lege ich schon selber ein‹, sagte Ehrlich.

›Darin sind die Angehörigen Ihres Stamms ja Meister.‹

›Ich könnte ein neues Faktotum gebrauchen‹, sagte Koch, ›der alte Weichand schielt und stolpert und läßt meine Nährböden fallen.‹

›Ihre Nährböden, *laissez-moi rire*. Nährböden für Hirngespinste. Schildbürgernährböden.‹

›Man könnte Mahlow auch als Faktotum im Hörsaal beschäftigen‹, schlug Hans-Ulrich Heinzelmann vor. ›Und seine Tochter könnte die Tafel wischen. Und Kreide nachlegen.‹

›Legen Sie doch selber nach‹, sagte Loeffler, ›das Gesundheitsamt benötigt dringend einen Besorger.‹

›Einen Leichenbesorger meinen Sie wohl. Damit ist jetzt Schluß. Mahlow kommt in die Wäscherei, *sic volo, sic iubeo*. An Feiertagen darf er vielleicht Dienst tun. Wenn die Patienten Trübsal blasen, darauf versteht er sich‹, sagte Virchow.

›Mahlow‹, sagte Koch, ›willst du mein Besorger und Faktotum sein?‹

›Ja‹, sagte Henrietta.

›Ich habe ein schlechtes Gewissen, Herr Geheimrat‹, sagte Vater zu Virchow. ›Wo Sie doch immer gut zu mir waren und dem Kind.‹

›Und wie ich das war. Tu Buße in der Wäscherei.‹

›Mahlow, ich zahle dir zwei Mark mehr als der Geheimrat‹, sagte Koch.

›Drei‹, sagte Henrietta. ›Eine für die Tochter.‹

›Deine Tochter könnte nach der Schule Laufbotendienste erledigen.‹

›Und überall reinkommen?‹ sagte Henrietta.

›Mit Zutritt zu allen Gemächern‹, sagte Koch.

›Und Bücher lesen dürfen?‹

›Das eine oder andere.‹

Schon die Nachtluft roch nach Büchern und Bleistiften und langen Abenden im Winter, zusammengerollt am grün gekachelten Ofen in der hellbraun tapezierten Kemenate, die dem Faktotum des Kaiserlichen Gesundheitsamtes eigens zustand.

Henrietta hockte auf einem Laubhaufen an ihrem Flußmäuerchen, das Laub verbarg die erhängte Maus, die sie in altes Zeitungspapier gewickelt hatte, in ihrem Rücken näherten sich der Bahnhof und die neue Jannowitzbrücke der Vollendung, auch nachts wälzten die Arbeiter die großen Steine wie im alten Ägypten, und gegenüber leuchtete Kochs einsames Licht in die Stadt hinein, und die Zukunft war nicht verloren.

Noch im aufrechten Hinausgehen, bevor Virchow ihn und seine Leute weiter demütigen konnte, hatte Koch eine neue unglaubliche Eingebung gehabt, die Spindel in seinem Kopf drehte sich hundertmal schneller als Henriettas. Wenn die Wrobelsche auf lange Sicht die letzte Leiche war, würde er aus ihr eben einen Brei zubereiten und den tödlichen Brei seinen Mäusen und Meerschweinchen einpflanzen, um mehr Präparate aus ihnen zu schneiden, er würde die Wrobelsche strecken, so wie Henrietta sonntags die Runkelrübensuppe mit Wasser streckte. Mutig mußte man sein, unabhängig sich machen, mochte Virchow noch so oft und jedesmal, wenn er Koch künftig begegnete, wiederholen, was er ihm über Henrietta zum Abschied zugezischt hatte: ›Das undankbare Ding wird auch Sie enttäuschen, Sie werden es erleben.‹

Eine Assel kam des Wegs, Henriettas Augen folgten ihr. Sie liebten das kalte Mondlicht in den Mauerritzen, die Asseln, Tausendfüßler, Schaben, Käfer, es war ihre Sonne. Henrietta setzte einen Daumen vor die Assel, und das Geziefer zögerte nicht, es krabbelte über das Hindernis hinweg. Ihr, die ihr eine Zuckertüte zur Einschulung hattet und Mütter, die euch Märchen vorlasen, und ein Zimmer ganz für euch allein, in dem das lauteste Geräusch euer eigenes Herzpochen war, was wißt ihr von Dankbarkeit?

5 ›Fai un respiro profondo‹

›Vielleicht sollte ich Hunde frisieren und nicht diese Barbaren. Reserveleutnant Retzlaff will, daß ich ihm aus dem bißchen Schnittlauch auf seiner Omme einen Cäsarenkopf mache, man stelle sich vor. – Woher weißt du, daß er Italienisch gesprochen hat?‹

›Ich weiß es eben.‹

›Also Madame spricht jetzt auch Sprachen. Und was für ein Hund war das? Ich hoffe doch ein vornehmer.‹

›Ein Riesenhund mit langen Fransen, man kann die Augen nicht sehen.‹

›Ein Hirtenhund.‹

›Ich weiß nicht, wie ein Hirtenhund aussieht.‹

›Du schläfst zu wenig. Kein Wunder, daß du Alpträume hast. Und diese Leute, für die du arbeitest, scheinen mir auch nicht ganz richtig im Oberstübchen zu sein. Leichenschneider. Bazillenfärber. Mach die Augen auf, schau dich um, sie reden uns ein, es sei eine tolle Zeit, aber es sind nur Bahnhöfe, Hunger und Heuchelei, da hilft kein Arzt mehr. Kartoffelschalen fressen und sonnabends Schlange stehen vorm Kaiserpanorama und sich die nackten Neger anschauen. Bazillenfärber. Wird kein Schwein von gesund, das prophezeie ich.‹

›Es ist die Zukunft, wirst schon sehen.‹

›Hunde frisieren, das ist die Zukunft.‹

›Wirst schon sehen. Das Neueste sind unsere Nährböden. Die brauen wir zusammen und vermischen sie mit dem kranken Gewebe und färben sie.‹

›Hunde *färben*, noch besser. Rote Pudel, blaue Terrier, silberne Dakkel. Das Weihnachtsgeschenk für die Spitzen der Gesellschaft. Apropos, was gibt's bei euch zu futtern heute? Falls dein Vater mal wieder unpäßlich ist, ich mache einen warmen Kartoffelsalat mit Speck, und du bist eingeladen.‹

›Vater ist nicht unpäßlich, er arbeitet. Es geht ihm gut.‹

›Was tut er eigentlich? Die fallen doch tot um, wenn er sie nur anhaucht, eure Bazillen.‹

›Niemanden vorlassen, einkaufen, ausfegen, putzen, polieren. Und die Gaslampen unterstehen ihm, das ist das Wichtigste.‹

›Die Bussmutter und die Busstöchter kommen auch und ein paar lustige Leute vom Alex.‹

›Danke, aber ich muß arbeiten.‹

›Am heiligen Abend?‹

›Präparat zweihundertsiebzig sieht vielversprechend aus.‹

›Wenn du dich reden hören könntest. Fressen mit guten Freunden ist vielversprechend, sonst nichts.‹

›Im KG gibt es Bratäpfel.‹

›Anna wird traurig sein.‹

›Anna ist traurig auf die Welt gekommen.‹

Max Biele saß in seinem Frisörstuhl vor seinem Frisierspiegel und zog einen Seitenscheitel in sein beneidenswert seidiges, blondes, schulterlanges Haar. Henrietta hatte ihre hoffnungslos wirbeligen und zerlockten Haare aufgegeben, verschwendete keine Zeit mehr auf sie, trug das Jägerhütchen wie eine Tarnkappe, den Rand mit Schwung.

›Du weißt zuviel, du siehst zuviel, du bist unmöglich‹, sagte Max und formte aus seinem Spitzbart einen Tannzapfen.

›Ich glaube, ich bin möglich.‹

Max lachte glöckchenhell, er war verliebt in sein Lachen, hatte daran gearbeitet im Lauf der Zeit wie an Frisuren und Rasuren, er nannte es sein Fraukommerzienratslachen. Weil er Frisör war, also ein Filou, der einem am Kopf herumfummelte, also den meisten Menschen peinlich, ließ man es ihm durchgehen. Keiner in der Keibel wußte, wo Max herkam, er machte ein Geheimnis daraus, seit er vor Jahren den Eckladen an der Kreuzung Schützenstraße eröffnet und dem Vermieter das Geld bar auf die Hand gezählt hatte. Auch wenn sie schroff, abgebrüht und abweisend taten, kannten die Keibelmenschen die Verhältnisse der Nachbarn genauestens und bis ins dritte Glied und waren wie vernarrt in die Sorgen der anderen. Max schien keine Sorgen zu kennen, in seinem Stübchen hinter dem grünen Vorhang regierte der Firlefanz, türmten sich Romane und Annoncen neuester Moden und Maschinen, hinter die er mal Ausrufe-, mal Fragezeichen gekritzelt hatte, hing ein Flitterkaleidoskop vom Haken und ein langer weinroter Morgenmantel mit verblassendem Planetenmuster und ein scharfzähniger, maiglöckchenduftender Damenfuchspelz, war der Ofen goldfarben angemalt und stand eine abgeschabte grüne Chaiselongue, auf der er sonntags verbotene Zeitungen las und dabei mit der Zunge schnalzte. Manche Keibelfrau machte ihm heimlich Augen, die er nicht sah, die Keibelmänner versuchten vergeblich, ihn zum Trinken zu verführen, und Vater, der permanent drei Mark Schulden bei ihm hatte, hielt ihn für einen Spion der Blauen, dessen Auftrag es war, den neuen Menschen auszuspionieren, der sich vorausschauend selbst vernichtete. Wie Paul Ehrlich sprach Max nie von sich, nur über sich, er war sein eigener spöttischer Beobachter. ›Was bin ich schon?‹ lautete seine Lieblingsbeobachtung, ›nur ein Veilchen auf einem Misthaufen.‹ Seine ›lustigen Leute vom Alex‹ mit ihren Strichbärtchen applaudierten leise, als trügen sie Wattehandschuhe, sie besuchten ihn bei Nacht und Nebel und nannten flüsternd ihre Namen, Schneider-Puppe, Dichter-Stift, Börsen-Ratz, und gaben sich Küßchen. Wie Koch und Henrietta fielen auch Max aus heiterstem Himmel dunkle Schatten und Launen an, die so undurchdringlich, so unüberwindlich waren, daß man sich die Haare einzeln ausreißen wollte. Er gehörte zur Familie der Nicht-Gang-und-Gäben, und sie vertraute ihm.

›Frohe Weihnachten. Alle Welt liebt dich, Jette.‹

›Geheimrat Virchow haßt mich.‹

›Na und, wer ist er schon? Hält sich für einen Heiligen, schenkt uns eine neue Kanalisation, aber da schwimmt dieselbe Kacke durch wie vor hundert Jahren. Besoffen von der eigenen Güte und Großartigkeit, das sind die Schlimmsten. – Such Anna, bevor du arbeiten gehst, gib ihr einen Kuß.‹

›Aber er *ist* großartig. Er hat die Zellen entdeckt. Wir wissen jetzt, wie der Organismus innen zusammengesetzt ist.‹

›Wer ist wir?‹

›Die Menschheit‹, sagte Henrietta. Sie dachte: Ich darf nicht alles ausplaudern, nicht einmal vor Max, nicht einmal an einem Tag wie heute. Sie hatte dieses Wort, das die Schranken zerbrechen und die Fassaden einstürzen und die Eisenbahnen entgleisen lassen würde, noch nie laut gesagt. Ihr ganzes Leben hing davon ab.

›Auch Anna gehört zur Menschheit, auch Anna hat Zellen. Aber du behandelst sie wie einen Wurm.‹

Anna hatte zweimal am Wegesrand gestanden in Henriettas Traum, verkleidet als Pierrot in weißem Gewand mit weißer Halskrause und dicken weißen Knöpfen, als sei sie plötzlich eine Fasching feiernde Fassadenbewohnerin. Sie trug eine schwarze Larve, hinter der ihre immerfeuchten Mäuseaugen Zeichen gaben: hier bin ich, erkennst du mich nicht? Doch Henrietta mußte sich sputen, sie jagte den fransigen Hund durch ein fremdes Land, vorbei an Bäumen oder Mistgabeln, die wie zum Himmel gehobene Hände aussahen. Der Himmel war tintenblau und lief oben spitz zu, und Wolken standen in Reihen still und weiß wie wunderschöne kleine Betten. Aus einem dieser Betten war sie in das fremde Land auf eine staubige Landstraße gefallen und wieder eingeschlafen. Und wieder aufgewacht vom Lecken eines Lamms, das Lamm leckte nickend und wissend und hingebungsvoll ihre Hand, erst jetzt bemerkte sie, daß ihre Hand blutete, aber nicht schmerzte, die andere Hand schmerzte, und als sie langsam den Kopf drehte, lag dort der fransige riesige Hund, der in die andere Hand biß. Sie erinnerte sich, daß sie eine dritte Hand besaß, mit der sie dem Hund auf die Schnauze hauen konnte, und schaute hilfesuchend an sich hinab und sah, daß sie nackt und ihr Bauch durchsichtig und leer war und die Landstraße übersät mit Fußspuren, die alle in dieselbe Richtung führten. Sie trat nach dem Hund und traf das Lamm, das bähend starb. Sie wurde fürchterlich traurig und konnte ihr Herz sehen, es schlug langsam und allein in ihrer Brust, und keine Blutadern führten zu ihm hin. Der Hund spuckte ihre Hand aus und sagte etwas in einer fremden Sprache und lief fort, Blut tropfte in seine Pfotenspuren, denn er schleppte ihre Eingeweide, und sie wollte im Boden versinken, so sehr schämte sie sich ihrer Entblößung. Sie suchte den Hund im ganzen Land, das viel kleiner war, als es den Anschein gehabt hatte, etwa so groß wie der Charitéhof, aber sie fand ihn nicht, alle Spuren führten im Kreis herum. Nur Anna wartete am Wegesrand, sie trug wieder ihren alten Flickenkittel, ihr Kopf steckte in einer Glaskugel, und aus ihren Haaren wuchsen Primeln.

Was für einen Unsinn ich zusammenträume, wenn ich mich vor dem Einschlafen nicht auf dich konzentriere, die technischen Zeichnungen, mit denen du Vaters Handgriffe und Arbeitsschritte aufgezeichnet und numeriert hast, um seine Kunst des Tischemachens zu verbessern, deinen Weitblick, Mama.

›Überleg's dir noch mal mit heute abend‹, sagte Max. ›Die Straße muß doch zusammenhalten.‹

Henrietta, die auf seinem Frisierstuhl gesessen und ihre bunt gesprenkelten Hände betrachtet hatte, deren ursprüngliches Bernsteinbraun auch Maxens Seife nicht mehr zutage schrubben konnte, stand auf und ging zur Tür des Frisörladens und öffnete sie. Der Dreiklang der Türglöckchen, wie oft hatte sie mit Anna die Tür auf und zu, auf und zu gemacht, um diese glückliche Musik zu hören, wenn das Gassenhauergrölen der Väter sich unaufhaltsam der Ecke näherte. Doch das war lange her.

›Die Straße stirbt an Schwindsucht und Halsbräune und Krankheiten, die wir noch gar nicht kennen‹, sagte sie. Vermummte Wintermorgengestalten tasteten im Schneegestöber nach Händen und Wänden, als hätten sie sich in ein fremdes Land verirrt. ›Die noch kommen.‹

›Vielleicht suchen sie dann zur Abwechslung die oberen Klassen heim‹, sagte Max. Er schüttelte sein Seidenhaar und deutete ein Gähnen an. ›Tür zu, du Neunmalkluge, es zieht.‹ Wenn er wirklich Sozialdemokrat war ›oder Schlimmeres‹, wie er behauptete, fehlte es diesen selbsternannten Rettern und Wunschdenkern der Keibelstraße an Weitblick.

Sie stülpte die Kapuze ihres Laufbotenmantels über den Kopf, den sie nach eigenen Entwürfen aus dunkelgrün gefärbten Kartoffelsäcken mit zwei verborgenen Innentaschen genäht hatte, und prüfte die ledernen Senkel ihrer wundervollen neuen gebrauchten, eine Nummer zu kleinen, inzwischen geweiteten und weichgeklopften Rodelstiefel, einem ›anonymen‹ Nikolausgeschenk, das für sie vor Ehrlichs Kabuff abgestellt worden war, gefüllt mit je einem Apfel, je einer Zuckerstange, einem Marzipanklümpchen in Pergamentpapier, bereits angeknabbert (Ehrlich war eine schlimme Naschkatze), und silbern bemalten Nüssen; der Kinderkram hatte ihr am Gendarmenmarkt summa summarum neunzig Pfennige eingebracht. Wenn die Mutter des Trudchens glaubte, sich mit Süßigkeiten einschmeicheln, das verhaßte Berlin mit Naschwerk erobern zu können, hatte sie sich geschnitten. Die Rodelstiefel, von denen das Trudchen gewiß noch ein Paar mehr ihr eigen nannte, waren natürlich Kochs Idee gewesen, sie sollten seine Laufbotin sicher und schnell durch den Schnee tragen und im Frühling durch den Matsch (im Sommer würde die Botin die Keibelstraße aus den Angeln heben, aber das wußte er noch nicht) und waren nebenbei vorzügliche Waffen gegen Lümmel und Eckensteher.

Alles verlief nach Plan. Immer öfter übernachtete Henrietta jetzt allein auf dem Fußboden neben dem grünen Kachelofen in Vaters Dienstkemenate im KG, wie Koch und seine Leute zeitersparnishalber das Kaiserliche Gesundheitsamt nannten. Wenn sie ihren Kopf durch das schießschartenkleine Fenster in die Winternacht streckte, konnte sie die Lichter der Charité sehen. Sie liebte entfernte Lichter, blinkende Sehnsucht, die Verheißung von Menschenwärme und Ziel und Zukunft.

Zur allerfrühesten Morgenstunde fegte, putzte und polierte sie sich durch die Laboratorien des KG und beobachtete das leise, unergründliche Vor und Zurück der enormen Experimente, die ein eigenartiges

Nachtleben führten. Als hielten sie geheime Aussprache miteinander, beschlossen die Experimente in der Nacht, welches von ihnen den Forschern ein Zipfelchen Hoffnung zeigen und welches sich stur stellen sollte. Bald begann Henrietta, mutterseelenallein mit den Experimenten, deren Stimmen zu hören, Zeichen zu lesen, sah, wie die entscheidende violette Schweißperle sich auf Kartoffelscheibe achtundvierzig formte und schmale graue Schatten auftauchten aus der Tiefe der Braunfärbung von Meerschweinchen-Wrobel-Präparat zweihundertfünfzig, hörte das Blut im Laborofen brodeln, hörte in den Meerschweinchen das Murmeln der Weltnatur, die ihre Geheimnisse hütete. Im Halbschlaf schnitt sie Bazillensilhouetten, einen Reigen grillenförmiger Todesbringer, den sich Koch rahmen ließ und über seinen Schreibtisch hängte. Im Halbschlaf, noch vor Beginn der Schulstunden, begleitete sie Vater bei seinen Einkäufen für das KG, bewachte die Münzen in seiner armen schwitzenden Hand, bewachte die Zukunft.

Das Trudchen und ihre Mutter, die nutzlose Arztfrau, blieben unsichtbar, wohnten nun in der Chausseestraße hinter sechs hohen blankgeputzten Fassadenfenstern, in denen sich kurze Stunden lang die kleine Wintersonne spiegelte, gingen dem Vernehmen nach nie aus, sondern warteten still und vorwurfsvoll. Koch, der mit Henrietta fühlte und nicht zu vergessen haben schien, wie tief man seine zukünftige Laufbotin im Wollsteiner Haus beleidigt hatte, schickte Vater, das Faktotum, ihn zu entschuldigen, wenn es später wurde. Und es wurde alle Tage später. Dann trug Vater den Korb der Dienstmagd, die Brote mit kalter Zunge und beleidigter Leberwurst ins KG brachte. Während Henrietta noch eine kleine Weile unter der Gaslaterne der vornehmen Straße stehenblieb, einen Bindfaden im Zickzack um ihre Finger wickelte und zu den sechs abgedunkelten Fenstern hinüberlächelte, in ihrem Bastbeutel das von Koch unterzeichnete Papier, für das die Diebin Du-Nu-Wieda alles gegeben hätte und demzufolge sie sich zu jeder Nachtzeit in jeder Straße aufhalten durfte. Nur mit einem Bindfaden locker an das Leben gebunden, nicht an der Chausseestraße und feinen Möbeln festgenagelt, von denen Vater meinte, fein seien sie höchstens an der Oberfläche, inwendig aber vom Zusammensturz bedroht, weil allesamt schlampig fabrikgetischlert.

Vater war in seinem Element, war selig heute. Virchow hatte ihm erlaubt, auf der Schwindsüchtigenstation Dienst zu tun, er durfte die Krankenbetten der vor sich hin murmelnden Patienten richten wie einst im Mai, zwei sterbende Brüder betten und ihre letzten Stunden mit seiner Lehre von der Selbstsabotage erhellen. Da die Brüder, ein hungerleidender Musikant und ein besser gestellter Eisendreher, seit Jahren nicht mehr miteinander sprachen, und selbst wenn sie gewollt nur ein Röcheln herausbekommen hätten, übernahm Vater beider Rollen, redete und antwortete für sie.

›Denen haben wir's gezeigt.‹

›Ja, wir haben's ihnen gezeigt.‹

›Ich verzeihe dir alles, Erich.‹

›Und ich verzeihe dir. Denen haben wir's gezeigt.‹

Die Brüder lagen in identischer Haltung, kerzengerade, die Arme steif angelegt, als erwarteten sie einen Appell, auf ihren Laken mit den verwaschenen Flecken Lungenbluts der Menschen, die ihnen vorausgestorben waren, und starrten aus violetten Augenschlitzen an die niedrige Decke der Mansardenstation, ›dem Himmel näher‹, wie die Optimisten unter den Patienten sagten. Durch die halbkreisförmigen, geschlossenen Fenster drang der vielstimmige, von Lust- und Angstschreien unterbrochene Chor der Unruhigen, bei denen gelüftet wurde, ›Stille Nacht‹, sang eine schrille Stimme.

Auch Oberarzt Ehrlich hatte sich für den *dujour*-Dienst einteilen lassen, um nicht ganz allein in seinem Kabuff zu sitzen, war jedoch wie Henrietta mit seinen Gedanken ganz bei Präparat zweihundertsiebzig, von dem sie melden mußte, daß Koch es vor einer Stunde zu den anderen zweihundertneunundsechzig Ergebnislosen in den Schrank gestellt hatte. Noch im dichtesten Schneetreiben flitzte die Botin wie ein Hase im Sturm mit den in Seidenpapier gewickelten Petrischalen zwischen Koch und seinem Färber in der Charité hin und her. Anfangs hatte sie Kochs launige Sprüche (›Sag ihm, die Karriere der Farbe Blau ist nicht mehr aufzuhalten‹) und Ehrlichs Witze (›Sitzt ein Rabbi in der Eisenbahn …‹) mittransportiert, doch je länger der Tuberkulosebazillus sich gegen seine Entdeckung wehrte, desto wortkarger, schwermütiger, unleidlicher wurden Henriettas Herren.

›Ist es nicht komisch?‹ versuchte sie Ehrlich aufzuheitern. Er setzte mechanisch seinen Kricksel unter Krankenblätter, die Grete ihm reichte. ›Seit Jahren sprechen sie nicht miteinander, dann hat der Eisendreher aber Mitleid mit seinem armen Bruder und lädt ihn nach Werder zur Baumblüte ein, und jetzt liegen sie hier und sterben gemeinsam und schweigen.‹

›Ein Indiz für Kochs Überzeugung, daß der Bazillus von Mensch zu Mensch übertragen wird‹, sagte Ehrlich. ›Einer hat den anderen infiziert.‹

›So habe ich das noch gar nicht gesehen. Dann ist es doppelt komisch, finden Sie nicht? Der Eisendreher will seinem Bruder etwas Gutes tun und bringt ihm den Tod.‹

›Wahrscheinlicher, daß der Musiker das Geschenk in sich trug. Er vegetierte unter den Brücken.‹

›Aber anders herum ist es komischer.‹

Ehrlich warf Henrietta einen sanften Blick aus seinen kleinen dunklen müden Kinderaugen zu. ›Natürlich‹, sagte er und unterschrieb ein weiteres Krankenblatt, ›wenn es dich tröstet. Das Leben von uns Erdensöhnen entbehrt nicht einer gewissen tückischen Komik.‹

›Heute ist unser Erlöser geboren, Herr Oberarzt‹, sagte Grete.

›Nicht mein Erlöser, Schwester, mit Verlaub.‹

›Er hat was gesagt‹, sagte Vater. ›Hört doch, er will was sagen.‹

Ehrlich und Grete traten ans Bett des Musikanten, zwischen dessen fauligen Zähnen Blut aus der zerfressenen Lunge hervorquoll. Grete tupfte seine Lippen ab, die mühselig ein Wort formten. Das Dauergemurmel der anderen Patienten verstummte augenblicklich, es wurde sehr still in Erwartung des Wortes, nur der mißtönende Chor der Unruhigen im Gebäude gegenüber wollte nicht aufhören, sie sangen jetzt ›Schneeflöckchen, Weißröckchen‹.

›Rache‹, hauchte der Musikant.

Ehrlich setzte das Hörrohr an und schüttelte den Kopf, der Musikant war tot. Der Eisendreher wandte langsam den Kopf zur Bruderleiche, über der Grete das Zeichen des Kreuzes schlug.

›Denen hat er's gezeigt. Lieber den Darm verrenkt, als dem Wirt was geschenkt‹, sagte Vater zum Eisendreher.

Auf dem Weg in die dämmrige Luisenstraße (Ehrlich verteilte seine letzten Pfennige an das stumme Spalier der Leierkastenmänner, deren Kurbeln eingefroren waren) und noch in Kochs Labor ging das Rätseln weiter, welcher der verfeindeten Brüder den anderen angesteckt hatte; räumt der Tod nicht unter den Menschen auf, so tut es das Leben, meinte Ehrlich, es war halt Weihnachten, und Henrietta befand sich in einem kribbligen Zustand, einer Mischung aus Luftigkeit und Vorfreude und verborgener Sorge, daß die Zukunft nicht halten könnte, was sie versprach, daß sie keine Gestalt annehmen, sondern vorbeisegeln könnte im Nebel, während Henrietta auf der Brücke stand und hilflos, gestaltlos ihrem ungelebten Leben, ihrem unerfüllten Plan, ihrer totgeborenen Epoche hinterherstarrte und verloren war, wie Virchow es vorausgesagt hatte.

›Ich komme mit dem wandelnden Weihnachtsbaum‹, sagte Ehrlich, an Henriettas grünem Laufbotenmantel zupfend. ›Gibt es denn irgendwo ein Glas Glühwein für mich?‹

Henrietta sah, wie der bleiche Loeffler in der halbgeöffneten Tür den Zeigefinger an die Lippen legte, warnend seinen Kopf schüttelte und sich auf Zehenspitzen leise knarrend entfernte.

›Ich stehe vor dem Nichts‹, sagte Koch, vom Mikroskop aufschauend, durch das er das zweihunderteinundsiebzigste Präparat aus Meerschweinchen-Wrobel-in-Nährboden betrachtet hatte. Obwohl er als Leiter und Oberkopf des KG zwei oder drei Laboratorien ganz für sich allein hätte beanspruchen können, arbeitete er in einem kleinen, vollgestellten Eckzimmer im ersten Stock am Ende des knarrenden Korridors. Während Loeffler und die anderen Assistenten einander immer öfter in ihren geräumigen Laboratorien besuchten oder leise diskutierend im Treppenhaus standen, um nicht allein mit dem Nichts zu sein, schloß Koch sich Wochen und Wochen bei heruntergezogenen Rouleaus ein, blieb unsichtbar, als wollte er den Bazillus mit dessen eigenen Waffen schlagen.

Aber heute wollte er aufgeben, und das war ein tieferer Fall, eine schlimmere Niederlage als alle Abstürze und Demütigungen der Keibelstraße, wo man nie nach den Sternen gegriffen hatte und jederzeit vor dem Nichts stand.

Es wurde sehr still. Koch setzte seine Brille auf und schloß die Augen. Er war abgemagert, der weiße Kittel, den er in den ersten Berliner Monaten noch prall gefüllt hatte, hing schlaff und knitterig herab. Henrietta warf einen Blick auf die geöffnete Notizkladde neben dem Mikroskop und erschrak: quer über die Seite hatte er ein Schiff gemalt, ein blaues Segelschiff. Irgendwo im KG begann jemand ein Tanzlied zu pfeifen.

›Lieber verehrter Doktor, Kopf hoch‹, sagte Ehrlich. ›Wie sagt Montaigne? Wir müssen uns irren, damit wir uns nicht irren.‹

›Noch so eine französische Spitzfindigkeit. Was wir angeblich alles müssen sollen. Ich soll auch leben, sagt meine Frau.‹

›Tja‹, sagte Ehrlich.

›Da lachen die Kinderlosen‹, sagte Koch. ›Heute ist Heiligabend, der Rest der Welt sitzt familiär unterm Weihnachtsbaum, und was tun wir? Spalten uns ab von der Gemeinschaft wie lichtscheues Gesindel. Als ich noch praktizierte, die Krankenbesuche zu Weihnachten, die Herzen in den Augen der Patienten, selbst bei schweren Fällen, die Wärme, der kümmerliche Punsch, den man mir reichte ...‹

›Apropos Punsch ...‹

›Fragen Sie Mahlow, der ist zuständig für die Getränke.‹

›Vater hat Feiertagsdienst‹, sagte Henrietta zur Ehrenrettung ihres biologischen Erzeugers. Mein Auftauchen in der Welt, dachte sie, Zufall oder Plan wie in der Legende vom Jesuskind? ›In der Ersten Medizinischen. Bisher ein Exitus bei den Schwindsüchtigen ...‹

›Ich beginne Farben zu hassen‹, sagte Koch. ›Sie verfolgen mich im Schlaf.‹

›… ein Musiker.‹

Der Assistent Gaffky, genannt ›der stumme Diener‹, pochte behutsam an die halbgeöffnete Tür, die so lange Zeit verschlossen geblieben war. Ehrlich scheuchte ihn mit einer Handbewegung fort, noch ehe aus Gaffkys halb geöffnetem Mund die Pause kommen konnte, mit der er seine spärlichen Äußerungen üblicherweise einleitete.

›Es gibt zu viele Farben, ich sehe nichts mehr, auch die Schönheit sehe ich nicht mehr.‹ Koch legte seine bräunlich, grünlich, gelblich schillernde Hand auf den Stapel Kladden, in denen er die Versuche protokollierte. Ehrlich legte seine noch buntere Hand daneben.

›Sie sind der Entdecker des Milzbrands‹, sagte Ehrlich. ›Sie sind ein großer Forscher und kein Buchhalter. Vielleicht sollten Sie die ganze Kombinatorik über den Haufen werfen und eine verrückte Weihnachtsmischung versuchen.‹

›Ach ja? Machen Sie es sich nicht zu einfach, Ehrlich? Dann könnte ja jeder Narr diese Flasche Methylblaulösung nehmen und …‹ Kochs Blick schweifte durchs Labor, er griff nach dem ersten besten Fläschchen. ›… destilliertes Wasser zusetzen und …‹

›Vesuvin. Klingt doch gut.‹ Henrietta nahm eine dicke Flasche mit rotbrauner Flüssigkeit vom Regal.

›Mit Vesuvin färbt man Leder. Das ist mir dann doch zu verrückt, Jette.‹

Ehrlich griff nach einem anderen Fläschchen und stellte es daneben. ›Kalilauge.‹

›Welche Prozentlösung schlagen Sie vor?‹ sagte Koch.

›Fünf?‹

›Sagen wir zehn …‹ Ehrlich zwinkerte Henrietta zu, während Koch Nummer zweihundert-einundsiebzig halbherzig mit der verrückten Mischung behandelte. ›Das wird es zwar auch nicht bringen, aber *navigare necesse est.*‹

›Und danach gehen Sie nach Hause zu Ihrer lieben Gattin‹, sagte Ehrlich.

›Ach‹, seufzte Koch. ›*Vivere non est necesse.*‹

›Ich bleibe hier und passe auf zweihunderteinundsiebzig auf‹, sagte Henrietta.

›Bis dein Vater dich abholt‹, sagte Koch. ›Wenigstens du sollst ein schönes Fest haben.‹

Er spielte auf den Weihnachtsbonus an, den er Vater gezahlt hatte. (Natürlich wußte Koch um das, was er Vaters ›kleine Schwäche‹ nannte, hatte aber keinen blassen Dunst von dessen neuer Wahnidee der Selbstbefreiung durch Selbstvernichtung.) Bar auf die Hand gezahlt hatte er für einen Braten und ein Geschenk, Fliederseife wäre schön gewesen, mit der hätte sie sich gerne gewaschen an den wichtigen Tagen, die in ihrem geheimen Plan rot angestrichen waren und die unaufhaltsam näher rückten.

›Entschuldigen Sie, wo gibt's denn die Bratäpfel …?‹

Ein weiterer junger Assistent, der Pfeifer des Tanzliedes, stand in der halboffenen Tür. Da er vergessen hatte anzuklopfen, holte er es jetzt nach. So war Dr. Cassini, Spezialist für Antisepsis und im KG ›der Lumpensammler‹ genannt, seine Handlungen waren wie Echos, kamen immer etwas verspätet, morgens sammelte er rund um den Alex verseuchte Lumpen, abends besprühte er sie mit heißer Luft, freitags begann er einen Satz, den er montags vielleicht zu Ende führte. Außerdem war er Italiener wie der sprechende Hund in Henriettas unsinnigem Traum.

›Sie haben doch bei ihm studiert, Cassini. Stimmt es, daß Pasteur das Mikroskop singen hörte?‹ sagte Koch.

›Ja, die Marseillaise.‹

Koch nahm seinen alten, löchrigen Wollsteiner Umhang vom Kleiderhaken und verhedderte sich darin. Er hatte noch keine Zeit gehabt, einen neuen zu kaufen. Ehrlich half ihm hinein.

›Alle guten Dinge des Lebens gehören anderen‹, murmelte Koch, ›uns bleibt nur die Zeit. Wo sind die Bratäpfel, Jette?‹

›Würde ich auch gern wissen‹, sagte sie.

›Hast du keine gemacht?‹

›Ich?‹

›Wer denn sonst, das Christkind?‹

›Ich bin nicht die Köchin‹, sagte sie.

Als Koch durch dichtes Schneetreiben linker Hand zur Chausseestraße stapfte und Ehrlich rechter Hand zurück in die Charité, ließ sie die Rouleaus herunter, um unabgelenkt von den fallenden Flocken und den vereinzelt aufquietschenden Kurbeln der Leierkastenmänner Nummer zweihunderteinundsiebzig belauschen und beschwören zu können, sich selbst zum Weihnachtsgeschenk. Sie drehte das Gaslicht herunter, fischte aus einer der versteckten Taschen ihres Botenmantels das angeknabberte, inzwischen steinharte Nikolausmarzipan des Trudchens, setzte sich auf Kochs lehnenlosen Stuhl, denn einen Besucherstuhl gab es nicht, und leckte an dem Marzipan. Sie hatte nur eine schnelle Griessuppe bei Mariechen Baltuttis im Magen, aber das machte nichts, denn die Gänsebraten und Lebkuchen und mandelduftenden frischen Marzipanscheiben von Feinkost Fricke in der Leipziger waren ebenfalls fest eingeplant und würden, wenn schon nicht herniederregnen, so doch den Rand ihres Weges zieren wie die Klöppelspitzen ihre Blusen und die Silberspangen ihr Haar. *Mein Ziel, so herrlich ohnegleichen, werd' ich zur rechten Zeit erreichen.* Mariechen Baltuttis hatte ihr Mamas blaues Kleid zurückgeben wollen, du siehst heute so schön und ernst und ganz erwachsen aus, hatte sie gesagt, und ich kann es in der Wäscherei bügeln lassen. Henrietta bat sie, das Kleid weiterhin im Diakonissenstift aufzubewahren, für den Tag in der Zukunft (den der alte Drachen hoffentlich noch erleben würde), wenn der Schwindsuchtbazillus längst entdeckt war und Henrietta Mahlow im großen Auditorium dem König der Medizin die kleine Phiole mit der Heiltinktur überreichte und Virchow den Saum ihres blauen Kleides küssen und vor versammelter Charité erklären mußte, daß Henrietta Mahlow ihn nicht enttäuscht hatte. Die Tinktur gegen die Geißel der Menschheit war gelb, nein gelb mit blauen Sprenkeln, nein strahlend blau, und viele Jahre hatte sich Henrietta Mahlow in ihrem extra für sie errichteten Laborhäuschen an der Jannowitzbrücke eingeschlossen, um das Wundermittel zusammenzumischen, und keinen Menschen sehen wollen außer Buss, ihre treue Dienstmagd, und Biele, ihren Frisör.

›Wach auf, er ist tot.‹

›Bei Gott, er ist tot.‹

Henrietta schrak aus ihrem Halbschlaf. Vater und ein verdreckter, schwammiger Bursche, die Hosen zu kurz, die Knöchel lila von der Kälte, standen zerwuselt und rotäugig vor ihr wie zwei geradewegs den Verliesen von Konstantinopel Entsprungene. Der Gestank des Siechen-Fusels war raumgreifender als sämtliche Laborchemikalien. Vater langte nach der Petrischale, in der Nummer zweihunderteinundsiebzig ruhte, und hauchte sie an. Henrietta nahm ihm die Schale aus der Hand und stellte sie zurück auf den Tisch neben die verschmähte Flasche Vesuvin. ›Wer ist tot?‹

›Der Bruder, der Eisendreher.‹ Sein Blick wanderte unruhig durchs Labor, er spuckte auf den Fußboden. ›Kaminski, das ist meine mißratene Tochter. Jette, mach einen Knicks für meinen Freund Kaminski von der Domäne Dahlem.‹ Henrietta verrieb die Spucke mit ihrem Rodelstiefel.

›Die ist doch nicht mißraten, Paul, die kauf ich dir ab.‹ Der schwammige Domänenknecht verbeugte sich übertrieben, geriet ins Schwanken, klammerte sich am Ofen fest. ›In meinem Zimmer rußt der Ofen, in meinem Herzen ruhst nur du‹, sagte er und lachte.

›Was willst du hier, Vater?‹

›Kaminski mein Reich zeigen.‹

›Es ist nicht dein Reich.‹

›Deins aber auch nicht, du Suppenhuhn.‹ Er gab ihr eine Kopfnuß, sie spürte sie kaum, es war, als klopfe jemand an eine andere Tür. Er zeigte mit einem fahrigen Finger in die Runde.

›Was nützt dem Bruder nun der ganze Aufwand? Deine Ärzte belügen uns und betrügen uns wie die Möbelfabriken. Und sie können nicht denken, das hab ich in den Jahren gelernt, sie tun nur so, als ob sie denken. Darum müssen *wir* an den Bruder denken, wir, die freien Menschen, Tag und Nacht müssen wir an ihn denken, weil die Toten Asche sind, brauchen sie unsere Gedanken.‹

›Das hast du schön gesagt, Mahlow.‹

Cassini stand in der Tür. Seine unwirklich weißen Zähne blitzten im Halbdunkel. Wie Vater trug er keinen Bart. Henrietta drehte sich der Magen um. Keinmal hatte Vater so über die tote Luise Mahlow geborene Wittig gesprochen, deren Asche für immer verschwunden war, zerstoben, verschwenderisch verteilt auf die Baugruben der Stadt. Überall und nirgends war sie wie die Schemen in den Straßen. Aber Vater hat recht, dachte Henrietta, unsere Gedanken können die Toten einfangen, so wie die Toten uns gefangenhalten und nicht tot sind.

›Kaminski, gib Herrn Doktor Pfötchen. Darf ich Ihnen meinen Freund Kaminski von der Domäne Dahlem vorstellen, Herr Doktor?‹ Seit er in seiner eigenen Welt lebte, hatte Vater, ob nüchtern oder betrunken, jedes Gefühl für Oben und Unten verloren. In der Charité und im KG lächelten sie milde über ihn, und Vater merkte nicht, daß diese Milde mehr Macht ausdrückte und gefährlicher und zerstörerischer war als alle seine Armeen von Schnapsflaschen. Cassini nahm die vorsichtig ausgestreckte, feiste, lila Hand des Knechts und schüttelte sie. Sofort füllten sich die Augen des Knechts mit Tränen, und er kniete vor Cassini nieder.

›Euer Gnaden ...‹

›Steh auf, du Rübensau!‹ sagte Vater.

›... ich hab eine Beule unter dem Arm, die wird immer größer ...‹

›Dann mach dich mal, wie sagt man: obenherum frei.‹

Der Knecht zog seine bepfifferte Jacke aus, faltete sie zusammen, legte sie auf Kochs Stuhl und begann sein ranzig riechendes Wams aufzuknöpfen.

›Muß das jetzt sein? Mach hinne, im Siechen warten sie auf uns‹, sagte Vater. ›Wir gedenken der toten Brüder‹.

›Aha‹, sagte Cassini und betastete behutsam eine hühnereigroße Auswölbung in der Achselhöhle des Knechts. ›Tut das weh?‹ Der Knecht schüttelte den Kopf.

›Seit wann hast du die Beule? Wie schnell ist sie gewachsen?‹

›Weiß nicht‹, sagte der Knecht, ›irgendwann war sie da.‹

Cassini schwieg. Der Knecht schwieg. Sogar Vater sagte nichts mehr.

Sonderbar, wie diese Äußerung alle verstummen ließ: Irgendwann war sie da, die fremde Beule.

Der Italiener war ihr fremd, seit sie ihm zum ersten Mal an einem Novemberregenabend im Treppenhaus des KG begegnet war. Sie wußte, Koch erwartete einen ausländischen Mediziner, der ihm bei seiner Forschung über Desinfektion und Wundbakterien helfen sollte, mit denen er sich von der Jagd nach dem Tuberkulosebazillus erholte. Dutzende von Nährböden auf Kartoffelbasis standen bereit, das Dachlabor war für ihn eingerichtet worden, aus den Kellern der Charité hatte Vater verbannte, vergessene, wackelige Möbel herangeschleppt, darunter einen Gebärstuhl aus alter Zeit mit der Inschrift ›Salomon der Weise spricht, Frau erfülle deine Pflicht‹, der dem Ausländer als Schreibtischstuhl dienen sollte.

Henrietta hatte auf einer Stufe gesessen und eine warme Marone gegessen und sich verschluckt und häßlich gehustet. Der olivhäutige Cassini mit den beneidenswert wohlgeringelten schwarzen Locken war, einen teuren messingberingten Regenschirm unter dem Arm, unwirklich weiß lächelnd an ihr vorbeigestiegen, vorsichtig, fast auf Zehenspitzen, als sei eine im Treppenhaus Sitzende etwas Unbotmäßiges oder Gefährliches. Viele Minuten später, es hätten auch Stunden, Tage sein können, so sehr war der Mensch ihr bereits aus dem Sinn, und ihr Husten hatte sich längst beruhigt, kam er zurück, um ihr einen Ratschlag zu geben. Er schien sogar zu überlegen, ob er sich neben sie auf die Treppenstufe setzen sollte, doch er ließ es bleiben, vermutlich wollte er sich seine dunkelblauen Flanellhosen nicht schmutzig machen. ›*Fai un respiro profondo*‹, sagte er lächelnd. Kein Mensch in ganz Berlin besaß derart unanständig weiße Zähne. ›Hol tief Luft‹, übersetzte er seine Platitüde auch noch. Immerhin wußte sie nun, welche Sprache der Hund in den Alpträumen sprach, die sie heimsuchten, seit Hans-Ulrich Heinzelmann die Maus erhängt hatte.

›Professor von Bergmann soll sich deinen Freund ansehen‹, sagte Cassini jetzt zu Vater, ›der operiert das heraus.‹

›Ich muß aber arbeiten, Euer Gnaden‹, sagte der Knecht.

›Ich weiß‹, sagte Cassini. Wußte er wirklich, oder tat er nur so? Henrietta wurde nicht recht schlau aus ihm, er war zu nett, sie mochte keine netten Menschen, es kam nichts Großes von ihnen, weder im Guten noch im Bösen. Heute bepustete er Lumpen mit heißer Luft, morgen würde er in schwarzem Umhang mit grün besticktem Rand lächelnd eine Blonde ausführen, die in einer Kutsche vor dem KG wartete.

›Gerettet.‹

Koch stand in der Tür, die heute einen verkehrsreichen Tag erlebte. Er sah aus wie ein glühender, bullernder Ofen, ein leichter Weinnebel stieg von ihm auf, vermischt mit Zimt- und Nelkenduft. Koch zum Beispiel war mitfühlend, hilfsbereit, aber nicht nett, kannte schwarzgallene Stimmungen, stand immer wieder vor dem Nichts, und seine Zähne hatten auch bessere Tage gesehen.

›Ich löse diese Versammlung augenblicklich auf‹, sagte er. ›Ich will nichts hören, ich will nichts wissen, ich will nur arbeiten. Doktor Cassini, machen Sie mir bitte einen Schnitt von Nummer zweihunderteinundsiebzig, meine Hände sind taub vom Schütteln, meine Frau hat Gäste geladen, man stelle sich vor, ohne mich zu fragen, heute, am Tag der Besinnlichkeit.‹

›Den Schnitt kann ich auch machen‹, sagte Henrietta.

›Ich weiß. Aber du feierst jetzt Weihnachten.‹

Noch in der geschlossenen Droschkenkutsche hörten sie, als sie vorbeifuhren, das heisere Hallo, mit dem Vater und sein Kumpan im Siechen begrüßt wurden. Sie verwünschte ihn, wünschte ihn aufs Land, auf die Domäne Dahlem, zu den Bauern und Barbaren, für den Rest seines Lebens. Gewiß, du hast ihn anders gesehen, anders erlebt, er hat dir den Schnee vom Gesicht geküßt, er war dein Ziel, du warst seine Brücke, er will zurück in die Vergangenheit, ich will das andere Ufer erreichen, aber du hältst uns gefangen in der Mitte deiner Brücke. Wäre er nicht im KG aufgetaucht vorhin, den Knecht mit der Beule im Schlepptau, der wiederum diesen Cassini bleiben ließ, würde ich jetzt für Koch das Präparat schneiden, er hätte mich nicht hinausgeworfen, ich gehöre zum Inventar, zur Laboreinrichtung, ich bin die Laborluft, die ihn umgibt.

›Du bist also nicht die Köchin‹, sagte Cassini nach einer schweigsamen Weile, während der nur das Glöckchen des Droschkengauls leise durch ihre Gedanken klingelte. Sie hatte zu Fuß gehen wollen, er hatte darauf bestanden, sie nach Hause zu fahren. Aus starr gefrorenen Gesichtern hatten die stummen Leierkastenmänner der ansonsten menschenleeren, stockdunklen Luisenstraße zugeschaut, wie Henrietta Mahlow die Tür der Kutsche aufgehalten wurde. Aus dem Nichts war ein spillriges Lavendelmädchen aufgetaucht und hatte den Italiener gefragt, ob er ›frische Lumpen‹ kaufen wollte, ein Pfennig das Pfund, es sei doch Heiligabend, und Cassini hatte ihr eine Münze gegeben. Es sei ein Skandal, meinte er, als er zu ihr in die Kutsche stieg, diese Armut. Nein, hatte Henrietta geantwortet, der Preis sei der Skandal, ein Pfennig für ein Pfund.

›Die Köchin?‹

›Ich machte nur einen kleinen Witz.‹

›Sie wissen doch, wer ich bin. Ich bin die Tochter des Faktotums.‹

›Ich glaube, du bist mehr als das.‹ Natürlich war sie mehr als das, jeder Blinde mit Krückstock konnte es erkennen, die ganze Charité wußte es. Er wollte sich einschmeicheln.

›Warum immer so wütend, *ragazza*? Du bist ja das reinste Quecksilber.‹

Weil ihr mich alle aufhaltet, weil ich meine Haut ausziehen will wie ein Hemd und neu vor die Welt treten will als diejenige, die ich wirklich bin, weil dieses schreckliche Weihnachten sich hinzieht, die Festtage gehören abgeschafft, und die Lavendelmädchen, und die Chöre. In der Zionskirche sangen sie um die Wette, sie schaute hinaus und sah die Kerzen in den Butzenscheiben flackern, angehaucht von hundert Mündern.

›Ich? Wütend?‹

›Hör mal, Bachs Weihnachtsoratorium.‹

›Ich kann nicht singen, ich mag keine Musik.‹

›Du bist doch an Medizin interessiert. Musik ist auch eine Arznei. Die bessere.‹

›Sagt wer?‹

›Sage ich.‹

Einschmeicheln und wichtig machen. Sie warf ihm einen raschen Seitenblick zu. Er hatte die Augen geschlossen und lauschte den schwindenden Klängen. Seine olivfarbenen, schwarz behaarten Hände waren gefaltet. Er trug einen goldenen Siegelring am kleinen Finger. Wie und wo hatte dieser Geck so gut Deutsch gelernt?

›Ganze Generationen meiner Familie richteten ihre Fernrohre auf den Himmel. Wozu? Wenn es doch Bach gibt.‹

›Fernrohre?‹

›Meine Vorfahren waren Astronomen. Sie erforschten Planeten und Kometen.‹

›Wem nützt das?‹

›Gute Frage.‹

›Aber Sie schauen lieber durch ein Mikroskop als in die Sterne.‹ Leute, die einer Familie mit ganzen Generationen entstammten, hatten es eben besser. Fernrohre, Mikroskope, goldene Siegelringe, fremde Sprachen flogen ihnen zu. Alle guten Dinge des Lebens gehörten anderen, wie Koch sagte, ihr blieb nur die Zeit. Sie ließ ihn an der Ecke halten. In Bieles Laden brannte noch Licht. Vielleicht war etwas von dem warmen Kartoffelsalat mit Speck übriggeblieben. Cassini stieg extra für sie aus und öffnete ihr die Kutschentür. Gott sei Dank lag Anna bestimmt schon im Bett, eingequetscht zwischen ihren grausamen Schwestern, nicht auszudenken, welche neuen Traurigkeiten sie beim Anblick der Kutsche und des Italieners überkommen hätten. Cassini streckte die Hand aus, sie schüttelte sie und spürte, wie ein großes Geldstück, eine Goldmark, von seiner Handfläche in die ihre wechselte. Sie hatte die ungute Vorahnung, für all diese Nettigkeiten eines Tages noch bezahlen zu müssen. Er hatte bei Pasteur studiert, war er womöglich Pasteurs Spion im KG?

›Es ist übrigens ein- und dasselbe‹, sagte er, in die Kutsche steigend. ›Das Fernrohr. Das Mikroskop. Neue Welten. Schlaf gut.‹

Henrietta trat zum Droschkengaul und lehnte ihren Kopf an den Kopf des Tieres mit den klugen Augen und ließ das Glöckchen an seinem Zaumzeug klingeln. Der Kutscher schnalzte, die Kutsche mit Cassini setzte sich in Bewegung. Kein Schneemann weit und breit in der Keibelstraße. Es schien, als hielte die ganze Straße den Atem an und wartete. Die Goldmark brannte in ihrer Hand.

Max lag auf seiner grünen Chaiselongue und blätterte in einer Zeitung.

›Hör dir an, was sie in Amerika erfunden haben. Einen Atemabhalter für Frisöre. *Das* nenne ich eine epochale Entdeckung. Sag mal, was grinst du denn so ...?‹

6 Ein Märzabend

Lange schon zischten sie leise und glühten schmal auf wie die Gasflammen in den Ecklaternen, die geheimen Vorzeichen, die Henrietta Mahlow ankündigten. Nun aber begannen für jedermann sichtbar deutlich und dick die Zeichen zu leuchten und beleuchteten schon die Alleen einer künftigen Welt, die von ihren krummen Wegen abkommen und gesund werden konnte und – vorausgesetzt, die Menschheit überließ die Lenkung ihrer Geschicke fortan der Wissenschaft – auch gerecht. Das Vesuvin war es gewesen, die braune Flasche, die Henriettas Hand, eben nicht zufällig, wie Vater meinte, sondern einem Geistesblitz folgend, der auf langer Laborbelauschung beruhte, neben Kochs Methylblau gezaubert hatte (sie setzte ihre Kaffeetasse ab und betrachtete versonnen die Hand), welches im Einklang mit Ehrlichs Kalilauge den Erreger am späten Heiligabend aus seiner Verhüllung gerissen, demaskiert hatte. Und die Tuberkelbazillen unter dem singenden Mikroskop glichen erstaunlich, Koch meinte gar ›unheimlich‹, den Grillensilhouetten, die Henrietta vorausschauend von ihnen geschnitten hatte, langgestreckte kaltblaue Stäbchen, Todesgrillen. Und gestern dann, an diesem denkwürdigen Abend, hatte sie in Ehrlichs Kabuff ein zweites leuchtendes Zeichen gesetzt.

›Darf ich Ihnen noch etwas bringen, Fräulein? Wollen Sie nicht an einem Tisch Platz nehmen?‹

Nur eincs wurmte sie und würde sie bis ans Ende ihrer Tage wurmen: sie war nicht dabeigewesen, als Koch das mit Vesuvin, *ihrem* Vesuvin behandelte Präparat 271 zum ersten Mal unters Mikroskop legte und die demaskierten Grillen unter seinen Augen tanzten; eine halbe Stunde zu früh hatte sie der vermaledeite Cassini in die Keibelstraße kutschiert. (Wenigstens hatte auch er den Moment verpaßt, ein kleiner Trost.) Ihr neunpunktiger Plan mußte um einen zehnten Punkt erweitert werden. Und wenn die Welt unterging: in Zukunft immer dabeisein.

›Sehen Sie nicht, daß ich in Gedanken bin?‹ Henrietta scheuchte den grindig pigmentierten Erstsemestler fort, der heute hakkenschlagend in der völlig überfüllten Speiseanstalt bediente. Die Charité summte und brummte in vielen Sprachen und schlug Funken wie der neue Bahnhof an der Friedrichstraße, wo tagtäglich zweihundert Züge die Träger von Macht, Reichtum und Intelligenz nach Paris und St. Petersburg und Wien beförderten oder mit frischer Eliteladung von dort zurückkehrten. Aus dem ganzen Reich reisten sie heute an, die großen Besitzer des Wissens, um das große plötzliche Loch in ihrem Wissen zu stopfen. Nicht zu vergessen die habenden Sterbenden, die bereits unterwegs waren in wattierten Kutschen und in der irrigen Meinung, die Entdeckung des Erregers bedeute sofortige Heilung, Erlaß aller Sünden, ewige Jugend, Sieg über den Tod.

Henrietta trank ihren Kaffee und stellte die Tasse auf die Fensterbank, an der sie, etwas abseits vom Trubel, lehnte. Ein früher, weißer Schmetterling flog durch das geöffnete Fenster, landete auf ihrem Rodelstiefel und faltete die gezackten Flügel. Du kannst doch an so einem Tag nicht in Rodelstiefeln und deinem Kartoffelsackmantel herumlaufen, hatte Max gesagt, willst du kein Kleid tragen, ich kann dir eins beschaffen, ein hübsches, leihweise. Man weiß, wer ich bin, hatte sie gesagt, es ist egal, was ich anhabe. Sie war noch einmal ein Stück gewachsen, überragte jetzt Koch und Ehrlich, befand sich auf Augenhöhe mit Vater, der ihrem Blick auswich. Sie spürte die Seitenblicke der Rätselnden und Neugierigen, die in der Speiseanstalt aufgeregt murmelnd die Bärte zusammensteckten und in die Charité ausgewichen waren, weil Koch heute morgen das KG hatte absperren lassen vor dem Andrang und in seinem Labor weiterarbeitete, als sei überhaupt nichts geschehen. Gestern nach seinem umjubelten Auftritt in der Dorotheenstraße war von Loeffler, Gaffky und Cassini eine kleine Feier in Kochs Labor improvisiert worden, bei der auch Frau Emmy, das höfliche, allzu höfliche Trudchen (es fand die Vesuvin-Geschichte ›höchst originell‹) sowie die Tochter Dr. von Leydens herumgestanden und ihre Hände gnädig zum Kuß ausgestreckt hatten. (Die Tochter des Mordzeugen hieß Julia und besaß leicht unwirkliche, etwas unheimliche, völlig runde, violette Kulleraugen, die jede Bewegung Henriettas verfolgten.)

Was wußten sie alle schon von den Mühen und Plagen, den achtzehnstündigen Arbeitstagen härter als jeder Keibelwaschtag, aufreibender als jede Fabrikschicht, den Skrupeln, den Zweifeln? Von allen Seiten bedrängt, von Regierungsrat Struck am Silvestermorgen zu Tee und Likör befohlen, von Frau Emmy mit Gardinenpredigten traktiert, man werde jetzt berühmt und benötige neue Wäsche und Wäscheschränke, hielt Koch sich nach der Entdeckung des Bazillus unbeirrbar an die langwierigen, gründlichen Regeln, die er bei der Entdeckung der Milzbrandmikrobe selbst aufgestellt hatte. Der Erreger mußte in allen Fällen der Krankheit nachzuweisen sein, er mußte sich in Reinkulturen züchten lassen, der Bazillus aus einer solchen Reinkultur mußte die Krankheit beim Versuchstier wiederum hervorrufen und aus diesem Tier neu gewonnen werden. Hatte sich der Bazillus listig (wie die legendäre Diebin Du-Nu-Wieda) Kochs Zugriff entzogen, so lehnte er jetzt noch so schmackhafte Nährböden, gleich welcher Temperatur oder bei welchen Lichtverhältnissen, kategorisch ab. Das tuberkulöse Material für die Versuche blieb sozusagen in der Familie, denn August Wrobel war, wie es Henrietta vorausgesehen hatte, seiner Frau zum rostroten Sittich mit den schwarzen Stecknadelkopfaugen gefolgt. Irgendwann an irgendeinem triefenden Tag in einer endlosen Reihe trüber, feuchter Februartage versuchten sie es mit Schafsblut, das Henrietta aus dem Zoo beschafft hatte, einem grausigen Garten voller klagender Kreaturen, die in den hintersten Ecken finsterer Käfige kauerten und unbekannt und qualvoll langsam an ihrem Heimweh starben. Koch ließ das Schafsblut gerinnen, erhitzte das sich absetzende Serum in zwanzig Reagenzgläsern jeden Tag eine Stunde lang auf achtundfünzig Grad Celsius und ließ es im Brutofen gelatinieren, während er mit Henrietta darüber rätselte, welche Auffassung von den Göttern Goethe in seinem Gedicht *Grenzen der Menschheit* vertrat oder wie es kam, daß Friedrich der Große als Sieger aus dem Siebenjährigen Krieg hervorging, wenn doch die wahren Helden August und Emma Wrobel hießen, deren Tuberkeln sich wie wild im Schafsblutnährboden vermehrten und auch bei der Übertragung auf die Meerschweinchen keine Fisimatenten machten.

›Vivat!‹ Noch immer verweilte der Schmetterling, als sei ein weißes Blütenblatt spitz auf Henriettas Stiefel gefallen. Sie schüttelte den Fuß, und der Falter flatterte fort, Richtung Feuerstelle, direkt in sein Unglück. Die gesamte Speiseanstalt hatte sich erhoben, die Bärte witterten wie gestreckte Hundeschnauzen zur Flügeltür, wo der kleine Mann mit dem großen Kopf innehielt. Vielleicht war er wirklich so überrascht, wie er aussah. Vielleicht wollte er wirklich bloß eine Linsensuppe essen und hatte nicht mit dieser Meute gerechnet. Henrietta kannte ihn besser. Eine unscheinbare Geste seiner kleinen Hand, und alles setzte sich wieder. Nur Henrietta lehnte weiter an ihrer Fensterbank. Er würdigte sie keines Blickes. Er war hier, um zu zeigen, wer der Herr im Hause war. Kochs Vortrag in der Physiologischen Gesellschaft gestern hatte er geschwänzt. ›Demonstrativ‹, wie Koch meinte. ›Aus Angst‹, wie Ehrlich wußte. Vor der neuen, nicht mehr zu widerlegenden Lehre der übertragbaren Krankheiten, wie Henrietta hinzudachte. ›Die Physiologische Gesellschaft‹, hatte Koch noch unterwegs zum Betteläffchen gesagt, ›das sind Götter, von denen nicht einmal Goethe sich träumen ließ, das sind Helmholtz und Dubois-Reymond und *er*. Die Urteile dieser Gesellschaft sind Gottesurteile.‹ Doch *er* hatte seinen Fuß nicht über die Schwelle der schweren Mahagonitür auf den dicken persischen Teppich gesetzt, sich nicht unter den schimmernden Bronzelampen über eines der von Henrietta und Vater entlang des langen Eichentischs sorgsam arrangierten dreizehn Mikroskope gebeugt, hatte nicht zugehört, wie Koch sein Manuskript vorzulesen begann, das den bescheidenen Titel *Über Tuberkulose* trug (anstatt *Die Rettung der Menschheit*), war nicht sprachlos, überwältigt, erregt und bewegt gewesen, hatte dem gesenkten Kopfes dastehenden Koch nicht die Hand gedrückt, hatte noch nicht einmal vor der Tür gestanden und durch den Spalt gespäht wie Henrietta und Vater – geschweige denn später einen Rundgang durch seine nächtliche Charité gemacht, um Zeuge zu werden, wie Ehrlich sofort weiter schuf und schuftete und das Methylblau durch Methylviolett ersetzte, um die Färbung des Bazillus zu verbessern, von Kochs großer Stunde inspiriert, und wie die mörderische Tochter des ehemaligen Krankenwärters, das ehemalige Maskottchen, die Enttäuschung, die Verlorene, die mit den Hirngespinsten, sogar durch den dicken Zigarrenqualm in dem kleinen Kabuff das Farbgemisch riechen und hören konnte in seinem filigranen Zusammenfließen und die richtige Eingebung hatte und den Vorschlag machte, das Gemisch auf dem Ofen kurz nur, ein paar Wimpernschläge nur zu erwärmen, und wie Ehrlich sich danach vor ihr verbeugte, denn das war's.

Zwei Herren am nächstgelegenen Tisch waren wieder aufgesprungen, um Virchow, da er wie angewurzelt stehengeblieben war, ihre Plätze anzubieten. Aber er beachtete sie gar nicht, er starrte zur Feuerstelle. Der Schmetterling taumelte unter dem Rauchfang. Lebte er noch, oder spielte die glühende Luft mit ihm? Die Köchin wischte ihn mit einer beiläufigen Handbewegung ins Feuer. Virchow zog sein Jackett fest zu, als fröstele er, als sei es noch Winter. Ein strahlend weiß gewandeter, halb dunkelhäutiger Inder mit Zwirbelbart erschien wie aus dem Nichts in der Speiseanstalt und trat neben Virchow und fragte ihn etwas. Virchow antwortete unwillig, ungnädig. Dann winkte er den grindigen Erstsemestler zu sich, gab ihm einen Befehl und ging. Der Inder setzte sich an einen Tisch und schlug die Beine übereinander, unter seinem indischen Gewand trug er feine Tweedhosen und blankpolierte Schuhe mit Knopfgamaschen.

Henrietta wandte sich zum Fenster, zog ihren Brustbeutel hervor und entnahm ihm die beiden vielfach gefalteten Oktavseiten, die ihr ganzer Besitz, ihre Daseinsberechtigung waren, um sie einmal mehr zu lesen und zu bedenken. Absichtlich war sie dafür in die Charité gegangen, ihrem verfluchten Geburtsort und eigentlichen Zuhause, Schauplatz ihrer ersten Erkundungen und ihres ersten Zusammentreffens mit Koch, und das Schlachtfeld, auf dem der Entscheidungskampf gegen die Schwindsucht, nun da ihre Ursache bekannt war, ausgetragen werden würde. Sie entfaltete die erste Seite und las die auf den neuesten Stand gebrachte Fassung:

MEIN PLAN

1. Lernen, lernen, lernen. Nicht meinen, nicht träumen, sondern wissen.
2. Jede freie Minute in die Charité-Bibliothek, täglich vier Stunden Latein, *nunquam otiosus.*
3. Dr. Koch davon überzeugen, mich als Assistentin und Schülerin aufzunehmen und mir ein kleines Salär für Essen und Bücher zu zahlen.
4. Da nur habende Mädchen studieren dürfen (und auch nur in der Schweiz), Dr. Koch durch außerordentliche Leistungen dazu bringen, mir den Besuch der medizinischen Vorlesungen und Praktika zu ermöglichen.
5. Schneller und besser sein als alle anderen.
6. Erste Ärztin und Forscherin des Reiches werden, die Keibelstraße verlassen.
7. Das Heilmittel gegen die Tuberkulose entdecken und in der ›Deutschen medicinischen Wochenschrift‹ veröffentlichen.
8. Mama eine Grabstelle kaufen und einen Grabstein errichten.
9. Freiheit, Gleichheit, Brüderlichkeit für Anna Buss. (Nur die Wissenschaft wird das erreichen)

Sie überlegte, ob sie ›immer dabeisein‹ noch als zehnten Punkt hinzusetzen sollte, aber es klang ihr jetzt klein und lächerlich, und außerdem war es selbstverständlich, und die Punkte drei, fünf, sechs und sieben beinhalteten das bereits. Die zweite Oktavseite war ein Briefentwurf an Koch, gar nicht weit gediehen:

Verehrter ~~Meister~~ Herr Doktor Koch!
Nun, da ich durch das Vesuvin und gestern bei Herrn Doktor Ehrlich mit meinem Vorschlag, das Methylviolett zu erwärmen, auch einen ~~nicht geringen~~ Beitrag zur Enttarnung und Färbung des Tuberkulosebazillus geleistet habe, möchte ich Sie, weil ich ~~die Penne~~ meine Volksschullaufbahn in ein paar Wochen beendet haben werde, bitten, meine Zukunftspläne für das kommende ~~Lustrum~~ –

Dieser Brief hatte noch ein wenig Zeit, und sie mußte ihn persönlicher formulieren, familiär sollte er anmuten, denn hatte sie nicht ungezählte Tag- und Nachtstunden mit Koch und seinen Leuten verbracht und ihre Hoffnungen und Sorgen geteilt, kannte sie nicht ihre kleinen Gewohnheiten und Absonderlichkeiten und Zahnschmerzen, war sie nicht wieder und wieder von ihnen gelobt und gehätschelt und ermutigt worden? Ein Hauch, ein Geschmack davon, eine kluge kleine Erinnerung daran gehörte in diesen Brief. Virchow, den sie viele Briefe laut formulieren oder diktieren gehört hatte, flocht immer eine pikante private Schnurre ein, ganz besonders, wenn er vom Adressaten etwas wollte. Es sollte eine spezielle Schule geben, dachte Henrietta, während sie aus den Augenwinkeln beobachtete, wie der Inder seine Beine jetzt linksherum übereinanderschlug und der picklige Erstsemestler auf sie zukam, in der man nichts anderes lernte, als wichtige Briefe zu schreiben. Wichtige Briefe bewegten die Welt und die Weltgeschichte, Briefe überwanden Barrieren, Briefe sagten nicht Mensch, sondern Menschheit, Briefe waren erhaben über alles, sogar über den Verfasser, ob er in einem Coupé eines abfahrenden Friedrichstraßenzuges mit goldener Feder schrieb oder in der Keibel im vierten Hinterhof die letzten Tropfen aus dem leeren Tintenfaß schüttelte.

Sie faltete rasch die Seiten zusammen und steckte sie zurück in ihren Brustbeutel. Der Erstsemestler schlug die Hacken zusammen. Natürlich hatte auch er bereits gehört und wußte, wer hier an der Fensterbank lehnte. Noch heute früh, nachdem er einem todmüden, aber nicht minder begeisterten Koch die neue Färbung vorgestellt hatte, war Ehrlich aufrichtig genug gewesen, Henriettas Geistesblitz überall in der Charité zu verbreiten. Sie hatte vorhin erst davon erfahren. Du bist mir ja eine, hatte Mariechen Baltuttis gesagt, als Henrietta ihr und Grete auf dem Weg in die Speiseanstalt begegnet war, treibst dich nachts in Laboratorien herum und wärmst den Doktoren ihre Preziosen. Worauf Grete errötend an ihrem Kreuz hinab ein Loch in den Boden gestarrt hatte. Und Mariechen hatte Henrietta beim Kinn gepackt und ihr endlos in die Augen geblickt wie eine Hexe und nichts mehr gesagt.

›Gestatten Sie?‹ Der Picklige langte an Henrietta vorbei und verriegelte umständlich das Fenster.

›Lassen Sie es doch auf‹, sagte Henrietta. ›Es riecht schon nach Frühling.‹

›Befehl von Geheimrat Virchow, Fräulein.‹

Der Inder hatte ein Geldstück für nichts auf den Tisch gelegt, war durch den Saal gewandert und stand jetzt unter der Holztafel und schien zu versuchen, die alte rote Inschrift zu entziffern. Die Bärte bewegten sich unaufhörlich, doch kein klares Wort war zu hören oder zu verstehen, hier und da tupfte eine Serviette einen Suppentropfen ab, Taschenuhren wurden aufgeklappt und wieder geschlossen, Kneifer behaucht und geputzt, eingravierte Initialen zierten goldene Manschettenknöpfe, behaarte Finger drehten an dicken oder dünnen Eheringen. Sollte ihn der Teufel holen, er würde sie nicht aufhalten, selbst er konnte den Frühling und Wind und Regen nicht verhindern.

Sie verließ ihre Fensterbank und bahnte sich zwischen den Tischen einen Weg zum Inder. Wie oft sie hier mit Vater oder für Vater geschuftet hatte, bis ihr die Beine einknickten. Doch niemand, kein Charitéler und kein Externer, forderte sie heute auf, die Teller und Schüsseln abzuräumen oder Kaffee und Kakao zu servieren.

›*Do you speak English*?‹ fragte der Inder, dessen Zähne beinahe ebenso provozierend weiß waren wie die Cassinis.

›Noch nicht, aber eines Tages.‹

›*What does it say*?‹ Der Inder zeigte auf die Holztafel.

›*Ruhmlich, christlich, auch tröstlich ist*‹, las Henrietta ihm vor, ›*daß man zu keiner Zeit vergißt der alten lieben Vorfahren, die vor uns in dem Leben waren.*‹

›*Who wrote it*?‹ sagte der Inder. ›*And why*?‹

Henrietta streckte ihre Hand aus. Der Inder lächelte und nahm ihre Hand und schüttelte sie. ›*But you are crying, young lady.*‹

Es ist ein wundervoller, wundervoller Tag, mein Herr, dachte sie, ich grüße Sie. Wenn Sie nach Indien zurückfahren, bitte, ich bitte Sie, erzählen Sie, was für einen großen, wundervollen Tag Sie hier erlebt haben.

Hier ist ein Abend für dich, Mama, ein Abend draußen in der Welt, wie sie jetzt ist: Wir gehen vom KG in der Luisenstraße über die Friedrichstraße zur Physiologischen Gesellschaft in ihrem Prunkhaus in der Dorotheenstraße. Wir gehen zu Fuß, das wird dir gefallen, auch du gehst lieber zu Fuß. Vater in einem von Kochs Jacketts und mit Vatermörder, ich wie ich bin, aber selbstverständlich mit Hütchen, und Loeffler in Uniform schleppen in Körben Kochs gesamtes Beweismaterial, die Küvetten mit den Reinkulturen, die Mikropräparate und die Glasdiapositive, auf denen der demaskierte Bazillus photographisch gebannt ist. Koch ist zu aufgeregt, um irgend etwas anderes zu schleppen als sein Schicksal. Der Himmel sieht aus wie ein ungemachtes rosa Bett, in dem wilde dreckige Schlafburschen sich gewälzt haben, die Zeitungsjungen fuchteln mit ihren feuchten Blättern vor unseren Nasen herum. Aus der offenen Tür eines Cafés tönt das Gelächter einer Frau von tiefer Stimme, und in den Bahnhof Friedrichstraße stampft und dampft eine Lokomotive aus Wien, Paris oder St. Petersburg, durch die Torbögen rattern die Bierwagen, der Pferdeomnibus ist bis auf den hintersten Perron besetzt, alle Fahrgäste haben einander viel zu erzählen, ihre Mündchen stehen nicht still. Die Maulwürfe und Eintagsfliegen und toten Motten kehren rußgeschwärzt von der Schicht heim, aus dem klaffenden Loch im Gesicht rinnt der Speichel, sie stolpern in die nächste Destille, die Tür fällt zu und geht wieder auf und fällt zu. Matrosenkleidmädchen mit weißen Schleifen in den Zöpfen werden von ihrer Gouvernante ausgerichtet wie Zinnsoldaten, sie schenken dir ein heimliches Lächeln. Ein Leutnant wandert allein über den verlassenen Exer, Hunderte von Stiefelabdrücken in der Erde inspizierend. Die blonde ostpreußische Schnepfe, die immer noch ihren Koffer sucht, den sie vor Monaten verloren hat, wirft die Federboa um die magere Schulter und schnuppert an einem welken Veilchen. Ein Leierkastenmann schickt sein Betteläffchen zu Koch. Das Äffchen gibt Koch die kleine, schwarze Hand und reckt den Kopf, als wolle es ihn etwas fragen. Koch weicht zurück und stößt mit einem hustenden Schusterjungen zusammen, der neubesohlte Zugstiefel ausliefert. Unsere Stadt, am 24ten März abends dreiviertel acht, und du bist überall, in jeder schmerzlich kurzen Einzelheit des Lebens, und ich vermisse dich schrecklich.

7 Die Aufteilung der Welt

Der Eintritt, besser gesagt der Einbruch Julia von Leydens in mein Leben hat alles verändert, dachte Henrietta, während sie vom Wahrsagerzelt aus zuschaute, wie Julia sechs getürmte Blechbüchsen mit einem einzigen schlanken Ballwurf zum Einsturz brachte. Sie war es, die mir gefehlt hatte zu meinem Glück, meiner Zukunft, der ungeheuerlichen Aufgabe, die ich mir gestellt habe, und für mein Lachen. Julia war der zehnte Punkt in meinem Plan, aber ich wußte es nicht, all die vergangenen Jahre, die wir in derselben Stadt lebten, gleichaltrig, gleichgesinnt, gleichgestimmt und, weiß der Himmel, ganz und gar nicht gang und gäbe. Und wie oft wir einander schon viel früher hätten begegnen können in der Charité, wie oft wir uns *beinahe* begegnet wären. Die Liste des großen *Unterdessen*, die sie aufstellten an langen Sonntagvormittagen in Dahlem, wollte kein Ende nehmen. Aber Thymian! ich war hundertmal in Doktor Ehrlichs Kabuff, sagte Julia und paffte imaginäre Zigarrenwolken, er ist doch ein Freund meines, sie deutete ein Gähnen an, sterbenslangweiligen Herrn Papa. Aber Julia, ich auch, sagte Henrietta, die es aufgegeben hatte, Einspruch einzulegen gegen ihren seltsamen neuen Kosenamen (so war Julia halt, sie erfand alles neu, und seltsam mußte es sein). Dann warst du unterdessen bestimmt nicht weit, sagte Julia, vielleicht in deinem Pathologieversteck oder in dieser wahnsinnigen Wohnküche, wo du inkognito auf deine Stunde wartest, brütend über deinen geheimen Visionen und Aufzeichnungen.

›Ich liebe Julia‹, sagte Henrietta. ›Nichts wird das je ändern.‹

›Backfischschwärmerei‹, sagte Max, der die Anstandsdame spielte und vom ersten Tag an gegen Julia gestichelt hatte. ›Sie paßt nicht zu dir.

Sie ist eine Wundertüte ohne Inhalt. Wart's nur ab. Träumst du eigentlich noch von deinem sprechenden Hund?‹

›Es ist keine Schwärmerei, du bist ein Ignorant. Julia und ich sind Seelenverwandte.‹

›Ich glaube nicht an verwandte Seelen, alles ist körperlich. Ebensowenig, daß du die Tochter der Königin von Polen bist.‹

Auf diesen alten Charité-Tratsch hatte sich Julia natürlich sofort gestürzt und ihn mit neuen Girlanden verziert. Weil es ihr Vater gewesen war, der Henrietta in der Blutnacht auf die Welt geholt hatte, entwickelte sie die Theorie einer groß angelegten Verschwörung. Geh in dich, Thymian, sagte Julia, gebrauche deinen phänomenalen Instinkt, Papa *meint* nur, er habe dich entbunden, in Wahrheit haben sie ihn, gerade weil er solch ein phantasieloser Mensch ist, als *dujour*-Arzt *ein anderes* Kind entbinden lassen, um abzulenken von der wahren Geburt, deiner nämlich, die unterdessen tief unten in den Gewölben stattfand, nicht mit Virchow, nein, der haßt die Aristokraten, mit einem englischen oder französischen Professor, könnte ich mir vorstellen, den deine angebliche Amme, die angebliche Herzogin Galehska Moravioff, mitgebracht und zu absolutem Schweigen verpflichtet hatte. Die in Wahrheit natürlich die vertriebene Königin von Polen war und ist, von den russischen Besatzern in den Untergrund gezwungen. Aber was wurde aus dem anderen Kind? wollte Henrietta nun doch wissen. Eine spannende Frage, sagte Julia, da müßte ich Nachforschungen anstellen. Julias Mutter, auch Frau Mama genannt, die vom ersten Tag gegen die Seelenverwandte ihrer Tochter angearbeitet hatte, aber auf einem ungleich vornehmeren, subtileren, schokoladeneren Niveau als die Mutter des Trudchens, besaß einen adligen polnischen Cousin in Paris. Findest du nicht, daß meine Mutter ständig nach Milchschokolade riecht? sagte Julia, Himmel, wie ich diesen Geruch hasse. Sag das Wort für mich, flüsterte Julia, sag es laut. Nackt, sagte Henrietta. Sag es noch mal.

›Geld kommt zu Geld‹, sagte Max. ›Und wer kein Geld hat, muß mit der Haut bezahlen.‹

›Was meinst du damit?‹ sagte Henrietta schnell. ›Du bist wirklich bösartig heute.‹

›Deine Seelenverwandte hat schon die zweite Blechtrommel gewonnen, das meine ich damit.‹

Julia drehte sich zu ihnen um und hielt zwei kleine Trommeln in die Höhe. ›Noch ein Wurf‹, rief sie, ›dann hat jeder eine.‹

›Julia von Leydens kleine Trommlerschar‹, sagte Max.

In der Mainacht vor Kochs feierlicher Ernennung zum Professor im großen Hörsaal der Charité mit einem von Cassini bestellten Orchester, das die gottlob nicht allzu langwierige akademische Festouvertüre des Komponisten Brahms fiedelte, hatte Henrietta noch einmal (und danach nicht wieder) vom sprechenden Hund geträumt. In dem fremden engen Land unter dem spitz zulaufenden Himmel, wo alle Fußspuren in dieselbe Richtung führten, hatte der Hund einen meterhohen, vielleicht im Laufe von Jahrzehnten oder Jahrhunderten aus Millionen mühsam zusammengetragener Erdkörner errichteten Ameisenhaufen zerbuddelt und zertrampelt, bis nichts mehr übrig war von diesem Wunderwerk, nichts. ›*Ecco fatto!*‹ sprach der Hund und zeigte seine Zähne. Woraufhin Henrietta einen schweren Stein in ihrem Brustbeutel gefunden und den Hund damit erschlagen hatte. Doch aus dem Maul des toten Hundes kroch ein Welpe, der dicke Tränen weinte und nicht sprechen konnte, nur seine Augen sagten: tröste mich, drücke mich, sorge für mich. Von Anna war weit und breit nichts zu sehen gewesen in diesem wirren, fürchterlichen, überflüssigen Traum. Konnte man das nächtliche Träumen nicht medizinisch beseitigen, ausbrennen wie ein Geschwür am Kopf? Existierten vielleicht Traumbakterien, die den Kopf überschwemmten, Traumknoten bildeten und bewegte photographische Wahnbilder erzeugten? Koch hatte einen Wettstreit, ein Wettrennen in Gang gesetzt, das fast rauschhafte, molkenritzengrölende Züge annahm und ihm selbst unheimlich war und wenig Freude bereitete. Wer immer eines Mikroskopes habhaft werden konnte, nannte sich jetzt Bakteriologe und suchte fieberhaft nach Erregern für die mannigfaltigen Seuchen der Menschheit. Die Natur, die ganze Welt wurde von außen nach innen gewendet wie ein Fingerling, umgestülpt wie ein Teesieb und auf das Kleinste, das Winzigste, die Mikrobe untersucht. Die Zeitungen schrieben bereits von einer neuen kopernikanischen Wende in Medizin und Biologie. Das fast Unsichtbare, das Beinahe-Nichts war die Mode. Es gab unglaublich viel zu tun.

Koch wollte weder in den Riemerschen Festsälen noch in Geheimrat Spinolas Palais feiern, er wollte, sehr zum Unwillen von Frau Emmy, die ihr Trudchen zu Hause ließ und den ganzen Abend Migräne vortäuschte, auf die Hasenheide, zu den Buden und Biergärten, Schießständen und Luftschaukeln. Die Bande der ehemaligen Leichendiebe war begeistert. Ehrlich, Löffler und Gaffky zwängten sich in Kinderkarussellkutschen und fuhren stundenlang im Kreis herum, tanzten mit Tiroler Sängerinnen und stemmten Heldenbierkrüge mit Vater, der sehr bald verlorenging und nicht mehr zu finden war. Dr. von Leyden, Unterzeichner manch eiligen Totenscheins, ließ sich mit Cassini die Zukunft aus der Hand lesen, die für beide golden und für Cassini sogar geheimnisvoll golden war, wie die schlecht geschminkte Neuköllner Zigeunerin nach einem zweiten, verträumten Blick auf den Italiener versicherte. Professor von Bergmann, der hünenhafte Chirurg mit der grauen Löwenmähne, kein Mitglied der Bande, aber ein alter Bekannter Henriettas aus Virchow-Maskottchenzeiten und ein Verehrer Kochs, seit dieser und Cassini im KG neue aseptische Verfahren für den Operationssaal entwickelten, übernahm die Rolle des Marktschreiers vor dem Kuriositätenkabinett und pries die Riesendame, die Zwergfamilie und die Somnambule an. Und der geheimnisvolle Inder mit den eleganten Schuhen war wieder da; als wollte er Emmys in tausend grämliche Falten gelegten Migränekopf schonen, redete er leise auf Koch ein, der gedankenverloren in seine Saure Weiße starrte.

Nicht nur das Trudchen, auch Anna fehlte an diesem Maiabend, obwohl Henrietta eine der goldbedruckten Einladungskarten des KG geklaut und ihr überreicht hatte. Ich will nicht in dein Krankenhaus, sagte Anna, da wirst du mich nie hinkriegen. Dummchen, zum Festakt nehme ich dich auch gar nicht mit, sagte Henrietta, aber hinterher feiern wir auf der Hasenheide. Anna knetete ihren Daumen krumm, eine neue traurige Angewohnheit. Ich will nicht, sagte sie, es bringt Unglück, was du tust. Wie falsch, wie schade, dachte Henrietta später, als Anna begann, ›dramatisch zu werden‹ (wie Julia es nannte), wir hätten Julia gemeinsam getroffen, Anna hätte teilgehabt, hätte dem blondgeschopften Derwisch nicht widerstanden und den unwirklichen, unheimlichen, planetenrunden, violetten Augen und Julias Art, harmlos zu scheinen, aber nicht harmlos zu sein.

Henrietta hatte die von Koch offerierten Luftschaukelgutscheine höflich zurückgewiesen (denn sie wollte ja viel, viel mehr von ihm in immer schneller heraneilender Zukunft) und beobachtete, nachdem Vater nirgendwo aufzufinden gewesen war, ihre heillos, hilflos ausgelassene Professoren- und Doktorenbande von etwas erhöhter Warte, von der Plattform des Kuriositätenkabinetts, als sie bemerkte, daß auch sie beobachtet wurde. Cassini stand jetzt, ein Glas Maiwein in der siegelberingten Hand, neben dem wie ein Riesenbaum nur unmerklich schwankenden Ernst von Bergmann und kündigte die Sensationen auf Italienisch an, und das Publikum war ganz vernarrt in ihn und seine schreckliche Sprache. Julia lehnte an einem Schild, das die fünfköpfige Zwergenfamilie in schreienden Farben zeigte, auf der anderen Seite der Plattform, und ihre agilen Augen starrten um Cassini herum zu Henrietta.

›Du bist mutig.‹

›Wie bitte? Ich kann nichts hören.‹

Es war die Frage, wer nun zu wem gehen würde, es war die Machtfrage, und sie wurde sofort und ein für allemal beantwortet. Julia kam zu Henrietta. Sie stolperte kurz, oder tat so, und Cassini stützte sie mit seiner freien Hand, und sie dankte es ihm mit einem stummen, längeren Blick. Auch wenn Henrietta in den Wochen und Monaten darauf ungewohnte Entfernungen zurücklegte für Julia, die nicht über Henriettas Bewegungsfreiheit verfügte und lügen mußte (sie nannte es ›schwindeln‹), daß sich die Balken bogen, um die Freundin in der Keibel besuchen zu können – diese ersten, unverzüglichen, gar nicht unterwürfigen, sondern selbstverständlichen Schritte auf sie zu waren Henriettas einzige Bedingung gewesen, und Julia hatte verstanden. Daß der eingebaute Stolperer nicht nur ein typischer, kleiner Julia-Schlenker war, sollte sich bald herausstellen.

›Du bist mutig. Wer trägt schon Rodelstiefel im Mai ...‹

›Ich. Was dagegen?‹

›Ich sehe schon, du weißt es nicht. Ich sag's lieber gleich, damit es nicht zwischen uns steht. Es sind ... waren meine Stiefel.‹

›Nein.‹

›Doch. Herr Ehrlich besucht manchmal unsere Soireen, und immer hat er von dir erzählt. Wie du seine Experimente verstehst und nächtelang lernst und dich nur von Hafergrütze und Trockenbrot ernährst ...‹

›Hat er das?‹

›Die Stiefel waren ein Versuch, dich kennenzulernen. Hat er dir denn nicht gesagt, daß sie ein Geschenk von mir sind?‹

›Nein.‹

›Sie nehmen uns einfach nicht ernst, die Herren. Auch Ehrlich. Wenn er von dir sprach, klang es immer leicht amüsiert, als würde er von einem besonders gelehrigen Haustier erzählen. Aber das werden wir ändern, du und ich, das weiß ich, das wird elektrisch. Ich bin Julia.‹

›Wenn du es sagst.‹

Henrietta war immer noch mit der Verdauung der Vorstellung beschäftigt, daß Ehrlich ›Soireen‹ besuchte. Nie hatte sie etwas davon bemerkt, wann fand er die Zeit dafür?

›Die Frage ist, was steht in unseren Sternen?‹ sagte Julia.

›Glaubst du an diesen astrologischen Mumpitz?‹

›Natürlich nicht.‹ Julia, die für den Anlaß des Kennenlernens (wie sie später zugab) ein schlichtes dunkelgrünes Tragekleid ohne Aufbauschungen gewählt hatte, schloß ihre großen Beschwöreraugen. Ohne zu wissen und zu wollen, tat Henrietta es ihr nach. Sie spürte Julias Zeigefinger, der sanft über ihre Lider fuhr. ›Aber wenn du abends vor einem Spiegel stehst im dunklen Zimmer und deine Umrisse siehst und dir fast fremd bist, dann fragst du dich doch: was steht in meinen Sternen, wie lange werde ich leben, was wird geschehen?‹

Henrietta war tief bewegt. Das waren wortwörtlich ihre Fragen des Nachts vor dem Spiegel mit den Entenornamenten. Zum ersten Mal hatte ihr ein Mensch aus der Seele gesprochen. Was kann dieses Mädchen? fragte sie Mama. Viel, antwortete Mama, sie kann die Zeit anhalten.

›Das fünfte Euklidische Axiom‹, sagte Julia, ›habe ich nicht kapiert und kapiert kein Mensch. Du wirst es mir bestimmt erklären können.‹

Nur zu gerne, doch leider erfolglos, erklärte ihr Henrietta, daß für jede beliebige Gerade und für jeden beliebigen Punkt, der nicht auf dieser Geraden lag, eine eindeutige Gerade existierte, die durch diesen Punkt führte und die erste Gerade nicht schnitt. Sie hätte ihr auch gerne noch den Ursprung der Strecksehne am ersten Fingerglied, die Oxydation des Schwefels und die mitotische Zellteilung erklärt, mit der sie sich momentan um die Mitternacht in der Charité-Bibliothek befaßte. Aber Koch rief zum Abschiedstrunk in den Biergarten, und die zerzausten, biergeblähten und weingeröteten Gelehrten versammelten sich an seinem Tisch mit der stumm für sich sitzenden Migränestatue Emmy.

›Ich glaube, ich benötige in Bälde auch eine liebende Gattin, gnädige Frau‹, sagte Ehrlich mit schwerer Zunge und stand schwankend auf und kehrte seine leeren Hosentaschen nach außen und zeigte sie Frau Emmy, worauf Koch leise stöhnte und Professor Bergmann ›Oh la la‹ sagte. ›Eine Frau, die auf mich achtet, da ich wohl doch mit einigen Tropfen Verschwenderöl gesalbt bin.‹

›Da sind Sie nicht der einzige‹, kam es aus der Statue.

›Singen Sie uns ein schönes Lied Ihrer Heimat, Maurizio‹, sagte Koch schnell zu Cassini. ›Und dann zu den Kutschen, in vier Stunden müssen wir alle wieder aufstehen. Und ich Armer muß jetzt auch noch Vorlesungen abhalten.‹

›Du kannst nicht zufällig Italienisch?‹ flüsterte Henrietta in Julias Ohr, während Cassini, rittlings auf seinem Stuhl sitzend, seine weißen Zähne aufschimmern ließ und eine wehmütige Weise vortrug.

›Zufällig doch‹, sagte Julia, die in alle Himmelsrichtungen, nur nicht zu Cassini schaute.

›Was singt er: *la notte porta consiglio*?‹

›Die Nacht bringt Rat.‹

Stimmt, dachte Henrietta, die großen Entdeckungen waren in der Nacht gemacht worden, das vesuvinbehandelte Präparat 271, die Methylvioletterwärmung, die Schafsblutnährböden. Cassini war eben doch ein Wissenschaftler, nicht bloß ein singender Nachfahre von Planetenforschern.

›Das ist Professor Koch‹, flüsterte Julia plötzlich in Henriettas Ohr und zeigte auf den vollen Mond, der so tief über der Hasenheide hing, als wollte er von den Somnambulen und Zwergen mit Bällen beworfen werden. ›Aber wir sind die Sonne.‹

›Man hat uns gut entworfen, Thymian‹, sagte Julia im Juli im Schwarzen Grund in Dahlem über ihrem gemeinsamen, von einer leichten Brise gewellten Tümpelspiegelbild. ›Machen wir was draus.‹ Ein Glöckchen klingelte dünn hinter den Weidenbäumen, Julias Privatlehrer, der pensionierte Lyzeumsprofessor Jeschonnek, einer jener Humanisten, die alles und gleichzeitig nichts wußten, rief zum Unterricht.

Das war kurz vor Kochs *Nein* auf den mit Julias Hilfe entworfenen Brief gewesen. (›Schreib die Wahrheit, schreib, du willst keine Gefälligkeiten, schreib wie an Michelangelo, schreib, du willst einen Meister, der dein Talent zu nutzen versteht. Unterzeichne mit *ergebenst Ihre*‹.) Julias erstaunlich wahrhaftige, präzise seelenverwandte Diagnose nach dem ebenfalls brieflichen, niederwerfenden *Nein* hatte Henrietta sofort eingeleuchtet: ›Das ist so eine Ende-der-Welt-Erleichterung, findest du nicht? Jetzt bist du frei für deinen eigenen Weg.‹ Sie dürfe jederzeit im Labor helfen, hatte Koch geantwortet, aber sie solle doch das Viktoriahaus besuchen, die Schule für spezialisierte Krankenpflegerinnen, die im Rang höher standen als Diakonissenschwestern und Krankenwärter, dies würde er auch gerne mit eigenem Geld unterstützen, dies sei, bis zur Eheschließung, die rechte Ausbildung für ein Mädchen, das sein Leben praktisch von klein auf in der Charité verbracht habe. Gezeichnet: Dein Robert Koch. ›Jederzeit im Labor helfen, *laissez moi rire*‹, hatte Julia gelacht, ›da lieferst du brav deine Geistesblitze ab, und dann geht's zurück, Nachttöpfe ausleeren.‹ ›Und diese Anspielung auf das Heiraten‹, hatte Julia gefaucht, ›da hat er sich bestimmt mit deinem Vater besprochen …‹

Vater, den Julia zweimal in der Keibelstraße und einmal in Höchstform am Molkenmarkt erlebt hatte, war ein Thema, über das Henrietta mit Julia nicht sprach, nie, auch wenn sie sonst alle Gedanken und Gefühle teilten und keine Geheimnisse voreinander zu haben schienen. (Henrietta verschwieg das Droschkengeld und Mamas Papierecke.)

›Mach's wie ich‹, hatte Julia gesagt, ›stell irrwitzige Forderungen, sag, dein Künftiger soll ein Maharadscha vom Mond sein, sag, dein Brautschleier soll von blinden belgischen Nonnen genäht werden. Du glaubst gar nicht, wie schnell dein Herr Papa dich für eheunreif erklärt. Bis der Einzige, der Wahre kommt, den du allein erwählst, und wenn es hundert Jahre dauert.‹

›Im fünften euklidischen Axiom gibt es keine Liebesgeschichte, Julia‹, sagte Henrietta. Julia las, wo sie ging und stand, Gedichte, Dramen und Romane, in denen sich keibelheftig gehabt wurde, wagte es jedoch nicht, das Wort ›nackt‹ auszusprechen. Ganz landläufige und harmlose Wörter und Wendungen wie ›Brust‹, ›Lende‹, ›Gesäß‹, ›Hinterteil‹ (ganz zu schweigen von ›Hintern‹) oder ›mein Bauch‹ wollte Frau Mama im Hause von Leyden nicht laut gesagt hören, am liebsten wohl gar nicht gedacht haben, das galt auch für den Arztgatten, der jeden Tag tief in die Körper der Menschen hineinschaute, hineinlauschte, hineinbohrte. Kein Wunder, daß Julias zwei kleine, kichernde Brüder Viktor und Alexander ihre langen, von keiner sonstigen Sorge beschwerten Tage am liebsten mit Schlüssellochgucken und Türhorchen verbrachten.

Es stellte sich heraus, daß Dr. von Leyden Ehrlich an jenem ewig zurückliegenden Nikolaustag gebeten hatte, die Herkunft der Rodelstiefel geheimzuhalten, da man Henrietta nicht beschämen wollte. Henrietta hingegen mutmaßte, und nicht zu Unrecht, daß Frau Mama die

Diskretion angeordnet hatte, vorausahnend, daß die milde Gabe ihrer Tochter die berüchtigte Keibelstraßenberühmtheit früher oder später in die Dahlemer Villa wehen würde. Denn berühmt und berüchtigt war Henrietta bei den von Leydens lange schon, Jahre schon gewesen, ohne davon gewußt zu haben. Und das ihr, der Studentin des *Unterdessen.* Erst jetzt begriff sie, welchen Eindruck ihre kindliche Vertrauensstellung im Virchow-Königreich auf die Welt der Habenden und Wissenden (die Fassadenbewohner der Keibel waren ja arme, ignorante Schlucker, verglichen mit den von Leydens) gemacht haben mußte. Noch war er der König, auch wenn die Bakteriologenbande bereits an seinem Thron sägte, seine Zellen nicht winzig genug, viel zu offenbar, fast mit bloßem Auge zu erkennen. Und war ihr ›Onkel Rudi‹ gewesen, Frau Mama von Leyden mochte es kaum glauben. ›Ich beneide dich wirklich, liebe Henrietta‹, sagte Dr. von Leyden, ›solange ich an der Charité bin, hat er mich nie auch nur einen Blick in sein *sanctum sanctorum* werfen lassen. Davon wirst du noch deinen Kindern erzählen können.‹

›Thymian wird noch ganz anderes erzählen können, wenn sie erst mal richtig loslegt‹, sagte Julia.

›Nun ja‹, sagte der gute Doktor.

›Davon bin ich überzeugt‹, hüstelte Frau Mama vielsagend und zupfte mit spitzen Fingern ein imaginäres Stäubchen von Julias dunkelgrünem Tragekleid, in dem seit neuestem die rabenschwarzhaarige, frühreife, mit ihrem Mann *fachsimpelnde* Zigeunerin und Hochstaplerin steckte, die ihrer ohnehin schon flattersinnigen, überspannten, viel zu aufgekratzten Tochter frische Flausen in den Kopf setzte, zum Beispiel den unerhörten, noch nie dagewesenen Austritt aus der Schule für Tanz, Grazie und Anstand mitten in der Promenadenpause und die Absage des Debütantinnenballs. Man mußte kein Gedankenleser sein, um die sauren Erwägungen hinter Frau Mamas Zitronenlächeln zu erraten. Wie immer in Fragen von Takt und Taktik hatte Julia Henrietta überzeugt: ›Ich verstehe ja, glaub mir, ich würde auch am liebsten in Sack und Asche herumlaufen, man muß sich ungeheuer *frei* fühlen dabei. Aber wenn du das Kleid deiner … entschuldige, ich möchte dir nicht weh tun … von diesem Mariechen Baltuttis nicht zurückfordern willst, muß etwas geschehen. In deinem Kittel kannst du keinesfalls noch einmal nach Dahlem kommen, damit schüttest du nur Wasser auf Mamas Mühle.‹

Manchmal, wenn Julia es wirklich wollte, wirklich mit dem Fuß aufstampfte, rostete Mamas Mühle ein oder blieb vor Erschöpfung einfach stehen. Zudem murmelte diese Mühle ausschließlich in Salon und Damenzimmer der Dahlemer Villa, denn auch die Theater und feinen Restaurants und Kaufhäuser fand Frau Mama bedenklich, sie spielte lieber zu Hause Klavier, ließ Kolonialwaren liefern, biß, die Serviette unters Kinn haltend, in ein Stück Milchschokolade und stauchte die Köchin, das Kinderfräulein und die Dienstmädchen zusammen. (›Natürlich gehört die Villa ihr‹, klärte Ehrlich Henrietta auf, ›sie hat ein Vermögen geerbt. Was glaubst du denn, du Naive, wieviel unsereiner hier in der Charité verdient, wenn er nicht gerade Virchow oder von Bergmann oder neuerdings auch Koch heißt?‹)

Es geschah mit dem stillen Einverständnis Dr. von Leydens, daß Julia nach Henriettas ersten fünf Dahlemexpeditionen der Freundin endlich auch einen Gegenbesuch in der Keibel abstatten konnte. Dazu trafen sie sich in dessen Ordonnanz im zweiten Stock der 1ten Medizinischen Klinik der Charité.

›Vor Henrietta kann man offen reden‹, sagte Dr. von Leyden zu Julia. ›Deshalb rede ich jetzt offen. Ich habe dir die Geschichte dieser Klinik erzählt, mein Kind, du weißt, warum sie Charité heißt. Ich war schon einmal in Henriettas Straße und –‹

›Als du die Leichen geklaut hast, Thymian. Toll.‹

›Sie hat sie nicht gestohlen, sondern im Dienst der Wissenschaft requiriert, und es war gar nicht toll, sondern traurig und grausig. Auch wenn du ein Mädchen bist, mußt du noch viel lernen über die –‹

›Ungemütliche Wirklichkeit des Lebens, ich weiß‹, sagte Julia.

›Nein, du weißt nicht.‹

›Doch, sie weiß‹, sagte Henrietta. ›Sie ist die Sonne.‹

Es wurde sehr still in der Ordonnanz. Dr. von Leyden musterte Henrietta, wie sie jetzt oft gemustert wurde, mit vorsichtigem, leicht besorgtem Staunen, so als sei sie nicht ganz von dieser Welt, ein kleines merkwürdiges Wunder vielleicht.

›Herr Doktor?‹ Ein junger Stabsarzt öffnete die Tür einen Spaltbreit. Die tausend lieben, vertrauten Geräusche der Charité, in der das Geborenwerden und das Sterben, die Reisen vom Tag in die Nacht und das Heimweh nie enden würden. ›Sie haben Besuch …‹

›Nun sagen Sie schon, was gibt's denn?‹

›Herr Doktor Emil Behring von der Pepinière ersucht um eine Unterredung wegen der Assistentenstelle.‹

›Schon wieder. Ist er etwa hier?‹

›Er wartet draußen. Er ist etwas ungehalten.‹

›Halten Sie mir diesen Berserker vom Leib. Der ist mir unheimlich, ein Spieler, ein Hazardeur. Trauen Sie nie einem Mediziner, der nebenbei Logik und Erkenntnistheorie studiert hat. – Seid um vier zurück, dann nehme ich dich mit nach Hause. Und kein Wort zu Mama. – Du paßt auf, Jette, ja?‹

›Du paßt auf, Jette, ja?‹ äffte Julia ihren Vater auf dem Flur nach und hakte sich bei Henrietta unter. Der Stabsarzt der Pepinière, unschwer zu erkennen an der tadellosen Uniform und den auf Hochglanz polierten Knöpfen, herrschte breitbeinig den jungen Assistenten an. Mit seinen trotzigen, verächtlich hinabgezogenen Lippen, dem bedrohlichen Stierschädel und den eisigen, papageienstarren Augen schien er den Schauergeschichten entsprungen zu sein, die Julias kleine Brüder heimlich verschlangen.

›Sagen Sie Dr. von Leyden, ich habe über dreihundert Luftröhrenschnitte an Kindern durchgeführt. Nebenbei arbeite ich über innere Desinfektion. Gleichzeitig bin ich universal, ich bin universaler als jeder andere hier, sagen Sie ihm das, Kollege, aber plötzlich! Guten Tag, Fräulein von Leyden.‹

Julia blieb abrupt stehen. Diesmal war es an Henrietta zu stolpern. ›Ich glaube, wir sind uns noch nicht vorgestellt worden‹, sagte Julia.

›Nein‹, sagte der Pepinièremann, ohne die geringsten Anstalten zu machen, sich vorzustellen. ›Aber ich bin immer gut informiert.‹

›Dann werden Sie auch meine Freundin Henrietta Mahlow kennen, die Assistentin Doktor Kochs.‹ Julia schubste die widerstrebende Henrietta zu ihm. Henrietta reichte ihre Hand. Die Papageienaugen, unverfälschte, seltsam helle, reine Augen, als seien sie von Cassini desinfiziert worden, kontemplierten Henriettas ausgestreckte Hand. ›Bedaure, nein.‹

›Was für ein Berserker‹, sagte Julia auf dem Weg in die Keibel. Henrietta wollte rennen, um es schneller hinter sich zu bringen und keinesfalls Vater nach Feierabend zu begegnen. Nicht, daß sie sich Vaters neuerdings schämte; er war auch nur ein Stück erkrankte Natur, und möglicherweise würde man sein viehisches, hochprozentiges Leiden eines Tages unter ein Riesenmikroskop legen und schaudernd bestimmen und heilen können. Sie wollte nur nicht hören, wie er ihre Liebe zu Julia kleinredete und in den Schmutz zog, der seine letzte Liebe war. Julia fand das Rennen auf offener Straße ›albern‹ und schlug eine Droschke vor. Aus gutem Grund (das schlechte Gewissen) lehnte Henrietta eine von Julia bezahlte Droschkenfahrt ab.

›Aber aufrichtig‹, sagte Henrietta, als sie Julia ihr Spreemäuerchen und den Blick zurück zur Charité zeigte, der gegenüber jetzt das Loch der Löcher gegraben wurde, für ein Naturkundemuseum von unvorstellbaren Ausmaßen. ›Kein Schmeichler. Eines Tages werde ich wirklich Kochs Assistentin sein, und es wird ihn keinen Deut beeindrucken.‹

›Dann wird dieser aufgeblasene Mensch längst in irgendeinem Provinzkaff versauern und Kindern die Kehle durchschneiden‹, sagte Julia.

Die Sonne Julia ging auf über der Keibelstraße und sah alles, den fliegenbesetzten Unrat, die rührigen Ratten, die sogar sommers verrotzten Nasen, die einsame Hofprimel, das fehlende Wasserklosett, die fehlende Badewanne und das fehlende Klavier, die zwei harten, schwarz gewordenen Pellkartoffeln im Blechnapf, die blinden, leeren Schnapsflaschen auf dem schimmligen Fensterbrett, die rußigklebrigen Stäubchen in den neun Kubikmetern Wohnküchenluft und den vor vielen

Pfandleihern geretteten Spiegel mit den Entenornamenten. Sah alles und verstand alles und half Henrietta, Vaters vier Strümpfe und zwei Leibchen zu waschen. ›Es ist der pure Zufall, Herr Biele, finden Sie nicht?‹, sagte sie bei Mandeltee in himmelblauen Porzellantassen, die Max von wer weiß wo herbeigezaubert hatte. ›Ebensogut hätte ich in dieser pittoresken Straße aufwachsen können und Thymian draußen in Dahlem. Wir wären trotzdem Seelenverwandte. Die Weltseele hat uns zusammengeführt.‹

›Es ist kein Zufall, Fräulein, sondern das schreiende Unrecht der Klassengesellschaft‹, sagte Max. ›*Thymian*, ach du liebe Zeit, so heißen die kessen Väter in der Schnurrbartdiele‹, murmelte er.

›Wie bitte?‹ sagte Julia.

›Ach, nichts.‹

›Thymian ist aus einem Gedicht, das ich begonnen und nie beendet habe‹, sagte Julia. ›Wie alle meine Gedichte. Ich fürchte, die Literatur muß ohne mich auskommen.‹

›Es ist Gottes Wille‹, sagte Anna plötzlich leise. Sie saß schmal und düster und greisenhaft zwischen Henrietta und Julia auf der grünen Chaiselongue und starrte Löcher in die verblaßten Blümchen des schlotterigen Kleids ihrer Mutter.

›Natürlich, liebste Anna‹, sagte Julia, ›am Ende ist alles Gott befohlen. Aber noch ist das Ende nicht da. Und in der Zwischenzeit müssen wir die Helden unseres eigenen Lebens werden, findest du nicht?‹

Anna hob ihr Hundegesicht und schaute Henrietta an. ›Wie redet die denn, Jette?‹ Max schenkte Anna lächelnd Tee nach.

Julia verstand auch dies, erahnte und billigte die Verpflichtung und die müde Treue, die Henrietta ihrer ältesten Freundin gegenüber empfand. Gab aber zu bedenken, daß man Anna keinen Gefallen täte, wenn man sie bemitleidete und mit Glacéhandschuhen anfaßte, so trüge man nur zu ihrem Selbstmitleid und Kleindenken bei. ›Sie muß sich verlieben‹, sagte Julia, ›das wird sie erheben. Ich weiß auch schon in wen. Der hübsche Lümmel von der Baustelle, der dir vorhin Augen gemacht hat. Der wäre genau der richtige für Anna.‹

›Der mit dem Eierkopp? Arme Anna.‹

›Nein, glückliche Anna. Topf und Deckel, die zusammenpassen und zufrieden sein werden. Du mußt das für sie einfädeln. Schau mal, da kommt dein Vater.‹ Nun gut, wenn die Weltseele oder die Klassengesellschaft oder Gott unbedingt alles an einem Nachmittag erledigen wollten, sollte die Sonne eben bis in den letzten Winkel leuchten. ›Damals, als ich dich zum ersten Mal sah ... Himmel, warst du *speziell* ... im Gesundheitsamt bei Kochs Stehempfang hat er mir sehr charmant ein Glas Himbeersaft gereicht.‹

Vater hatte den sabbernden Otto Buss im Schlepptau, wechselte sofort auf die andere Straßenseite und winkte Henrietta hinüber. Otto schlackerte wie ein Hampelmann, an dessen Strippen unsichtbare, bösartige Kinder zogen.

›Es ist mir wurscht, daß du neuerdings auch Dahlem unsicher machst‹, sagte Vater. ›Aber wie kannst du so dämlich sein und dieses hochnäsige Ding hier anschleppen? Die erzählt doch alles brühwarm denen da oben. Irgendwann landen wir deinetwegen noch auf der Straße, ich sag's dir. Ich sag's dir zum letzten Mal, es gibt keinen Weg hier raus, da kannst du Bücher lesen und um die Herrschaften herumscharwenzeln, bis du schwarz wirst. Gib mir zwanzig Pfennig.‹

›Julia hat deine Socken gewaschen.‹

›Und ich bin der Kaiser von China. Gib mir die zwanzig, du verdienst genug, du verdienst viel zu viel für ein Mädchen.‹

Henrietta schaute hinüber zu Julia, die von jubelnden Kindern umringt war und Münzen und Küsse verteilte. Julias *hemmungslos* glückliche Augen in diesem Moment waren das Schönste, das sie in ihrem Leben je gesehen hatte. Ausgenommen natürlich die Bewohner des Wassertropfens und die blau aufleuchtenden Tuberkelbazillen beim Einrichten der dreizehn Mikroskope in der Physiologischen Gesellschaft, berichtigte sie sich.

›Oder soll ich deine reiche Freundin fragen? Jetzt ist sowieso alles egal.‹

›Dir ist gar nichts egal‹, sagte Henrietta und gab ihm die zwanzig

Pfennig, ›du tust nur so. Du bist hellwach, wenn es darum geht, wen man noch alles enttäuschen kann. Selbst wenn du schläfst, bleibt ein Augenwinkel immer offen bei dir.‹

›So spricht man nicht mit seinem Vater. Wenn ich tot bin, wirst du Rotz und Wasser heulen und bereuen.‹

›Keine Träne werd' ich dir nachweinen. Das schwöre ich.‹

(Mama, die nur selten einfach so auftauchte, sich selten in den Tag einmischte, wiegte sehr langsam ihren Kopf, als sei er ihr zu schwer geworden.)

›Hilf mir doch, die Rasselbande zur Vernunft zu bringen‹, sagte Julia außer Puste. Die Keibelkinder bewarfen Otto Buss mit Steinen. ›Das ist keine lustige Dahlemer Rasselbande‹, sagte Henrietta. ›Schau hin. Sie zielen. Und sie treffen.‹ Henrietta zog Julia ein Stück weiter. ›Ich muß dir was sagen, es ist wichtig. Du kannst schon mal über die Stränge schlagen, Julia, du wirst immer deinen Vater und deine Mutter und deinen sicheren Hafen haben. Aber ich ... wenn ich auch nur einen Fehler begehe, dann lande ich da ...‹ Sie zeigte auf den im Rinnstein zusammengeklappten, vollgesabberten, gesteinigten Hampelmann Otto. ›Niemals‹, sagte Julia und nahm Henriettas Hand und winkte mit der anderen Vater zu, der seine Augen beschirmte und verlegen oder vielleicht auch ängstlich blinzelte und sich dann ruckartig umwandte, so als lauere einer hinter ihm. ›Denn du wirst immer mich haben.‹

Entscheide dich, Jette, malte Anna im Herbst mit weißer Kreide in schiefen Lettern an die Hofwand über ihre zählebige Primel. Es war nichts geworden aus dem gemeinsamen Kuchenessen in den Kolonnaden, dem Ausflug zur Pfaueninsel, Annas von Julia betriebener Befreiung aus der Textilfabrik und Anstellung bei der Eisenbahn (›Fahrkartenverkäuferin, liebste Anna, das ist *der* neue Frauenberuf!‹) und einem Techtelmechtel mit Wilhelm Manschke, dritter Stift auf der rasant wachsenden Baustelle des Naturkundemuseums. Jedesmal hatte Anna Kopfschmerz, Leibkrämpfe, Husten vorgetäuscht. Sie zerrte an ihrem Daumen, bis er schief wurde. Noch immer saß sie nachts mit der Mutter und den grausamen Schwestern und nähte Fransen, Quasten und Borten. Der Regen ließ die Kreideschrift zerrinnen. Henrietta hatte sich längst entschieden.

An einem Abend am Schwarzen Grund, ihrem Spiegelbildtümpel, es war schon viel zu spät, Julia hätte längst zu Hause sein müssen, und Henriettas Droschke wartete, vertraute Julia der Freundin ein Geheimnis an, und sie schlossen den Pakt fürs Leben. ›Hör zu, Thymian, dir gehört die Welt. Aber mir auch. Also müssen wir die Welt untereinander aufteilen.‹ Die Wissenschaft, die Rettung der Menschheit, der Ruhm würden auf immer Henrietta gehören, die Menschen selber, jeder einzelne von ihnen, gehörten Julia, so vereinbarten sie. Nie durfte Henrietta einen Menschen kennenlernen, mit einem Menschen Wichtiges besprechen oder teilen oder mit ihm *soupieren*, ohne daß Julia davon wußte und ihr Einverständnis gegeben hatte.

›Noch etwas‹, sagte Henrietta. ›Diese Geschichte meiner Geburt. Du glaubst diesen Charitéklatsch doch nicht wirklich? Ich bin die Tochter von Luise Mahlow. Das muß klar sein zwischen uns.‹ Julia nickte und umarmte Henrietta. ›*Elle connaissait toutes les légendes du Paradis*‹, flüsterte sie. Aber sie konnte sich ein augenzwinkernd hinzugefügtes ›*Et tous les contes de la Pologne*‹ nicht verkneifen. Eine schlaflose Ente schwamm hinaus auf den Teich. Hinter den Weidenbäumen klingelte das dünne Glöckchen, ein Dienstmädchen rief dreimal Julias Namen.

›Noch etwas‹, sagte Julia. Sie wendete den Kopf ab und sprach jetzt zu ihrem schattenhaften Spiegelbild im Schwarzen Grund. Henrietta, bisher völlig handelseinig mit der Freundin, befürchtete Schlimmes. ›Ich liebe Maurizio Cassini. Er ist mein Maharadscha vom Mond, und eines Tages wird er mich heiraten. Ich wünsche mir, daß er zu meiner Hälfte der Welt gehört. Kannst du mir diesen Wunsch erfüllen?‹

›Er gehört dir.‹ Henrietta war erleichtert, sie hatte eine unmögliche Bedingung erwartet, einen Julia-Schlenker, zum Beispiel die Offenlegung ihrer (sehr geheimen) Finanzen. Cassini war leicht.

›Du liebst ihn nicht? Ganz ehrlich?‹

›Nein, natürlich nicht. Wie kommst du darauf?‹

›Ich weiß nicht, er schaut dich elektrisch an.‹

Henrietta lachte. ›Du bist unheilbar romantisch. Hast du noch nicht bemerkt, daß mich neuerdings alle Leute elektrisch anschauen? Ich bin unterwegs, Julia, unterwegs zu meinem Ziel.‹

Erst einmal war sie unterwegs in die Keibelstraße. Sie ging zu Fuß. Den von Julias Papa bestellten Droschkenkutscher, es war immer derselbe, hatte sie nach der ersten Biegung, kurz hinter dem Herrenhaus der Domäne, mit den üblichen zehn Prozent Schmerzensgeld leer weiterfahren lassen, worauf er sich einlassen mußte, denn eine Stammkundin wie Henrietta, die sich von der Charité bis ins entlegene Dahlem zu ihrer habenden Freundin kutschieren ließ, hatte er noch nie gehabt. Sie hätte die Vororteisenbahn nehmen können, die billiger, aber immer noch teuer genug war, doch auch dieses Geld sparte sie. Sie wanderte gern, sie war glücklich und prägte sich ihr Glück mit jedem Schritt tiefer ein. Sie zog ihre Lateinische Grammatik hervor und lernte Deklinationen im Mondlicht. War der Mond verhangen, die Nacht schwarz, memorierte sie chemische Formeln oder erzählte Mama von ihrem Leben.

Kurze Zeit nach Henriettas gewagtem Retour-*Nein*, ihrer Weigerung, Kochs Gnadenbrot anzunehmen und im Viktoriahaus den Krankenwärterberuf zu erlernen, war ihr klar geworden, daß sie ohne das KG und seine Laboratorien und die Anspannung der Mikrobenjagd nicht leben konnte. Also nutzte sie jede freie Minute und die Wochenenden, um ihre Rodelstiefel zu schnüren und wieder zwischen KG und Charité hin und her zu pendeln und die Experimente auf ihre eigene Art und Weise zu lesen, zu belauschen, zu begreifen. Ein zaghaft aufgeblühter, Zeitungswitze auswendig lernender und wiehernd zum Besten gebender Loeffler war dem Diphtheriebazillus auf der Spur und schickte Henrietta, den erstickenden Kindern auf der Halsbräunestation Material abzugewinnen. Ehrlich hatte sich in den Tuberkelbazillus vernarrt und färbte und färbte ihn und sagte Sonderbares, fast Wahnhaftes, das keiner im KG so recht verstand, über die Veränderungen im Chemismus des Blutes während der Krankheit und das Verhältnis zwischen Blut und Farben. ›Es gibt da Liebe‹, murmelte er, ›und Familie … und Rache …‹ Henrietta hörte ihm zu, schaute durchs Mikroskop, schrieb von seinen Zetteln ab, was die Zigarrenbrandlöcher übriggelassen hatten, phantasierte über der schillernden Flußfäule der Spree, meinte eine Seelenverwandtschaft zwischen dem trägen, gelbgrünschleimigen, saugenden Wasser, dem gegengiftigen Violett des Himmels und den schreienden Plakatfarben zu erkennen, die den Auftritt der fünfköpfigen Zwergenfamilie im Panoptikum Unter den Linden ankündigten, sah kleine Schiffe durch die Blutbahn segeln, bestückt mit Farbkanonen, unterwegs zu den Erregern. ›Ich weiß genau, was du vorhast‹, sagte Koch, der unter großer Geheimhaltung, assistiert von Cassini und Gaffky, eine Art transportables Labor zusammenstellte (alle paar Tage mußte Henrietta mittels kleiner Kassiber, die sie in Dr. von Leydens abgewetzte Ledertasche schmuggelte, Julia über den Fortgang dieser verdächtig auf eine längere Reise hindeutenden Aktivitäten berichten).

Koch wußte, was Henrietta vorhatte. Sie konnte spüren, wie er sie beobachtete, wie er vom Fenster der Luisenstraße herüberschaute zur Charité, zum zweistöckigen Ziegelbau der Bibliothek. Neugierig und skeptisch und oft sehr müde von der Unbegreiflichkeit, der letzten Undurchsichtigkeit, der Fremdheit des Leidens war sein Blick. Seine Mäuse und Meerschweinchen in den Käfigen betrachtete er so.

Nach Kochs *Nein* war sie bei Geheimrat Spinola vorstellig geworden und hatte ihn davon überzeugt, daß die stetig wachsende, im Blickpunkt der Fachwelt stehende Bibliothek nicht länger von den überlasteten Diakonissen besorgt, sondern mit einer eigenen Dienstmagd ausgestattet werden müsse, namentlich Henrietta Mahlow, fähig, willig und billig. Ich weiß nämlich momentan nicht so genau, was tun, wohin gehen, wie meinen Hals ernähren, hatte sie spinolaartig an Spinola appelliert. Nun scheuerte sie die Fußböden vor den Bücherregalen, putzte die Fenster, fischte die Fliegen und Mücken aus den Lampen, besorgte dem Bibliothekar Leim, Papier, Tinte und Federn und Melisse gegen sein Zittern. Nachts packte sie ihr im Besenschrank verborgenes, transportables Bett aus (eine zur Verbrennung bestimmte und Cassini zur Desinfektion untergejubelte Krankendecke und ihr Kissen aus der Keibel), machte es sich mal neben dem Anatomieregal, mal neben dem Chemieregal gemütlich und begann, endlich ungestört, zu lesen und zu lernen. Und unter dem umgestülpten Eimer im Besenschrank wuchs die kleine Bibliothek ihrer Exzerpte. Wenn nicht so, dachte sie zu Koch in die Luisenstraße, dann eben so.

Heiligabend war sie bei Julia eingeladen. Frau Mama hatte beschlossen, das stets höfliche, provozierend höfliche Maul des Feindes mit Saftschinkenscheiben und Lebkuchen zu kaufen und Henrietta auf ihre Seite zu ziehen. Du bist doch viel umsichtiger als Julia, lockte Frau Mama katzenfalsch, du hast doch Einfluß auf sie und kannst sie überzeugen, diese bubenhafte Attitüde abzulegen und die Schule für Tanz, Grazie und Anstand wieder zu besuchen, werde meine Verbündete, es soll dein Schade nicht sein. Doch ihr Spiel wurde schnell durchschaut und unwissentlich konterkariert vom guten Doktor, der, wenn er abends aus der Charité kam, weder mit seinen kleinen Söhnen noch mit seiner Gattin die unglaubliche, elektrisierende, revolutionäre Aufbruchstimmung in seinem Fach besprechen konnte und dankbar war für das glühende Interesse seiner Tochter. Henrietta sah Weihnachtsvorbereitungen in der Dahlemer Villa, wie es sie wohl noch nie in der Geschichte der Menschheit gegeben hatte, schnupperte an den auf jeder Kommode, in jedem Winkel Sandelholzduft durch die hölzernen Zähne pustenden Räuchermännchen, der ganze Salon war eine Kerzenkathedrale, ein Rauschgoldrausch, ein Marzipangebirge, und Geschenke unter dem Tannbaum, auch für Henrietta, in weißem, grünem und weinrotem Seidenpapier. Verlockend. Aber es war eben nicht nur Jesu Geburtstag, sondern auch der von Meerschweinchen-Wrobel-Präparat Nummer 271, und Henrietta wollte für sich sein in der Luisenstraße und die Erinnerung feiern und Kraft daraus ziehen. Julia verstand. ›Es gibt Höheres, es ist deine Hälfte der Welt. Ich werde in Gedanken bei dir sein‹, sagte sie und gab dem Droschkenkutscher drei Geschenke für Henrietta mit, die er bei Ankunft die Keibeltreppe hinaufzutragen hätte. Nun muß ich den ganzen Weg die Päckchen schleppen und kann kein Latein lernen, dachte Henrietta. Doch als die Kutsche die Biegung hinter der Domäne erreichte, wollte der Kutscher nicht anhalten und wollte auch nicht seine zehn Prozent, sondern sagte: ›Ich bin das vierte Geschenk, Frollein.‹ In der jungfräulichen, edel aufschimmernden, nach unerreichbarer, weil unerschwinglich teurer Friedrichstraßen-Eisenwarenhandlung duftenden, kupfernen Lampe, die Julia ihr geschenkt hatte (dazu zehn neue Oktavhefte und einen in Goldpapier gewickelten Riesenklumpen Marzipan), steckte ein Zettel: ›Für die langen Nächte im Labor und in der Bibliothek, für Deinen Weg zu den Gipfeln der Erkenntnis ... und für den Heimweg‹. Julia wußte also. Und hatte nie ein Wort darüber verloren. Ach, Julia.

Am Heiligen Abend, als Henrietta schon wähnte, das ganze Gebäude für sich zu haben (Vater feierte, verdrehterweise, bei seinen Knechtfreunden in Dahlem), trudelten sie alle nach und nach im KG ein, Ehrlich, sein Kittel wildbunt gefleckt wie das Gefieder eines Vogels, den die Evolution erst noch hervorbringen mußte, kam als erster, Koch, gleich nach der Suppe, wie er berichtete, von einem Bankett geflohen, als letzter. Jeder hatte gemeint, der einzige zu sein, den *genius loci*, die Inspiration für sich allein zu haben, und war zunächst enttäuscht, dann aber doch froh, und es wurde gelacht und geraucht und geschimpft und gearbeitet wie früher. Schnupftuch gefällig? sagte Koch, als Henrietta über einem von Loefflers Blut-und-Bouillon-Nährböden nieste. Er schenkte ihr ein rotes Tuch mit weiß eingestickten Worten. *Bazillenvater Koch*, las sie. Unglaublich abgeschmackt, sagte er, das hat Emmy auf dem Weihnachtsmarkt entdeckt, das verkaufen die da, Zeit zu gehn, Hänschen-klein, sagte er zu sich selbst. Cassini kam und besprach sich hinter verschlossener Tür mit Koch und Gaffky, während eine Blonde in seiner Kutsche wartete und ein Herz um die Eisblumen der Fensterscheibe zeichnete. Cassinis wechselnde Schnepfen beunruhigten Julia nicht im geringsten, sie schien sich seiner völlig sicher zu sein.

Aber nun war es wieder Mai, und sie spazierten wieder über die Hasenheide, und Julia begann leise zu leiden unter der jetzt schon dreimonatigen Abwesenheit ihres Zukünftigen. Wie Henrietta klagte und jammerte Julia nie. Das Schicksal zu lieben, den selbstgewählten Weg auszukosten mit allen Höhen und Tiefen war, wie Julia sagte, ›die Musik der Zeit‹. Koch hatte, nebst Gaffky, den Desinfektionsspezialisten und viele Sprachen sprechenden Cassini allen anderen Assistenten vorgezogen für seine Expedition nach Ägypten und Indien, die ein Jahr dauern und der Erforschung des tödlichen, die Gedärme zerreißenden und den Körper mumienhaft austrocknenden Bazillus der *cholera asiatica* dienen sollte. (Nicht nur Julia und ich, dachte Henrietta, auch die Forscher teilen die Welt auf. Und die Bazillen.)

›Koch sagt, es ist der Weltverkehr‹, sagte sie zu Julia. ›Es sind die Dampfschiffe und Eisenbahnen, die die Leute in elf Tagen von Bombay nach Ägypten und von dort in sage und schreibe sechzehn Tagen nach Italien bringen.‹

›Und was für Leute …‹, sagte Max.

›Träger des Cholerabazillus, Max, was sonst. Seuchengefahr.‹

›Was sonst, Fräulein von Mahlow, natürlich.‹

›Verzeih‹, sagte Julia, ›aber das will ich im Moment nicht hören.‹

Henrietta verstand die Logik der Freundin. Cassini war sehr weit fort, beinahe verschollen, und nicht einmal Briefe konnte Julia nach Ägypten und Indien schicken, da er von ihrer Liebe so gar nichts wußte. In der Keibel kam man rasch und drastisch zur Sache, wenn einem der Sinn nach Küssen und Sichhaben und anderer Zeitvergeudung stand. Julias Art von Liebe war anders, ähnelte der stillen Feinarbeit der Spinnen, die in geheimen Winkeln ihr Netz sponnen, ähnelte aber auch, so schien es, Henriettas Wonnen beim Lesen und Lernen in der nächtlichen Bibliothek: *Mein Ziel so herrlich ohnegleichen werd' ich zur rechten Zeit erreichen*. Wir beide, dachte sie, sind so unerschöpflich, so allvermögend, so gegenwärtig, als hätten wir das höchste je gemessene spezifische Gewicht, Newton wäre stolz auf uns gewesen.

›Ehrlich war gestern mit seinem Fräulein Pinkus bei uns‹, sagte Julia und überreichte Henrietta und Max die Zwergenblechtrommeln, die sie beim Büchsenwerfen gewonnen hatte. ›Eine Stunde verliebter Ehrlich, nicht zum Aushalten.‹

›Das ist nur eine seiner Launen‹, sagte Henrietta.

›Laune? Hedwig hier, Hedwig da, Hedwig tralala.‹

›Hedwig? Aber nicht so eine Hedwig wie …‹

›Nein, nein.‹

›Was für eine *Hedwig wie*?‹ Max erwachte zu neuem Leben. ›Man informiere mich, ich bin die Anstandsdame.‹ Für Frau Mama war Julia bei Max zum Frisieren. Zuvor waren sie bei einem Schlachtenmaler am Brandenburger Tor gewesen, der schon Frau Mama portraitiert hatte und demnächst Julia in Angriff nehmen würde. Während Julia dem alten Herrn auseinandersetzte, wie er sie zu malen hätte (›Pierrots und Harlekins sind gewiß putzig und erstrebenswert, aber ich sehe mich eher als geheimnisvolle Fremde, etwas im Schatten, vor italienischem Hintergrund, finden Sie nicht?‹) und Henrietta seine Farben inspizierte, stand plötzlich ein etwa gleichaltriges Mädchen in der Tür des Nebenzimmers. ›Stör mich jetzt nicht, Hedwig‹, sagte der Kunstmaler, ›nimm dir einen Apfel und warte.‹ Hedwig, die fast nackt war und über dem Oberkörper ein Drahtgestell mit Engelsflügeln trug, nahm den Apfel nicht. Bevor sie wieder im Nebenzimmer verschwand, warf sie Henrietta einen merkwürdig freundlichen, fast intimen Blick zu, als sei man über vier Ecken verwandt und begegne sich hier zum ersten Mal. Auch Julia hatte Hedwig bemerkt. ›Meinst du, sie ist eine … du weißt schon …?‹ fragte sie im Treppenhaus. Julia wußte natürlich nicht, was echte Bordsteinschwalben wirklich so anstellten, und bezeichnete Cassinis blonde Schnepfen, die ihr nicht entgangen waren, flüsternd als ›Hörner‹, die ein Mann sich nashornartig ›abzustoßen‹ hatte.

›Darf ich mich vorstellen, die Damen?‹

›Nein, dürfen Sie nicht‹, sagte Max.

Der spillrige Herr im safranfarbenen Anzug zog seine schwarze Melone vor Henrietta und Julia und zwirbelte an seinem gewichsten

Oberlippenbärtchen. Ein Maiwindhauch strich, nicht über ihre Köpfe, sondern seitlich an ihnen vorbei.

›Mein Name ist Hunde W. Sohn. Ich bin Koch. Mein Löffel ist dreißig Zentimeter lang und kann auch seitwärts schlagen. Zu Ihren Diensten.‹

›Mach bloß die Fliege‹, sagte Max. Aber der Herr war bereits in der Menge untergetaucht. ›Unglaublich‹, sagte Max, ›was heutzutage alles die Hasenheide heimsucht.‹

›Meine Tasche‹, sagte Julia. ›Sie ist futsch.‹ Sie zeigte auf ihre Turnüre, an deren Gürtel ihr *Petit Point*-Täschchen gehangen hatte; der Gürtel war noch nicht einmal eingerissen.

›Der Windhauch‹, sagte Henrietta.

›Mein Geld‹, sagte Julia.

›Keine Sorge, ich leihe Ihnen etwas‹, sagte Max.

Du-Nu-Wieda war schon zu weit weg, umrundete schon die Luftschaukeln, den Herrn mit der Melone, der wohl ihr neuer Partner war, im Gefolge. Sie trug einen viel zu großen Hut mit einer wallenden Straußenfeder. Doch auch diese Feder verschwand urplötzlich, als habe sie sich in Luft aufgelöst.

›Sie beherrscht die Kunst des Sich-selber-Verschwindenlassens‹, sagte Henrietta.

›Wer?‹ sagte Julia.

›Du-Nu-Wieda, die beste Diebin der Stadt.‹

Die Sonne Julia strahlte.

›Und sie läuft frei herum! Meinen Segen hat sie. Siehst du, Thymian, man kann viel wagen und nicht im Rinnstein landen.‹

8 Philadelphia

Der immer gleich graue Himmel ließ die Stunden verschwimmen, keiner wußte mehr, kam er zu früh oder zu spät, der gelbbraun hochschwappende Fluß verschluckte jeden klaren Gedanken, die Gullis liefen über, im Plumpsklo stand das Wasser bist zur Brust, Pfützen wie ausgespuckte Gesichter auf allen Wegen, es regnete seit Wochen, und sie hatte ihr Unwohlsein. Ein weiterer Grund, Vater und der Pritsche neben der Spüle fernzubleiben, auf der sie schlief, wenn sie die Nacht in der Keibelwohnküche verbrachte. Henrietta Mahlow, witzelte Max, immer auf der Suche nach dem besseren Bett. Sie öffnete zwei Fenster, dann ein drittes im langgestreckten, buchrückenstarrenden, von Julias Kupferlampe nur schwach erhellten Hauptsaal der Bibliothek und konnte sich immer noch nicht entscheiden, aus welchem sie in die trübe, nächtliche Wassersuppe da draußen schauen sollte. Der Darminhalt, memorierte sie, entsprach nicht dem farblosen, wässrig-dünnen Schleim, den die Choleratoten während ihrer letzten Stunden auf Erden ausgeschissen hatten, sondern war eine blutige, jauchige, stinkende Flüssigkeit. Der Erreger besaß die Form eines Kommas. Sogar Virchow ließ den Kommabazillus als *ens morbi* der Cholera gelten. Ungezählte kleine Kommas. Schau doch mal, es sind hundert kleine Tische, hatte Mama, wenn man Vater glauben konnte, im letzten Licht eines fernen Wintertages gesagt und den Tannzapfen hin und her gewendet, hundert Schuhlöffel. Alles, was wir für neu halten, hatte sie gesagt, ist immer schon dagewesen, es mischt sich, aber es ist immer das gleiche.

Der hohle Käuzchenschrei einer kleinen Vorortlokomotive reiste durch die Regennacht. Vom Bahnhof Friedrichstraße antwortete der herzhaft furzende Pfiff einer zur Abfahrt in die weite Welt bereiten, dicken Dampflok. Henriettas Stadt war ein einziger Bahnhof geworden, es herrschte ein Kommen und Gehen, und die Menschen, die man am meisten benötigte, am sehnsüchtigsten vermissen würde, gingen immer. Julia fuhr acht lange Wochen mit Frau Mama und den Brüdern an die Ostsee, aus ihren Briefen rieselte weißer Sand, Henrietta untersuchte den Sand unterm Mikroskop, hoffte, eine Botschaft, eine Offenbarung in den Kristallen zu finden, die Zähne taten ihr weh, so sehr fehlte ihr die Freundin. Koch, kaum aus Indien zurückgekehrt und von Regierungsrat Struck mit Militärkapelle, rotem Teppich und hunderttausend Mark für die Entdeckung des *vibrio comma* empfangen, besuchte Kollegen in London und Wien und Paris, und die Zeitungsleute hefteten sich an seine Fersen und berichteten über die Farbe seines Frühstückseis, so weltberühmt war er geworden. Vorbei die Tage, als Frau Emmy jeden seiner Schritte überwachte. (Überraschend tauchte das Trudchen im KG auf und bot Henrietta die Freundschaft an, sobald es von einer Schwarzwaldreise zurückgekehrt sei; zu spät, Henrietta war bereits vergeben.) Sogar Ehrlich, der sitzende Mann, ließ aufladen und anspannen und zog nach der Hochzeit mit Hedwig Pinkus aus seinem spartanischen Charitéquartier in die Lützowstraße. Oft vergaß er seine neue Adresse. Henrietta regte an, daß er sich selber Postkarten schickte, doch auch die verlegte er im Kabuff. Er rauchte jetzt vierundzwanzig Zigarren am Tag, unsere Fabrikschlote qualmen weniger als du, sagte seine Frau, die immer einen Fächer dabeihatte, sich Luft zuzuwedeln. Ehrlich war in der neuen Synagoge von Neustadt getraut worden und hatte Vater sagenhafte fünfzig Mark geboten, sein Mikroskop und einen Koffer voller Papiere mit der Bahn vorab nach Schlesien zu begleiten. Vater bekam kalte Füße. Ehrlich würde ihn zwingen, befürchtete er, die Synagoge zu besuchen, dort dürfe man aber keinen Fuß hineinsetzen, das wäre nun wirklich zu gefährlich für einen Mann, der insgeheim vor jedem Kruzifix und Kirchenportal ausspuckte. Am Ende blieb ihm keine Wahl, da er für fünfundvierzig der fünfzig Mark bereits im Siechen hatte anschreiben lassen: er tat es den anderen nach und reiste. Loeffler reiste, um seine Trophäe zu zeigen, den Diphtheriebazillus, Dutzende von Nährböden aus erstarrtem Blutserum im Gepäck, bei deren Herstellung Henrietta ihm geholfen hatte. Der dreiste Dr. Behring, hörte Henrietta Dr. von Leydens Assistenten sagen, war ebenfalls unterwegs, versetzt zum 5ten Kürassierregiment nach Winzig. Henrietta blieben die Mikroskope, der Traum, das Kleinste groß zu sehen, und die Bücher. Waren die Bücher nicht die allerbesten Lokomotiven, wiesen sie nicht den Weg zu den Gedanken, ihren eigenen Gedanken? (Auch wenn sie immer wieder auf Angestrichenes und Notate und Eselsohren stieß, die sagten: hier waren wir, die Männer, und wer bist du?).

Henrietta ließ die Fenster geöffnet und kehrte zurück zu ihrem Fußbodenlager vor dem Pathologieregal und Kochs Bericht über die Entdeckung des Cholerabazillus. Die zerwühlte Krankendecke mit dem eingestickten Kreuz, die ihr Bett war, sah aus wie ein Gesicht, Kochs ärgerliches Gesicht. Das Pendel der Uhr schlug, der Regen rauschte, Kommas konnten töten, und morgen war ein wichtiger, wichtiger Tag.

Leider wurden die Bücher neuerdings von Hans-Ulrich Heinzelmann verwaltet. Natürlich war er ein dummer, armseliger Popanz, doch das stöckchenschwingend Schemenhafte an ihm, sein unerwartetes Auftauchen hinter Regalen, in halbdunklen Fluren, jagte ihr zuweilen immer noch Angst ein. ›Wissen Sie, Fräulein Mahlow‹, sagte er eines Nachmittags unvermittelt, als Henrietta vor seinem Pultpodest den Boden scheuerte, ›das Verlangen nach Rache ist die größte Leidenschaft. Eine Art Liebe …‹ fügte er leise hinzu und biß in ein Stück Kirschkuchen. ›Rache an wem?‹ fragte Henrietta. ›Ach, die Liste ist so lang wie das Leben‹, sagte er. Es war ein offenes, viel beschmunzeltes Geheimnis, daß Virchow Heinzelmanns ellenlange Dissertationsschrift ›Virchows Zellularpathologie unter besonderer Berücksichtigung seines Diktums *omnis cellula a cellula*‹ als hirnlose Abschrift und unverschämte Zusammenkleisterung seiner eigenen Werke verdammt und abgelehnt hatte. Vermutlich als Belohnung für treue Dienste, das Tragen der Tasche, das Ausbaldowern der unliebsamen Bakteriologen und das Herumscharwenzeln hatte der Geheimrat ihm den Posten des Bibliotheksvorstehers zugeschanzt. Den Vorgänger hatte der Schlag auf der Bücherleiter getroffen, beim Blättern in Hölderlins Gedichten, die sich seltsamerweise im Physiologieregal aufhielten; Henrietta war unschuldig, war an diesem Vormittag im Viktoriahaus gewesen. Hans-Ulrich wollte etwas von ihr, soviel war klar, zeigte mit seinem Stöckchen auf ihre Füße, ließ es ungeniert kreisen vor ihrem dreifach unter Hemd, Juliabluse und Kittel versteckten Busen, dem sie jede Nacht vor dem Einschlafen *befahl*, nicht weiter zu wachsen. (Ich wünschte, ich hätte so wenig wie du, traute sich Julia zu flüstern, die schwere Last trug.) Hatte jedoch keine Ahnung vom umgestülpten Eimer im Besenschrank und Henriettas wahrem Tun, auch dies war klar. Faul, wie er war, legte er den Griffel Punkt sieben aus der Hand und stolzierte nach Hause (sie wagte es nicht, sich das Heinzelmannsche Zuhause vorzustellen). Julia reizte ihn bis aufs Blut, indem sie ihn mit mokanter Behutsamkeit und Anteilnahme wie einen Idioten behandelte. Julia kam meistens am Nachmittag, brachte erst ihrem Herrn Papa, dann Henrietta Obst, half ihr beim Füllen der Tintenfässer, ›bediente‹ den freudig überraschten Professor von Bergmann (der ihr Taufpate war), bevor Heinzelmann ›piep‹ sagen konnte. Du darfst dir ruhig auch die Lampen vornehmen, sagte Henrietta. Ach, sagte Julia, dürfen ist langweilig – manchmal möchte ich auch arbeiten *müssen*, wie du. Sie hatten einander soviel zu erzählen, und es war nie genug Zeit.

Henrietta stand sechs Tage die Woche um sechs auf, versteckte ihr Lager und ihre Papiere im Besenschrank, huschte hakenschlagend wie ein Kaninchen um die Ecken der Charité in Gretes Kemenate auf der 1ten Medizinischen, wo sie ein Glas Milch trank und Latein lernte bis halb acht. Unterwegs zum Viktoriahaus übte sie gestisch die Handgriffe, die man ihr am Vortag dort beigebracht hatte, und ging rasch in Gedanken medizinische Grundlagen für Krankenwärter durch, die leicht zu lernen waren, die sie anflogen bei ihrer Vorbildung. Von zwei bis acht Uhr abends verrichtete sie ihren Magddienst, von halb neun bis halb zehn besorgte sie, ob er da war oder nicht, Vater in der Keibel, um zehn war sie zurück in der Bibliothek und stürzte sich in die eigentliche, die wahre Arbeit. Um zwei Uhr morgens fielen ihr die Augen zu. Die Sonntage verbrachte sie Silhouetten schneidend und verkaufend im Tiergarten und mit Julia in Dahlem, die Nächte zum Montag mikroskopierend im KG.

Sie hatte ihr Retour-*Nein* ergebenst widerrufen und sich von Koch für die Viktoriahauskurse einschreiben lassen, die sie in Lokomotivtempo absolvieren wollte. Sie hatte darauf bestanden, ein Drittel der Gebühren selber zu tragen von ihrem Lohn und ihrem Ersparten. Alle Welt schnorrte bei Koch, und er gab gerne, doch nicht alle Welt verfolgte eben Henriettas stolzen Plan. Die Mitschülerinnen kamen aus habenden, gläubigen, menschheitlich gesinnten Familien und waren potthäßlich und suchten, da keine Verlobung in ihren Sternen stand, eine edle Aufgabe fürs Leben. Sie wußten noch nicht, was sie an den Betten der Blutspucker und Leberspucker und der von Halsbräune gewürgten Kinder erwartete. Sie stellten edle Fragen, blauäugige, verschämte Fragen. Die Herren Universitätsprofessoren, die sich mit den Kursen im Viktoriahaus ein Zubrot verdienten, antworteten präzise ausweichend, jede peinliche Klippe (Nacktheit, Lenden, Bäuche und Schlimmeres) auf Lateinisch umschiffend, der Geheimsprache, die Henrietta heimlich lernte. Um inquisitorische Regungen bei den Professoren gar nicht erst aufkommen zu lassen, lieferte Henrietta ihre fundamentalen Fragen nach dem Unterricht schriftlich ab und erhielt die Seiten meist zwei oder drei Tage später beantwortet zurück. Natürlich wurde wieder gerätselt und getratscht. In welchem Verhältnis stand dieses straßenlaternengroße, wildhaarige Wesen aus dem gefährlichen Berliner Nordosten zum großen Robert Koch, der das Schulgeld zahlte und schriftlich attestiert hatte, das Wesen sei ›gut beleumundet‹? Waren die schriftlichen Fragen, die sich auf dem Niveau von Gymnasiasten und Erstsemestern bewegten – Henrietta glühte, als sie diese Einschätzung zufällig im Treppenhaus belauschte, und glühte weiter bis tief in die Nacht – gar ein Scherz des berühmten Kollegen? Er sollte ja einen Hang zu kindischen Streichen haben wie fast alle Genies, vielleicht waren die Fragen und das Wesen und die gewählte Ausdrucksweise des Wesens Bestandteile eines lustigen Experiments oder Rätselspiels der Bakteriologenbande vom Kaiserlichen Gesundheitsamt, diese Leute bildeten ja die Speerspitze der modernen Medizin, hatten Geld wie Heu und waren frei wie der Wind. Und sie lachten und wußten nicht, wie viele Nächte verwirrenden, oft verzweifelnden Selbststudiums der biologischen, zoologischen, chemischen, physikalischen und medizinischen Bibliotheksbücher und Schriften jede dieser Fragen Henrietta gekostet hatte. Aber immerhin: auf Erstsemesterniveau. Wie schnell du liest, sagte Julia, wie schnell du begreifst und dich zurechtfindest in dem ganzen Wirrwarr, ich würde wahnsinnig werden, manchmal bist du mir unheimlich, was geht in deinem Kopf vor? Das war schwer zu beschreiben und unmöglich zu erklären, so wie damals ihr Brückengehen, die seltsamen Sprünge in ihrer Wahrnehmung der Sonne, des Mondes, der Jahreszeiten, des eigenen Herzschlags, der Zeit. Wenn sie las und lernte, trug sie ein Bild des gefrorenen Flusses in sich, der schwimmenden Eisschollen, über die sie als Kind in ihrer Phantasie kreuz und quer durch die ganze Stadt gesprungen war. Ich muß mein *Nein* widerrufen und die Krankenwärterschule für Mädchen besuchen, hatte sie ihrer Ratgeberin Julia in die Ostseepension ›Möwenflug‹ geschrieben, meine Fragen vermehren sich schneller als die Mäuse im KG, und es wird unmöglich sein, jedesmal deinen Vater oder Ehrlich oder Doktor Runkwitz damit zu belästigen. Wo du von Mäusen schreibst, hatte Julia geantwortet, früher hast du Virchows Vorlesungen und Praktika doch als Mäuschen besucht, warum nicht wieder? Weil Kochs *Nein* ihr gezeigt habe, daß er sich festgefügte, falsche Vorstellungen von Henriettas Lebensweg machte und sie die Herren vor vollendete Tatsachen, vollendetes Wissen stellen müsse. Genehmigt, hatte Julia geschrieben und eine Prise weißen, nach Sehnsucht duftenden Sand geschickt.

Henrietta schaute hinüber zur Standuhr, es war viel zu spät, fast zwei Uhr. Nur entfernt, an den äußersten Enden ihrer Nervenenden, hatte sie die Stunden schlagen hören. Sie ordnete ihre Notizen, dann legte sie die Fachzeitschrift in die unterste Schublade des Regals zurück. Ihr Blick fiel auf den fremdsprachlichen Stapel, der bewies, daß die Welt der Medizin, also auch ihre Welt, keine Grenzen kannte. Sie blätterte im ›New Yorker Daily Graphic‹, hatte das Gefühl, eine Erscheinung gesehen zu haben, und blätterte zurück. Sie holte tief Luft, ging am Pultpodest und den Karteikästen vorbei ins Treppenhaus, wandelte wie in Trance die Treppe hinauf zu den Lexika und Wörterbüchern, fand das Englisch-Deutsche, trug es auf dem Kopf hinunter in den Hauptlesesaal und begann mühsam, Wort für Wort, die Bildunterschrift zu übersetzen.

Später, nachdem sie gleich die ganze Seite (nur die Photographie auszuschneiden, wäre rasch bemerkt worden) mit Heinzelmanns Federmesser herausgetrennt und zusammengefaltet in ihrem Brustbeutel verstaut hatte, denn von nun an würde sie diese Seite immer bei sich tragen, konnte sie lange nicht einschlafen. Der Regen wollte nicht aufhören, man wollte sein trostloses, mieseliges Lied nicht mehr hören, es war Anna-Wetter, was Anna wohl gerade machte? Natürlich lag sie längst eingezwängt zwischen ihren Schwestern und knirschte im Schlaf mit den Zähnen. Schliefen sie in Philadelphia in Amerika, oder standen sie gerade auf, halfen einander in ihre schneeweißen, gestärkten Kittel, setzten sich auf ihre Plätze im Auditorium und *schlugen die Beine übereinander*?

›Ich brauche histologische Präparate, hier ist meine Liste. Und Mikroskopzeit nur für mich allein. Möglichst frühmorgens, von vier bis sechs‹, sagte Henrietta anderntags in Kochs Labor. ›Dann werde ich meine Ausbildung schneller absolvieren.‹

›Ich weiß immer noch genau, was du vorhast‹, sagte Koch. ›Ich träume von einer Leuchtfeldblende, die man separat von der Kondensorblende regulieren könnte‹, sagte er zu einem jungen Mann, der ein nagelneues Mikroskop zusammenschraubte und aussah, als hätte er seit Tagen nichts mehr gegessen. Mikroskopkonstrukteure aus allen Himmelsrichtungen belagerten das KG, wo man immer ein offenes Ohr für sie hatte und eine offene Geldbörse und Ideennachschub. ›Ihre Träume sind mir heilig, Herr Professor‹, sagte der junge Mann, ›meine Firma ist ja neu und unbekannt.‹ ›Und wird bald im Konzert der Großen mitspielen, Lautenschläger, mein Wort darauf‹, sagte Koch. Der halb Verhungerte strahlte.

›Ich träume davon, Zutritt zu einigen Praktika zu bekommen. Anatomie, Physiologie und Chemie‹, sagte Henrietta und hoffte, Koch könnte ihr Herz nicht klopfen sehen bis zum Hals.

›Schuster, bleib bei deinen Leisten. Alles, was du brauchst, hast du im Viktoriahaus, Jette. Mein Gott, du bist ja beinahe eine junge Dame, ich müßte dich Henrietta nennen. Versteh mich nicht falsch, wir alle mögen dich sehr, wir mögen deinen Vater, er hat es schwer. Wir freuen uns über deinen Eifer, deine Gesinnung, dein ... einen Moment noch, Lautenschläger, die Feinfokussierung möchte ich dann mit Ihnen zusammen einstellen ...‹

›Ich träume davon, ernst genommen zu werden‹, sagte sie. ›Auch die Immersionsobjektive prüft Professor Koch immer erst vor dem Aufsetzen‹, fügte sie Richtung Lautenschläger hinzu.

›Keiner nimmt dich ernster als ich‹, sagte Koch. ›Ich ziehe meinen Hut vor dir, daß du neben der Ausbildung auch noch die Bibliothek putzt und deinen Vater entlastest. Du bist etwas ganz Besonderes und wirst bald, aber hoffentlich nicht zu bald, einen Mann sehr glücklich machen. Und zur Weißglut treiben.‹

Lautenschläger warf Henrietta einen schnellen Blick aus den Augenwinkeln zu. ›Ich möchte Ihre Privatunterhaltung nicht stören‹, sagte er und drehte am Rändelrand des Mikroskops.

›Machen Sie ruhig weiter‹, sagte Koch, ›wir reden immer offen hier. Unsere Geheimnisse versteht sowieso kein Mensch.‹

Man lachte ein wenig. Henrietta wartete, bis das Lachen abebbte. Sie hatte sich dieses wichtige Gespräch mit Koch hundertmal ausgemalt, hundertmal anders vorgestellt.

›Und meine Ideen?‹ sagte sie. ›Das Vesuvin, die Methylblauerwärmung?‹

›Deine Ideen in höchsten Ehren. Du besitzt Intuition und Phantasie. Aber jeder an seinem Platz, Henrietta. Und der Platz der weiblichen Wesen ist nun mal auf Dauer nicht in Laboratorien, geschweige denn in anatomischen Praktika.‹

Falsch, dachte Henrietta. Aber vielleicht wußte er noch nicht, hatte noch nicht gehört. Ehrlich wußte, glaubte aber nicht (›Wer glaubt schon, was in der Zeitung steht‹, sagte er) und war auch nicht der Türhüter, besaß nicht Kochs Macht.

›Sie sind der fortschrittlichste Mediziner der Welt‹, sagte sie. ›Und ich bitte Sie darum, bei mir eine Ausnahme zu machen. Eine andere Art zu sehen, dafür plädiere ich. Ihre Worte.‹

›Aber Kind, ist dir nicht klar, was für eine Ausnahme du jetzt schon bist? Denk einmal darüber nach und freue dich und sei zufrieden mit dem, was du erreicht hast.‹

›Sind Sie denn je zufrieden gewesen mit dem, was Sie erreicht haben?‹

›Das ist etwas völlig, völlig anderes.‹

›Wieso? Sie kommen aus einer Bergarbeiterfamilie ...‹

›Nicht ganz, mein Vater hat sich vom Untersteiger bis zum Bergrat hochgearbeitet.‹

›... jedenfalls auch von ganz unten, wie ich.‹

›Er hat studiert, Jette. Frauen studieren nicht. Das ist abwegig.‹

›Klar ist es abwegig. Ich kann mir auch kaum vorstellen, daß all die gezierten, hirnlosen Püppchen zu etwas anderem als zum Kleidertragen und Kinderkriegen gut wären. Aber ich bin anders, ich habe eine Spindel in meinem Kopf, die dreht sich immer schneller.‹

›Sprich nicht so hart, das ist schlecht für dein Herz. Hilf den Kranken in der Charité, eine tüchtige Pflegerin hat am Ende oft mehr zu sagen in dem ollen Gemäuer da drüben als so mancher Geheimrat. – Übrigens, der fortschrittlichste Mediziner der Welt, der Fortschrittsapostel *per se*, dein alter Freund Virchow, ist aus dem Vorstand des Viktoriahauses ausgetreten, weil diese Dame Tiburtius voriges Jahr einen Kursus über Gesundheitslehre dort abhalten wollte. Und zu Recht. Es herrscht schon genug geistige Verwirrung.‹

›Welche Dame Tiburtius?‹

›Nennt sich Ärztin. Natürlich keine richtige. In der Schweiz promoviert, das zählt nicht.‹

Es gab also eine studierte Ärztin im Reich, auch wenn sie nicht zählte. Schon wieder ein Lapsus in meiner Wahrnehmung des *Unterdessen*, dachte Henrietta. Doch ich will nur wahrnehmen, was zählt.

›Forscht sie auch? Ist sie Bakteriologin?‹

›Wo denkst du hin‹, sagte er. Das neue Mikroskop, auch Henrietta hatte es während des Gesprächs nie aus den Augen gelassen, zog ihn magisch an. Eine verbesserte Korrektur der chromatischen Abweichung sollte das Gerät leisten, in dessen bauchiger Form Herr Lautenschläger offenbar seinen ganzen Hunger ausgedrückt hatte. Koch schien gar nicht zu bemerken, wie Henrietta sich mit ihm über das Holzetui mit den drei Objektiven beugte. Wir können einem Mikroskop nicht widerstehen, dachte sie, und wir können alles um uns herum vergessen, und das wird uns immer verbinden, wie stur er sich jetzt auch stellt, das ist so, seit er mir den Wassertropfen zeigte.

›Meine Daumen sind blau vom Drücken‹, sagte Julia, als Henrietta aus dem KG kam. Gott sei Dank, der Regen hatte aufgehört, und am Straßenrand wartete eine Droschke.

›Er will noch nicht so recht, er ziert sich noch. Aber er ist mein Gönner, und im Moment kann ich nichts machen.‹

›Komm, wir laufen. Und du erzählst mir.‹ Julia befahl dem Kutscher, zum Viktoriahaus vorauszufahren. Henrietta fluchte insgeheim. Sie hatte ihre Zeit ja nicht gestohlen. Julia war verrückt danach, ›wie Henrietta‹ zu laufen, das hieß die Röcke zusammenzuraffen und atemlos zu preschen, Abkürzungen über die Höfe zu nehmen, düstere Durchgänge und Gassen nicht zu meiden, Passanten anzufauchen und den Drängelberger zu machen. Immer hoffte sie, im Gewühl Du-Nu-Wieda zu begegnen, nicht etwa, um ihre Tasche zurückzufordern (Julia glaubte einfach nicht, daß Du-Nu-Wieda eine so schöne Tasche verscherbeln würde), sondern um die Diebin auszufragen über ihr aufregendes Leben. Doch wieder einmal war es nur Wilhelm Manschke, der eierköpfige Baustellenstift, der ihnen in angemessenem Abstand folgte und dann ›zufällig‹ über den Weg lief. Schon morgens, wenn Henrietta Richtung Viktoriahaus unterwegs war, lauerte er ihr auf, lässig an einen Holzpfeiler des werdenden Naturkundemuseums gelehnt, auf einer selbstgeschnitzten Pfeife kauend. Ich hab dir was Wichtiges zu sagen, rief er ihr nach, bleib doch stehen.

›Schau mal, ein Vogelnest‹, sagte Julia. ›Es rührt mich immer, wenn ich eins sehe.‹ Aus den Augenwinkeln erblickte Henrietta das baulich mißglückte, klägliche Nest eines Vogelpaars im untersten Stockwerk des nackten, tropfenden Strauchs, auf den Julia gerührt zeigte – und schaute schnell weg und befühlte den Zeitungsausschnitt in ihrem Brustbeutel. Julia war nicht nur gekommen, um Henrietta zu feiern (oder nun zu trösten), sondern auch um sie in ihren *soirée*-Plan einzuweihen. Es hatte lange gedauert, fand Henrietta, bis Julia sich zu diesem ersten Angriff auf Cassini entschloß. Sie hatte ihren Herrn Papa überredet, Cassini zu überreden, in der Dahlemer Villa von seinen Reisen nach Ägypten und Indien zu berichten. Der Abend würde vergoldet werden mit der Enthüllung einer antiken, ägyptischen Vase, die Frau Mama für eintausenddreihundert Mark erstanden hatte, und natürlich mit Julias Klavierspiel, welches Cassini die Augen und das Herz öffnen sollte und der eigentliche Sinn der *soirée* war. Henrietta gab zu bedenken, daß die geladenen Gäste Cassini bestimmt Löcher in den Bauch fragen würden über das Reisen mit Robert Koch und Julias Klavierspiel dabei vielleicht untergehen könnte.

›Thymian, deine klugen Ermahnungen sind mir teuer, ich trage sie wie Rubinringe‹, sagte Julia. ›Aber du mußt wissen, in meiner Hälfte der Welt steht die Musik über allem.‹

›Gnädiges Fräulein, Herr Doktor Cassini hat einen Schaden an seiner Kutsche‹, sagte (denn es kam anders) am späten Sonntagnachmittag die Dienstmagd, zurück von ihrem Ausgang, knicksend hinter der Glasschiebetür des Salons zu Julia. Frau Mama bewirtete den ersten, unverschämt frühen Gast, einen brütenden Menschen, der sich Bildhauer und Philosophiestudent nannte und bei Dr. von Leyden wegen eines mysteriösen, nur in Erregungszuständen auftauchenden Bluthustens in Behandlung war. Henrietta stand nutzlos herum. Du bist doch auch fehl am Platze hier, flüsterte der Unverschämte ihr ins Ohr, warum bemächtigen wir uns nicht des Saftschinkens und verziehen uns in die Büsche? Julia zog Henrietta fort.

Der Schaden (denn es kam noch einmal anders) hockte in Cassinis kurz vor der Domäne wartender Kutsche in Gestalt von Vater und seinem Freund, dem kranken Knecht Kaminski, beide schnapsvoll bis zur Halskrause. ›Ich wollte Ihren Herrn Papa nicht damit behelligen‹, sagte Cassini in Hemdsärmeln zu Julia, während er den Knecht untersuchte und Henrietta ein Zeichen gab, dessen zuckende Beine zu fixieren. ›Sie saßen mitten auf dem Fahrweg im Schlamm. Dieser Mann stirbt, ich muß ihn in die Charité bringen. Vielleicht kann Professor Bergmann noch etwas ausrichten.‹

›Aber ich … die Gäste warten auf Sie‹, sagte Julia und warf Henrietta einen beschwörenden Blick zu. ›Kann Herr Mahlow ihn nicht bringen?‹

›In diesem Zustand?‹ sagte Cassini.

›Mein Zustand war nie besser‹, sagte Vater, der mit angelegten Armen steif wie ein Ladestock auf der äußersten Kante der weinroten Lederpolster saß und sich ab und zu umdrehte, als säße ihm einer im Nacken.

›Ich kann ihn bringen‹, sagte Henrietta.

›Kannst du nicht, weder mit noch ohne anatomische Praktika.‹

Julia zog Henrietta beiseite. ›Ich dachte, nur Koch ist eingeweiht‹, sagte sie leise, ›hast du mit Maurizio über deinen Plan gesprochen?‹

Henrietta kaute an ihrer Unterlippe, die nach Fisch schmeckte. Rotbarschfilet auf Reisrand hatte es zum Mittagessen gegeben und Markklößchensuppe und einen tröpfelnden Gedankenaustausch zwischen Frau Mama und Dr. von Leyden über indische Gewürze und ägyptische Vasen. Koch hatte also geplaudert, ausgerechnet zum blasierten Italiener, der Henrietta so gönnerhaft behandelte, von ihren geheimsten Plänen geplaudert. Niemand würde ihr helfen, sie war auf sich gestellt, sie war allein.

›Laßt mich Negerlieder hören‹, lallte der Knecht. ›Zu den Wilden will ich.‹

Sie war allein.

›Ich appelliere an Sie als Arzttochter, Fräulein von Leyden‹, sagte Cassini.

›Lieber Maurizio, Sie haben völlig recht. Natürlich können Sie den armen Kerl nicht einfach seinem Schicksal überlassen.‹

›Der Herr Doktor wird verstehen. Entschuldigen Sie mich auch bei Ihrer geschätzten Frau Mutter und den Gästen. Ich hoffe, wir werden den Abend nachholen.‹

Sie war allein. Aber während Cassini noch appellierte und Julia ihr Sonnengesicht erstrahlen ließ, während der Knecht zuckte und die Gäste warteten und Vater wie ein Säugling nach innen lächelte, während der Himmel regenschwer über ihnen hing und der Schlamm schmatzte und die Domänepferde schnaubten, versammelten sich auf der Photographie in Henriettas Brustbeutel einhundertvierzehn Ärztinnen in Philadelphia in Amerika in schneeweißen Kitteln im schneeweißen Auditorium der Frauenuniversität und schlugen die Beine übereinander und kreuzten die Arme vor der Brust und schauten zu, wie drei Kolleginnen einen Patienten operierten, und eine von ihnen, in der dritten Reihe die siebte von rechts, sah Henrietta direkt in die Augen.

9 Vorsichtige Vögel

›Das waren tatsächlich seine letzten Worte‹, sagte Cassini. ›Danach hat er geschwiegen, bis er starb.‹

›Ist das Leben nicht sonderbar?‹ sagte Julia. ›Die letzten Worte meiner Großmama waren *Wo ist mein Glöckchen?* Franz Schubert soll dasselbe gesagt haben auf dem Sterbebett.‹

›Hat er das? Interessant. Ich höre, Sie spielen sehr gut Klavier.‹

›Wäre der Knecht nicht dazwischengekommen, hätten Sie sich selbst davon überzeugen können.‹

›Ich spiele am liebsten Chopins *Nocturnes*.‹

›Wie lauteten seine letzten Worte noch gleich? Ich will zu den Wilden‹, sagte Henrietta.

›Wenn das Rütteln so weitergeht, wird dein Wunsch bald erfüllt werden, Jette‹, sagte Cassini. ›Das erinnert mich an Indien. Ich habe das Gefühl, die Bahn springt gleich aus den Schienen.‹

Die *soirée* war nicht nachgeholt worden. Julia hatte sich etwas anderes einfallen lassen, etwas für ihre Zwecke viel Besseres, eine kleine intime *voyage* mit der Pferdebahn, die neuerdings auf Schienen fuhr. (Wieder war die halbe Stadt aufgerissen und umgebuddelt worden, wieder hatte es Bauopfer gegeben, abgetrennte Arme und Beine, die im Fluß bestattet worden waren.) Wie Julia vorhergesehen hatte, war Frau Mama nicht geneigt gewesen, an diesem primitiven Volksvergnügen teilzunehmen – wohl aber Cassini, nachdem auf Julias cremefarbenem Briefpapier listig-beiläufig und lustig an ihn appelliert worden war. Nur die Musik, die über allem stand, würde fehlen. Zum Ausgleich trug Julia ein Paletot mit Schalkragen, dessen weißschwarze Zickzackmusterung entfernt an Klaviertasten erinnerte. Sie saß neben Cassini und hielt sich nonchalant an seinem Ärmel fest. Henrietta stand vor den beiden, ausbalanciert und justiert durch das übrige Sonntagsvolk.

›Ist das nicht Herr Biele, der da einsteigt?‹, sagte Julia.

›Er verpaßt nie was Neues‹, sagte Henrietta. ›Er kennt sogar jemanden, der jemanden kennt, der einen Fernsprechapparat besitzt.‹ (Diesmal machst du bitte den Mund auf und sagst etwas, hatte Julia angeordnet, alles muß ganz beiläufig wirken, ganz selbstverständlich, nur so kann ich sein Herz ergründen.)

›Dabei haßt er den Fortschritt‹, hörte Henrietta sich weiterplappern. ›Und ist gleichzeitig Sozialdemokrat.‹

›Ist das Leben nicht sonderbar‹, sagte Julia zum zweiten Mal.

Max, der sich elegant durch den vollbesetzten Waggon bis zu ihnen gewunden hatte, begrüßte Cassini mit Handschlag und zwängte sich neben ihn auf die Holzbank und warf ihm verehrungsvolle Seitenblicke zu. Cassini lächelte milde. Kannten die beiden einander? Die Pferdebahn fuhr eine scharfe Kurve zur Jannowitzbrücke, und Max wurde gegen die dicke Dame zu seiner Linken geworfen.

›Eins steht fest‹, sagte er, ›durch Schienenbau sind die Verhältnisse nicht zu ändern.‹

›Wie kannst du jemals etwas ändern, Max, wenn du alles für einen Witz hältst?‹ sagte Henrietta.

Max schaute auf seine blankgeputzten, mahagonifarbenen Stiefelspitzen. Julia schaute zu Max. Cassini schaute zu Henrietta.

›Das hat gesessen‹, sagte Julia.

Ein fürchterlicher Ruck ging durch die Bahn, Henrietta wurde mit den anderen Stehenden zu Boden geschleudert, die Pferde wieherten, für einen kurzen Augenblick schien es, als wollte das Gespann fliegen, den Waggon gen Himmel ziehen, dann regnete es Glasscherben, dann wurde geblutet und geschrien und getreten, dann sah sie Cassinis suchende Augen, die ihre Augen fanden, aber seine Augen waren ihre Augen, als blickte sie in den Spiegel mit den Entenornamenten, dann hörte sie Julias helle, fröhliche Stimme: ›Es ist ein Wunder.‹

Julia, der allereinzigste Fahrgast, der keine Schnittwunde, keine

Schürfwunde, keine Verstauchung und blauen Flecken und schon gar keinen Ohnmachtsanfall davongetragen hatte, versorgte das überlebende Pferd. Das andere Pferd war durchs Brückengeländer gebrochen und unglücklich auf den Treidelweg geprallt und sofort tot gewesen. Die Blauen schwärmten säbelrasselnd aus, wußten aber nicht genau, wohin; einer hob einen verlorenen Knopf auf, die anderen besannen sich und sperrten die Brücke ab. Cassini, trotz der Spätnovemberkälte wieder in Hemdsärmeln, band die stark blutenden Wunden ab und sprach den Kindern Trost zu. Ärztliche Hilfe war unterwegs. Sein pechschwarzer, ungebändigter, zerwuselter Haarschopf leuchtete im Abenddunkel, war überall zu sehen, wohin sie auch schaute. Henrietta trat langsam zum Pferdebahnwaggon, der schief und leer und mit zerbrochenen Fensterscheiben am Geländer der Jannowitz lag, nur ein paar Fuß vom Abgrund entfernt. Sie drehte sich um, der schwarze Haarschopf leuchtete. Cassini untersuchte den Kutscher, der mitten auf der Brücke wie in einer unsichtbaren Luftblase saß. Die ganze Brücke schien von dieser Luftblase umschlossen zu sein, in der die Zeit stillstand und in der es unablässig leise wimmerte und stöhnte, während draußen die Stadt und die Straßen tobten. Zerbeulte Hüte lagen verstreut, die Fahrgäste zupften an ihren ramponierten Verkleidungen, arrangierten ihre verkleideten Gesichter, überprüften mit schnellen Blicken, wie schwer es den Nachbarn getroffen hatte. Die Menschen haßten und liebten einander immer noch, aber sie verbargen es gut.

Henrietta machte ein paar Schritte in Richtung des dunkel leuchtenden Haarschopfs, blieb stehen, machte kehrt. Ihre Nase blutete, sie spürte, wie das Blut ihren Rachen hinabrann. Sie erbrach sich in den Fluß. Zwei Enten, die im Schatten der Kaimauer auf den Wellen geschlafen hatten, kamen quakend herangepaddelt. In Italien, vermutete sie, dem leuchtenden Land, sangen die Vögel abends alle durcheinander, es mußte sich anhören, als stimme ein Orchester voller Vorfreude seine Instrumente.

›Komm mit, deine Freundin ist außer sich.‹ Max zog an ihrem, nein an Julias nachtblauem Umhang. Sie hatte Julia einen Moment lang nicht im Sinn gehabt. Es gab Arbeit, sie mußte der Freundin helfen, Cassinis Herz zu ergründen. Max hinkte ein wenig, er hatte ein bläulich geschwollenes Jochbein, er grinste wie ein Pirat, er schien den Unfall zu genießen. ›Ich habe Doktor Cassini mit dem wundervollen Vornamen Maurizio und von der Statur eines Apolls öfters mal beim Lumpensammeln in unserem Viertel geholfen‹, flüsterte er. ›Du siehst, auch ich nehme Anteil an eurer Forschung …‹

Julia, die wie Henrietta das Weinen haßte und kreuzzugartig bekämpfte, wischte eine einzelne Träne von ihrer Wange.

›Kein Mensch versorgt das arme Pferd‹, sagte sie. ›Alle denken nur an sich.‹

Das Pferd zuckte mit einem Hinterhuf, der Rest des Pferdes war, Henriettas Ansicht nach, bereits tot.

›Maurizio! Kommen Sie doch bitte!‹ rief Julia. Cassini half dem Kutscher auf die Beine und näherte sich.

›Das Tier muß erlöst werden‹, sagte er. Henrietta betrachtete ihre zerschrammten Hände und spürte seinen Blick auf ihren Händen. ›Der Kutscher wird dazu nicht in der Lage sein. Schutzmann, töten Sie das Tier.‹

›Dazu bin ich nicht befugt‹, sagte ein Blauer.

›Geben Sie mir Ihre Pistole.‹

›Auch Sie sind nicht befugt.‹

›Das ist Doktor Maurizio Cassini vom Kaiserlichen Gesundheitsamt‹, sagte Henrietta, ohne aufzuschauen. ›Keiner ist befugter.‹

›Das darf doch nicht wahr sein‹, sagte Julia. ›Können Sie das Pferd nicht erst einmal untersuchen, Maurizio, es behandeln, es retten?‹

›Zu spät‹, sagte Cassini. ›Nicht hinsehn, Fräulein von Leyden.‹ Julia wandte sich ab. ›Mir ist kalt‹, sagte sie. Henrietta hob den Kopf und sah, wie er dem Pferd die Pistole ins Genick setzte und den Gnadenschuß abfeuerte. Das Tier war mausetot, aber noch einmal zuckte sein Hinterhuf.

›Jeder dieser feigen Schutzmänner hätte das Pferd erschießen können‹, sagte Julia, als sie das Ende der Jannowitzbrücke erreichten, aus der Luftblase stiegen und in den tobenden Straßen nach einer Droschke Ausschau hielten. ›Warum Sie, Maurizio? Es ist keine gute Erinnerung an diesen Tag. Vorher war alles so schön und wahr … sogar der Unfall gehörte irgendwie dazu …‹

›Wir sind nicht wahr, solange wir uns bewahren‹, sagte Cassini. Ein Vogel flötete überraschend. Ein Novembervogel, dachte Henrietta, ganz in der Nähe.

›Die letzten Vögel, die noch hiergeblieben sind, sie singen so viel vorsichtiger am Abend, finden Sie nicht, Henrietta?‹ sagte Cassini.

›Das ist lustig, das ist kein Zufall‹, sagte Henrietta. ›Julia sagt auch immer *finden Sie nicht?* Das habt ihr beide gemeinsam.‹

›Maurizio sagt jetzt Sie zu dir‹, sagte Julia zu Henrietta. ›Weil du beim Pferd so tapfer warst. Wir sind schon drei komische Vögel.‹ Sie hakte sich bei Henrietta und Cassini unter. ›Laden Sie uns zu einem *Chianti* und einem *Tramezzino* ein, Maurizio? *Ogni tanto* trinke ich gerne mal ein Glas Wein.‹

Henrietta lachte. Sie fühlte Julias kräftige, kleine Hand und war glücklich. Der Schmerz, der irgendwann kommen wird, dachte sie, gehört jetzt zu meinem Glück dazu. Es gibt etwas, das ich dir sagen muß, Mama, aber ich sage es dir später, wenn alles vorbei ist.

10 Vater unser

Der Zug nach Cuxhaven würde, wenn irgendeine Uhr in der Charité ausnahmsweise einmal richtig ging, in zwanzig Minuten abfahren. Die ehemalige Laufbotin flitzte durch die Stadt, unterwegs in eigener Sache. Paß doch auf, Junge, riefen die Leute ihr nach, und sie lachte. Verkleidungen, Verwechslungen. Atemlos auf dem Bahnsteig, wohin mit dem Zeug auf dem Bahnsteig? Sie stopfte Mütze und Schal in einen Papierkorb, rollte die Jacke zusammen, zupfte ihre Stehkragenbluse zurecht. Blieb die Hose. Ein Königreich für ein Kostüm. Die Lokomotive stand unter Dampf, die Treppchen wurden hochgeklappt, alle Abschiedsszenen waren bereits beendet. Aber er, so undeutsch, so blasiert, so eigen (und verschwiegen), stellte seinen Wildlederstiefel auf das Treppchen und schickte den Schaffner zum nächsten Abteil. Wie lange werden Sie fort sein? fragte sie. Ein Jahr vielleicht, sagte er. Oder sechs Monate, fügte er hinzu. Ein Jahr, wenn es mich nicht gäbe? traute sie sich zu fragen. Er nickte. Aber wie gut, daß es Sie gibt, sagte er, und wie schlecht für Afrika. Wollen Sie meine Hand halten? sagte sie. Er zog seinen rechten Wildlederhandschuh aus. Sie wärmte ihre Hand rasch in der Achselhöhle. Aber es kam nicht dazu. Der Schaffner beharrte auf Abfertigung. Was werden Sie tun? sagte Professor Cassini, die Abteiltür zuziehend. *Studio, scrivo, lavoro*, sagte Henrietta.

›... ich fasse zusammen: traumlose Schlafattacken, unterbrochen von fiebrigen Euphorien bis hin zum kompletten Kollaps des Nervensystems, Verblöden und Vergessen, das sind die Symptome der Schlafkrankheit.‹

Doch der Uhrzeiger war zwanzigmal vorangerückt, und Henrietta kauerte weiter, die Deckung des hünenhaften Vordermanns nutzend, in der letzten Reihe des großen Hörsaals der Charité in Maxens Hosen und Jacke, beide etwas zu kurz, das Haar unter einer grünen Schiebermütze, das Kinn hinter einem Schal verborgen. Die Maskerade hatte sie sich selber zum Geburtstag geschenkt, der dieses Jahr glücklicherweise auf eine Vorlesung Kochs fiel. (Vergangenes Jahr im Viktoriahaus: Krankenbettbau, Nagelpflege, Teekunde.) Sie war als letzte gekommen und würde als erste gehen, sie stellte keine Fragen, sie redete überhaupt nicht, und die verächtlichen Blicke der Hinterbänkler, die ihrer Keibelstraßenmütze galten, ließ sie von sich abprallen. Natürlich hatte sie Julia nicht eingeweiht. Julias Phantasie hätte Purzelbäume geschlagen, es wäre ein Thema für die nächsten zwanzig Jahre geblieben.

›... aus bestimmten Mutmaßungen und Theorien, ich wiederhole: Theorien, meine Herren, die wir am Hygieneinstitut angestellt haben, auch aus Beobachtungen von Afrikareisenden könnte man folgern, daß sowohl die Malaria als auch die Schlafkrankheit nicht durch Bakterien, sondern durch Parasiten hervorgerufen werden und möglicherweise, ich wiederhole: möglicherweise, von Mücken oder Fliegen übertragen werden ...‹

Henrietta notierte diese erstaunliche These. Ich bin nicht mehr auf dem laufenden, dachte sie, aber gerade jetzt kann ich nicht alles haben, muß ich klug sein und meine Zeit abwarten. Kochs Ernennung zum Leiter des neuen Hygieneinstituts im Juli und der Umzug der ganzen Bande einschließlich des Faktotums Paul Mahlow in die geräumigen, hellen Laboratorien in der Klosterstraße hatten vieles verändert, auch für Henrietta. Durchaus zum Guten, wie sich wider Erwarten herausstellte. Zwar besaß Vater keinen Universalschlüssel mehr und waren alle Räume im HI zum Schutz vor unbefugten Neugierigen mit eigenen Schlössern versehen, zwar konnte auch der liebe Ehrlich, den Henriettas Mikroskopierwut immer noch köstlich zu amüsieren schien, nichts ausrichten, denn er bevorzugte zum Arbeiten stur sein Kabuff in der 1ten Medizinischen der Charité – doch im Oktober, am 14ten Oktober halb acht Uhr abends hatte überraschend der nicht mehr erwartete, nicht mehr *befürchtete* Retter am Türrahmen der Bibliothek gelehnt und seinen Siegelring behaucht.

Sie würde heute abend die Vorortbahn von Dahlem zurück in die Stadt nehmen müssen, um das Lampenputzen und Bodenscheuern in der Bibliothek nachzuholen, das sie wegen der Vorlesung und der Maskerade bei Max versäumt hatte. Ich lerne ganze Seiten in Büchern auf einen Blick, dachte sie, aber Cassinis Gesicht konnte ich mir nicht merken, bevor er abreiste, konnte ich nicht auswendig lernen, habe ich vergessen. Frauen in Eisenbahnen sehen ihn jetzt, die Neger, denen er Heilung und die Methodik der Asepsis bringt, werden Lieder über ihn singen, er wird nie zurückkommen. Ich muß nur in den Spiegel schauen, dachte sie, er sieht mir ähnlich, fast unheimlich ähnlich, unser dunkles, dreistes Gesicht, unser ärgerlicher Mund, unsere leuchtenden schwarzen Haare. Cassini. Sie blieb beim Nachnamen, er war ein Freund, ein Fachmann, vor kurzem zum Professor ernannt, ein zukünftiger Kollege. *Maurizio* war er in Julias Hälfte, der Musikhälfte, der habenden Heiratshälfte. Aber Julia schien ihn noch gar nicht haben zu wollen, ergründete noch immer sein Herz, ließ sich Zeit über Zeit. Ein beneidenswertes, tief vertrauensvolles, schneckenhaftes Verhältnis zur Zeit war Julia angeboren, und nicht nur ihr: es war das ererbte und weiterzuvererbende Privileg der Habenden. Cassini, der Nachkomme von Habenden, die ewig im All kreisende Planeten erforscht hatten, sah es anders. ›Die Zeit‹, sagte er, ›bilden wir uns nur ein. Gibt es nicht.‹ Brükkengeherin Henrietta stimmte zu; fleißige Biene Henrietta hingegen hörte das Ticken überall, in den Büchern, in ihrem Kopf. Klavier*soiréen* ohne Ende hatten stattgefunden, schmelzende Plings, wehmütige Plongs waren erklungen. Auch zwei Konzerte, eine Opernaufführung und ein Theaterstück waren mit Dr. von Leyden als viertem Rad am Wagen besucht worden, die Billets von Cassini bezahlt. Die Opernsängerin gestattete ekelerregend tiefen Einblick in ihren roten Rachen, man konnte ihr zitterndes Zäpfchen sehen, Henrietta mußte sich auf der Toilette des Opernhauses übergeben, im Theater roch es dagegen aufregend laborartig nach Schminke und Farbtöpfen, Tinkturen in

Temperaturen, Angstschweiß und Triumph, der Fluß floß unaufhörlich durch die Stadt, Cassini nocturnte sich durch Julias Träume, und der Pferdebahnblick, den Henrietta mehr fürchtete als alles andere, wiederholte sich nicht. Auch nicht am 14ten Oktober, als Cassini Henrietta in seinem neuen HI-Labor der fachlichen Privatprüfung unterzog, die sie von Koch erwartet hatte und bei der ihr der Kopf rauchte. Dieser Blick existiert nur in meiner Phantasie, dachte sie, es hat ihn nie gegeben, der Unfall, der Aufprall haben meine Bonje verwirrt. ›Du hast eine Riesenbeule an deiner Bonje‹, hatte Anna gesagt, als Henrietta mit dem hinkenden Max an jenem Abend in die Keibel zurückgekehrt war, ›aber du lebst, lieber Herr Jesus, ich danke dir, daß Henrictta lebt.‹

Sie mußte sich bei Anna für das Buch und den Geburtstagszettel bedanken, den sie noch nicht gelesen hatte. Sie mußte Julia schreiben, auch wenn sie Julia heute abend sehen würde, und Koch für die Karte und die zehn Mark danken. Warum hatte sie Cassini keinen Dankesbrief geschickt, bevor er nach Afrika fuhr? Sie trug den Zweitschlüssel zu seinem Labor und Präparatenschrank, den er ihr verschwiegen gegeben hatte, in ihrem Brustbeutel. Cassini schien sie ernst zu nehmen, aber er kannte ihren Plan nicht wirklich, nur Kochs Mutmaßungen darüber. Wie so oft, wenn Cassini ihr etwas Gutes tat (er tat den Menschen sehr viel Gutes und redete nie darüber), hatte sie das unbestimmte Gefühl, er gönne sich nur eine Pause in seinem mysteriösen Leben (er kam und ging, wie es ihm beliebte, niemand wußte Genaues über ihn), ein kleines idealistisches Abenteuer, einen kleinen Luxus, für den Henrietta eines Tages, wenn er sich schon gar nicht mehr daran erinnerte, bezahlen müßte. Sie grübelte tagelang und kam zu dem Schluß, daß Julia nichts von dem Zweitschlüssel zu wissen brauchte, denn Cassinis Labor lag nicht in Julias Hälfte der Welt.

›Herr Professor Koch, stimmt es, daß Sie an einem Heilmittel gegen die Tuberkulose arbeiten?‹

›Kein Kommentar.‹ Koch rollte sein Manuskript zusammen, als wollte er ein Fernrohr daraus basteln oder eine Klatsche, um seinen

Studenten, besser noch sich selbst, eins auf die Rübe zu geben. Wie er es haßte, Vorlesungen abzuhalten, sein Wissen redend auszubreiten, anstatt es in der Stille des Labors einsam zu vertiefen. Wie gut Henrietta ihn verstand. Wie abgesondert man leben mußte vom Betrieb. Wie selten die Experimente Zeichen gaben. Wie rar die wenigen Menschen, die diese Zeichen lesen konnten. Arbeitete er wirklich an einem Tuberkuloseheilmittel? Was bliebe ihr dann? Die Cholera?

›Unser verehrter Professor Robert Koch, er lebe hoch! Vivat!‹ In der ersten Reihe war ein Universitätsassistent aufgesprungen. Nun stand der ganze Hörsaal und klatschte Beifall, und Henrietta löste sich unbemerkt in Luft auf, ihre leichteste Übung in der Charité. Hatte sie Zeit für einen schnellen Abstecher zu Ehrlich, zu Grete und Mariechen Baltuttis? Nein, bald mußte sie zurück sein, um Dr. von Leydens Kutsche nicht zu verpassen.

›Na, wie ist das Leben als schöner junger Mann?‹ hörte sie Maxens Stimme, während sie hinter dem Vorhang das dunkelgrüne Tragekleid zuknöpfte, dem sie treu geblieben war und auf dem sie bestand, obwohl Julia sie in aufgetragene Kleider aller *couleur* und modernsten Schnitts stecken wollte. ›Wie viele Mädchenherzen hast du gebrochen mit deiner aufregenden, kehligen Stimme?‹

›Machen wir uns neuerdings was aus Mädchen?‹

›*Touché*, Madame. Hat niemand was bemerkt?‹

›Kinderspiel.‹

›Dann geh doch öfter. Meinen Segen und meine Hosen hast du. Unter einer Bedingung: Ich will dich schminken.‹

›Ohne Studienbuch und Studienausweis? Da kommen die ganz schnell drauf. Und hast du überhaupt eine Ahnung, was das kostet?‹

›Nein. Dein Vater ist heimlich von der Arbeit abgehauen. Stand auf der Straße und redete mit sich selbst. Ich sorge mich um ihn.‹

›Darf ich erst mal meine Briefe lesen? Vorhin war keine Muße.‹

›Ihr seid vielleicht eine Familie, ihr zwei.‹

Julia schrieb, wie sollte es anders sein, poetisch von der Liebe, den Sternen, den Steinen, dem Warten und Überdauern der Steine in den

Gärten des Lebens, *ganz allein für sich, voll ihres eigenen, rätselhaften Seins. Geschenk folgt heute abend.* Julia war an einem blauen, windigen Aprilmorgen in der Charité geboren worden, hundertzwanzig Tage nachdem Henrietta, voll ihres eigenen, rätselhaften Seins, am selben Ort die eigene Mutter umgebracht hatte. Ach, Julia.

›Er war nüchtern. Aber was er sagte ... richtig unheimlich.‹

›Erzähl mir was Neues.‹

Ehrlich schickte eine Postkarte und ein Päckchen, die Karte mit blauen Tintenblumen verziert, wie er sie beim Nachdenken oft hinkritzelte. *Erinnere mich bitte, daß ich Dir zum Geburtstag gratuliere. Dein Paul Ehrlich. Die Samtschleife ist für Dein allerliebstes Haar, das Büchlein, um Deinen Geist auf Trab zu halten.* Das Büchlein, die lang ersehnte, für die langen sonntäglichen Rückwege dringend benötigte Systematik der chemischen Elemente und Verbindungen, wog bestimmt ein Kilo.

›Ich fürchte, er hat den Moralischen. Er sagte das Vaterunser.‹

›Ja, ja.‹

Von Koch ein Briefumschlag, aus dem sie zehn Mark fischte und einen Briefbogen mit seiner neuen Privatadresse. Er bewegte sich immer weiter nach Westen. *Herzlichen Glückwunsch. Dein Robert Koch* war alles, was er zu Papier gebracht hatte. Die Stimmung zwischen ihnen war frostig. Und noch ein halbes Jahr Viktoriahaus. Nur mit dem Abschlußzeugnis in der Hand, soviel war klar, konnte sie ihn überreden, überzeugen, zwingen, Cassinis Privatprüfung zu wiederholen: Grundlagen der Biologie, Chemie, Physik, der Anatomie und Physiologie und Pathologie. Grundlagen der Begabung. Grundlagen der Willenskraft. Grundlagen der Zähigkeit.

›Ich habe einen Späher losgeschickt. Im Siechen und in der Ritze ist er nicht. Woanders läßt man ihn nicht rein. Meinst du, er ist in Dahlem?‹

›Da geht er nicht mehr hin, seit der Knecht Kaminski tot ist.‹

Ein Brief in steiler Schönschrift auf vergilbtem, liniertem Volksschulpapier, aber ohne Punkt und Komma und kein Wort fehlerfrei.

Ich weiß du heißt Jette seit einem Jahr ruf ich dir nach ich hab mich verguckt in dich ich frage dich willst du mit mir nach Amerika auswandern hochachtungsvoll Wilhelm Manschke. Wie die anderen Briefe abgegeben bei Max, dem Postmeister für die gesamte Keibel, weil die Boten sich nicht mehr in die Höfe wagten. Sie riß die Seite in zwei Teile und legte damit das leicht feuchte Innenfutter von Julias Bobinestiefeletten aus, den modischen Nachfolgern der Rodelstiefel.

›Eben drum. Vielleicht will er gedenken.‹

›Vater hat noch nie gedacht.‹

Liebe Jette!
Ich gratuliere Dir zu Deinem heutigen Ehrentag und wünsche Dir Glück und Segen. Wenn Du die Prüfung zur Pflegerin bestehst, wirst Du die erste aus unserer Straße sein, die nicht in die Fabrik muß oder zu Hause arbeiten. Ich drücke Dir so die Daumen.
Das Buch ist mein Geschenk für Dich. Ich habe etwas hineingeschrieben. Ich habe es auch gelesen, es ist formidabel. Ich würde mich gerne mit Dir darüber unterhalten. Sag mir wann.
Es umarmt Dich
Deine Freundin Anna

P. S. Bitte schicke mir nicht mehr diesen Wilhelm Manschke, den ich verabscheue. Ich weiß, Du meinst es gut. Ich bin aber lieber mit Dir oder allein.

Julia, dachte Henrietta, was verzapfst du für einen Unsinn hinter meinem Rücken? Aber wenn Julia sich etwas in den Kopf gesetzt hatte, wurde es erledigt, wenn Julia etwas wollte, bekam sie es, dauerte es auch Jahre. Das Buch war aus zweiter Hand, der Name des vorherigen Besitzers überkritzelt, ein Roman, Theodor Storms *Die Söhne des Senators.* Auch wenn sie ihn bestimmt nicht lesen würde, mußte sie sich mit Anna darüber unterhalten, das war sie der Freundin aus Kindertagen schuldig, die auf so anrührende Weise mit Julia Schritt halten wollte.

Zwei bis drei Tage Wassersuppe, soviel hatte Anna dieses Buch wenigstens gekostet. Die Widmung lautete: *Meiner Jette, in ewiger Freundschaft*. Auch das noch, frische Gewissensbisse am Geburtstag. Aber es war nicht zu leugnen: In ihrem Bemühen, die Vorgängerin ruhigzustellen, indem sie sie beglückte (und sei es mit Wilhelm Manschke), hatte sich Julia immerhin um Anna gekümmert und ihr das Wort *formidabel* beigebracht – was Henrietta nicht von sich sagen konnte. Was hatte Julia dem Steineschlepper Manschke geboten, damit er Anna Augen machte? Hatten Julia und Anna sich vor oder nach Manschke heimlich getroffen? Henrietta blätterte in Ehrlichs Buch. *Das Gesetz der konstanten Proportionen*, alles war klarer und einfacher dort. Zum Teufel mit uns Menschen, was stellen wir für einen Firlefanz an mit unserer Natur, warum sind wir nicht als Einzeller in Schlamm und Eis geblieben? Wie hatte Koch am Vorabend seiner großen Entdeckung gesagt und trotzig den hängenden Kopf erhoben? *Navigare necesse est, vivere non est necesse*. Draußen wirbelten neue Schneeflocken. Eine neue Eiszeit tat not. Klare, kalte Verhältnisse.

Andererseits Emily. Dr. Emily Vanheusen aus der Philadelphia-Photographie, die sommersprossige, vermutlich rothaarige Siebte in der dritten Reihe von rechts, sie lächelte, schlug die Beine übereinander, lebte frei wie der Wind, sie hatte beide Hälften der Welt erobert und schickte Henrietta einen Blick, der nie enden würde. Mit der Lupe konnte man den Ehering an Emilys Finger erkennen. Sie war höchstens Mitte Zwanzig.

›Aber es ist dein Geburtstag, Schatz‹, sagte Max, als Henrietta den Vorhang zur Seite schob. Er fegte dunkle Kräuselhaare zusammen und warf sie in den kleinen Abfalleimer. Er nahm das Flacon und versprühte Maiglöckchenduft. ›Du weißt schon.‹

›Laß mich nur machen. Hab ja Übung.‹

Vaters Spur war für die geübte Tochter leicht zu lesen. Vom Siechen führte sie zu einem kleinen Jahrmarkt zwischen zwei rußigen Häusern und zu einem zahnlosen Lotterielosverkäufer, mit dem er die Schnapsflasche geteilt, von dem er jedoch untypischerweise kein Los gekauft hatte. Dann ging er da rein, die Flitzpiepe, sagte der Losverkäufer und zeigte zur gegenüberliegenden Straßenseite.

Vater saß am äußersten Ende in der hintersten Kirchenbank unter einer Wandmalerei, die Märchenjesus auf einem Märchenkahn zeigte. Henrietta packte wie im Schlaf seinen Arm, wollte ihn hinausziehen. Er hielt sich an der Kirchenbank fest.

›Früher war alles besser. Man konnte hier sitzen und beten‹, sagte er.

›Beten? Du?‹

›Nicht ich, die anderen. Glaubst du, daß wir die Krone der Schöpfung sind, Jette?‹

›Nein.‹

›Glotz nicht so. Ich bin trockener als Dörrfleisch.‹ Er warf einen ängstlichen Blick über seine Schulter, aber da war keiner. Henrietta setzte sich zu ihm. Sie mochte keine Kirchen. Wenigstens hatten sie Uhren. Schlag fünf mußte sie los.

›Max sagt, du hast Geschenke bekommen. Das Herz tut mir weh, wenn ich dran denke.‹

›Das Herz ist nur eine Pumpe, die einen doppelten Kreislauf antreibt. Ein Muskel, schwer zu verbrennen.‹

›Wenn wir Triepel die Krone der Schöpfung sind, dann gute Nacht. Hast du gar keinen Glauben?‹

›Ich habe den da oben gebeten, mich nach seinem Ebenbild in einen Mann zu verwandeln. Keine Antwort. Auf diesem Ohr ist er taub.‹

›Warum willst du ein Mann sein? Ihr Frauen habt es hundertmal leichter.‹

›Das glaubst aber nur du.‹

›Ihr habt kein Gewissen, das euch quält. Ihr seid das Gewissen. Wie Skorpione seid ihr.‹

›Warum hast du drüben eigentlich kein Los gekauft?‹

›Keine Penunze mehr.‹

›Soll ich dir eins kaufen?‹

›Der Glaube versetzt Berge am Krankenbett, das ist amtlich.‹

›Mumpitz. Das erledigt die exakte Wissenschaft. Sag mal, was bestellt Koch in letzter Zeit? Irgendwelche besonderen Sachen? Chemikalien?‹

›Du fragst wie die Zeitungsleute.‹

›Sag schon.‹

›Er bestellt Erde.‹

›Erde?‹

›Für seine Topfpflanzen.‹

Oder für etwas ganz anderes, dachte sie. Erde mit ihren mannigfaltigen Stoffen, unerforschte Erde, so einfach, so genial, darauf mußte man erst mal kommen.

›Unsere Lügen schreien zum Himmel, aber sie haben nicht das letzte Wort, denn Du, Gott, sprichst die Wahrheit.‹ Ein Pastor war wie aus dem Nichts vor dem Altar erschienen, hatte die Arme ausgebreitet, den Satz in die leere Kirche gesagt und war wieder verschwunden. Befand sie sich in einer von Vaters Rauschphantasien?

›Gott ist vielleicht anders‹, sagte Vater.

›Wie, anders?‹

›Müde. Gemütlich. Weil er schon alles weiß. Wie ein guter Zapfer.‹

›Wenn es ihn überhaupt gibt, hat er die Schlafkrankheit. Traumlose Schlafattacken, unterbrochen von fiebrigen Euphorien.‹

›Ich tät gern wieder tischlern‹, sagte Vater und deutete vage in die Runde. ›Eine Kirchenbank, ein Kreuz, was so anfällt. Gottes Pisspott von mir aus. Den kriegen die Fabrikmaschinen nicht hin.‹

Ihr Blick wanderte zu der Wandmalerei, Märchenjesus hob den Zeigefinger, die pausbackigen, wohlgenährten Jünger rieben ihre Bäuche an ihm auf dem winzigen Kahn.

›Wenn du nicht wie ein Schiff in der Flasche stecken würdest, könntest du das.‹

Er stand auf und zwängte sich an Henrietta vorbei und nahm ein Gesangbuch vom Stapel, das er in seiner Tasche verschwinden ließ. Sie folgte ihm nach draußen in die Dunkelheit. Vor der Kirche spielten vermummte Kinder mit einem gefleckten, spitzohrigen Hund im Schnee. Die Kirchenglocke gab fünf leise Schläge von sich, sie klang wie der Essensgong in Julias Villa. Vater nahm einen Schluck aus einer der kleinen, braunen Medizinflaschen, die er im HI mit Korn und Absinth füllte.

›Die Leute, für die ich und du arbeiten, haben keinen Schimmer, daß ich und du immer unglücklich sein werden‹, sagte er. ›Die täuschen sich über uns, aber sie merken es nicht. Wirst schon sehen.‹

›Können ich und du nicht Abschied nehmen, Vater, und unserer Wege gehen? Im Guten? Für immer?‹

›Haben wir das nicht längst?‹

Er schlug den Kragen seiner ausgefransten, bepfifferten Jacke hoch, die er trug, seit sie waschen und flicken konnte. An seiner Weste fehlte der oberste und der unterste Knopf. Sein borstiges Haar war grau geworden. Der spitzohrige Köter sprang kläffend um ihn herum. Er schien zu überlegen, ob er ihn streicheln oder treten sollte. Jesus, lieben und geliebt zu werden war schwer, unglaublich schwer.

›Ich fahr nicht nach Dahlem‹, hörte sich Henrietta sagen. ›Ich lad dich zum Bier ein. Wir ziehen um die Häuser, wir machen die Nacht durch.‹

›Soweit kommt's noch‹, sagte er und ließ sie vor der Kirche stehen.

11 Zwei Wutanfälle

›*Zwee janz jroße jlubsche Oogen kamen immer näher, ach! Und een riesenlanger Laban schob sich durch de Luke nach …*‹

›Schnauze, dir wird das Singen gleich vergehen, du Krücke.‹

›*Mit 'n sanften Drängelberger, schneller, Keule, als man denkt*‹, sang Eierkopp Wilhelm Manschke unbeirrt weiter, ›*hat mich dann der schwarze Buhmann inne Ecke rinjedrängt.*‹

Es ist ein Zeichen, dachte Henrietta, der Blaue ist ein Zeichen, das Pech klebt mir an den Stiefeln, und wir sind gerade mal in Angermünde. Auch Ehrlich hat sich nicht verabschiedet, hat sich einfach nach Ägypten gestohlen, versteckt sich wie ein kranker Kater und muß leiden und stirbt in der Fremde, wir werden uns nie wiedersehen, nie wieder Zukunft klimpern und herumspinnen über das Wesen der Farben und das Zellprotoplasma und die Proteinmoleküle und ihre Rezeptoren. Ich werde Julia nie wiedersehen, sie wird mich hassen, weil ich sie nicht um Hilfe gebeten, um Rat gefragt habe, sie wird meine Briefe ungelesen im Kamin verbrennen, und selbst Emily Vanheusen wird mir Julia nicht ersetzen.

›*Uff'n Hängeboden, uff'n Hängeboden, so ganz jraulich und stumm* … Pfoten weg!‹

›Lassen Sie augenblicklich Herrn Manschke in Ruhe.‹ Henrietta nestelte damenhaft ungehalten an ihrem grünen Kleid und hoffte, der Blaue würde die an den Seiten aufgetrennten, kindlichen Rodelstiefel nicht bemerken, die sie trug, um schneller voranzukommen.

›Aber Frollein, dem da sein ganzes Geld … ist doch geklaut‹, sagte der Blaue, ein schlaffer Provinzblauer mit herabhängenden Gesichtszügen in schlaffer Uniform, der an einem Grashalm kaute, wofür er von seinen Kollegen in der Keibel standrechtlich erschossen worden wäre.

›Er ist mein Cousin. Er trägt meine Reisetasche und unsere Reisekasse. Wenn Sie mir nicht glauben, telegraphieren Sie dem Kaiserlichen Hygieneinstitut in Berlin.‹

›Dem wat?‹

Schon Vaters Anfall gestern morgen war ein Zeichen gewesen. Der Tag der Tollwut. Um sich schlagend, pöbelnd, tretend und beißend, mit Schaum vor dem Mund, berichtete Loeffler sichtlich schockiert in Mariechen Baltuttis' Kemenate eine Stunde vor Henriettas mündlicher Prüfung im Viktoriahaus (aber noch war sie die Ruhe selbst), hatte er Vater vorsorglich in die Irrenabteilung einweisen lassen, zur Untersuchung und Beobachtung. Gewiß nur eine vorübergehende Nervenkrise, sagte Loeffler, der froh war, daß Henrietta übernahm. In der Irrenabteilung war man ähnlicher Meinung, ließ sie aber nicht zu ihm. Er esse ein Ei, man wolle ihn dabei nicht stören, sagte der aufgekratzte *dujour*-Arzt. Verhältnismäßig oder völlig nüchtern war Vater um sieben zur Arbeit erschienen, wo er zuerst das Labor des Chefs besorgte, der sich in London aufhielt. Beim Staubwischen war ihm ein Reagenzglas aus der Hand geglitten und zerbrochen. Anstatt die Scherben zusammenzukehren, hatte er das nächste zerdeppert, und wieder eins, und dann einen Kolben, und schließlich hatte er begonnen, das ganze Labor auseinanderzunehmen. Wortlos, sagte der *dujour*-Arzt bedeutungsvoll, als läge darin die Erklärung. Ich habe jetzt Prüfung, sagte Henrietta, aber ich bin bald zurück.

›*So een Jespenst, wenn de det noch nich kennst, uff'n Hängeboden, uff'n Hängeboden, Keule, wie de da rennst …*‹

›Ruhe, Cousin! Hier haben Sie eine Mark, Herr Wachtmeister, gönnen Sie sich was.‹

›Alle Achtung. Gestatte, mich zurückziehen zu dürfen.‹

Und dann ihr Auftritt bei der Prüfung. Tag der Mahlows, Tag der Abrechnung und des Zusammenbruchs. Irgendein Professor Ich-binso-wichtig-deshalb-nuschle-ich konnte es einfach nicht lassen. Nachdem Henrietta die mündlichen Prüfungsfragen zu aller Zufriedenheit beantwortet hatte, stach ihn der Wissenschaftshafer, mußte er von Pettenkofer anfangen, der immer noch lehrte, die Cholera würde durch das Einatmen eines giftigen, von verseuchten Böden aufsteigenden Gases hervorgerufen. Henrietta gab ihm Zunder, ein Wort gab das andere, bis Professor Nuschel sich zu der Behauptung verstieg, Frauen in ihrer Gesamtheit hätten nicht nur ein kleineres Gehirn als die Männer, sondern es wiege auch viel weniger und sei minderwertig. Rund um die Uhr seien Kollegen, namhafte Kollegen, damit beschäftigt, dies zu beweisen und obendrein zu beweisen, was der große Lombroso in Italien schon längst bewiesen hat, daß nämlich die Brut minderwertiger Väter und Mütter, egal wie sie sich abstrampele, verstärkt verkommene und minderwertige Brut zeuge und dem ein Riegel vorzuschieben sei. Und die Oberkuh des Viktoriahauses nickte auch noch heftig Zustimmung, als wollte sie ihre paar Gramm Kopf gleich hinterherwerfen. War es, um Mamas Ehre zu retten, war es die angestaute Wut über die lange Zeit des Stillhaltens und Kuschens im Viktoriahaus, war es Vaters überraschender Ausbruch gegen den abwesenden Koch, gegen die Hand, die ihn gefüttert und ihm die Tochter entfremdet hatte (denn Henrietta verstand Vaters Geste sehr wohl): jedenfalls klärte sie die Angelegenheit auf Keibelart. Sie hielt sich nicht mit Präludien auf, mit Ohrfeigen oder Kopfnüssen, sondern stürmte auf den am Fenster eine Prise Tabak schnupfenden Wichtsack zu und rammte ihre Einmeterneunundsiebzig mit voller Wucht in ihn hinein, wobei sie molkenritzengemein ihre geballten Fäuste vorstreckte und in seinen empfindlichen Teilen unter der Wampe gegeneinander schlug wie zwei Eisenhämmer. Der Pedell und mehrere Lehrkräfte mußten sie von dem Ohnmächtigen zerren, in den sie immer noch verkrallt war.

Danach ging sie schnell und zielstrebig vor, als hätte sie diesen Tag und diese Tat seit langem geplant. Sie holte ihre Aufzeichnungen aus dem Besenschrank der Bibliothek. Sie zählte ihre Ersparnisse. Sie weihte Anna ein (mit der sie immer noch nicht über *Die Söhne des Senators* gesprochen hatte) und schickte sie los, ihr eine feste, derbe Reisetasche beim Pfandleiher zu kaufen. Sie schrieb und verwarf mehrere Briefe an Julia. Der Pakt war in Gefahr, doch der Weg nach Dahlem und zurück hätte den Rest des Tages beansprucht, und Julia wäre es vielleicht gelungen, Henrietta sentimental zu stimmen und zum Dableiben zu überreden. Sie packte die Reisetasche, ihre Papiere, das Chemiebuch, ein Kleid, zwei Blusen, Julias nachtblaue Jacke, die Schnürstiefel, Unterzeug, ihr Hütchen und – da Anna dabeistand – *Die Söhne des Senators*, das sie auf dem Weg in die Irrenabteilung in den Fluß warf. Vater schlief in einem schneeweißen Bett, die Hände und Füße festgeschnallt, er schnarchte nicht, sondern atmete leise, fast friedlich, noch nie hatte er so glücklich ausgesehen. Der *dujour*-Arzt kam mit einem jungen Herrn, den sie wiedererkannte. Es war der unverschämte, brütende junge Bildhauer und Philosoph, der stets zu früh bei den *soiréen* erschien. Darf ich Ihnen Herrn Hauptmann vorstellen, sagte der *dujour*-Arzt, er recherchiert bei uns und hat sich prächtig mit Ihrem Vater unterhalten. Stimmt es, fragte der Unverschämte, daß Sie als Kind glaubten, sie hätten drei Hände?

Das Naturkundemuseum war fertig und sollte morgen feierlich eröffnet werden, doch sie hatte sich nicht getäuscht: Wilhelm Manschke lungerte noch herum und starrte sehnsüchtig zur Charité hinüber, in der er sie vermutete. Sie stellte ihn vor die Wahl, wenn er mit ihr nach Amerika auswandern wollte, dann sofort, Verliebtheiten und anderer Schmu ausgeschlossen. Sie konnte sehen, wie es in seinem armen, häßlichen Eierkopp arbeitete, Hunderttausende von Meilen allein mit Henrietta, jede Meile ein Schritt näher zu ihrem Herzen, kalkulierte er. Er hatte mehr zusammengespart als sie, kannte den Preis der Schiffspassage, hatte sich erkundigt, wieviel ein Liter Milch und ein Brot in New York kosteten, er wußte zwei oder drei englische Sätze. Henriettas in Jahren erspartes Geld würde knapp für ihre Passage reichen. Sie machten sich per pedes auf den Weg Richtung Cuxhaven. Henrietta hatte keinen Blick mehr für ihre Jannowitz, ihren Fluß, die rote Charité in der Ferne, sie sah nur geradeaus.

Und jetzt war der Blaue, der sie angehalten hatte, nachdem sie die ganze Nacht gewandert waren, im nächsten Angermünder Wirtshaus verschwunden, und sie stand mit diesem Eierkopp auf dem Kopfsteinpflaster und dachte an Ehrlich, der mit seiner Frau nach Ägypten gereist war, um die Tuberkulose auszuheilen, die er sich als einziger der Bande zugezogen hatte. Natürlich würde er sterben. Es holte einen überall ein. Warum sollte das in Übersee anders sein? Die guten Zeiten waren vorbei. Nun ging es nur noch bergab. Versuchter Mord an einem Professor, dachte sie, einem Mann, einem habenden Professormann, ihr winkte das Gefängnis und danach die Irrenanstalt. Sei's drum. Vater würde davonkommen, Koch hatte von Anfang an Mitgefühl für ihn empfunden und einen Narren an ihm gefressen und würde ihn nicht anzeigen. Vielleicht hatte Vater recht, vielleicht mußte man ihnen allen zuvorkommen, indem man sich verweigerte und selbst zunichte machte. Wie schade, daß sie nicht soff, aber was nicht war, konnte ja noch werden. Emily Vanheusen schaut aus der Photographie und meint nicht mich, dachte sie, sie meint das Mädchen, das hinter mir steht (dreh dich nicht um), das kleine Mädchen, das ich war, das Maskottchen, den lieben Liebling.

›Du bist meine Zaubermaus, Jette. Wie du uns da rausgepaukt hast. Wir beide, zusammen werden wir unschlagbar sein in Amerika.‹

›Es tut mir leid. Ich kann nicht. Ich bringe Unglück.‹

›Und was wird aus Philadelphia? Du hast gesagt –‹

›Ich sage viel, wenn der Tag lang ist.‹

›Ich denke, du kommst aus der Keibelstraße. Da meint man, was man sagt.‹

›Ich bringe Unglück. Am schlimmsten ist, daß ich nichts bereue. Ich glaube, ich bin sogar stolz, daß ich den Kerl verprügelt habe. Mir ist nicht zu helfen.‹

›Du hast einen Kerl verprügelt? Das wird ja immer besser. Komm!‹

Er wollte auf der Stelle seine Kräfte mit ihr messen, und sie tat ihm den Gefallen, an einen Mauervorsprung gepreßt, Hand in Hand beim Armdrücken. Nachdem er dreimal mit Leichtigkeit gewonnen hatte, wünschte sie ihm ein gutes neues Leben in der Neuen Welt und machte sich auf den Heimweg. Als sie sich umdrehte und winkte, stand er immer noch an der Mauer, von Mücken umschwirrt, und drückte die Reisetasche an sein Herz.

In der Nacht hatte sie kaum die Hand vor Augen sehen können und jetzt war sie überrascht, wie öde und flach die Landschaft, wie staubig die Landstraße war. Auch die Sonne sah anders aus, kein Hasenheidenlampion, der über dem Häusermeer hing, sondern ein nackt glotzendes, brutales Auge. Es würde ein heißer Tag werden, und sie setzte einen Fuß vor den anderen in der Staubwolke, die mit ihr ging. Mama war aus einer schöneren Richtung gekommen, oder nicht? Singend, über Wiesen und Felder und durch Wälder hast du deinen Weg zur Stadt gefunden und nicht gewußt, daß der Tod dich dort erwartete. Eine Diebin im Affenkostüm gab der Todbringerin ihren Namen, Henrietta. Sie mußte ihren Namen ändern, ihre Papiere verbrennen, untertauchen, aus einem sicheren Versteck beobachten, wie sie nach ihr suchten, warten, bis sie die Suche aufgaben, gefälschte Papiere beschaffen, im Meer der Häuser und Fabriken für immer verschwinden und alles vergessen, was sie je gewußt hatte, je hatte wissen wollen. Wissen hält nicht länger als Fisch, hatte Ehrlich gesagt. Es wird mir nicht schwerfallen, ich habe die Veranlagung dazu, von Vater.

Ein gedrungener, fast viereckiger Mann fuhr eine Weile im Einspänner neben ihr und warf einen wohltuenden Schatten. Sie ignorierte seinen fragenden Blick, und er fuhr weiter. An einer Weggabelung wartete er wieder und tat so, als putze er seinen Kneifer. Trotz der Hitze trug er Umhang. Er zog den Hut, darin hatte er Übung, das tat er den ganzen Tag, das sah man. Möglicherweise verhinderte nur dieses Hutziehen, daß sie alle übereinander herfielen, einander würgten und totschlugen wie die Träger löchriger Mützen oder die Barhäuptigen.

›Gestatten, Friedrich Bentin‹, sagte er. ›Ich kann Sie nicht einfach hier zurücklassen, gnädiges Fräulein. Sie wollen nach Berlin? Ich nehme Sie mit.‹

›Woher wissen Sie, wohin ich will?‹ Gnädiges Fräulein? – Hatte er die

Rodelstiefel nicht bemerkt, ihre unbestrumpften Beine unter dem zerwanderten, zerknitterten Kleid, den unstandesgemäßen Dreck unter ihren Nägeln?

›Ich weiß es eben.‹

Er war Postinspektor, hatte seine kranke Mutter in Angermünde besucht, von deren Krankheit er ohne die Post nie erfahren hätte, und erzählte ihr von dieser mächtigen, menschheitsbeglückenden Behörde, den einundvierzig Oberpostdirektionsbezirken, dieser Welt über der Welt, dem Wiegen und Stempeln und Sortieren der Briefe, das er beaufsichtigte, und sie ließ ihn reden, während Schweißbäche an ihr hinabrannen (er schien keine Schweißdrüsen zu besitzen), und stellte sich vor, wie die dicken Briefe in Sachen Henrietta Mahlow gewogen und hin und her gestempelt wurden zwischen Viktoriahaus und Hygieneinstitut und Polizeipräsidium.

›Und Sie, gnädiges Fräulein, unterwegs zu den Ihren?‹

›Ich stehe allein. Ich bin Sängerin. Ich singe auf den Straßen und in den Höfen.‹

›Das glaube ich nun wieder nicht. Aber ich verstehe, daß Sie Ihre wahre Identität geheimhalten wollen. Wissen Sie, ich habe Sie schon einmal gesehen, mit Ihrem Herrn Papa auf der Hasenheide. Bitte halten Sie mich nicht für vermessen, wenn ich sage: Sie sind mir gleich aufgefallen.‹

Am Ende der Öde zwischen drei verlorenen Kiefern tauchte eine Kutsche auf. Sie hatten gleich einen Vierspänner losgeschickt. Arme Anna, die um jeden Blauen einen Bogen vom Durchmesser des Tiergartens machte, und nun waren sie in die Buss'sche Wohnküche eingefallen und hatten ihr die Daumenschrauben angelegt.

›Was haben Sie gesagt?‹

›Daß Sie mir gleich aufgefallen sind. Es ist ein paar Jahre her, Sie saßen am Tisch Ihres stadtbekannten Vaters ...‹

Großer Gott, dachte Henrietta, Vater hat nie an Tischen gesessen, nur unter ihnen gelegen. Wenn er sie im Siechen oder in der Molkenritze gesehen hatte, hielt er sie natürlich für eine Bordsteinschwalbe und Vater für ihren Luden. Gleich würde er ihr ein ›Angebot‹ machen.

›… wieder ein Jahr später sah ich Sie mit dem Herrn Vater in der Luisenstraße …‹

›Was immer Sie vorhaben, lassen Sie es lieber. Da ist die Polizei.‹

Die Kutsche war unaufhaltsam näher gekommen und hielt jetzt in geringer Entfernung an, schnaubend und rasselnd und zitternd und schwarz wie die Hölle. Der Postinspektor, dessen Namen sie bereits vergessen hatte, brachte seinen Einspänner zum Stehen. Ein Mann ohne Hut stieg aus der Kutsche. Er trug eng anliegende dunkelblaue Hosen, glänzende schwarze Stulpenstiefel und ein frisch gewaschenes und gebügeltes, makellos weißes, die Strahlen der Sonne zurückstrahlendes Hemd. Es war Cassini.

12 Das gelbe Kleid

›Gestatten, Friedrich Bentin, Postinspektor, zwölfter Oberpostdirektionsbezirk.‹

›Angenehm. Maurizio Cassini, Kaiserliches Hygieneinstitut.‹

›Bitte halten Sie mich nicht für vermessen, aber darf man fragen, ob Sie Seiner Majestät, unserem neuen Kaiser, schon begegnet sind, Herr Cassini?‹

›Ich werde ihm heute abend begegnen. – Kutscher, die Reisetasche des Fräuleins.‹

›Alle Wetter, Sie sind zu beneiden. – Darf ich Ihnen meine Karte überreichen, Fräulein Koch …?‹

›Danke.‹

›Und grüßen Sie bitte unbekannterweise Ihren Herrn Vater von mir. Ich bin ein großer Verehrer des Genialen.‹

›Nach Ihnen, Fräulein Koch‹, sagte Cassini und half Henrietta in die Kutsche.

›Es ist nicht so, wie Sie denken‹, sagte Henrietta, die blicklos aus dem Fenster starrte, seit die Kutsche losgefahren war. ›Der Postinspektor hat mich wohl damals auf der Hasenheide gesehen und mit Trudchen verwechselt.‹ *La notte porta consiglio*, erinnerte sie sich.

›Bei Ihnen ist nichts so, wie irgend jemand denkt. Machen Sie sich keine Sorgen. Es ist alles geregelt. Dieser Ausflug hat nie stattgefunden.‹

›Weiß Julia …?‹

›Natürlich nicht. Ich wollte Sie und Julia zur Eröffnung des Naturkundemuseums heute abend einladen. Aber Sie waren nirgends zu finden, also fuhr ich in die Keibelstraße. Ihre gute Freundin Anna hat mir dann alles erzählt, und ich bin –‹

›Ich wußte nicht, daß Sie aus Afrika zurück sind.‹

›– schnurstracks in die Charité, wo man die Quetschungen und Würgemale Ihres Herrn Professors behandelte und ihm Laudanum gegen die Schmerzen verabreichte.‹

›Er ist eine erbärmliche, kleingeistige Maus. Ich bereue nichts.‹

›Erbärmlich stimmt. Es war kinderleicht, ihn zu überreden, den Vorfall zu vergessen und keine Anzeige zu erstatten. Die Oberin war schwerer zu knacken.‹

›Und wie haben Sie es geschafft?‹

Er schwieg. Henrietta stöhnte leise. Am Horizont tauchte die flirrende Silhouette der Stadt auf. Der Himmel war tintenblau und lief spitz zu, die Wolken standen in Reihen still wie schreckliche, zerwühlte Betten. Schlief Vater noch festgeschnallt in der Irrenabteilung?

›Ein Abschlußzeugnis gibt's natürlich nicht. Ihr Name wird aus den Akten des Viktoriahauses getilgt. Aber ich habe einen Plan. Einen Vorschlag.‹

›Sie haben mir schon genug geholfen.‹

›Ich kann nicht anders.‹

›Wieso?‹

Er beugte sich vor und schaute mit ihr aus dem Kutschenfenster. ›*Es leuchtet vor unseren Füßen der grüne Schein unserer Heimat*‹, sagte er. ›*Es blitzen im Grund unserer Augen die Zinnen der ewigen Stadt.*‹

›Das ist von einem jungen Dichter, der seit einigen Wochen die Charité unsicher macht‹, sagte er.

›Sie sind seit *Wochen* zurück!?‹

Er hatte angeblich ein afrikanisches Magenleiden auskurieren müssen, hatte auch sehr viel zu tun gehabt mit seinem Reisebericht, hatte gerade gestern morgen Henrietta und Julia einladen wollen, heute abend mit ihm die Eröffnungsfeier des Naturkundemuseums zu besuchen. Es war zu spät, Julia konnte nicht mehr benachrichtigt werden. Ein neues Kleid aus zitronengelbem Atlas mit unschuldigen weißen Garnituren und Schleifen konnte gekauft, eine rasche Waschung in Cassinis nahezu möbelloser Vierzimmer-Fassadenwohnung in der engen, bröckelnden Alten Jakobstraße vorgenommen werden. Hinter dem Paravent, einen Tropfen Kölnisch Wasser aus der halbleeren Flasche auf ihrer Brust verreibend, hörte sie Cassini eine Nachricht kritzeln an wen auch immer und dem vor der Tür wartenden Boten übergeben. Der geschundene Professor war mit dem Versprechen mundtot gemacht worden, sein Idol Lombroso höchstpersönlich auf Vermittlung Cassinis in Rom treffen zu können; die Oberin des Viktoriahauses hatte Geld gewollt und erhalten. Auch mit dem Brief an Koch würde er ihr helfen. Über den Inhalt wollte er noch nachdenken.

In der verglasten Haupthalle des neuen Naturkundemuseums, für welches Eierkopp Manschke so manchen Stein durch die Jahreszeiten geschleppt hatte, weihte der neue, junge Kaiser die Hauptattraktion ein, das Skelett. Er gestikulierte lebhaft und gab sich alle Mühe, aber er wirkte winzig und verloren im Schatten des zwölf Meter hohen und zwanzig Meter langen Brachiosauriers aus der Urzeit. Der Saurier war umstanden von Urvögeln in lauernder Haltung, die umstanden waren von den fächelnden, raschelnden, raunenden Spitzen der Gesellschaft. Unter ihnen Dr. von Leyden, diesmal mit Frau Mama, die sich den neuen Kaiser nicht hatte entgehen lassen wollen. Und Julia, die nicht hatte benachrichtigt werden können.

Henrietta saß gut verborgen auf der obersten Stufe der gewundenen, breiten Haupttreppe und beobachtete die Feierlichkeiten durch die Stäbe des Treppengeländers. Cassini hatte die Einladungskarte aufgeklappt und ihr als Sitzkissen offeriert, damit das zitronengelbe Kleid unbefleckt bliebe. Er dachte an solche Dinge, das war ungewöhnlich für einen Mann. Er saß neben ihr auf der Treppenstufe. Ungewöhnlich. Er sah aus wie ihr Zwilling.

›Ich liebe dieses Land. Man ist fleißig und ehrlich und versteht sich auf die Zukunft‹, sagte er. ›Die Engländer haben es vermasselt. Fibromatöse Geschwulst, daß ich nicht lache. Wenn die Kronprinzessin von Anfang an auf Professor von Bergmann gehört hätte, wäre Friedrich noch am Leben und hätten die Hohenzollern den jungen Kaiser aufsparen können für die Zukunft der Zukunft bis tief ins nächste Jahrhundert hinein.‹

Julia nippte an einem Glas, stieß mit dem weißbeschuhten Fuß leicht gegen eine Urvogelklaue, schloß die planetenrunden, violetten Augen und schlug sie wieder auf, wie es ihre Art war. An Cassinis Wand, über einer nicht vorhandenen Kommode oder Anrichte, hing die Zeichnung eines Italieners, Pathologen schnitten einen Menschen auf, und der Mensch sah aus, wie Julia aussehen würde, wenn sie alt war.

›Julia ist schön‹, sagte Henrietta.

›Ach‹, sagte Cassini und nahm Henriettas Hand und küßte die Hand in seiner Hälfte der Welt. Julia würde nie wieder benachrichtigt werden können.

Auf dem leeren Dachboden des Naturkundemuseums roch es nach der Werkstatt in der Langen Straße, frühem Vater, frisch gezimmertem Holz, Sägespänen. Sie sagten kein Wort, sie sprachen mit ihren Rabenaugen, das erschossene Pferd stand zitternd von den Toten auf, die Pferdebahn fuhr rückwärts, sie liefen um die Wette quer durch die Stadt aufeinander zu, bis sie keinen Atem mehr hatten, und ihre widerspenstigen, wirbeligen, pechschwarzen Schöpfe, seiner aus einem fremden Land, ihrer von einer fremden Frau, die schon lange Asche war, leuchteten in den dunklen Straßen. Henrietta wollte es katzenartig, keibelartig zügig hinter sich bringen, um danach zum Wesentlichen zu kommen, zur Zukunft, zur Hoffnung, die es mit ihrem Zwilling anscheinend noch für sie gab. Aber Cassini war keine Katze, er verstand nichts von Katzen.

›Sie sind zu kostbar‹, sagte er. ›Ihnen etwas zu sagen, an Sie zu denken … ist so kostbar und heikel. Es ist, würde man in meiner Heimat sagen, als versuchte man eine Eidechse zu fangen, ohne daß sie ihren Schwanz verliert.‹

›Danke.‹

›Es ist so schwer in Worte zu fassen.‹

›Der Sklave‹, sagte sie, ›der Mohr, der auf dem Tablett die Zigaretten bringt … ich bin nicht mal der Mohr … ich bin das Tablett.‹

›Nein, nein, nein‹, sagte er. ›Aber ich muß die Wahrheit finden. Als ich ein kleiner Junge war, lernte ich, wie man sich benimmt. Und beten. Beten und Lügen. Für Sie muß ich die Wahrheit finden.‹

›Es ist gut‹, sagte sie. Sie mußte schlafen, hundert Jahre schlafen, aber zuerst mußte sie ihrem Zwilling helfen, die Wahrheit zu finden, und mußte anfangen, eine kleine erste Ecke des langen Lügenkleids zu stricken, das sie vor Julia tragen würde bis ans Ende ihres Lebens. ›Ich habe nur eine Bedingung. Julia darf nichts erfahren, nie.‹

›Ja, ja, ja‹, sagte er. ›Es ist eine höhere Wahrheit, die ich suche. Eine Wahrheit, die über allen gesellschaftlichen Konventionen steht. So wie unsere Liebe, Henrietta. Unsere Liebe steht über allem. Ich liebe Sie.‹

›Ich sage es nicht laut‹, sagte Henrietta. ›Aber es ist da, wenn es nicht da ist. Verstehen Sie?‹ Er übte diese Wirkung aus, bewirkte dieses Sehnen nach dem Unmöglichen, und sie verstand jetzt, warum Julia so wonnevoll wartete.

›Aus der Seele sprechen Sie mir. Wir sind zwei Seiten derselben Münze. Wir sind ein spektroskopischer Doppelstern, nur durch unser eigenes Teleskop zu betrachten. Das wußte ich schon, als ich Sie zum ersten Mal sah.‹

›Da war ich ein Kind.‹

›Eine Göttin schon damals.‹

›Ihre Zähne sind weißer als meine.‹

Er lachte und dachte nach und küßte sie mit Verspätung. Es war Henriettas erster Kuß, abgesehen von zarten Juliaküssen und den feurigen Küssen, die sie mit dem eigenen Spiegelbild getauscht hatte. Cassini küßte, als sei er zum Küssen auf die Welt gekommen, als sei es sein liebster Zeitvertreib, lockend und eidechsenjagend und viel versprechend.

›Ich bin zwölf Jahre älter als Sie‹, sagte Cassini manchmal vor dem Einschlafen, wenn Henrietta sich ankleidete, um in der Bibliothek die Böden zu scheuern. ›Aber das ist es nicht, das nicht.‹ Küsse und Liebkosungen, die Henrietta fast zum Wahnsinn trieben, totale Keibelnacktheit, Fingerspitzenspiele, als sei sie sein Klavier, führten nicht zum erlösenden Katzensprung, der ihre Konzentration am Mikroskop gesteigert hätte. Auch in Julias Hälfte der Welt mußte für alles bezahlt werden.

›Leidenschaft stört den Betrieb, soviel steht fest‹, sagte Cassini. ›Aber Sie stehen über dem Betrieb, Etta. Eine Frau wie Sie gibt es nicht ein zweites Mal. Und ich bin der Mann, der Sie lieben darf. Wir sind der Zeit voraus. Wir werden Geschichte schreiben.‹

›Sie lieben mich zu viel‹, sagte sie. ›Lieben Sie mich weniger.‹

›Ist das Ihr Wunsch?‹

›Ja.‹

›Ich kann Sie nur mehr lieben, nicht weniger. Ich bin abgrundtief glücklich.‹

›Dann lautet mein Rat: *fai un respiro profundo*.‹

Sie hatten beschlossen, so viel wie möglich beim alten zu lassen. Lügen und Beten für Cassini, Lügen ohne Beten für Henrietta. Sie behielt ihre Stelle als Dienstmagd in der Bibliothek und stahl sich erst um Mitternacht in seine Alte Jakobstraße, wo sie anderntags ihre Studien fortsetzte, auf Cassinis Mittagspause wartete und bis zu seinem Nachmittagsnickerchen blieb. Vater, von Koch begnadigt, holte sich jetzt Schlafburschen in die Keibelküche, um ihnen die Groschen aus der Tasche zu leiern, mit ihnen zu bechern, sie seine Socken flicken zu lassen und die Platzverschwendung zu beenden, die durch die seltene Anwesenheit seiner Tochter entstanden war. Mit dem Instinkt des erfahrenen Intriganten spürte Hans-Ulrich Heinzelmann, daß die Dienstmagd ihm nicht nur auf wissenschaftlichem Gebiet entglitt. Aber seine heimlichen Nachforschungen und Nachstellungen verliefen im Sande; die zwölf Jahre getrennten, endlich wiedervereinten deutsch-italienischen Zwillinge waren zu schlau. Cassini, der nun wußte, warum er seine Wohnung jahrelang kaum möblieren wollte, richtete Henrietta ein wundervolles, dreimal verschlossenes Sesam-Öffne-Dich-Privatlabor im kleinen Zimmer der Magd ein, die er nicht hatte, und entließ die Zugehfrau. Für die Nachbarn war sie seine Nichte, im Treppenhaus hauchte sie *buon giorno* und befand sich stets *in furia e fretta*. Der Brief an Koch wurde fallengelassen und statt dessen eine weibliche Krise erfunden, eine hysterische Prüfungsphobie, die Koch traurigerweise sofort glaubte. Cassinis Plan war einfacher und in der Zielsetzung klarer als Henriettas Plan, den er nicht kennen konnte, weil sie nie davon sprach und ihren Brustbeutel jetzt hinter einem Dielenbrett unter seinem Bett versteckte; das gelbe Kleid, das sie vormittags für ihn trug, in dem sie mikroskopierte und lernte und angebetet wurde, war zu eng für den Beutel. Zusätzliche Kleider, selbst der schlichte, schwarze Orgelpfeifenrock, in dem er sie so gern gesehen hätte, kamen nicht in Frage. Julia war nicht dumm. Hysterie und Prüfungsangst nahm sie Henrietta nicht ab, sondern vermutete zu Recht einen peinlichen ›Eklat‹, über den die Freundin erst später sprechen würde. Traurigerweise glaubte Julia, glaubte Dr. von Leyden, glaubten sie alle, sogar Max, Henriettas Märchen von den biologischen Exkursionen, den Vormittagsstudien in freier Natur, im Tiergarten, in Stralau, auf der Havelhöhe. Julia, deren Privatunterricht abgeschlossen war, stand selten vor neun auf, schrieb Tagebuch, organisierte *soirées* für Dutzende von Leuten, eigentlich aber nur für Cassini, der lügend und betend mittat, verbesserte ihr Klavierspiel, lernte photographieren, lernte Italienisch. Konzerte und Theateraufführungen wurden nicht mehr gemeinsam besucht, Henrietta mußte büffeln, Cassini erstickte in Arbeit. Eines Sonntags im Schwarzen Grund schenkte Julia der Freundin ein herzförmiges, gelbes Herbstblatt und tupfte die Tränen fort, die dem Krokodil aus den Augenwinkeln kullern wollten.

Es war ein Plan der Liebe und des Geldes. Nach weiteren Privatstudien und praktischen Übungen unter Cassinis Anleitung würde Geschichte geschrieben werden, würde er dafür sorgen, daß Henrietta eine Anstellung als erste weibliche Laborkraft im Hygieneinstitut erhielt. Immerhin hatte er das KG mit finanziellen Zuwendungen unterstützt, als noch keiner an die Bande geglaubt hatte, und Koch würde das nicht vergessen haben. Es stellte sich heraus, daß Cassinis fünfzig- oder sechzigköpfiger Familie eine alte, ehrwürdige Bank in Siena gehörte, die Planetenforscher hatten also ihr Wissen in Sterntaler verwandelt. Siehst du, Etta, sagte er, ich war unterwegs zu dir. Natürlich kam ein Universitätsstudium nicht in Frage, das sah sie nun selber ein. Wir hätten in Berlin nur noch erwürgte Professoren, sagte er, man würde dich auf dem Scheiterhaufen verbrennen. Natürlich würde sie auch nicht als Cassinis linke Hand fungieren, das wäre zu auffällig gewesen, und das Gebiet der Desinfektion war eh nicht ihr Ziel. Aber neue, ideenreiche, ehrgeizige Mediziner waren zu Koch gestoßen, der universale Dr. Emil Behring hatte es doch noch geschafft, kommandierte einen japanischen Assistenten herum, legte sich mit allen an, proklamierte ein Königreich, das er nicht besaß, für denjenigen, der seine streng geheimen, angeblich revolutionären Versuchsreihen am Hygieneinstitut protokollierte und ihm zur Hand ginge.

Die Schnepfen kamen und gingen vor Mitternacht und ließen blonde Haare auf den Kissen zurück. Natürlich liebte Cassini die Schnepfen nicht, aber Henrietta wußte, daß er sie nach Katzenart beglückte. Mama, die immer noch keine Ahnung hatte, was in Henrietta vorging, hätte ihr vielleicht geraten, Cassini drastischer zu locken, mit ihm zu reden, ihm eine Zeichnung anzufertigen. Er war ihr Zwilling, sie unterhielten sich über Nährböden und Toxine, Sehnsucht, Zukunft, hohe Ziele, wichtige Dinge. Keiner von ihnen wäre auf die Idee gekommen, dem anderen das ›Du‹ anzubieten.

›Möchten Sie für sich sein heute, Etta? Sie sind so schweigsam.‹ Cassini setzte einen Punkt ans Ende der chemischen Formel, die er für Henrietta aus dem Handgelenk aufs Papier geworfen hatte. Es war drei Uhr morgens, aber die Zeit existierte nicht, war eine Einbildung. Sie trug das gelbe Kleid, das ihn immer auf Ideen brachte. Wenn sie sich im gelben Kleid auf einen Stuhl stellte und er vor dem Stuhl kniete, oder wenn sie sich beide auf Stühlen gegenüberstanden und sie das Kleid langsam, hingebungsvoll glatt strich, war er glücklich wie ein kleines Kind, sprudelten seine wissenschaftlichen Einfälle.

›Ich bin ganz bei Ihnen. Wie kommt er von der Vitalfärbung zum Nervensystem …?‹

›Tja, Sie werden staunen. Über Ihren alten Bekannten, das Methylenblau. Es besitzt eine intensive Verwandtschaft zu den Achsenzylindern der motorischen Nerven. Und wie immer bei Ehrlich klingelt da gleich das therapeutische Glöckchen. Chemisch reines, chlorzinkfreies Methylenblau medicinale in geringer Dosierung, und selbst schwerste Neuralgiker lächeln wieder.‹

Ehrlich war zurückgekehrt, behandelte experimentell die Kopfschmerzen der Gefangenen in der Königlichen Moabiter Strafanstalt, pendelte zwischen seinem Labor im HI und dem Kabuff, schenkte Henrietta einen gehauchten Handkuß. Er feierte seine Heilung, indem er statt vierundzwanzig jetzt fünfundzwanzig Zigarren am Tag rauchte. Die Wüstenluft, seine Frau, Optimismus, Humor und Zigarren hätten ihn gerettet, sagte er, als Henrietta ihn im Kabuff besuchte, nachdem Mariechen Baltuttis der Schlag getroffen hatte. Du bist ja eine Schönheit, sagte er, aus tausendundeiner Nacht, du bist ja eine atemberaubende Wüstentochter, aber warum blickst du so düster drein? Wenn du willst, bürge ich für dich, sagte er, denn du würdest auch ohne Abschlußzeugnis eine ganz spezielle Pflegerin abgeben, und Koch sorgt sich um dich. Kannst du denn von dem Hungerlohn in der Bibliothek leben? In Ägypten hatte er einen Skorpion gesehen, der vor seinen Füßen tanzte. Die Natur bestand aus rätselhaften Widersprüchen, von denen der größte möglicherweise der Mensch war, sofern er überhaupt zur Natur gehörte.

Koch war verliebt, es war ein offenes Geheimnis, doch keiner hatte die Dame, die hinter vorgehaltener Hand ›Die Glückliche‹ genannt wurde, bislang zu Gesicht bekommen. Das Trudchen war verlobt und würde bald heiraten. Mariechen Baltuttis war tot zusammengebrochen, als sie gerade eine Tasse heiße Milch trinken wollte, die Tasse noch einmal absetzte und einem Krankenwärter den Marsch blies. Sie wurde ohne ihr berühmtes Milchbärtchen beigesetzt. Virchow ordnete eine Minute Schweigen an, eine Minute gedachte die Charité der alten Zeiten, als die Welt noch aus Haferbrei und Dunkelheit bestand und die Ärzte den Mond anheulten und die Bazillen stille Post spielten und darauf warteten, entdeckt zu werden.

Mamas blaues Kleid fand sich nicht unter Mariechens wenigen Habseligkeiten. Es war verschwunden, und keiner konnte sich erinnern, es je gesehen zu haben.

Zweites Buch

Henry

1 Dr. Berserker

Der Droschkengaul spitzte die alten Ohren, die aus seinem Strohhütchen schauten, er schien jedes Wort der Unterhaltung aufmerksam zu verfolgen. Hörte er das Schmerzwiehern seiner ausrangierten Artgenossen im Pferdestall unter dem Stadtbahnbogen? Zwei Sonntagsherren mit den dazugehörigen eingehakten Damen schlenderten vorbei und zogen Gesprächsfetzen hinter sich her: die Kommoden waren auch schon mal billiger, wenn du nicht alt werden willst, mußt du dich jung aufhängen, Oma wartet, der Streuselkuchen war früher viel besser, die Mailuft hat so einen Animus.

›Aber daß der Körper ganz von alleine ein Gegengift herstellt, fast wie eine Fabrik …‹ sagte Hedi. Man stand bei geöffneter Droschkentür und war noch unentschlossen. Hedi wollte, Julia wollte nicht, Henrietta mußte.

›Nichts geht verloren, das ist ein Prinzip der Natur‹, sagte Henrietta.

›Aber in allen Fällen und immer wieder?‹ sagte Hedi. Manchmal meinte Henrietta, Koch aus ihr sprechen zu hören. Aber Hedi konnte auch Vogelstimmen nachahmen, wie ein Hund bellen und war unter anderem Schauspielerin gewesen.

›Auch auf die Wiederholung können wir uns verlassen.‹

Der Droschkengaul nickte. Der Kutscher las die Zeitung, Zeile für Zeile mit dem Zeigefinger. Friedrich Bentin ließ sich zum Zeitunglesen im Café National eine Lupe für das Kleingedruckte reichen. Cassini suchte und fand in der Zeitung Worte, die er noch nicht kannte, *Grünkramhändlerin, Großjährigkeitsnachweis, Freßkober*, Henrietta flüsterte sie ihm ins Ohr, das machte ihn abgrundtief glücklich.

›Amen‹, sagte Julia. ›Entscheide dich, Thymian. Wenn du unbedingt arbeiten willst, dann geh. Hedi und ich fahren in den Lustgarten.‹

›Robert hatte einen Schock wegen Behring‹, sagte Hedi zu Henrietta. ›Er glaubte wirklich, die Additivtheorie würde das letzte Wort behalten. Und nicht die Pasteurschule.‹

›Das letzte Wort habe ich‹, sagte Julia. ›Und es heißt: flanieren. Sehen und gesehen werden. Morgen können wir dann wieder über die Welträtsel debattieren.‹

Julia war eifersüchtig auf Hedi und hatte keine Geduld mit ihr. Ob die Vermehrung der Mikroorganismen die Symptome von Infektionskrankheiten hervorrief oder, wie Roux und Yersin in Paris nachgewiesen hatten, der Diphtheriebazillus das tödlich lähmende Toxin ins Blut absonderte, war Julia herzlich gleichgültig. Aber daß Hedi mit Henrietta über Behrings Antitoxintheorie fachsimpelte anstatt tiefere Einblicke in die Skandalaffäre des Jahrhunderts zu gestatten, brachte Julia auf die Palme. Auch Henrietta beneidete Hedi. Nicht um das Geschmuse mit Koch, die Wohnung am Kurfürstendamm, die bestimmt herrlich furiosen Briefe von Frau Emmy, das Getuschel der ganzen Stadt und die Unantastbarkeit durch Kochs Ruhm, sondern darum, daß Hedi seine Laborvertraute geworden war. Es wurde sogar gemunkelt, die Spiele der Verliebten gipfelten in Selbstversuchen, bei denen sie sich gegenseitig das Tuberkuloseheilmittel *Tuberkulin* verabreichten, das Koch unter ungeheurem Druck und strengster Geheimhaltung im HI entwickelte. Wenn ich schon nicht als Mann auf die Welt gekommen bin, dachte Henrietta, so wäre ich doch gerne wenigstens Kochs Versuchskaninchen geworden, der Erkenntnis und der Zeugenschaft wegen. Die ganze Welt wartete auf das Heilmittel. Der Kaiser nannte das HI sein ›geistiges Leibregiment‹. Totes Meerschweinchen-Wrobel-271 war eine Sache, lebendiges Heilkaninchen-Mahlow eine ganz andere.

Koch war der verarmten Fassadenbewohnerin Hedi Freiberg bei dem Schlachtenmaler begegnet, der Julia vor Jahren als geheimnisvolle ›italienische Schönheit im Schatten‹ portraitiert hatte. (Viele *soiréen* lang hatte das Gemälde im Dahlemer Salon gehangen, jetzt zierte es auf

Julias Befehl die Wand in Professor von Leydens Büro.) Von Koch, dem heimlichen Lebemann und Herzensbrecher bis zur hinterlistigen Verführung des großen, naiven Genies durch eine sogenannte Künstlermuse, sogenannte Kunstschülerin, sogenannte Schauspielerin reichten die Gerüchte. Es war gegenseitige Liebe auf den ersten Blick, sagte Cassini zwischen zwei Küssen, Blitz und Donner, die Neuerschaffung der ganzen Welt. Henrietta dachte an das Drahtgestell mit den Engelsflügeln, das die nackte Hedi getragen hatte, bestimmt nicht freiwillig, den beunruhigenden Verwandtschaftsblick, den verweigerten Apfel. Wie klein die private Welt war, wie eng, wie ausweglos. Wie das sogenannte Schicksal so spielte. Wo die Roulettekugel, die der ewig das Schicksal herausfordernde Behring im Casino Orpheum kreisen ließ, eben so hinfiel. Jedenfalls sei Koch, so sagten alle, aufgeblüht.

Hedi war ein Jahr jünger als Henrietta und Julia, lachte und schlug einem auf die Schulter wie ein Bierkutscher, aß Erdbeertörtchen auf offener Straße, rauchte Zigaretten in Künstlerlokalen, haßte Chopins *Nocturnes*, verlor oft einen Schuh, ruderte mit den Armen, den Vogelmenschen Lilienthal nachahmend, dessen Flugversuche auf dem Lichterfelder Hügel sie nie versäumte. Warf Henrietta einen ihrer schnellen, beunruhigend intimen Blicke zu, als der Vogelmensch ganz dicht an ihnen vorbeischwebte und einen Triumphruf oder Todesschrei ausstieß und sich bei der Landung beinahe das Genick brach. Sie ist ja ganz nett, aber ein bißchen viel, findest du nicht? stellte Julia die Prüfungsfrage. Entschieden zu viel, antwortete Henrietta, und die Juliasonne lachte wieder.

›Benötigt das Fräulein mich noch?‹ sagte der Kutscher zu Hedi.

›Natürlich‹, sagte Julia. Zwischen ihr und Hedi gab es einen Dauerwettstreit, wer die besten Vergnügungsvorschläge machte, die verrücktesten Ideen hatte, wer bezahlte.

›Ist Behring auch da drin?‹ Hedi stieß Julia mit dem Ellbogen an. ›Komm, wir gehen mit Henrietta und ärgern das Muffel ein bißchen.‹

›Du hast gut reden‹, sagte Henrietta. ›Dir kann er nichts anhaben. Mich staucht er nachher zusammen.‹

›Ach was‹, sagte Hedi. ›Er braucht dich.‹

Das stimmte. Keiner, noch nicht einmal sein zäher japanischer Assistent Doktor Kitasato, quälte sich um vier Uhr morgens aus dem Bett und hastete zum HI oder in den Pferdestall, wo der Berserker bereits seine zwei Frühstücksschnitzel verschlungen hatte und schnaubend wartete. Wer mit mir arbeiten will, steht früher auf als alle anderen und ist den anderen immer ein paar Stunden voraus, war der erste Satz gewesen, den Behring überhaupt zu ihr gesagt hatte. Er ist ein großer Mönch, behauptete Kitasato, er bringt den Wind in die Chrysanthemen und den Mond in die Fenster. Er war alles andere als ein Mönch, das sah Henrietta auf den ersten Blick.

›Fräulein Freiberg, Ihre Schönheit erschüttert mich‹, sagte Behring, ohne sich von dem altersschwachen Droschkengaul abzuwenden, dem er gerade den Diphtheriebazillus in Herzhöhe unter die Haut spritzte. Im Stall stank es nach Pferdeblut und Pferdequal und Chemikalien. ›Fräulein von Leyden, dito. Fräulein Mahlow, ich kann mich nicht erinnern, zum Kaffeekränzchen geladen zu haben.‹

›In ein paar Monaten ist der Kongreß.‹ Hedi hielt ein Taschentuch vor ihre Nase, zog einen Holzschemel heran und setzte sich rittlings. ›Sind Sie weitergekommen, Herr Doktor, werden Sie uns alle übertrumpfen, werden wir alle niederknien vor sprachloser Begeisterung?‹

Behring schwieg. Sein Stierschädel lief rot an, die Papageienaugen blieben starr auf die Pferdeflanke gerichtet, die linke Hand spielte mit dem Schmeichelstein, den er als Glücksbringer stets in der Hosentasche trug. Henrietta nahm ihren blutbefleckten Kittel vom Haken neben der Tür und ging zu dem anderen Gaul, einem Braunen, der weiter hinten in einem niedrigen Geviert den Kopf hängen ließ. Behring hatte heute sogar einen dritten organisiert, einen Schmutziggrauen, der auf der Seite lag und seine letzten Atemzüge tat. Julia hockte sich neben das Tier und sprach ihm Trost zu und streichelte es vorsichtig und litt leise.

›Wenn Sie meine persönliche Meinung hören wollen‹, sagte Hedi auf ihrem Schemel, ›die Hammel, mit denen Sie vorher im Institut experimentiert haben ... das war doch viel weniger grausam. Aber Pferde, Herr Doktor, treugediente Freunde des Menschen, ich weiß nicht. Das steht unter keinem guten Stern ...‹

Henrietta hantierte mit der Spritze, doch sie konnte sich nicht konzentrieren. Sie ging zu Julia und erschrak. Das Gesicht der Freundin war verzerrt und in sich zerfurcht und naß und anklagend wie das eines häßlichen, ekligen Säuglings. Wer will schon am Sonntag, anstatt bei Oma Streuselkuchen zu futtern und von der neuen Kommode zu träumen und mit der Vergänglichkeit zu kokettieren, einen blutbefleckten Kittel anziehen und in diesem bestialischen Gestank dem Phantom der Heilung und Rettung nachjagen? dachte Henrietta. Wer will schon auf die Welt kommen? dachte sie. Kein Mensch.

›Du arme Kreatur‹, sagte Julia und sah Henrietta in die Augen. ›Du Arme, Arme.‹

›Meinst du mich oder den Gaul?‹

›Euch beide. Was für eine widerwärtige, *falsche* Arbeit.‹

›Eines Tages wird diese Arbeit das Leben vieler Kinder retten. Sie sterben zu Tausenden an Diphtherie, Julia.‹

›Die Kinder interessieren dich doch gar nicht. Nur das Spiel: alles oder nichts. Wie kannst du so leben? Wie kannst du ruhig schlafen, schreit dein Gewissen nicht?‹

Ein Stadtbahnzug donnerte über ihre Köpfe hinweg, aus den Mauerritzen rieselte Kalk, Hedi und Julia hielten sich die Ohren zu, Henrietta hörte den Lärm gar nicht mehr. Sie streckte die Hand aus und berührte Julias feuchte Fingerspitzen.

›Ich schaffe auch noch in Kampfhaltung, in der Verneinung, aus reinem Trotz Gutes‹, überdonnerte Behring den Stadtbahnzug und verrieb das Material in der Pferdehaut. ›Das können Sie mir glauben, Fräulein Freiberg.‹

›Haben wir genug gesehen, Kinder? Julia?‹ sagte Hedi. Es hielt sie nie lange an einem Ort. Nach dem medizinischen Weltkongreß im Sommer würde sie mit Koch Italien und Griechenland bereisen. Im Winter hängen wir vielleicht Amerika dran.

›Ich gehe entweder als Mörder oder als Heiliger in die Geschichte ein. Henrietta, keine Müdigkeit vorschützen, zapf dem Grauen Blut ab.‹

Es klopfte.

›Tür ist offen, Kita‹, sagte Behring. Aber es war nicht der Japaner.

›Störe ich?‹ sagte Ehrlich.

›Sie stören nie, Herr Professor‹, sagte Behring, stand auf und schlug die Hacken zusammen. Das tat er weder für den aufgeblühten Koch noch für den neuen Minister Goßler noch für die Damen, nur für Ehrlich.

›Der Hahn im Korbe‹, sagte Ehrlich und hauchte Küsse auf Julias und Hedis Hände.

›Warum habe ich nie so reizendes Publikum?‹

Henrietta wollte Julia zum Abschied umarmen, drücken, trösten, mit der schlimmen Welt versöhnen. ›Lieber nicht‹, sagte Julia und zeigte auf die Blutflecken an Henriettas Kittel. ›Wir sollten Maurizio holen‹, sagte sie, ›um das arme Tier zu erlösen, darin ist er ja Spezialist …‹

›Wenn ich das Blut abgezapft habe, schneide ich dem Grauen die Kehle durch. Darin bin *ich* inzwischen Spezialistin, geht ganz schnell. Bleib mir gut bis nächsten Sonntag. Ich lieb dich.‹

›Gott sei Dank ist Liebe blind‹, sagte Julia. ›Sonst würde sie zuviel sehen.‹

Das kostbare, diphtherieinfizierte Blut des alten Grauen, mit dem der Braune ein zweites Mal infiziert werden sollte, um aus seinem Blut das Antitoxin zu gewinnen, war ungewöhnlich hell und schaumig, wie Limonade sah es aus. Einfach und einleuchtend und genial war Behrings Idee der Immunität. Und konnte auf das ganze Dasein übertragen werden, sogar auf das enge, ausweglose private Dasein. Kinder, die eine Diphtherie überlebt hatten, erkrankten nie wieder an ihr. Also mußte der Körper imstande sein, Gegengifte zu bilden, sich zu immunisieren. Wenn Menschen, die eine Freundschaft, eine Liebe überlebt hatten, kein zweites Mal daran erkrankten, würden die Zeiten wirklich glorreich werden, wäre der Fortschritt nicht mehr aufzuhalten.

›… in die Oper, man stelle sich vor! Wo ich doch, wenn's hochkommt, nur Gassenhauer höre und Detektivgeschichten lese‹, hörte sie Ehrlich sagen, der ganz im Gegensatz zu Behring schwerwiegende Arbeitsgespräche gerne mit leichter Konversation einleitete. ›Und in den jüdischen Kulturbund will sie mit mir eintreten.‹

›Die Kultur, der Geist, die Ideen. Alles ahmt bloß die Natur nach, alles ist Biologie‹, sagte Behring und zog eine dicke Dauerwurst aus der Tasche seines Kittels. ›Kant hat Königsberg nie verlassen‹, fügte er düster hinzu.

›Soll heißen?‹

›Ich hörte, Ihre Gattin hat sich Hunde zugelegt‹, sagte Behring, biß in die Dauerwurst und bot das Ende mit dem Zahnabdruck Ehrlich an, der schaudernd ablehnte.

Auch das war Liebe, möglicherweise Haß, wahrscheinlich beides, auf den ersten Blick gewesen. Vor Behring brauchte Henrietta keine Spielchen zu spielen, Grimassen zu schneiden, Knickse oder Buckel zu machen, die Keibelstraße an der Garderobe abzugeben. Er roch selbst nach Keibelstraße. Es machte ihn wahnsinnig, wenn Kitasato sich vor jeder Bemerkung ruckartig verbeugte und noch die kompliziertesten Sachverhalte in blumige Gleichnisse kleidete, wie es wohl japanische Sitte war, er bekam Tobsuchtsanfälle, warf Erlenmeyerkolben, Reagenzgläser, Gaswaschflaschen gegen die Wände, weil alles zu langsam ging, alle anderen zu begriffsstutzig waren, der ganze Erdball sich gegen ihn verschworen hatte. Ich will nicht den pickligen Kriecher, brüllte er, ich will die bösartige Bohnenstange! Gemeint war Henrietta, die ihre von Cassini arrangierte Prüfung bei Koch bravourös bestanden hatte und neben einem begabten Zweitsemestler adliger Abstammung als HI-Laborkraft für Behrings neues Gebiet der inneren Desinfektion zur Auswahl stand. Deine Sanftmut im Umgang mit Doktor Behring ist bewundernswert, sagte Koch, milde, ja fast leichtsinnig gestimmt durch Hedis häufige Besuche in seinem Geheimlabor, Liebeslabor, dem Auftauchen des Weiblichen in liebender, belebender, dienender Funktion nicht länger verschlossen.

Unbegrenzte Mikroskopierzeit, dachte sie, während sie die fünfte Flasche Pferdeblut abfüllte, wie hatte er sich damals angestellt deswegen. Jetzt mikroskopierte sie von halb fünf morgens bis in die Nacht und durfte die Experimente wieder belauschen und protokollieren und Behring ihre Beobachtungen und Ideen offen ins Gesicht sagen und wurde sogar dafür bezahlt, sehr knapp bezahlt, aber immerhin: sie brauchte die Charité-Bibliothek nur noch zu betreten, wenn sie für Behring oder sich selbst ein Buch suchte. (Vater und Julia glaubten, daß sie immer noch dort schlief.) Man hört ja ganz Erstaunliches von Ihnen, Fräulein Mahlow, flötete Hans-Ulrich Heinzelmann, meine kleine Nichte will unbedingt auch Laborantin werden, ist das nicht drollig, vielleicht besuchen wir Sie mal gemeinsam.

›Ein ganzes Regiment von Hunden‹, sagte Ehrlich, ›wir mußten ein Hundefräulein einstellen. – Nun aber zu den Seitenketten des Proteinmoleküls und zu Ihrem klugen Brief, Kollege Behring ...‹

›Zigarre, Herr Professor?‹ Behring hielt Ehrlich eine geöffnete Blechschachtel unter die Nase, in der neben Schmeichelsteinen und Kreidestücken ein paar billige Stumpen lagen, wie Vater sie rauchte.

›Nun ja ... ich sollte vielleicht weniger rauchen.‹

›Hast du nicht gehört, Henrietta?‹ sagte Behring. ›Zigarre. Das ist das Zeichen für Frauen und Kinder, die Männer allein zu lassen.‹

Wozu sich aufregen, meinte Cassini wenig später im tropfenden, glitzernden Tiergarten, aus dem ein abendlicher Regenguß alle anderen Menschen vertrieben hatte. Ehrlich erzählt Ihnen sowieso, was Sie wissen wollen. Aber das reicht mir nicht, dachte Henrietta, diese Erzählungen und Erläuterungen vor und nach und zwischen den Zigarren machen mich nicht satt. Henrietta schnitt Cassinis Silhouette, heute vor einem von Seiner Majestät persönlich gepflanzten Goethe-Gingkobaum, Pflanze der Durchblutung und Erinnerung. Und wenn der Kongreß tagte, der wichtige Kongreß, auf dem Behring seine ersten Ergebnisse verkünden und Koch sein *Tuberkulin* vorstellen wollte, würden sie aus dem Zigarrenqualm gar nicht mehr herauskommen. Virchow hatte bereits ein Damenprogramm organisieren lassen für die Arztfrauen aus aller Welt, Museumsbesuche, Konzertbesuche, Kaufhausbesuche, Ausflüge auf die Pfaueninsel und zu den Affen im Zoo.

›Ich vor Goethes Baum‹, sagte Cassini. ›Das schicke ich nach Siena.‹

›Stillhalten. Gleich fertig.‹

›Ihr Vater hat einen Brief für Sie ins Labor gelegt. Ich habe ihn mitgebracht.‹

›Mein Vater hat mir noch nie einen Brief geschrieben.‹

›Er ist von Anna Buss.‹

›Lesen Sie ihn mir vor. Aber stillhalten.‹

›*Liebe Jette. Du bist so selten zu Hause und wenn verpasse ich dich. Ich muß dich was Wichtiges fragen, ich trau mich nicht, nur dich kann ich fragen. Bitte. Deine Freundin Anna.*‹

›Bestimmt wieder wegen Julia. Zerreißen Sie den Brief.‹

›Ich zerreiße keine Briefe.‹

›Dann mach ich es!‹ Henrietta zerriß den fleckigen Wisch samt braungebügeltem Umschlag und trat ihn ins Gras. Immer wieder ragten Annas ausgestreckte, dürre Arme hinter den Ecken hervor, immer wieder konnte Henrietta ihnen entwischen. Der sentimentale Max, Hüter der Keibelsolidarität, der seit langem eine Feier zu Henriettas Ehren veranstalten wollte, die sie regelmäßig absagte, brachte Anna eines Tages sogar ins HI. Behring bekam Zustände, die beiden ergriffen die Flucht. ›Fertig, *professore*. Bleiben Sie noch einen Moment so stehen, ich habe etwas zu sagen.‹ Cassini nahm vorsichtig ein Blatt des jungen Gingkobaums zwischen seine Finger und untersuchte es.

›Willst du meine Frau werden?‹ sagte Henrietta.

›Entschuldigen Sie, was?‹

›Entschuldigen Sie, wollen Sie mein Mann werden?‹

Er brauchte eine Weile, die Frage zu begreifen, den Schock zu verdauen. Einmal, in einer sehr anrührenden, kleinen Nacht hatte er vom Heiraten gesprochen, oder hatte er nur vor sich hin geschwärmt? Von Italien und gelben Häusern und grün gekachelten Bädern und Zikaden und italienischen Kirchenglocken, die lieblicher und melodischer läuteten als ihre schweren, ohrenbetäubenden deutschen Schwestern.

›Keiner Ihrer Scherze? Nein. Ich sehe, Sie meinen es ernst, meine unfaßbare, meine moderne Etta.‹

›Ich glaube, Julia weiß alles.‹

›Und deshalb möchten Sie, daß ich Sie heirate?‹ Cassini stellte sich neben Henrietta. Sie betrachteten seine Silhouette, die sie geschnitten hatte, mit halbgeschlossenen Augen. Es war dunkel geworden im Tiergarten, Henrietta hörte die Tropfen von den Bäumen fallen. Wir sind die seltsamsten Menschen, die je gelebt haben, dachte sie plötzlich, noch in hundert Jahren werden wir unser Geheimnis nicht ergründet haben.

›Es wäre *ein* Aufwasch. Wir müßten uns nicht mehr verstecken und alle belügen.‹

›Das ist es nicht. Ich kenne Sie. Es muß einen anderen Grund geben.‹

›Für Sie wäre es natürlich keine standesgemäße Heirat.‹

›Das hatten wir schon. Darauf pfeife ich.‹

›Theoretisch hatten wir das schon. Nicht praktisch.‹

›Ich habe immer getan, was ich wollte. Schon als kleiner Junge habe ich mit den Kindern gespielt, mit denen ich eigentlich nicht spielen durfte.‹

Beten und lügen, erinnerte sich Henrietta. Das hatte er als kleiner Junge gelernt, zum Klang melodischer Kirchenglocken.

›Cassini, es geht um alles. Wenn wir verheiratet wären, könnte ich Ihr Privatstudent sein. Ich könnte den Kongreß besuchen …‹

›Aha, der Kongreß.‹

›… vielleicht sogar später Ihre Vorlesungen und die Ihrer Kollegen … unserer Freunde … unserer *Trauzeugen* …‹

›Doktor Behring, wie nennen Sie ihn, Doktor Berserker als Trauzeuge‹, sinnierte er leise lächelnd und legte den Arm um Henrietta, und sie wußte, diese Runde hatte sie verloren. ›Die Trauringe hätte er beim Roulette verspielt, und weil er Sie nicht hergeben will, hätte er mich vorher zum Duell gefordert.‹

›Eifersüchtig?‹

›Rasend. Auch auf diesen dicken Postinspektor, der die Unverschämtheit besaß, Sie zum Tee einzuladen. *Chi troppo abbraccia, nulla stringe.*‹

›Nach zehn Minuten bin ich wieder gegangen.‹

Friedrich Bentin hatte eine Karte an Koch im HI geschickt und um Erlaubnis ersucht, das reizende Fräulein Tochter ausführen zu dürfen. Hedi hatte es Henrietta erzählt. Henrietta hatte Bentin getroffen und das Mißverständnis aufgeklärt. Bentin war in seiner Postwelt auf irgendeinen wichtigeren Posten befördert worden und hatte mit verblümten Blicken und fortwährend mit der flachen Hand imaginäre Krümel vom Tisch wischend kundgetan, daß ihm zur Abrundung seines Glücks nur noch Verlobung und Heirat fehlten. Sie sei nun mal nicht die Tochter des großen Mannes, nur seine Laborkraft, hatte Henrietta nochmals klargestellt. Das mache rein gar nichts, hatte Bentin gesagt, damals auf der Landstraße sei sein Herz aus tiefem Schlaf erwacht.

›Zehn Minuten zuviel. Ich werde Sie heiraten, unglaubliche Etta. Aber später, nicht jetzt. Das gäbe einen Skandal, den wir beide wohl kaum überstehen würden. Und das Institut auch nicht.‹

›Koch und Hedi sind noch nicht mal verheiratet ...‹

›Koch ist der Kaiser der Medizin und unantastbar. Im Gegensatz zu mir. Und Ihnen.‹

Er küßte ihr Gesicht und ihren Hals von allen Seiten. Er versprach ihr, sie mit Wissen zu füttern bis zum Sankt-Nimmerleins-Tag und bis sie platzte und die Idee des Studiums endlich aufgab. Wenn Hinz und Kunz, wenn das gesamte Mittelmaß heutzutage studierte, war die einzigartige, unfaßbare Henrietta nicht geradezu verpflichtet, genau das Gegenteil zu tun? Hatten Venus und Diana und die Parzen studiert? Mußte die Göttin des Sturmes Vorlesungen besuchen, um zu stürmen?

›Göttin des Sturmes gefällt mir‹, flüsterte sie dem schlafenden, geliebten Lügner und Feigling ins Ohr. Ihr Entschluß stand fest, und sie verbrachte eine lange *notte bianca,* an die Zimmerdecke starrend und den Mäusen der Alten Jakobstraße lauschend, die ebenso unermüdlich wie ihre ärmeren Keibelverwandten hinter den Wänden arbeiteten, aber melodischer, lieblicher.

2 Der Löwe des Ostens

Liebe Julia,
es ist alles ganz anders, als Du ~~denkst~~ glaubst. Cassini und ich sind ein Paar, schon sehr lange. Wir sind aber kein richtiges Paar, was immer das sei, denn uns verbindet vor allem das Geistige und die Arbeit, ~~das andere‹ (Du weißt schon) fügt sich einfach nicht.~~ Wir sind Zwillinge, oder ein- und derselbe Mensch, wir liebten einander, bevor wir uns trafen. Er liebte mich schon, bevor ich geboren wurde. Nicht einmal meine Mutter hat mich zwölf Jahre vor meiner Geburt geliebt. ~~Eines nicht zu fernen Tages werden wir heiraten.~~ Bitte sei ihm nicht böse. Er gehört in keine Hälfte der bekannten Welt, und ich ebensowenig. Wenn ich mit ihm zusammen bin, sind wir eine Welt für uns, unsere wahre Liebe gilt der Zukunft der ~~Medizin~~ Menschheit. Große Opfer sind nötig, das habe ich gelernt. Ich weiß, Du wirst mir nicht verzeihen. Ich habe gelogen, um Dir nicht weh zu tun. Immer derselbe Irrtum.
Es umarmt Dich ~~(ein letztes Mal?)~~
Deine heimtückische Freundin ~~Thymian~~ Henrietta

›Hm, also olle Icke würd das ganz anders machen‹, sagte Du-Nu-Wieda, die Henrietta den Brief, Studienausweis, Studienbuch und ein paar Münzen aus der Teppichtasche geklaut hatte, irgendwo im Gewühl vor dem Zirkus Busch, in dem der größte Ärztekongreß aller Zeiten stattfand. ›Dasselbe Problem hatt ich mit Platin-Else, weißte noch, Löwe?‹ Du-Nu-Wieda schob Henriettas Brief ihrem Lehnsherrn zu. Wie Virchow in Cassinis und Henriettas Welt von Koch abgelöst worden war (obwohl er vorhin am Fuße der Kolossalstatue des Aeskulap noch einmal seine zellularpathologischen Wahrheiten verkündet und stehende Ovationen erhalten hatte), so war Knochen-Konske, der bisherige Herrscher der östlichen Unterwelt, von dem spindeldürren Melonenträger mit dem strichdünnen, gewichsten Oberlippenbärtchen Hunde W. Sohn verdrängt und irgendwo verscharrt worden, zerschnippelt wie eine alte Zeitung, munkelte man. Er nannte sich jetzt Löwe des Ostens, führte zwei Schnappmesser in Lederscheiden unter seinen goldfarbenen Sockenhaltern spazieren, und sein Hauptquartier war der ›Stramme Hund‹ am Oranienburger Tor, wo strenges, sabberloses Kampftrinken, preußischer Kommandoton und eine gewisse Reinlichkeit herrschten und wo Vater keine Minute überlebt hätte. ›Wenn diese Julia auch scharf auf ihn ist, mußte den Knilch dafür blechen lassen, daß du's Maul hältst‹, sagte Du-Nu-Wieda.

›Wer hier die Schnauze hält, bist Du-Nu-Wieda‹, sagte der Löwe des Ostens. ›Das ist meine Arbeit, die du geklemmt hast. Ich reiß mir doch nicht den Arsch auf, damit du meine Kunden beklaust, du Krücke.‹ ›*Eines nicht zu fernen Tages werden wir heiraten*‹, las der Löwe laut aus dem Briefentwurf vor, dem Geständnis, das Henrietta nun bereits monatelang mit sich herumtrug. ›Sorg dafür, daß der Tag nicht so fern ist, und dann sind noch mal fünfzig Märker fällig. Kapiert?‹

›Das war nicht abgemacht‹, sagte Max.

›Du hältst die Fresse, Frisöse. Sonst verpaß ich dir ne Männerrasur.‹

›Ich hab die Sache eingefädelt‹, sagte Max. ›Ohne mich wärst du jetzt nicht um fünfzig Mark reicher, Löwe.‹

Wir sind schon eine komische kleine Versammlung, dachte Henrietta. Die Meisterdiebin als Diakonissenschwester verkleidet. Der Frisör als blonde Bordsteinschwalbe. Die Laborantin als Student. Ihr lief die Zeit davon, denn Behring erwartete sie dringend im HI, und sie mußte sich noch bei Max umziehen, und dann würde es ewig dauern, bis sie sich durch die Horden gearbeitet hatte, die das Institut seit gestern, seit der Tuberkulin-Sensation belagerten.

›Mahlow'sche, vergiß nie ...‹ Der Löwe des Ostens rieb seine Augen, als wollte er sie in seinen langen, knochigen Pferdetotenschädel drükken. ›… die Frisöse kann dich verpfeifen. Aber nur *ich* kann beweisen, daß du nicht Henry Wittig bist. Also öl deine Muschi, heirate und laß rüberwachsen.‹

›Gib mir den Brief zurück.‹

›Thymian‹, sagte der Löwe und schob den Briefentwurf, den gefälschten Studienausweis und das gefälschte Studienbuch über den Tisch. ›Warum nennst du dich nicht Thymian Wittig? Macht doch mehr her.‹

›Weil sie nicht doof ist‹, sagte Du-Nu-Wieda. ›Henrietta, Henry, verstehste?‹

Wieder das manische Augenreiben. Irgend etwas schmerzte den Löwen gewaltig, und er konnte den Schmerz nur ertragen, indem er sich und anderen noch größere Schmerzen zufügte. Man wollte nicht in Du-Nu-Wiedas Haut stecken. Max hätte die Sache lieber mit Knochen-Konske abgewickelt, den er von früher kannte, aus seiner im Dunkel liegenden Vorkeibelzeit, als Max (wie er nun zugab) noch das eine oder andere ›kleine Ding‹ gedreht hatte, Beiwohnungsdiebstähle, stets bei entsprechend veranlagten Bonzen und stets als Frau verkleidet. Aber Knochen-Konske war nicht mehr, das gute alte gutgläubige Berlin war nicht mehr, Getriebene und Verwirrte und Zerrissene beherrschten Oberwelt wie Unterwelt, und keiner traute keinem.

Natürlich hätte Cassini ihr das ganze Vorhaben verboten, natürlich hatte sie ihn nicht eingeweiht, durfte er nie erfahren, daß sie ihr eigener Retter und Mentor geworden war, sich selbst geheiratet und den Namen Wittig angenommen hatte. So weit ging sein elegant südländischer Kampf gegen die Konventionen denn doch nicht. Gestern während Kochs frenetisch bejubeltem Tuberkulin-Vortrag hatte er ein paar Meter neben ihr gestanden und sie nicht erkannt. Die Verkleidung, die Perücke, die Brille aus Fensterglas, die dezent aufgeschminkten, männlichen Wangenschatten, die tief ins Gesicht gezogene, absichtlich eine Nummer zu weit gewählte Studentenmütze waren Maxens meisterliches Werk und hatten sie, zusammen mit den gefälschten Papieren, alle ihre Ersparnisse gekostet. Max lebte auf, für ihn ging nichts über eine Charade und Verschwörung. Er hatte die Verstimmung zwischen ihnen vergessen und seine Ermahnungen wegen der wieder einmal gekränkten und kränkelnden und sich in ihr Mauseloch verkriechenden Anna. Wie ein Zauberer hatte er Henrietta in einen Zylinder gesteckt und Henry Wittig herausgezogen. Und mit jedem Tag ging die Maskerade fixer, so daß Henry nun schon nach einer Viertelstunde aus dem Frisörgeschäft auf die Straße sprang und auf dem Weg zum Kongreß ihr gemeinsames Verschwörerlied summte: *Ehret die Frauen, sie weben und flechten, falsche Zöppe mang die echten.* Der Kongreß war die Generalprobe. Als Henry Wittig unerkannt neben Cassini zu stehen und ihm sogar im Vollgefühl der kollektiven Kochbegeisterung *zuzunicken* die Feuertaufe. Der Besuch von Vorlesungen würde ein Klacks werden. Für die Praktika übte sie bereits mit Max die heiser schnarrende Stimme. Rauche einen Stumpen und friß ein bißchen Schießpulver, riet er. Wissenschaft sei im großen und ganzen das, was einer vom anderen abschreibe, sagte Ehrlich, der den Ansturm der Fassadenbewohnersöhne auf die medizinische Fakultät mit Skepsis verfolgte. Nun, sie würde nie abschreiben, nur das Aussehen der vielen, die abschrieben, kopieren, um etwas Eigenes, Einzigartiges zu vollbringen. Vom Heilmittel gegen die Tuberkulose mußte sie sich verabschieden, Wissen hielt nicht länger als Fisch, kein Traum wartete geduldig, kein Traum fuhr nach Fahrplan, die Zukunft raste davon. Tuberkulin war entdeckt und auf dem Kongreß von Koch in untypisch vagen Worten umrissen worden und wurde in klinischen Versuchen erprobt und würde bald hergestellt werden (obwohl keiner wußte, woraus es eigentlich bestand). Der Kaiser und die Kranken jubelten. Hätte sie bloß schon früher den Mut und das Selbstvertrauen für Henry Wittig aufgebracht und ihr ohnehin geheimes Leben noch geheimer gelebt, anstatt im Viktoriahaus Brosamen des Wissens aufzupicken, vielleicht säße sie heute wenigstens zu Füßen Kochs (Hedi natürlich zu seiner Rechten) unter der Kolossalstatue des Aeskulap. Andererseits gingen Behring und Ehrlich mit der inneren Desinfektion ja viel weiter, erforschten die Immunisierung, versuchten, das Antitoxin aus dem Blut zu gewinnen und in ein

Heilserum zu verwandeln. Auch wenn unweigerlich die Stunde der Zigarre kam und sie hinausgeschickt wurde, schnappte sie als Behrings Laborgehilfin genug auf, um sich ihre eigenen Gedanken zu machen. Lückenhafte Gedanken, leider. Was sie brauchte, waren die aktuellen Formeln der Macht, die in den Vorlesungen an die Tafel geschrieben wurden, waren die vertiefenden Übungen, besonders zum Chemismus des Blutes, die in den Praktika stattfanden. Gewiß, Henry Wittig würde nie ein steifleinenes Examen ablegen können, der Löwe des Ostens kein Doktorvater werden, aber wenn sie die Verkleidung eines Tages ablegte und aus dem gelben Kleid einen Zettel mit der gültigen Lösung aller serologischen Fragen zog, würde Cassini ihr glauben und ihr helfen und müßte ein neuer akademischer Titel eigens für sie erfunden werden. Heiliger Aeskulap, wie der Kongreß stimulierte und euphorisierte! Bei den Plenarsitzungen im Zirkus Busch, der in einen olympischen Zeustempel umgewandelt worden war, disputierten sechstausend Mediziner aus allen Ländern und kraulten ihre Bärte. Lord Lister, Vater der Antisepsis mittels Karbolsäure, war von London herübergesegelt und hatte Cassinis und Kochs aseptische Arbeiten gewürdigt. Der Lord und Professor von Bergmann, der die Chirurgenzunft anführte, hatten Cassini und Koch unter der Kolossalstatue Lorbeerkränze aufgesetzt und sie hochleben lassen für die Entwicklung des Koch'schen Dampftopfes, und Henry Wittig hatte bei den Studikern gestanden und an das KG zurückgedacht und daran, wie alles angefangen hatte mit Cassinis gekochten Lumpen und der Entdeckung, daß Wundbrandbakterien abgetötet und chirurgische Instrumente keimfrei gemacht werden konnten durch Hitze und Wasserdampf.

Emily Vanheusen und ihre Kolleginnen vom *Women's Medical College* in Philadelphia sind natürlich nicht eingeladen worden, dachte Henrietta, während sie hinter dem grünen Vorhang die unbequeme Männerperücke abnahm und Max die Utensilien zum Abschminken zusammensuchte. Aber Emily steht ganz oben auf *meiner* Liste, wenn *ich* die Koryphäen bitten werden zu begutachten, wozu *meine* weibliche Hirnmasse imstande ist.

›Ich hab noch was für dich‹, sagte Max. Er hatte seine hochgetürmte, altmodische Ringellockenperücke abgesetzt, trug aber immer noch den Fuchspelz und das rote Hurenkostüm mit dem vorsintflutlich drapierten Ausschnitt und den zwei lächerlichen, wölbenden Wollknäueln im Mieder. Henrietta machte sich Vorwürfe. Ihre aus der Not geborene und dem Zweck der Wissensvermehrung dienende Maskerade hatte den respektierlichen Frisör und sozialdemokratischen Anführer der Keibelstraße mitgerissen, seine sonderbare Veranlagung wieder auszuleben, anstatt sie im Verborgenen zu pflegen wie eine seltene Pflanze, die noch nicht entdeckt worden war. ›Geschenk von mir. Das I-Tüpfelchen.‹ Er steckte ihr leise stöhnend, als habe er Schmerzen dabei, einen Siegelring an den kleinen Finger, gerührt entzifferte Henrietta die Initialen: HW. Die meisten Kommilitonen trugen Siegelringe und Burschenschaftsbänder, Max dachte wirklich an alles.

›Ist nur Katzengold‹, sagte Max.

›Tausend Dank. Legen wir los, ich bin spät dran.‹

›Bleib noch einen Augenblick so stehen, bitte.‹

Maxens violett umrandete blaue Augen mit den schwarz getuschten Wimpern starrten aus seinem schwer gepuderten Gesicht, als sähe er Henrietta zum allerersten Mal. Im Frisörladen läuteten die drei Türglöckchen. Behring wird mich vierteilen, dachte sie, ich muß auf der Hut sein. Wenn er nicht im Pferdelabor ist, bin ich es, übte sie gedanklich ihr Versteckspiel, wenn er Vorlesungen hält, werde ich teilnehmen und zehn Minuten vor ihm zurück im HI sein, für Kita werde ich im Pferdelabor gewesen sein, und die Arbeit erledige ich im voraus oder nachts.

›Ich glaube, ich habe mich in dich verliebt, Henry‹, sagte Max.

›Auch das noch‹, sagte Henrietta.

›Ich weiß, es kann nicht sein‹, sagte er. ›Bin gleich da‹, rief er. ›Aber es ist wahr‹, flüsterte er.

›Der Haken, mein Freund, ist: Ich bin nicht Henry.‹

›Vorname Henry, Zuname Wittig‹, sagte eine wohlbekannte Stimme hinter dem grünen Vorhang. ›Wohnort: Belle Alliance Platz ...‹

Julia zog den Vorhang zurück. Sie warf Max einen kurzen, verständnislosen Blick zu. Sie musterte die sprachlose Henrietta vom Scheitel bis zur Sohle. Dann vertiefte sie sich mit ihren unschuldigen Augen, die nie das Böse und Gemeine, nie den Löwen des Ostens und seine Schnappmesser unter den goldenen Sockenhaltern sehen würden, wieder in Henrys Studienbuch, das Henrietta im Laden liegengelassen hatte, weil Max die allzu frisch gefälschten Seiten noch mit etwas Beize behandeln wollte.

›... nicht schlecht, wohl gleich hinter der Friedenssäule. Religion: evangelisch. Stand und Wohnort des Vaters, der Mutter oder des Vormunds: Hof- und Kammersängerin Luise Wittig, Stettin ... daß du deine arme Mutter auch noch mit hineinziehen mußt ...‹

›Sie soll sehr schön gesungen haben‹, hörte Henrietta sich mit tiefgestellter, rauchiger Stimme sagen.

›Studium: Medizin. Matrikelnummer: zwei zwei eins eins null. Wie phantasievoll. Taxe in Mark und Pfennig: zwölf. Und wundersamerweise ...‹ Julia blätterte zurück. ›... vier Semester lang bezahlt.‹

Es wurde peinlich still.

›Der Raum hinter dem grünen Vorhang, Fräulein von Leyden, ist privat‹, fiel Max ein.

›Ich wollte dich nicht belasten‹, sagte Henrietta.

›Ach, Thymian.‹

Sie bildeten fast ein perfektes, gleichseitiges Dreieck. Halbierte man ein Dreieck durch eine Höhe, erinnerte sich Henrietta, so entstand wieder ein Dreieck. Im fünften euklidischen Axiom gab es keine Liebesgeschichte, erinnerte sie sich, Julia einst belehrt zu haben. Was für ein Irrtum. Sie griff in ihre hochgeschlossene Studentenjacke und zog den Briefentwurf aus dem Schnürwams, das ihren Busen plattdrückte.

›Lies‹, sagte sie. ›Es ist nur ein Entwurf‹, fügte sie lahm hinzu. Als gäbe es irgend etwas zu sagen, zu formulieren, das Julia nicht wußte oder ahnte.

›Noch mehr, womit du mich nicht belasten wolltest?‹ Julia überflog den Brief und legte ihn in das Studienbuch und klappte es zu. ›Das ist Betrug‹, sagte sie.

›Ich weiß.‹

›Mal in Männerkleidern eine Vorlesung unsicher machen, warum nicht? Aber den Namen fälschen, die Papiere fälschen, das ganze Leben fälschen, dafür kannst du ins Gefängnis kommen. Und wir alle können dir dann nicht mehr helfen.‹

›Wer sind *wir alle*?‹ Der Briefentwurf, über den Julia anscheinend hier und jetzt nicht sprechen mochte, war ein Damoklesschwert, aber ein privates. *Wir alle* hörte sich ernsthaft bedrohlich an.

›Nun, ich. Mein Vater. Koch, Ehrlich, Behring … Maurizio. Ich nehme nicht an, daß du Maurizio in dein falsches Spiel eingeweiht hast. Du darfst ihn da nicht mit hineinziehen, es könnte ihn seine Stellung kosten.‹

›Mit Verlaub‹, sagte Max. ›Würden diese kaisertreuen Herren auf den Volkswillen hören und das Reich endlich gründlich reformieren, hätte Henrietta die Charade nicht nötig.‹

›Es ist keine Charade‹, sagte Julia. ›Es ist vorsätzlicher, schwerer Betrug. Sie setzt alles aufs Spiel, wofür sie so … leidenschaftlich … gearbeitet hat.‹

›Seit wann weißt du Bescheid über mich und …?‹ sagte Henrietta.

›Schon immer.‹

›Wie, schon immer?‹ sagte Max. ›Wir haben doch gerade erst angefangen.‹

›Und du hast nichts gesagt, nichts getan?‹

›Wie du sehr richtig schreibst: große Opfer sind nötig. Ich liebe euch beide. Und mein Herz ist größer, als du glaubst.‹

›Von wem ist die Rede? Das will ich jetzt wissen‹, sagte Max.

›Von einem Mann, den ich liebe‹, sagte Henrietta.

›Nicht nur du‹, sagte Julia.

›Du liebst also einen Mann.‹ Max streifte langsam seine weißen Netzhandschuhe ab und bedachte die Lage.

›Ich muß jetzt gehen‹, sagte Julia. ›Eigentlich wollte ich dir nur das hier geben.‹ Sie ließ das Studienbuch einfach fallen und zog einen Umschlag aus der Tasche ihres luftigen, beigefarbenen Rocks und legte ihn traumwandlerisch sicher auf Maxens einzige Kommode, die nicht zufällig genau neben ihr stand. In Julias Welt befanden sich die Dinge immer dort, wo sie die Dinge gerade benötigte. ›Schon lustig, zwei Briefe an einem Tag, nachdem wir uns seit Ewigkeiten nicht mehr geschrieben haben. Leb wohl.‹ Sie drehte sich um und ging und zog behutsam den grünen Vorhang zu, und Henrietta wußte, Julia wollte nicht, daß sie ihr hinterherrief, hinterherlief oder ihr auch nur nachschaute.

›Steh nicht rum wie eine Salzsäule‹, sagte Max. ›Ich denke, Behring wartet auf dich. Ich denke, ihr steht kurz vor dem Durchbruch und müßt die Nächte durcharbeiten.‹ Er schob Henrietta zu einem Hocker. ›Ich habe dich vor Julia gewarnt. Sie ist eine Wundertüte ohne Inhalt, sie ist Katzengold, ihr Mut zum Risiko und ihre Hilfsbereitschaft enden am Gartenzaun ihrer Villa. Solche Menschen haben nur eine einzige armselige Funktion in der Gesellschaft: Sie zeigen dir einen Zipfel Großzügigkeit, das tut ihnen nicht weh, und weiden sich dann an deinen Gewissensbissen. *Nachdem wir uns seit Ewigkeiten nicht mehr geschrieben haben*, großer Gott. Mein kleiner Zeh hat mehr aufrichtiges Gefühl als diese Julia.‹ Er stöckelte zum Ofen, öffnete die Klappe und holte einen Topf Abschminkcreme heraus. ›Du liebst also einen Mann ... ah, jetzt weiß ich wieder. Dieser Briefträger, der dir den Antrag gemacht hat. Schick ihn Julia nach Dahlem, am besten per Rohrpost.‹

Geliebte Thymian,
ich weiß, wie Du leidest. Von meinen Traurigkeiten will ich gar nicht sprechen. Du hattest mir Maurizio versprochen, weißt du noch? Es war der glücklichste und wahrhaftigste Augenblick meines Lebens, als wir einander im Schwarzen Grund schworen, die Welt aus den Angeln zu heben und nichts je zwischen uns kommen zu lassen.
Seit unserem Unfall mit der Pferdebahn, der so sinnlos und *gewalttätig* war, weiß ich, daß Maurizio Dich liebt. Seit der Eröffnung des

Naturkundemuseums, als Ihr wie die Schulkinder auf der Treppe hocktet und dachtet, ich sähe Euch nicht, warte ich auf Dein offenes Wort, Deinen ehrlichen Brief. Aber Du schweigst und gehst mir aus dem Weg. Denkst Du, ich würde Dir Maurizio wegnehmen? Das kann ich gar nicht. Ich liebe ihn unendlich, auf ewig. Ich will sein Glück, auch wenn es mein Unglück bedeutet.
Ich glaube nicht, daß Du Maurizio wirklich liebst. Aber das steht auf einem anderen Blatt.
Meine Freundin fehlt mir.
Wie ich dein offenes Gesicht vermisse! Dein unbeschwertes, wildes Lachen, Deine übermütige Umarmung, Dein aufrichtiges, gutes Herz, das gegen meines pocht! Wie ich die Thymian vermisse, die ich kannte.
Ich werde reisen. Zuerst nach Paris mit Mama, danach, wer weiß wohin? Ich werde mich neu erfinden wie Scheherazade.
Vielleicht bleibt uns nur die Erinnerung an unsere Freundschaft und Liebe.
Vielleicht ist das Leben nur ein Traum.
Es umarmt Dich ein letztes Mal
Deine Julia

P. S. Auch wenn es derzeit Mode zu sein scheint, darfst du das Leiden nicht lieben.

3 Sturmwarnung

›Wenn Sie es genau wissen wollen: Er verdächtigt Sie, heimlich für Koch zu arbeiten. Sie kennen doch die Gerüchte. Ein neues Institut für Infektionskrankheiten, Abriß der halben Charité, Millionen und Abermillionen vom Kaiser. Forschung, schön und gut. Aber es ist auch ein Riesengeschäft. Sie brauchen nur aus dem Fenster zu schauen.‹

›Die Leute reden, und die Hunde bellen.‹

›Vorsicht. Dieser Hund beißt.‹

›Nicht, wenn man ihm das Labor in Schuß hält und das Gedächtnis flickt und ihm jeden Morgen um vier sein Schnitzel brät.‹

›Er beschwert sich über Ihre unerklärlichen Abwesenheiten. – Wenn es dieser Postinspektor ist, erschieße ich ihn.‹

›Der Postinspektor hat mir wieder einen Heiratsantrag gemacht.‹

›Wann, wo?‹

›Was weiß ich, letzte Woche hat er mich vor dem HI abgefangen, als ich unterwegs zum Pferdelabor war.‹

›Sie haben ihn selbstverständlich abgewiesen.‹

›Selbstverständlich.‹

›Was werfen Sie mir eigentlich vor, Etta?‹

›Alles. Nichts. Daß ich mich in Ihr Leben eingemietet habe wie ein Schlafbursche und nicht ohne Sie einschlafen kann.‹

›In der Luisenstraße ist ein Zimmer mit Zugehfrau frei. Aber ich würde vor Sehnsucht sterben. Und vor Eifersucht. Und es hätte den Hautgout von Mätresse.‹

›Mätresse wäre vielleicht die Lösung für vieles …‹

›Liebe und Ehe und Kinder sind die Lösung.‹

›Kinder nur über meine Leiche.‹

›Leichtfertig ist die Jugend mit dem Wort. *Nononstante la sua fredda apparenza, la donna del Capricorno è cordiale, con un profondo senso materno*. Hat Julia Ihnen geschrieben?‹

›Nein.‹

›Ich dachte, sie hätte vielleicht in die Keibelstraße geschrieben. Henrietta Mahlow, die Frau der vielen Adressen. Glaubt Ihr armer Vater noch immer, daß Sie in der Bibliothek wohnen?‹

›Meinem armen Vater ist es schnurz und piepe, wo ich wohne.‹

›Da wäre ich mir nicht so sicher. Vielleicht sollten wir ihn einweihen und ihm Gutes tun.‹

›Vater einweihen nur über meine Leiche.‹

›Ja, ja, die liebe Familie. Davon kann auch ich ein Lied singen. – Julia bereist inzwischen Italien. In Begleitung ihrer Mutter, dieser geschmacklosen Schreckschraube, von Leyden ist nicht wiederzuerkennen, endlich kann er ungestraft seine monistischen Zirkel besuchen. Wenn Julia sich wirklich einbildet, in mich *verschossen* zu sein …‹

›Können wir das Thema wechseln?‹

›… wie Sie sagen, dann müssen wir das reparieren, sobald sie zurück ist. Ich hatte ja keine Ahnung.‹

›Also wirklich, Cassini. Ein Mann von Welt, ein Mann, der aus dem vollen schöpfen kann, wann immer er will.‹

›Selbst der Schöpfer hat den Überblick verloren, was in den Köpfen der jungen Damen vorgeht.‹

›Aber was in meinem Kopf vorgeht, wissen Sie?‹

›Wie Uranus weiß, daß seine Achse parallel zur Ekliptik verläuft.‹

›Na, dann.‹

›Geheimnisvoller Planet, dieser Uranus. Er zeigt der Sonne seinen Südpol. Er kreist nicht, er rollt.‹

›Ist Ihnen schon mal in den Sinn gekommen, daß unsere Liebe ein Irrtum ist? Ein Experiment, das zu einem anderen Experiment führt, das wieder zu einem anderen führt, und alle führen ins Nichts?‹

›Das Nichts gibt es nicht. Genügt ein Kuß oder wollen Sie einen zweiten?‹

›Einen dritten bitte. Ich fühl' mich heute so … leergelebt … leergedacht.‹

›Das ist diese schreckliche Hustenwolke über der Stadt, diese Gereiztheit, diese Gier. Schauen Sie nur aus dem Fenster.‹

›Womit handeln die alle, Kamillentee, Hühnerbouillon, Gummi arabicum? Sogar Vater verkauft Null komma null eins.‹

›Wenn Koch tatsächlich ein neues Institut aufmacht, überlasse ich das Feld den Rekruten und wechsle in die Praxis zurück. Von Leyden hätte mich gerne an der 1ten Medizinischen. Und dann wird geheiratet. Dann gehen wir Arm in Arm in meine Vorlesungen.‹

›Koch wird Hedi nie heiraten. Emmy kämpft mit Zähnen und Klauen.‹

›Koch hat im Moment andere Sorgen. Aber er wird sie heiraten, ich kenne ihn. Wir werden alle heiraten. Man wird Kirchenglocken nach uns taufen. Die Welt ist schön.‹

›Was, wenn ich zufällig eine Entdeckung mache?‹

›Ich denke, Behring macht jeden Tag Entdeckungen.‹

›Eine eigene Entdeckung, ganz für mich allein. Würden Sie zu mir stehen? Mir helfen, mich durchzusetzen?‹

›*Eh già*. Färbt doch der Ruhm meiner Zukünftigen auf mich ab. – Im Ernst, Etta, halten Sie sich zurück, spielen Sie nicht mit Behring. Er kommt aus einem Milieu, wo es heißt: fressen oder gefressen werden.‹

›Das Milieu ist mir nicht ganz unbekannt.‹

›Und Ihnen, ist Ihnen schon mal in den Sinn gekommen, daß Sie am HI nicht nur Freunde haben?‹

›Freundschaft ist eine Erfindung. Ein Luxus zum Wohlfühlen. Wie die Glühbirne und das Wasserklosett.‹

›Seien Sie nicht so vulgär.‹

›Sie brauchen bloß aus dem Fenster zu schauen. Freunde, wohin das Auge schweift.‹

›Seien Sie nicht so zynisch. Das macht häßlich.‹

›Ich bin häßlich. Ist Ihnen das noch nicht aufgefallen? Armer Cassini. Eine häßliche Frau in einer schönen Welt.‹

›Aber begabt.‹

›Ziemlich begabt, ja. Einen vierten, *prego*.‹

›Daß ich immer wieder auf Ihren kruden Humor hereinfalle, Pulcinella.‹

›Bei mir Gummibusen: Da prallste ab.‹

›Wie bitte?‹

›Mein kruder Humor. – Wir sind einsam, wir beide, finden Sie nicht?‹

›Einsam gemeinsam. Einsam und glücklich. Einsam und stolz darauf.‹

Wieder schauten sie aus dem Fenster der Kutsche. Es war November, die Bäume kahler, die Straßen voller, die romantischen, verschwiegenen Orte knapper. Sie ließen sich oft durch die belagerte Stadt kutschieren, hielten, weil es im Norden, im Osten, im Westen unbelebte, dunkel munkelnde kleine Ecken nicht mehr gab, mitten im Menschenstrom, blieben in der Kutsche sitzen, redeten, stritten, versöhnten sich, redeten. Es war sowieso das Zeitalter des Redens angebrochen, alle wußten alles, unaufhörliches halbmedizinisches, viertelmedizinisches Geschwafel und Geraune erfüllte die Straßen und Plätze und Parkanlagen, die Hotels und Pensionen, die Cafés und Gaststätten und Kaschemmen, die Kirchen und Krankensäle und Ordonnanzen. Wer schwieg, war tot.

Zweitausend oder mehr (hatte Grete gezählt) hustende Habende mit ihren noch einmal zweitausend Leibärzten und Bediensteten belagerten täglich das hohe Gittertor der Charité schon in der Morgendämmerung, ungezählte weitere tausend reisten stündlich an und bevölkerten private Lungenheilanstalten und ›wilde Tuberkulosekliniken‹, ›Tuberkulosehotels‹ und ›Tuberkulosepensionen‹, die nach guter alter Berliner Sitte aus dem Boden gestampft wurden, wo gerade Platz oder auch kein Platz war. Ausgezehrte Multimillionäre und Maharadschas trieben die Schwarzmarktpreise hoch, ihre Diener schmuggelten sich als Krankenwärter oder Ärzte verkleidet auf die 1te Medizinische und ins HI, lauerten in den Universitätsfluren, gaben Gelage im Siechen und boten astronomische Summen für eine Phiole von Kochs Tuberkulin, Königreiche für eine persönliche Audienz beim Meister. Dr. Runkwitzens blutspuckende Todeskandidaten, ›dem Himmel näher‹ unter dem Charitédach, schöpften tumultartig neue Hoffnung und fingen an, über die nächste Fliederblüte nachzudenken und Pläne zu schmieden. Auch im preußischen Parlament wurde ohne Unterlaß debattiert und gefordert, das Tuberkulin der Allgemeinheit, wer oder was immer die Allgemeinheit war, zur Verfügung zu stellen.

›0,01 Koch'sche Lymphe‹ hieß das Tuberkulin jetzt, von ersten Heilungserfolgen wurde berichtet, die aus dem HI stammende Umbenennung bot neuen Anlaß zu Spekulationen (warum Lymphe? wessen Lymphknoten entnommen?), aber außer Koch und Hedi kannte keiner die Zusammensetzung, und Koch ließ andere die experimentellen Behandlungen durchführen, war nicht aufzufinden, arbeitete unentdeckt in Ehrlichs altem Charitékabuff, übernachtete bei Ehrlichs zu Hause, ließ ein monströses, braunes Zweihundertmarksamtsofa in die Alte Jakobstraße liefern, falls er ein Ausweichquartier benötigte, lebte wie ein entflohener Sträfling, quälte sich mit Selbstvorwürfen und den scharfen Anschuldigungen Virchows, weil er das Heilmittel auf Druck des Kaisers zu abrupt, zu früh angekündigt hatte. Und das mir, der ich jedes Resultat dreimal überprüfe, jeden Beweis x-mal führe, dem nichts entgeht, keine noch so kleine Einzelheit, klagte er Cassini auf dem Sofa, während Henrietta nebenan in ihrem Privatlabor unentdeckt und leise lächelnd Behrings Tabellen ins reine schrieb.

Die Nichtallgemeinheit machte ebenfalls ihren Schnitt. Vater waren zwei schrankbreite Wärter aus der Irrenabteilung zugeteilt worden, mit denen er tagsüber den Ansturm auf das HI abzuwehren versuchte. Nachts im Siechen kassierte er kräftig mit falschem ›0,01‹ und falschen Hinweisen, wo Koch zu finden sei. Nepper, Schlepper, Bauernfänger bevölkerten die Straßen, selbsternannte ›Bakteriologen‹ eröffneten fliegende Praxen, sogar die ambulierenden Würstler auf der Hasenheide boten eingedünntes ›0,01‹ in Fingerhüten feil. Und die falsche Diakonissenschwester Du-Nu-Wieda schleppte die geklauten Brieftaschen, Taschenuhren, Ringe und Krawattennadeln sackweise zum Löwen des Ostens.

Der Vorlesungsbetrieb war erheblich gestört. Henry Wittig saß schweigend mit gespitztem Bleistift in der letzten Reihe und wollte studieren, die Kommilitonen hingegen debattierten und spekulierten. Ehrlich tat, als sei er taub, Behring brüllte, Koch ließ sich von Cassini vertreten, der im Hörsaal plötzlich sein Deutsch verlernt hatte und eine Stunde lang Formeln an die Tafel schrieb, hochinteressante Formeln allerdings, über die Schlafkrankheit und aus der Protozoen-Forschung. Virchow referierte ungerührt, als seien die allerletzten Ziffern von der Uhr im Pathologiesaal gefallen, über die Zeit und die Zelle. Professor von Leyden, zuständig fürs grobe, physiologische Einmaleins, sprach vor halbvollem Auditorium. Er hatte Julias Hände, kräftige, souveräne, klavierspielende Hände.

Julia schrieb nie wieder. Sie war seit Ewigkeiten fort. Sie würde Italien verarbeiten und dann das nächste Land und das übernächste, bis sie Cassini und Henrietta vergessen hatte. So war Julia. Ihr beneidenswertes, schneckenhaftes, tief vertrauensvolles Verhältnis zur Zeit. Ihr Großmut und ihre Kleinlichkeit (*Denkst Du, ich würde Dir Maurizio wegnehmen?*). Und in einem hatte Max ganz recht: Julias Mut zum Risiko und ihre Hilfsbereitschaft endeten, wenn schon nicht am Gartenzaun ihrer Villa, so doch weit vor dem Abgrund, in den man springen mußte, wollte man Schaffensräusche erleben und Großes, nie Dagewesenes vollbringen. Man hätte sich zusammen photographieren lassen sollen, als die Sonne noch schien, man hätte die Photographie im Brustbeutel unter Cassinis kaltem Bett verstecken und anschauen und sie eines Nachts zerreißen können.

›Es kommt ein Sturm auf.‹

›Warum verreisen wir nicht, Etta?‹

›Wollen Sie mich Ihrer Familie vorstellen?‹

›Nach Paris. Ich könnte Sie Pasteur vorstellen.‹

›Als was? Ihre Studentin, die nicht studieren darf? Ihre Mätresse?‹

›Als meine Laborantin. In Frankreich nimmt man das nicht so genau.‹

›Vielen Dank. Wie unsensibel Sie sein können, Cassini, wie verletzend.‹

›*Malocchio, malocchio.* Mir wird angst und bange. Fünfter gefällig?‹

›Pasteur wäre ein Traum. Aber Behring wird mich jetzt nicht gehen lassen. Und selbst wenn, ich muß arbeiten.‹

›Was denn?‹

›Meine eigene kleine Arbeit.‹

›*Der Herr Zebaoth brachte großes Unglück über mein Haupt, denn er sandte mir ein Handschreiben von Jettchen, und ich mühte meine sündigen Augen eine halbe Stunde, um es zu entziffern.* Ehrlichs Worte. Ist das Ihre Arbeit, Ehrlich unleserliche Briefe über seine ureigensten, wahrlich hochkomplexen Theorien zu schreiben?‹

›Ich habe eben manchmal Einfälle.‹

›Behring untersteht mir. Ich könnte ihm befehlen, Ihnen zu erlauben, Ihre kranke Tante zu besuchen.‹

›Er würde Sie mit bloßen Händen erwürgen … sehen Sie? … so …‹

›Das ist … sehr schön … *tesoruccio mio* … machen Sie weiter …‹

4 ›Ich geh schon mal vor‹

Die Eisblumen besaßen ihre gleichbleibenden Eigenschaften. Selbst am rußigen, halbblinden, neuerdings zweifach gesprungenen Keibelfenster schafften sie es, die gefiederten Blätter und filigranen Farnarme, die hängenden Blütenglocken und knopfigen Blütenkörbchen dergestalt zu kristallisieren, wie Wasserdampf, Kältegrad und abwesendes Sonnenlicht es ihnen vorgaben. Hätte man sich die Mühe gemacht, eine hypothetische Eisblumenformel wäre möglich gewesen. Nicht so bei den Molekülen des Diphtherie-Antitoxins. Die antitoxischen Eigenschaften eines hypothetischen Heilserums, gewonnen aus dem Blut immunisierter Pferde, schwankten zu stark. Behrings Kommando Pimperle, Kitasatos und Henriettas endlose Versuche, die Prozedur mit tetanusüberimpften Kaninchen zu wiederholen, hatten den erhofften Durchbruch nicht gebracht.

Sie beugte sich wieder über ihr Schreibheft. Sie hatte die Nacht in der Alten Jakob durchgearbeitet und war in die Keibel ausgewichen, weil Cassini die Zugehfrau der Nachbarn bestellt hatte, das Chaos seiner putzunwilligen ›Nichte‹ zu beseitigen und einmal richtig reinezumachen. Auch die Keibelküche war seltsam sauber und aufgeräumt, Vater hatte wohl einen tüchtigen, ordnungsliebenden Schlafburschen gefunden. Sogar eine nagelneue Kupferlampe hing von einem Haken neben der Spüle.

Es war der Silvestermorgen, und man hatte ja keine Vorstellung von den Einladungen gehabt, die selbst der schweigsamste, schroffste, abweisendste Student an solch einem Tag erhielt und die noch schriftlich abgesagt werden mußten, um keine Fragen oder Spekulationen aufkommen zu lassen. Den Kutscher des HI konnte sie nicht schikken, aber Büttenpapier hatte sie aus dem Institut mitgehen lassen. Arndt von Ahrend lud zum Herrenabend in die Walhalla, Bult von Bult zum Punsch, Caspar von Caspar zum Feuerwerk et cetera et cetera. Sie würde Max bitten, die Absagen bei diesen Leuten vorbeizubringen, denn sie hatte keine Zeit, sie mußte ins Pferdelabor, um eine Versuchsreihe nachzuholen, ehe Behring vom Empfang bei Koch und Hedi am Kurfürstendamm zurückkehrte. Wenn sie sich nicht täuschte, würde Max mit Freuden ins Kostüm ihres Dieners und Botenjungen schlüpfen.

Behring kochte vor Wut. Seit Wochen durfte man ihn kaum ansprechen. Noch immer hielt der Tanz um das Tuberkulin an, standen die Charité und das HI unter dem Daueransturm der verzweifelt Hoffenden, stand Koch mit seinem ›0,01‹ im Mittelpunkt. Anfang Dezember hatten Behring und Kita ihre Ergebnisse endlich veröffentlicht. Es waren ursprünglich vier Seiten gewesen, betitelt ›Über das Zustandekommen der Diphtherie-Immunität und der Tetanus-Immunität bei Tieren‹, die Behring mit Kita wieder und wieder formuliert und verworfen und neu formuliert hatte. Dann eines Abends hatte er darauf bestanden, daß Henrietta ihn mit Bleistift und Papier ins Casino Orpheum begleitete, wo er zähneknirschend am Roulettetisch Kochs Formel nachspielte, die Zero, die Zero und die eins, und gleichzeitig Henrietta den Aufsatz noch einmal neu diktierte, bis dieser auf zwei stolze, knappe, zornige Seiten reduziert worden war. ›Keine Pieseratze mehr in der Tasche‹, sagte er, als sie aus dem Casino kamen, ›was meinen Sie, ist das ein gutes oder ein schlechtes Omen?‹

Es war ein schlechtes Omen. Kaum einer beachtete die Veröffentlichung, sie ging im Kochrummel unter. Heimlich plazierte Henry Wittig frühmorgens zwei Exemplare der ›Deutschen Medicinischen Wochenschrift‹ an strategisch klugen Orten im Hörsaal und beobachtete während der Vorlesung die Reaktion, aber Dietfried von Dietfried und Ernbert von Ernbert blätterten um, blätterten weiter. Du hättest dich mit deinem Koch nicht anlegen sollen, sagte Max, dann wärest du jetzt die reichste und berühmteste Labormaus in diesem Zirkus, denn dein

Behring ist ganz klar ein Verlierer. Du wirst dich noch wundern, sagte Henrietta.

Und heute mittag war Ordensverleihung, würde Koch als erster Mediziner überhaupt aus des Kaisers zu kurz geratener Klaue das Großkreuz des Roten Adlerordens erhalten und danach mit seiner Bande feiern, die aber keine richtige Bande mehr war, sondern eine schwierige, berühmte Familie. Wenn es am HI noch einen wilden Freibeuter gab, dann hieß er Emil Behring.

Sie hielt die Spindel in ihrem Kopf an und vertiefte sich wieder in ihre Arbeit. Warum zur Hölle führte kein Weg an den giftigen Ausscheidungen des Diphtherieerregers vorbei, warum konnten die Antitoxine sich einzig durch die Bakterien im Körper bilden …?

… Ich sehe nichts mehr, hilf mir hier heraus, ich bin in ein Faß gefallen, es ist vielleicht ein Weinfaß, nein, es ist ein Blutfaß, zieh doch an meinen Armen. Ich habe keine Arme? Nimm meine Füße. Auch nicht? Bin ich denn noch ein Mensch, kannst du mir eine Gutenachtgeschichte vorlesen, ein Lied singen, mich halsen und küssen? Ich habe mich verwandelt, ich bin klein, ich bin ein Tierchen im Tropfen, ich bin bei dir, wir kreisen, wir reisen im Blut, es ist kein Blutfaß, es ist ein Mensch, und wir sind seine Krankheit, wir sind das Gift, wir haben uns verkleidet und eingeschmuggelt unter falschem Namen, Betrüger sind wir, darum hat Vater uns verstoßen und zum Hund gesperrt, arm und krank wir beide …

›Anna … Anna …‹

›Ich will bei dir bleiben.‹

›Hast du nicht gehört? Anna braucht dich.‹

Sie öffnete die Augen und las das Wort *körperfremd*. Sie mußte eingeschlafen sein, ihr Kopf lag auf dem Schreibheft. Max rüttelte sie.

›Komm mit, schnell.‹

In der Buss'schen Wohnküche fielen die Eisblumen in sich zusammen und zogen graue Schlieren hinter der einzigen Kerze, die Otto Buss noch sein eigen nannte. Mutter Buss und die schrecklichen Schwestern waren abwesend, steckten Spindeln auf in der Textilfabrik, ein kleiner unbekannter Hund mit schwarzweißem Harlekingesicht schlief zusammengerollt unter dem Tisch, auf dem die Borden- und Fransenarbeit für den Abend wartete.

Anna lag an ihrem Platz, am äußersten, der Wand zugekehrten Rand des zerwühlten Bussbetts unter dem Jesuskreuz, das aussah wie eine kleine, schwarze Spinne. Anna hustete leise, zu leise, in das schmierige, blutbefleckte Küchentuch. Sie war ausgezehrt, hohläugig, bleich, nur ihre Schürhakennarbe leuchtete wie einst im Mai. Auf dem Bett neben Anna kniete in einer weißseidenen Matinée mit Puffärmeln: Julia.

›Ich habe nach Papa geschickt‹, sagte Julia, ohne sich umzudrehen. ›Es wird alles gut‹, sagte sie zu Anna.

›Sie muß sofort in die Charité‹, sagte Henrietta. ›Hol eine Droschke, Otto.‹

›Droschke! Von welchem Geld denn? So krank ist sie nun auch wieder nicht.‹

›Doch, ist sie. Geh.‹ Henrietta gab Otto das Droschkengeld. In seinen Augen leuchteten die Biere und Schnäpse auf, die man sich dafür leisten konnte. ›Gott der Vater wird dich beschützen, Annekin‹, sagte er und verschwand. ›Geh ihm nach, Max‹, sagte Henrietta, ›und dann fährst du zum Kurfürstendamm, hier, ich schreib' dir die Adresse auf … und holst Koch.‹

›Mein Herr Papa und Professor Koch machen dich gesund, Anna. Wirst schon sehen‹, sagte Julia.

›Ich denke, der bekommt heute einen Orden‹, sagte Max. ›Da wird er wohl kaum in der Stimmung sein …‹

›Er soll sein Wundermittel mitbringen, und nicht zu knapp‹, sagte Henrietta.

›*Meine beste Freundin liegt im Sterben. Bitte kommen Sie sofort in die Charité, das ist der letzte Gefallen, um den ich Sie bitte. Ihre Jette*‹, las Max Henriettas Zettel. ›Was mache ich, wenn er nicht will?‹ Henrietta warf ihm einen Drohblick zu, und Max gab Fersengeld.

›Du liegst nicht im Sterben‹, sagte Julia und streichelte Annas Fuß unter der Decke. ›Kennst doch Thymians Hang zum Dramatischen.‹

›Julia hat deinem Vater die Wohnung geputzt‹, sagte Anna schwach, zu schwach. ›Und für ihn eingekauft … und mich gepflegt … und mir Jetti geschenkt.‹

›Jetti?‹

›Mein Hund … ist er nicht goldig?‹

›Ich dachte, der Husten geht vorüber‹, sagte Julia. ›Am Anfang war es nur ein Husten.‹

›Ich darf nicht krank sein‹, sagte Anna in das blutige Küchentuch. ›Ich wollte, daß du mich untersuchst, ich hab' dir einen Brief geschrieben, aber du hast ja nie Zeit.‹

Otto Buss war mit dem Droschkengeld über alle Berge, Max unterwegs zu Koch. Henrietta rannte zum Alexanderplatz und kehrte mit dem Kutscher zurück, und sie wickelten Anna in Henriettas Umhang und in die Bettdecke und trugen sie die Treppe hinunter.

›Ich geh nicht ohne Jetti‹, sagte Anna.

›Lassen wir Jetti schlafen‹, sagte Julia. Der Hund kratzte an der Tür und bellte sich die Seele aus dem Leib.

›Hörst du nicht?‹ sagte Anna. ›Er will mit.‹

Professor von Leydens Kutsche tauchte am Ende der Keibel auf und versperrte den Weg, und das Bündel Anna, dessen leises Hüsteln sich jetzt fast wie ein Kichern anhörte, wurde in seinen Wagen umgeladen. Henrietta und Julia fuhren mit der anderen Kutsche hinterher. Sie starrten in verschiedene Fernen, Julia vielleicht nach Italien, Henrietta zurück zu einem Sommertag am Flußmäuerchen, wo ein Pudelpeter namens Anna herumgesprungen war und Stübchen vermietet hatte. Sie schwiegen sehr lange.

›Punkt neun in meinem Plan‹, sagte Henrietta zu sich selbst. ›Freiheit, Gleichheit, Brüderlichkeit für Anna Buss.‹

›Ich verstehe nicht.‹

›Ich auch nicht, weiß Gott, ich auch nicht.‹

Ein Triumphgeheul oder Wutgeheul erhob sich draußen auf der Straße. Henrietta schaute aus dem Kutschenfenster. Im Meer der gestikulierenden, hilfesuchenden, schwindsüchtigen Pilger ragte die Charité auf wie ein roter Vulkan aus der Vorzeit. Würde er heute das Wunder vollbringen, ›0,01‹ zu spucken?

›Willst du mich gar nichts fragen?‹ sagte Julia.

›Nicht jetzt. – Seit wann bist du zurück?‹

›Oh, seit Wochen schon. Ich habe dir sehr viel zu sagen.‹

›Nicht jetzt. – Wer soll diesen Hund ernähren? Die Bussens haben kaum Geld für einen Kanten Brot.‹

›Ich komme für den Hund auf.‹

Koch war tatsächlich erschienen. Die Begeisterung und die Gier und der Haß der Menge kannte keine Grenzen. Er blinzelte in eine imaginäre Sonne und wirkte hilflos und verloren, als sei er gerade aus einem Kindertraum erwacht. An seinem Frack hing der rote Orden. Krankenwärter drängten die Menschenmenge zurück, schlossen das hohe Gittertor, dienerten vor dem Meister. Sie wollten Professor von Leyden von dem Bündel befreien, aber Henrietta nahm Anna in ihre Arme und trug sie hinein.

›Schau mal, Buss, nun besuchst du mich doch noch in meinem Palast.‹

Anna, die du nicht mehr kennengelernt hast und nicht kennenlernen wirst, da es kein Leben nach dem Tod gibt, nur die Stimmen der Toten, die wir Überlebenden unruhig bewahren, starb in der Nacht, in der du gestorben bist, der Nacht zum 6ten Januar. Sie starb als Privatpatientin des größten Mediziners, den die Welt je gesehen hatte, in dem schönsten, kleinen Zimmer, das sie je gesehen hatte, einem Zimmer ganz für sie allein mit einer elektrischen Lampe und einem Stapel von Konstantinopelliebesromanen, die sie nicht mehr lesen, und Schokoladentafeln, die sie nicht mehr essen konnte. Kochs ›0,01‹ schien kurze Zeit anzuschlagen, das Fieber ging herunter, und Anna war in der Lage, ihre Gebete zu murmeln und nach ihrem Hund zu fragen. Dann spuckte sie wieder Blut, viele Schüsseln, dann spuckte sie Lungenfetzen. Koch, der sie jeden Tag besuchte, erhöhte die Dosis, aber es half nicht mehr. Der Praktiker in ihm, der Landarzt, der er einmal gewesen war, litt tief.

Meine Freundin Julia, die eher meine Richterin, mein Elend, mein

Niedergang zu sein scheint, durchwachte mit mir die Tage und Nächte. Mutter Buss saß auf einer Bank im Garten der Charité und nähte auch im Dunkeln. Otto Buss wurde nicht vorgelassen, er war zu betrunken. Der Mann, der mich liebt, schaute zur Tür herein und hob die Hand wie ein Reisender am Bahnhof. Grete brachte eine Bibel und flüsterte Anna ins Ohr und half ihrer Hand, das Kreuz zu schlagen. Ich las aus den Liebesromanen und Schauerromanen vor, aber ihr Gesicht erhellte sich nur noch einmal: Max erzählte ihr von den Abenteuern des Wildwestsheriffs Wyatt Earp und seines schwindsüchtigen Freundes Doktor John Holliday.

Als die Stunde kam, ließ Julia mich mit Anna allein, ich wollte es so. Die Welten sind doch zu weit voneinander entfernt, Uranus weiß nichts von Jupiter und Neptun und Saturn, sie kreisen und rollen einsam durch Raum und Zeit, was wir am nächtlichen Himmel sehen, ist nur ein Trugbild des kalten Grauens dort oben.

Von meinem Spreemäuerchen bis zu Anna, die schmollend wie immer Kreise und Kugeln in die Erde ritzt, sind es nur ein paar Schritte, doch ich mag die Schritte nicht gehen. Ich mag mir lieber vorstellen, daß Anna Gedanken lesen kann. Ich mag lieber Kerzenstümpfe hinüberleuchten lassen zu ihrem engen, dunklen Fenster.

›Gehaben Sie sich wohl, Buss. Die Pflicht ruft mich.‹

›Es war ein schöner Tag, Jette.‹

›Aber jetzt ist er vorbei, und ich muß in den Palast.‹

›Zu blöd. Es sollte überhaupt nie was vorbei sein.‹

›Ist aber so.‹

›Komm, wir spielen Wilder Mann.‹

›Geht nicht zu zweit.‹

›Ist doch ganz einfach, Jette. Unsere Schatten spielen mit.‹

›Immer müssen Sie das letzte Wort haben, Buss.‹

›Nein, du. Und ich will, daß du wieder Anna zu mir sagst wie früher.‹

Ich geh schon mal vor, sagte Anna und starb. Ich legte mich neben sie und schaute sie wohl zum ersten Mal in unserem Leben richtig an. Otto Buss machte den Hund zu Geld, noch ehe Anna begraben war.

5 Engel für Henry Wittig

Ein Philosoph, den Behring gern las und zitierte, hatte gesagt: So wie kleine Gegenstände, nahe ans Auge gehalten, das Gesichtsfeld beschränkten und die Welt verdeckten, so beschäftigten die Menschen der nächsten Umgebung, egal wie unbedeutend und gleichgültig sie auch waren, über Gebühr unsere Gedanken und Aufmerksamkeit. Daran mußte Henrietta oft denken, als Julia sie von ihren drei unfertigen Seiten serologischer Überlegungen fortriß und das Heft in die Hand nahm.

Den ganzen Frühling und den halben Sommer hatte Henrietta sich mit Teilen ihres kleinen Labors aus Cassinis Wohnung und ihren Notizen in der Keibel vergraben und die Schlafburschen hinausgeworfen (Vater war spurlos verschwunden) und gebrütet und gelitten (Henry Wittig war Annas Mörder, soviel stand fest) und für sich allein gearbeitet und von Pellkartoffeln und Wasser gelebt. Behring brauchte sie jetzt seltener, stattete seinem Labor nur Kurzbesuche ab, führte geheime Verhandlungen mit den Hoechster Farbwerken, probierte das verbesserte, aber noch instabile Heilmittel auf der Diphtheriestation der Charité aus, und Cassini half ihm dabei, denn er hatte sein Herz für Kinder entdeckt.

Ein weiterer Philosoph, den Cassini gerne las und zitierte, war der Ansicht, daß die Vergeistigung des Sinnlichen Liebe sei. Henrietta zog das gelbe Kleid nicht mehr an, es war weder ein Kleid zum Arbeiten noch ein Mätressenkleid, es leitete keine Ekstasen ein. War Cassini zu Besuch in der Keibel, mied man das Thema Arbeit, denn es führte unweigerlich zu Anna. Er wußte so viel, hatte so viel gesehen, hatte Indien gesehen, aber er wollte es nicht mit ihr teilen, wollte auch diese Lust nicht befriedigen. Wollte einfach nur bei ihr sein, mit ihr schweigen, abseits mit ihr leben, sie anschauen oder mit ihr reisen und sie anschauen. Nannte sie jetzt oft seine wilde *sicillana*, die gezähmt, domestiziert werden mußte, und lachte sein Indianerlachen. Aber wie, in welcher Verbindung, und wo, in welchem Haus? Ein schlichtes rosa Tragekleid stellte Cassini für die Parisreise in Aussicht, einen dunkelbraunen Orgelpfeifenrock für die Reise nach Italien. Er schien an Fernweh zu leiden, träumte von Entfernungen. Ich habe über uns nachgedacht, sagte er. (Ich nicht, dachte Henrietta.) Wir sind uns noch zu nah, sagte er, wir müssen uns wieder in unsere Urposition zurückbegeben, ein spektroskopischer Doppelstern, dessen Einzelkörper einander in den Tiefen des Alls zufunkeln. Wir sind stehengeblieben, dachte Henrietta, als Cassini sie ins Naturkundemuseum führte, wieder auf der obersten Treppenstufe zu sitzen und im Schatten des Sauriers gegenseitig zärtlich die Fingerspitzen zu liebkosen, stehengeblieben wie ein Briefdatum. Er hat dir zweimal die Ehe versprochen und sein Versprechen nicht gehalten, meinte Julia, da wirst du doch nicht mit ihm durch die Gegend gondeln in braunen Orgelpfeifenröcken. Henrietta hatte eh keine Zeit, sie reiste in ihren Gedanken die Blutbahnen hinauf und hinab. Sie trug jetzt stets einen derben Wollrock und ein vielfach geflicktes Wams, weit genug für ihren Brustbeutel, die sie in der muffigen Kammer für die zum Verbrennen bestimmten Fetzen der gestorbenen Almosenempfänger gefunden hatte. Wenn sie in der Keibel mit ihren zwei Kaninchen experimentierte, trug sie ihren Laborkittel mit den eingestickten blauen Insignien ›IFI‹, Eigentum des neuen, exorbitant ausgestatteten Instituts für Infektionskrankheiten, auch Triangel genannt, weil es im äußersten Eck der Charité lag. Der Leiter des Instituts hatte die Herstellung und Anwendung seines ›0,01‹ untersagt und war mit unbestimmtem Ziel und in Begleitung seiner geliebten Hedi dauerverreist.

Die Koch'sche Lymphe, wußte Behring inzwischen, bestand aus glyzeringedickten Ausscheidungen abgetöteter Tuberkelbazillen, die zunächst in Verdünnung, dann in gesteigerter Dosis die Bakterien mit ihrem eigenen Gift bekämpfen sollten. Behring hatte für den Kampf gegen die Diphtherie einen kühneren Weg gewiesen, Ehrlich die Theorie dazu geliefert. Der kranke Körper erzeugte sein eigenes Gegengift, man mußte es direkt aus dem Blut gewinnen und chemisch verstärken, veredeln, als Serum zur Immunisierung und Heilung einsetzen, das erste chemische Heilmittel der Welt erschaffen. Doch die Heilkraft des Serums blieb inkonstant, die Mixtur stimmte noch nicht.

Heilung ist Verkleidung, versuchte Henrietta zu erklären. Sie kopierte ihren Aufsatz zum dritten Mal in Henry Wittigs steilster gefälschter Schönschrift, während Julia, eigenen Gedanken nachhängend, die schwarzen und die weißen Tasten des Stutzflügels anschlug. Ich hatte einen Traum, sagte Henrietta, einen Wachtraum, bevor Max mich zu Anna und dir rief. Ich trieb durch die Blutbahnen eines Menschen, ich war seine Krankheit, ich war Gift, aber ich hatte mich verkleidet als Gegengift, eingeschmuggelt unter falschem Namen, als Spion und Schmuggler war ich unterwegs, immer in Gefahr, entdeckt zu werden. So kam ich auf die Idee, mich noch kleiner zu machen, als Molekül zu tarnen und meine gegengiftige Schmuggelware beim Protoplasma der Blutzelle abzuladen. Hm hm, sagte Julia, die Henriettas Aufsatz, ohne auch nur einen Blick darauf zu werfen, für vollendet erklärt und die Urheberin kurzerhand nach Dahlem entführt und mit männlichen Papierbögen und männlicher Feder und grüner Tinte des Herrn Papa, die eines Henry Wittig würdig waren, an das niedrige Beistelltischchen neben dem Stutzflügel gesetzt hatte. Schreib, und dann schickst du den Aufsatz an Ehrlich, der wird die Genialität erkennen und ihn veröffentlichen lassen, und dann wollen wir doch mal sehen, ob Maurizio nicht endlich die Augen aufgehen über seine Gefährtin, wenn du wie Kasperle hervorspringst und ihm sagst, daß du der Verfasser bist. (Ausgerechnet vor Cassini, dem kommissarischen Leiter des Triangel, würde Henrietta sich natürlich nicht als Henry Wittig zu erkennen geben, die Folgen waren unabsehbar, die Männer in ihren verwinkelten Ehrgefühlen unergründlich.) Für Julia, die das Wort ›Liebe‹ aus ihrem Wortschatz gestrichen zu haben schien, war Henrietta Cassinis ›Gefährtin‹.

Lag sie damit so falsch? An den Wänden des Instituts für Infektionskrankheiten stand in unsichtbarer Bakteriologentinte: Achtung, Liebe, Lebensgefahr! Der dunkelglühende, abgründige Professor Cassini und seine zu allem bereite, dunkelglühende Etta im gelben Kleid: nie die glühenden Abgründe erforscht, verhüllt und vergessen wie eine Statue im Schnee.

Julia trug neuerdings schlichte, schmucklose Hängekleider aus naturbelassenen Stoffen, pantoffelartige flache Juteschuhe und die Haare lang und kammlos; durch die Tür des Damenzimmers konnte man die chaiselonguelägrige, an dramatischer Blutarmut leidende Frau Mama leise ins Leere schimpfen hören. Julia hatte eine neue Freundin, die rundliche, völlig naturbelassene, schweißmüffelnde Friedel Lauer, deren Ingenieurvater aus der Stadt nach Dahlem gezogen war. Der Ingenieur Lauer war führend auf dem Gebiet der elektrischen Kupferdrähte, Friedel sprach blumig von den Kupferdrähten, die ihren Vater reich und reicher machten, es seien Bahnen für das wärmende, belebende Blut, das der Zeit den neuen Rhythmus vorgab, der elektrische Strom.

Eines Abends folgte Henrietta ihrem Schicksal auf die Straße, wartete in der Toreinfahrt zu den Hinterhöfen, bis es verschwunden sein würde, sie wollte zu Max, um sich in Henry Wittig zu verwandeln. Einer der behutsamen, höflichen Streits in der Keibelwohnküche war vorausgegangen. Pasteurs Leute sind in Afrika, hatte Cassini ihr vorgeworfen und den zwei Kaninchen mitgebrachte Möhren zwischen die Zähne geschoben, in Afrika könnte ich eine Leprastation für Kinder aufbauen. Warum nach Afrika, hatte Henrietta gesagt, wenn es auch hier noch genügend Menschen gibt, die Sie enttäuschen können? Sie verstehen nicht, meine *sicillana*, Männer gehen fort, um sich zu erproben. Und was sollen die Frauen derweil tun? Sich in Geduld üben, Geliebte. Sie und ich haben den Zug verpaßt, hatte sie gesagt. Und Cassini: Ich verstehe nicht. Und sie: Wir haben den *ersten* Zug verpaßt. Die hungrigen, schiefgesichtigen Gespensterkinder der Keibel umkreisten Cassini mit ausgestreckten Dreckklauen, sie kannten seine Großzügigkeit. Er verteilte Pfennige, hatte immer reichlich in der Tasche, wenn er die

Keibel in der Maske des Kollegen und Vorgesetzten besuchte (Vater blieb verschwunden, im Triangel wurde das Fehlen einer Kiste medizinischen Alkohols entdeckt). Ein Leierkastenmann schickte das Betteläffchen zu Cassini, Otto Buss näherte sich mit kleinen, schlackernden Schritten zickzackartig wie ein lebendes, trunkenes Nähmaschinenmuster, der Sommerwind wollte den Kittel des blicklos heimkehrenden Fabrikmädchens aufbauschen und schaffte es nicht, alle schienen wie magnetisch von Cassini angezogen zu werden, der makellos in seinem mokkabraunen Leinenanzug neben dem schwanzwedelnden schwarzweißen Hund stand und die dunklen, ganz leicht mandelförmigen Augen zusammenkniff, daß man ihn auf der Stelle hätte verschlingen mögen vor Lust, und hinauf zum wildbewegten Wolkenhimmel starrte. Er kam aus Italien, Land der klingenden Glocken und singenden Vokale, er hatte Pasteur in Paris an den Lippen gehangen, hatte Indien gesehen, unglaubliche goldene Tempel und golden gekrönte Elefanten und Leichenberge vor den Tempeln, er desinfizierte die Welt und war ein Wohltäter, und die Sterne, an die er glaubte, hatten ihn in die Keibel geführt, Straße der mageren Ratten und kleinen Träume, wo nicht die Wohnküchen, sondern die Köpfe der Hinterhofinsassen die finstersten Gefängnisse waren. Was sah er in Henrietta? Das ganze Zwillingsgerede, das ganze poetische Liebesgeraune mal ins Plumpsklo geschüttet: Was wollte er wirklich von ihr? Henry Wittig, der Berserkerstudent und Annamörder, hätte ihn, wäre die Vorstellung davon nicht so abartig gewesen, im Sturm erobern können. Henry tat, was ihm gefiel, bekam, was er wollte, Wissen zum Beispiel. Bekam auch die Katzenekstase, wenn er seinen Hosenstall am Bettpfosten rieb. Wonach er manchmal verschwenderisch lächelnd und Studentenlieder pfeifend die Linden hinunter zum Gendarmenmarkt schlenderte, wo die Gänse ihn ankicherten und die Fassadenbewohner und Magnifizenzen andeutungsweise nach ihren Hüten griffen, wenn der erlöste und erleichterte Henry seine Studentenkappe über der Perücke lüftete. Abends bei Max starrte Henrietta müde auf das krumplige kleine Häuflein Anziehsachen hinab, das Henry war. Seit sie den Aufsatz beendet und nachts unter Ehrlichs Labortür geschoben hatte, war sie so müde, als hätte sie noch nie in ihrem Leben geschlafen.

›Einen Henry Wittig gibt es nicht an der Friedrich-Wilhelms‹, sagte Behring. ›Ich habe mich im Immatrikulationsbüro erkundigt und auch die Studenten befragt.‹

Zum Glück wollte kein Professor und kein Pedell bislang meinen Studentenausweis und mein Studienbuch sehen, dachte Henrietta. Und die Kommilitonen vom Anfang, die sich unmöglich an die Silvestereinladungen erinnern würden, hockten immer noch im Grundstudium und bliesen den Schaum von ihren Burschenschaftsbierkrügen, während Henry längst mit den cand. meds. in den komplexeren Kollegien saß und schon seit längerem, seit er den Aufsatz begonnen hatte, seine Namensspur verwischte, indem er sich auf Anfrage auch schon einmal ›W. Sohn‹ oder ›D. N. Wieda‹ nannte. Im übrigen galt beim Tanz ums bakteriologische Kalb sowieso die Regel: jeder für sich.

›An der Pepinière auch nicht‹, sagte Ehrlich. ›Und außerhalb unseres erlesenen Zirkels hat keiner das Fundament für solch eine Arbeit. Der Schreibstil läßt auf einen jungen Dachs schließen, einen rotzfrechen. Die Handschrift ist leicht größenwahnsinnig, Ausrufezeichen wie Kanonenrohre.‹

Es war am Tag der Veröffentlichung. Ehrlich hatte Henrys Aufsatz, betitelt *Über die Erzielung gleichbleibender Eigenschaften im Diphtherie-Antitoxin – von Henry Wittig, Student der Serologie* mit heißen Empfehlungen an die ›Deutsche medicinische Wochenschrift‹ geschickt. Im Triangel war die Hölle los, nicht wegen des Artikels, den nur wenige richtig zu deuten wußten, sondern wegen des Ersatzfaktotums. Da Koch weiterhin auf Reisen war und Mahlow hartnäckig verschwunden blieb, hatte man das Stammfaktotum in Abwesenheit verwarnt, aber noch nicht entlassen, und einen Übereifrigen bestellt, der Verheerungen anrichtete, indem er des Nachts nicht nur die Reagenzien, sondern alle Gerätschaften, auch die filigransten, auch die Mikroskope, in einem Waschzuber schrubbte.

Julia, die das Heft in die Hand genommen hatte, wollte sich ihre Belohnung nicht entgehen lassen und erschien ›zufällig‹ in Behrings Labor, das, wie sie meinte, groß genug war, um darin Rollschuh zu laufen. Henrietta justierte die geschrubbten analytischen Waagen neu, während Behring und Ehrlich, von Julia noch angestachelt, über Henry Wittigs Aufsatz rätselten.

›Drei Engel für Henry Wittig‹, sagte Julia. ›Ist er ein großer Forscher oder ist er keiner? Nun sagen Sie schon.‹

›Einen Studiengang Serologie gibt es ebenfalls nicht‹, sagte Ehrlich.

›Noch nicht‹, sagte Behring.

›Nun sagen Sie doch ...‹

›Wer immer er ist, er hat uns einen großen Dienst erwiesen‹, sagte Ehrlich und legte seine Hand auf Behrings Schulter. ›Rizin und Abrin als Beimischung von außen und als Einheit festgelegt, warum ist mir Hornochse das nicht früher eingefallen? Die Idee liegt auf der Straße, die ich selbst angelegt und gepflastert habe.‹

›Und alles im Kaninchenversuch verifiziert‹, sagte Behring und löste sich von Ehrlichs Hand und trat einen Schritt zur Seite. ›Direkt unheimlich.‹

›Die Krankheiten verfolgen Henry Wittig bis in den Schlaf‹, sagte Julia. ›Er lebt für nichts anderes.‹

›Die Phantasie der jungen Damen ist mächtig angeregt‹, sagte Behring. ›Der geheimnisvolle Unbekannte. Henrietta, du Helle, hast du schon gelesen? Du wirst Bauklötze staunen.‹

›Ich verstehe nur Bahnhof.‹

›Ich werde dir den Artikel erklären, wenn ich Zeit habe, Jette‹, sagte Ehrlich. ›Weißt du noch, wie wir immer über Blutfärbung phantasiert haben, und daß bestimmte Farben sich an den Seitenketten des Protoplasmas verankern können?‹

›Ich erinnere mich dunkel.‹

›Mir schwant Unheil‹, sagte Behring, der sich immer weiter entfernt hatte und jetzt aus dem hintersten Fenster hinüber zur Charité schaute. ›Es gibt eigentlich nur einen, der dieser Leistung fähig wäre ...‹

›Laubenheimer?‹ sagte Ehrlich.

›Nein, ich halte die Hoechster Farbwerke noch an der langen Leine. Aber wer hat Sie und Koch von Anfang an bekämpft? Wer schnaubt vor Wut, daß uns Althoff dieses traumhafte Institut eingerichtet hat? Wer setzt diesen subalternen Hans-Ulrich Heinzelmann als Verwaltungssekretär der Charité ein, mit Zugang zu allen Finanzmitteln? Wer will zurück auf den Thron …?‹

›Das glauben Sie doch selbst nicht.‹

›… wer will immer der Klassenerste sein und wieder *jung* sein und uns in die Pfanne hauen und blamieren? Ich sage Ihnen, Virchow steckt hinter diesem Pseudonym. *Student der Serologie*, Humor hat er ja, das muß man ihm lassen. Würde mich nicht wundern, wenn er in den nächsten Tagen die Katze aus dem Sack läßt. Und wie gut er den Zeitpunkt gewählt hat. Professor Koch mit dem Tuberkulin gescheitert und angeschlagen und außer Landes …‹

›Ich hoffe für uns alle, Sie irren sich, Behring.‹

›Ich irre mich nicht. Virchow hat die Position gewechselt und bläst zum Angriff. Ausrufezeichen wie Kanonenrohre, Sie haben es selbst gesagt.‹

›Dann könnte er dem jungen Kaiser endlich den Marsch blasen.‹

›Genau.‹

›Ich habe eine andere Theorie‹, sagte Julia. ›Eine Frau hat den Artikel geschrieben.‹

Keine Chance, Julia, dachte Henrietta müde und justierte die nächste feuchte Waage. Nicht in hundert Jahren würden sie das glauben. Aber schlau eingefädelt, Cassini erschaudert bei der bloßen Vorstellung. Und wenn du meinen Namen nennst, muß ich mir wochenlang die Witze im Institut anhören. Habt ihr schon gehört, Jettchen Mahlow ist Henry Wittig, gebt ihr eine Zigarre, macht sie zum neuen Faktotum, vielleicht bügelt sie die Mikroskope, nachdem sie sie gewaschen hat.

›Eher geht ein Kamel durchs Nadelöhr‹, lachte Ehrlich. ›Es sei denn, Sie waren die Besagte, Fräulein von Leyden. Ihnen würde ich wahrlich alles zutrauen.‹

›Eine fortschrittliche Frau‹, sagte Julia. ›Überall gibt es jetzt fortschrittliche Frauen. Die Augen der Frauen sehen manchmal weiter als die Augen der Männer.‹

›Fortschritt und Frauen schließen einander aus‹, sagte Behring. ›Fragen Sie Ihren Vater. Fortschritt mit den Augen der Frau gesehen, das können nur wilde Poeme und verrückte Kleider und neue Küchenartikel sein.‹

›Abwarten‹, sagte Julia.

›Sind Sie heute nicht mit Doktor Runkwitz zum Klavierspiel verabredet?‹ sagte Behring böse. Frau Mama hatte es sich in den bleichen Kopf gesetzt, Julia mit Runkwitz zu verkuppeln, und den vom Leid der Tuberkulosestation Zerquälten, notorisch Überarbeiteten zu einer *soirée* eingeladen, bei der er zu seinem Entsetzen der einzige Gast war. Die Geschichte kursierte in der Charité unter dem Titel ›Runkwitz stirbt an Chopin‹.

›Wie neu, Herr Doktor Behring‹, sagte Julia. ›Sie sollten Journalist werden, die schreiben auch immer dasselbe.‹

Du hast es geschafft, sagte sie später, man würdigt dein Genie, man nennt dich in einem Atemzug mit Virchow, wann wirst du die Maske fallen lassen? Ich habe eine Idee von der Straße aufgehoben, die Ehrlich gepflastert hat, sagte Henrietta, das war nur der Anfang, jetzt werde ich versuchen, in aller Stille in der Keibelküche verbesserte Proben des Heilserums herzustellen, und schauen, wie meine Kaninchen darauf reagieren, und neue Einheiten festlegen, das kann ein Jahr dauern, und die Maske bleibt, ich weiß noch viel zu wenig, ich weiß noch gar nichts. (Und ich bin so schrecklich müde, dachte sie, mir fallen immerfort die Augen zu, schon wenn ich *ein Jahr* sage, könnte ich vor Müdigkeit tot umfallen.)

Julia war das alles schnurz. Sie forderte unbedingtes Glücklichsein und ordnete Freudentaumel, Amüsement und weiße Kleider an. Henrietta, die ziemlich genau zu wissen glaubte, was in Julia vorging, gehorchte. Sie würde dem Menschen, der am Ende für Anna gesorgt, Anna wahrgenommen, Anna einen Hund geschenkt hatte, nichts mehr abschlagen. Der kleine schwarzweiße Hund wollte ihr nicht mehr aus dem Kopf, sie sah ihn überall, er geisterte schwanzwedelnd durch ihre Tage und Nächte, wartete vor Maxens Frisörgeschäft, wenn sie verkleidet herauskam, heftete sich an Cassinis Fersen, stand geduldig Schlange im Tiergarten, um seine Silhouette schneiden zu lassen, erschien sogar neben Ehrlich unter dem Vorlesungspodest im Hörsaal und saß immer, immer auf dem zerwühlten Bett in der Keibelküche und beobachtete Henrietta beim Nachdenken, Experimentieren und Schreiben.

Natürlich wollte Julia die Liebe sterben lassen, den Spezialisten für Desinfektion mittels Henrietta, der Spezialistin für innere Desinfektion, in sich abtöten. Es war Julia gleichgültig, ob Henrietta Cassinis Gefährtin oder lüsterne Mätresse war; mit Gebrauchtem gab sie sich nicht ab, sie verschenkte es wie ihre Rodelstiefel und die Kleider und Blusen für alle Jahreszeiten. Vermutlich schmerzte Julia in ihrer idealisierten Hälfte der Welt Cassinis platonische Liebe zu Henrietta, die Vergeistigung des Sinnlichen mehr, als jede Katzenekstase der beiden es vermocht hätte. Julia drängte Henrietta, den Aufsatz zu beenden und die Maske fallen zu lassen, damit Cassini Angst vor Henrietta bekam. Julia hatte den Tod der Liebe bei ihren Eltern studiert, sie wußte: Empfand der Mann erst einmal Angst vor der Frau, erließ er in seinem tiefsten Inneren gnadenlose Gesetze gegen die Liebe. Nicht Rache wollte Julia, vermutete Henrietta, sondern ausgleichende Gerechtigkeit. Cassini war nicht verschenkt worden wie die Rodelstiefel, Henrietta hatte ihn sich genommen. Was für ein lächerlicher Irrtum insgesamt, was für ein dummes Durcheinander. Würde ihre Freundschaft wirklich ewig sein, wie sie einander im Schwarzen Grund geschworen hatten? Julia umgarnte, umarmte und küßte Henrietta lustig und lieblich, romantisch und ironisch-romantisch wie in der wundervollen Anfangszeit, als wäre nichts geschehen, als wäre keine Pferdebahn verunglückt, kein Pferd von Cassini erlöst worden, als lebte Anna noch und malte jeden Abend *Entscheide dich, Jette* an die Hinterhofwand, als wäre der schwarzweiße Hund noch nicht geboren worden. Sie schrieben sich keine Briefe mehr, aber das würde vielleicht wiederkehren mit der Zeit. Julia nannte Henrietta weiterhin *Thymian.*

›Mach dir bitte keine Vorwürfe, Thymian, du weißt doch alles über chemische Waagen ...‹

›Analytische Waagen.‹

›Meinetwegen. – Du standest unter höherem Befehl. Der Aufsatz ... ich meine ... deine Arbeit mußte fertig werden. Alles hält sich die Waage. Anna hat das verstanden.‹

›Anna hat nur verstanden, daß ich nie für sie da war.‹

›Unsinn. Ich habe ihr das Prinzip der Waage erklärt.‹

›Was wird heute abend gegeben?‹ sagte Friedel Lauer. ›Ein Lustspiel oder ein Trauerspiel?‹

›Ein Lustspiel, glaube ich‹, sagte Friedrich Bentin.

›Es ist alles so eitel‹, sagte Cassini und zündete sich eine türkische Zigarette an. ›Es ist alles Luxus und Verschwendung.‹

›Wie heißt das Lustspiel?‹ sagte Friedel Lauer.

›*Einsame Menschen*, glaube ich‹, sagte Friedrich Bentin.

Wie bunte, fette Fische im Glas standen die Leute glupschend im Theaterfoyer, den auf und zu schnappenden Mündern entstiegen die Luftblasen, noch immer wurde geplappert, was das Zeug hielt. Die Menschen, die am wenigsten wußten, gingen ausgeplappert ins Bett, sie hatten alles gesagt und alles richtig gefunden, was sie gesagt hatten. Am nächsten Morgen waren sie überrascht, daß neue Meinungen, neue Plapperismen in ihnen bereits nachgewachsen waren.

›Zeitvertreib ist die Devise‹, sagte Henrietta.

›Wer arbeitet, muß auch feiern‹, sagte Julia.

Man hatte mit Cassini und Julias heute überparfümierter Freundin Friedel Lauer im ›Roten Raben‹ *soupiert* und auf der Treppe zum Theater, wie es der Zufall wollte, Friedrich Bentin getroffen, als dieser gerade ein Bündel von einem Bettler durch zwei Blaue entfernen ließ. Der Zufall, heiß ersehnter und selten gesehener Gast in der wissenschaftlichen Forschung, liebte die Zeitvertreibler, war überall, wo man hübsch und gedankenlos lebte, kajolte in den Cafés und Theaterfoyers. Postinspektor Bentin sondierte vorsichtig die Lage, ordnete die Arzttochter dem kommissarischen Leiter des Triangel zu und Friedel Lauer dem Heer der habenden Häßlichen und verlor Henrietta nicht aus den Augen. Er entwickelte ihnen seine eigene Theorie des Zufalls. Die wohlbedachten, gutbewachten Wege der Deutschen Reichspost, sinnierte er, brächten nichtsdestotrotz immer wieder mirakulöse Meisterleistungen der Mitmenschlichkeit zustande. Einladungen zum Rendezvous erreichten, weil ins falsche Fach sortiert, nicht die addressierte, gelangweilte Dame, sondern die arme lebensmüde Liebeskranke und führten zu glücklicher, dauerhafter Ehegemeinschaft; die Geldsendung eines Krösus an seine habgierige Schwester leitete sich selbst um und landete bei einem hungernden, aber ehrlichen Hauslehrer und verschaffte diesem die ersehnte Dauerstellung. Geschichten, wie sie das Leben schrieb, meinte Bentin.

›Sie spielen Ihre Spiele‹, sagte Cassini zu Julia und schloß Henrietta mit einem Seitenblick gleich ein. ›Und in Afrika sterben die leprakranken Kinder wie die Fliegen.‹

›Jette!‹

Es war ein heiserer, erstickter Schrei, gefolgt von einem Winseln aus der Ecke der goldbrokatverkleideten Champagnerbar, wo der schwarzweiße Hund gerade sein Bein hob. Augenblicklich verstummte das Geplapper in Erwartung frischen Stoffs für neue Meinungen. Cassini, der vielbegaffte, berühmte, berüchtigte Koch-Intimus, der virile bartlose Italiener mit den unwirklich weißen Zähnen und orientalisch umschatteten Augen, der zigarettenrauchende Traummann für die Leserinnen von Reisetagebüchern und Sehnsuchtsromanen, warf Henrietta einen knappen, bedauernden, vielleicht sogar traurigen Blick zu und handelte. Der Abschiedsblick, dachte sie, der Entlassungsblick, der überfällige. Sie schaute Julia an. Julia nickte wortlos, nickte ihr Einverständnis mit allem, dem Zufall, der Fügung, den Geschichten, die das Leben schrieb, begleitet von Treueschwüren und Klaviersonaten und kleinen schwarzweißen Geschenkhunden. Wir spielen unsere Spiele, und in Afrika sterben die Neger, und im Theater krümmt sich das blutig kotverschmierte Bettlerbündel, das Bentin von den Blauen arrestieren ließ und das weiß Gott wie entwischen und gekrochen kommen konnte.

›Wir brauchen eine Droschke‹, sagte Cassini zu Julia. Er fischte ein Taschenmesser aus seinem Jackett und schnitt das löchrige Hemd über dem stinkenden, bläulich verfärbten, geblähten Bauch auf und betastete den Bauch mit der Siegelringhand, die Henriettas erregbaren braunen Nacken und die schwarzen Haare liebkost hatten in einem vergangenen Leben, bevor Henry Wittig mit kastanienfarbener Perücke pfeifend um die Ecke gebogen war. ›Sie bleiben hier, Etta‹, sagte er. ›Ich bringe ihn gleich zu Bergmann auf die Chirurgische. Das wird nicht schön.‹

Ein Kreis angewiderter Neugieriger hatte sich um das leidende Bündel, den Arzt, seine Gefährtin, die letzte Freundin der Gefährtin, die schmunzelnde Freundin der Freundin und den kreidebleichen Postinspektor gebildet. Eine Magnifizenz hielt seiner Dame das Theaterprogrammheft vor die Augen. Fehlte eigentlich nur noch Max, der Keibelbote, Überbringer von Botschaften, welche die Ärmsten der Armen gelegentlich wider Erwarten aus der Unterwelt nach oben klopften.

›Ihr Herr Vater‹, sagte Bentin. ›Ich wußte ja nicht …‹

›Machen Sie sich bitte keine Vorwürfe‹, sagte Henrietta. ›Keiner weiß‹, fügte sie hinzu.

Vaters ewige Wiederkehr in den passendsten Momenten war weder Zufall noch Schicksal, sondern eine biologische Tatsache wie Urschlamm, Keimzellenvereinigung, Geburt und Tod.

6 Die rote Kammer

›Reiß dich zusammen. Dein neuer Kumpel, der liebe Gott, wird dir schon helfen.‹ Sie zog die schweren bordeauxroten Samtportieren zu und öffnete die labbrigen rosenroten Fenstervorhänge (hier war gespart worden) einen Spalt weit, um auf die Straße zu schauen. Nebel weiß und dick wie Quarkkäse, die hochfliegenden Kraniche, unterwegs nach Afrika, sahen von der Stadt Berlin vermutlich nur noch die Schwanzfedern der Wetterhähne auf den Kirchturmspitzen. Braver, guter Nebel, der seit Tagen waberte und sowohl Henry als auch Henrietta einige unaufschiebbare Gänge ermöglichte. Henrietta hatte einen lange erwarteten Brief abgeholt von ihrer geheimen Postlageradresse und dem Löwen des Ostens im Strammen Hund weitere fünfzig Mark für sein Schweigen in Sachen Henry übergeben, hastig und ebenfalls heimlich verdient mit Silhouettenschneiden in der Vorhalle des Kaiserpanoramas, immer auf der Flucht vor den Blauen. Henry hatte an einer überfüllten Vorlesung Kochs über die Schlafkrankheit teilgenommen. Trotz seiner Abscheu vor der eigenen stockenden und stotternden Vortragsstimme war Koch noch einmal in den Ring gestiegen und hatte, immer wieder vom Applaus der Studenten, der Triangelmannschaft und der führenden Charitéler unterbrochen, die Erreger, die Trypanosomen, und den Überträger der Krankheit, die Tse-Tse-Fliege, vorgestellt. Neben den bereits bekannten Symptomen, traumlosen Schlafattacken, Kollaps des Nervensystems, Verblöden und Vergessen, hatte er sich eingehend mit den Persönlichkeitsveränderungen, den Wahnvorstellungen der von ihm höchstpersönlich in Deutsch-Ostafrika untersuchten Infizierten beschäftigt. Auffällige Reizbarkeit der auf dem Kanonenboot ›Möwe‹ stationierten Infizierten, notierte Henry, Grausamkeitsattacken gegen den eigenen und andere Körper, bis ins Groteske verzerrte Wahrnehmung, der Schiffssanitäter hält sich für Hermann den Cherusker, der Kapitänleutnant spricht ein unbekanntes, aus halben Substantiven zusammengesetztes Kauderwelsch, von ihm selbst als ›ZuDe‹ erklärt, gemeint ist wahrscheinlich ›Zukunftsdeutsch‹, die Müdigkeit wird als Himmelreich auf Erden empfunden.

›Aber ich glaube nicht an Gott‹, sagte Vater. Er lag gelbäugig, blähbäuchig und dickbusig in seinem ersten ›anständig gezimmerten‹ Bett seit den Tagen der Langen Straße. Er hatte die dunkelrote Decke bis zur Blutspeischale unter seinem Kinn gezogen wie einen Panzer, jede Berührung, jeder Hauch tat ihm weh. Vorsichtig fischte Henrietta nach ihren Briefen im versteckten Seitenfach des Bettkastens, das sie selbst gezimmert hatte. Es wäre zu gefährlich gewesen, Cassinis Briefe (auch wenn es zunächst nur zwei waren), den Brustbeutel und Henrys Studienunterlagen in ihrer blauen Kammer zu verstecken.

›Er ist bestimmt ganz geknickt, wenn Er das erfährt‹, sagte sie.

›Eingemachten Ingwer brauche ich, warmen Wein und Umschläge aus dampfenden Pferdeäppeln. Besorg mir das.‹

›Natürlich.‹

›Sei nicht so schnippisch. Ich bin nicht irgendwer. Ich bin dein Vater. Ich bin der Bahnwärter Thiel.‹

Der Bildhauer und Philosoph Hauptmann war Dichter geworden und hatte seine Unterhaltungen mit den Unruhigen der Irrenabteilung zu einer Novelle mit dem Titel *Bahnwärter Thiel* verdichtet, in deren Hauptfigur Vater sich wiedererkannte, als ihm eine Schnapsnase von gescheitertem Schullehrer in der Molkenritze ein paar Passagen daraus vorlas. Briefe an den Dichter mit der Bitte um eine milde Gabe blieben unbeantwortet. Also hatte sich Vater, vermutlich zur selben Zeit, als Henrietta mit Cassini und Julia *soupierte* an jenem Sommerabend, aus dem Keller der Molkenritze, wo er sich zusammen mit dem gescheiterten Schullehrer monatelang von reinem medizinischem Alkohol ernährt hatte, zum Theater aufgemacht, in der Hoffnung, seinen Biographen dort anzutreffen.

›Du hast Glück, daß du überhaupt noch bist.‹ Ein gewisser Dusel, ein biologisches Assel-Überlebensmuster blieb Vater treu. Kostenlos, aus alter Verbundenheit, die sie ihm seltsamerweise alle zeigten, hatte Professor Bergmann die schlimmsten Krampfadern aus der Speiseröhre entfernt. Die zerfressene Leber konnte er nicht entfernen, die Prognose war eindeutig: wenn nicht heute, dann morgen, wenn nicht morgen, dann übermorgen. Durchaus Vaters Philosophie, im Leben wie im Sterben. Durchaus erfolgreich, denn es dauerte; nur nicht heute, lautete die Parole.

Meine geliebte, einzige, zukünftige Etta hatte Cassini seinen ersten Brief begonnen, damals haderte er noch mit sich und der Welt in Daressalam, verbrachte lange Abendstunden im Hafen, doch ein Schiff, das ihn zurückbringen würde, bestieg er am Ende nicht.

Das Wichtigste zuerst: nicht mehr lange, und ich bin wieder bei Ihnen. Es war der größte Fehler meines Lebens, mich bei Nacht und Nebel davonzumachen, Sie einfach zurückzulassen. Ich wollte Sie mitnehmen, wollte Sie überzeugen, mit mir zu kommen, Sie notfalls *zwingen* – denn manchmal muß man Sie ja hart anpacken, meine störrische *sicillana*. Doch konnte ich Sie von Ihrem armen, leidenden Vater losreißen? Wie geht es ihm, wie geht es Ihnen, warum habe ich seit acht Wochen keinen Brief, keine telegraphische Nachricht? Sie wissen, Sie können telegraphische Nachrichten im Namen des Instituts an mich senden.

Wissen Sie auch, daß ich ohne Sie nicht sein kann? In Southhampton wollte ich schon umkehren, in Genua ging ich von Bord und studierte Zugverbindungen, in Aden war ich wie von Sinnen und sagte Ihren Namen jedem, der ihn hören oder nicht hören wollte, jedem zufälligen Passanten und dem Wind. So arbeitet die Liebe, der Raubvogel, *alla spicciolata p*ickt sie einem das Herz in Stücke. Ich habe mich geirrt. Ich brauche keine Entfernungen von Ihnen, wir sind so sehr eins, daß ich Sie sehe, wenn ich in den Spiegel schaue, ich kann Ihnen nicht entkommen. Erinnern Sie sich, wie wir eines Nachts vor dem großen Spiegel im Treppenhaus der Alten Jakobstraße standen

und ergriffen waren von den Umrissen des Wesens, das uns anblickte, und Sie den wundervollen, schlichten Satz sagten: ›Ja, so war's gemeint‹?
Was auch geschehen mag, wir sind füreinander bestimmt. Ich schließe noch die Planung für die Leprastation im Landesinneren ab, dann komme ich zurück zu Ihnen.
Wollen Sie meine Frau werden?

Es umarmt und küßt Sie in tiefster Liebe
Ihr Cassini

An die Nacht vor dem Spiegel und das ›Wesen‹ konnte sie sich beim besten Willen nicht erinnern. ›Ja, so war's gemeint‹ hatte sie bei der mikroskopischen Betrachtung des genialisch strukturierten Legebohrers eines Blasenfüßlers geäußert. Möglich, daß die Vergangenheit schneller zerrann und verschwamm und insgesamt langweiliger und bedeutungsloser war, als ihre sentimentalen Fürsprecher (zum Beispiel Vater) meinten. Außerdem gab es keine Vergangenheit in der Natur, nur eine Wiederholung, einen Willen zur Wiederholung.

›Alles wiederholt sich, Vater, nichts endet. Ist das nicht ein Trost?‹ sagte sie.

›Sing mir ein Lied, Jette.‹

›*Herr Krücke und Frau Krücke*‹, sang sie und faltete die Abschrift ihres Antwortbriefes auseinander, ›*jehn spazier'n uff der Jannowitzbrücke. Kam ›ne Mücke, stach Herrn Krücke ins Jenicke …*‹

›*… nahm Herr Krücke seine Krücke …*‹, sang Vater leise und zeremoniell mit, als säße er wieder in der Kirchenbank, ›*haut der Mücke ins Jenicke – det war der Mord uff de Jannowitzbrücke.*‹

Lieber Cassini –
Ihr Brief beschämt mich. Ich bin nicht das Wunderwesen, für das Sie mich halten. Ich lüge, ich betrüge und weiß *in toto* überhaupt nicht, wer ich bin.

Ich habe einen Durst nach Wissen, ich möchte sehr viel mehr verstehen, als Sie oder irgend jemand ahnen, aber die Bewacher der Wissensquellen vertreiben mich, wenn sie mich nahen sehen, auch Ehrlich, auch Sie, und Behring sowieso, wenn es ernst wird.
Ich bin nicht nur *sicillana*, ich habe auch etwas Sinnliches in mir, das wenigstens weiß ich über mich, aber die Bewacher des Weiblichen, allen voran Sie, Cassini, wollen damit nichts anfangen. Sie, der Sie mich nie genommen haben und in tausend Hochzeitsnächten nicht nehmen werden!
Wie dem auch sei, ich mußte rasch eine Entscheidung treffen. Sie wissen, wie es um Vater bestellt ist, und das bißchen, was ich im Institut verdiente, hätte für ihn und mich nicht gereicht. Also habe ich vor kurzem Friedrich Bentins Heiratsantrag angenommen und bin jetzt Henrietta Bentin und bewohne fünf Fassadenzimmer und habe eine Dienstmagd, die mich haßt. Wohnen und ›leben‹ hat mich, wie Sie wissen, nie sonderlich interessiert. (Natürlich weiß Bentin nichts von uns und wird es, darum möchte ich Sie bitten, auch nie erfahren. Er ist ein guter, treusorgender Mann und scheint mich tatsächlich zu mögen.)
Mir fehlt es an nichts, ich durfte mir sogar eine Kammer für meine Experimente einrichten und benutze immer noch viele der Gerätschaften, die Sie mir einst schenkten.
Im Institut hat Koch schnell Ersatz für mich gefunden, vielleicht haben Sie bereits davon gehört. Frau Dr. Lydia Rabinowitsch hat in der Schweiz promoviert und untersucht am Triangel die Berliner Milch auf Bakterien, insbesondere Tuberkuloseerreger. Sie ist eine kleinwüchsige, resolute Person, erhält jedoch keinen Pfennig für ihre Arbeit.
Vater wird wöchentlich von Prof. von Leyden visitiert, auch Koch hat einmal vorbeigeschaut und ihm Mut gemacht. Max besucht ihn regelmäßig. Merkwürdigerweise redet Vater viel und melancholisch von der Keibelstraße, wohin mich keine zehn Pferde zurückbringen könnten. Kochs Hochzeit mit Hedi Freiberg soll ein Ereignis gewesen sein, leider waren wir an diesem Tag unabkömmlich, da Vater we-

gen unerträglichen Juckreizes ans Bett gebunden und bewacht werden mußte und später Blut spie.

Was bleibt zu sagen? Sie haben mir geholfen, als ich gar nicht weiter wußte, das werde ich Ihnen immer danken. Ich habe von Ihnen gelernt, allerdings bei weitem nicht soviel, wie Sie von Ihrem Wissen hätten abgeben können.

Wir haben zusammen gelacht, unvergeßlich, mit wem kann man schon lachen?

In aufrichtig liebevoller Freundschaft
Ihre Etta

P. S. Wenn Sie mir antworten wollen, schicken Sie den Brief bitte an H. Bentin, postlagernd Postamt 9 Potsdamer Bahnhof

Und heute war nun der Antwortbrief auf den Antwortbrief gekommen, von der Njassal-Leprastation, und sie hatte ihn weder auf dem Postamt noch in der Stadtbahn lesen wollen. Sie schaute auf die Taschenuhr, die Bentin ihr zur Hochzeit geschenkt hatte: ihr Gatte saß noch an seinem Schreibtisch in der Oberpostdirektion, den er stündlich aufräumte, die Papiere und Verordnungen und Ablagen mit dem Lineal ausrichtend, um klarer denken zu können, wie er meinte.

›Schau nicht auf die Uhr, davon werde ich krank‹, sagte Vater. ›Was sind das für Briefe?‹

›Glückwünsche zur Hochzeit.‹

›Beste Entscheidung deines bekloppten Lebens, Kind. Lies mir vor.‹

›Julia schreibt: *Liebe Henrietta, noch einmal – und diesmal gewiß mit fatalem Ausgang für Deine Begabung und leider auch für unsere Freundschaft – setzt du alles aufs Spiel. Warum hast Du Dich nicht mit mir beraten, bevor Du diesen uncharmanten, dicken, hirnlosen Postler heiratest? Wenn Du des Geldes wegen unbedingt heiraten mußtest, was zu bezweifeln ist, Du hast doch Freunde – ich hätte schon den Passenden für Dich gefunden. Du hast unsere Ideale, unsere Ziele, unsere*

Liebe zweimal verraten. Ich mag nicht mehr zuschauen bei Deiner Selbstzerstörung. Deshalb bleibe ich Deiner kleinen Feier auch fern. Es grüßt Dich, Deine Julia von Leyden.‹

›Der hast du aber 'ne Locke ins Gemüt gebrannt, der hochnäsigen Gewitterziege. Sei froh, daß du sie los bist.‹

›Vergiß nicht, ihr Vater behandelt dich.‹

›Ich hab schon mit von Leyden im Siechen Klare gestemmt, als du noch in die Windeln geschissen hast.‹

›Auch wieder wahr. Hier etwas Erbauliches: *Meine liebe Jette, ich bin ganz gerührt, mein Herz schlägt so laut für Dich, Du wirst es bis in die Wilhelmstraße hören. Warum in drei Teufels Namen wurde ich nicht zur Trauungszeremonie meiner treuesten Gehilfin eingeladen!? Natürlich kommen wir zur Wohnungseinweihung. Hedi und ich sind sehr stolz auf Dich, ganz besonders auch wegen der rührenden Fürsorge, die Du Deinem armen Vater zuteil werden läßt. Du bist ein guter Mensch. Es grüßt Dich Dein ebenfalls wieder mal verheirateter oller Robert Koch.*‹

›Das ist ein Mann! Was hat er Fritz und dir zur Hochzeit geschenkt?‹

›Ein Kaffeeservice.‹

›Alle Achtung. Trotzdem hättet ihr mich nicht einschließen müssen. Hab ja keine Kraft mehr, irgendwas zu zerdeppern.‹

›Du hast mehr Kraft als zehn nackte Neger. Wenn du nur willst.‹

›Kloppe vergeht, Arsch besteht. Weiter, ich will mehr hören. Meine Tochter, der gute Mensch. Wenn meine Luise das noch …‹

›Ehrlich schreibt: *Liebes Jettchen, zu Deiner großen Tat gratuliere ich Dir von Herzen. Habe ich Dir nicht immer prophezeit, Du würdest eines Tages den Richtigen glücklich machen? Leider hat man mir Deinen Göttergatten noch nicht vorgestellt, und zur Trauung wurde ich auch nicht eingeladen, oder habe ich den Termin mal wieder verpaßt? Ich wünsche Dir Erfüllung und viele Kinder, sie sind der Sinn des Lebens, sagen die Weisen. Und bitte wechsle nicht ganz ins Postalische, sondern schaue auch mal wieder vorbei bei Deinem Paul Ehrlich, der zur Wohnungseinweihung leider nicht kommen kann, da er zu einem*

Kongreß nach Paris reist. Einen Globus hat er uns geschenkt. Fehlt noch Behring, warte mal, hier ist er ...‹

Aber Vater war eingeschlafen. Er schlief jetzt weniger unruhig und schnarchte nicht mehr. Saufverstecke hatte Henrietta bei ihren regelmäßigen Durchsuchungen der roten Kammer nie entdeckt. Es war ein für allemal vorbei mit dem Schnaps. Er schaffte es nicht einmal allein aufs Klosett, Henrietta oder Bentin mußten ihn draufsetzen, für eine Pflegerin fehlte das Geld, obwohl die ebenfalls sterbenskranke Notburga Bentin aus Angermünde ihrem einzigen Sohn hin und wieder einen Vorschuß auf die kleine Erbschaft zukommen ließ. Bentin konnte weder lügen noch flunkern, treuherzig setzte er seiner Mutter Henriettas Keibelherkunft auseinander, strich imaginäre Krümel von der Tischdecke, schilderte mit aufrichtiger Begeisterung und in glühenden Farben die erlauchten Kreise berühmter Forscher des deutschen Reiches, in denen seine Herzallerliebste verkehrte. Die alte Mutter musterte ihre künftige Schwiegertochter abweisend aus einem Zyklopenauge, das andere war von einer schwarzen Klappe bedeckt. Du mußt sie nicht mögen, sagte Bentin auf der Rückfahrt in seinem Einspänner, niemand mag sie, aber Disziplin habe ich von ihr gelernt, weiß Gott.

Die Trauung war in aller Stille, wie Henrietta gewünscht, gebeten und schließlich befohlen hatte, auf dem Standesamt vollzogen worden, mit zwei bezahlten Trauzeugen aus der Postdirektion. (Bentin hatte keine Freunde aus Fleisch und Blut, seine Freunde waren der Kaiser, die Hofräte, die Geheimräte, die Minister, die Industriellen, die Forscher und die für irgend etwas Bekannten oder Berühmten, er kannte sie aus den Zeitungen, von denen er täglich fünf Stück las, und verfolgte ihre Taten und Untaten und Befindlichkeiten.) Die Hochzeitsnacht in der Wilhelmstraßenwohnung gleich gegenüber dem Reichsschatzamt brachte keine Ekstase, die eheliche Schlafzimmerpflicht konnte mit lautlichen Tricks, wie sie in der Natur etwa auch die Vögel beherrschten, absolviert werden. Auf den Mund küssen durfte Bentin sie nicht, es stand ihm aber auch kaum der Sinn danach, er liebte ihre Hände, die er endlos hielt, als wollte er seinen Heiratsantrag endlos wiederholen. Die

Waschungen durften nicht vergessen werden, ein Kind wäre das Ende gewesen. *Ich werde Sie vermissen*, schrieb Behring kurz und bündig, *Sie waren wacher als die meisten Schlafmützen, mit denen mich herumzuschlagen ich das Mißvergnügen habe.* Trotz Bentins Verehrung für des Kaisers geistiges Leibregiment vom Triangel kam offizielle Arbeit für seine Frau nicht in Frage (hier hatte er befohlen). Es war ihr nur recht. Max, der die Eheschließung für einen klugen Schachzug hielt und in Bentin einen Tölpel sah (was Bentin eindeutig nicht war), übertraf sich selbst bei der Herstellung des Henry Wittig, der jetzt hauptsächlich Chemievorlesungen besuchte und Formeln fraß und Wissen umschlang wie ein Krake. Stippvisiten im Triangel verliefen in entspannter Atmosphäre, jeder berichtete der unverdächtigen Frischvermählten bereitwillig von seinen Fortschritten (Behring war mit der Herstellung des Serums wesentlich weiter, als sie gedacht hatte), nur die kluge Lydia Rabinowitsch musterte Henrietta bei diesen Besuchen mit leisem, möglicherweise ahnenden oder sogar wissenden Lächeln. Lydia, die aus einer russischen Fabrikantenfamilie stammte und unter eigenem Namen in Bern bereits zig wissenschaftliche Aufsätze veröffentlicht hatte, bot ihr schnell die Freundschaft an, vielleicht auch nicht ganz uneigennützig, immerhin kannte Henrietta den Haufen durch und durch, hatte Präparat 271 noch mit eigenen Augen gesehen, kannte die Nervositäten und Animositäten und Spleens, die einsamen Labornächte, die Höhen und Tiefen, die Bürde, den Tanz am Abgrund der Lächerlichkeit, das Erreichen des Gipfels, den Zusammensturz des gesamten Gebirges und den Morgen danach, das sture Ansetzen des nächsten Versuchs. Bentin lud die nach Buttersäure stinkende Lydia zum Tee in die Wilhelmstraße ein und erfreute sich am Gespräch der gescheiten Frauen über die Anfänge der Bakteriologie und sah Ruhmesstäubchen der großen Triangelmänner auf seinen Teetisch rieseln. Erzähl mir noch mal, wie du das Vesuvin entdeckt hast, sagte er abends im Bett und legte die letzte Zeitung des Tages und seine Lesebrille auf den Nachttisch. Ich habe es nicht entdeckt, sagte sie, nur benutzt. Erzähl mir noch mal, wie du es benutzt hast.

Julia schwieg laut und andauernd. Das gibt sich wieder, sagte Professor von Leyden, du kennst sie doch, sie überspannt gerne den Bogen, und gewiß spielt auch ein leiser Frauenneid hinein, immerhin bist du glücklich verheiratet, und sie lehnt einen Bewerber nach dem anderen ab. Henrietta hatte nicht gewußt, daß es Juliabewerber gab. Ach, sagte Dr. von Leyden, das fing schon früh an, da war der indische Kochverehrer, eine Art fortschrittsgläubiger Maharadscha incognito, erinnerst du dich an ihn?, und der rheinische Schokoladenfabrikant mit dem katholischen Augenverdrehen und unser Verwaltungssekretär Heinzelmann und natürlich Behring, aber den hat meine Frau achtkantig des Hauses verwiesen, er wurde zudringlich.

Henrietta wartete noch, bis der Minutenzeiger ihrer Taschenuhr den obersten Strich erreicht hatte, dann öffnete sie Cassinis Brief. Es waren nur ein paar Zeilen, in Eile geschrieben, manche Wörter kaum lesbar, von erdigen Flecken überdeckt.

Frau Bentin, ich kann es kaum glauben! Denken Sie, sich unserer Zwillingsliebe durch diese Vermählung entziehen zu können? Bin auch ich jetzt mit diesem Bentin verheiratet? Ihr Brief ist außerordentlich verletzend. Würde ich Sie nicht besser kennen, jeder künftige Gedanke an Sie wäre mir für immer verleidet. Sie haben an der Biologie geschnuppert und vieles falsch gedeutet.
Sie kommen mir vor wie der Hund im Gleichnis, dem man die Nase mit Quarkkäse verschmiert hat und der nun die ganze Welt für Quarkkäse hält.
Liebe ist nicht Nehmen und Genommenwerden, sondern Sehnsucht nach den Göttern, nach dem Anfang, der Zeit vor der Zeit. *Das* kann ich Sie lehren und werde ich Sie lehren.
Fai un respiro profundo, Seele in Not, komm zu Dir.

Ihr Cassini

Henrietta bewegte den Vorhang und schaute aus dem Fenster. Fritz Bentins quadratische, immer noch sehr fremde Gestalt entstieg einer Droschke. Aber das war schön, er scherzte mit dem Kutscher, boxte in den Nebel und stieß einen kleinen Glücksschrei aus. Vielleicht war er befördert worden. Vielleicht hatte ein Brief die richtige Adresse erreicht. Vielleicht liebte er das Leben.

7 Das Weib fragt

›Ob du je ein erfreulicher Mitmensch werden wirst, Henrietta?‹, sagte Virchow. ›*Dubito.*‹

›Jedenfalls danke ich Ihnen, Herr Geheimrat. Tut mir leid, daß ich Sie wieder einmal enttäuscht habe.‹

›Ach, der Geheimrat ist alt geworden, älter als er dachte, und die Welt spielt *qui pro quo.* – Enttäuscht? Damals, oh ja. Aber es ist das Vorrecht der Jugend, alte Herzen zu brechen, und ich hatte wirklich ein Herz für dich.‹

›Ich mache Fehler über Fehler. Ist meine Prädisposition.‹

›Werde einfach glücklich, mein Kind. Das ist deine Prädisposition. Gott sei Dank warst du der einzige anwesende sogenannte Student, nicht auszudenken, welche Wirkung dein Auftritt bei der neuen Generation von Schnelldenkern und Plappermäulern gehabt hätte, die heutzutage die Hörsäle bevölkern.‹

›Ich würde gerne mit Henrietta unter vier Augen sprechen‹, sagte Professor von Leyden.

›Ja, gleich. – Dennoch mußt du damit rechnen, daß Lombroso und Treitschke die Sache an die Zeitung geben. Ich rate dir, deinem Gatten alles zu beichten, bevor er es im Berliner Tageblatt liest.‹

›Professor von Leyden ...?‹ Hans-Ulrich Heinzelmann hatte die Tür zu Leydens Chefbüro auf der 1ten Medizinischen geöffnet, ohne anzuklopfen. ›Oh, Herr Geheimrat, entschuldigen Sie die Störung ... Professor Cassini bittet um ein Wort mit Frau Bentin ...‹

›Soll warten‹, sagte Virchow. ›Kann ich mir vorstellen, daß die Herren im Triangel buchstäblich im Kreis herumspringen und dich am liebsten nicht mehr kennen wollen, sie sind sehr bedacht auf ihren Ruf.

Sie können gehen, Heinzelmann, der Charité entsteht kein Schaden, Sie haben mein Wort.‹

›Glauben Sie denn, daß auch nur einer von Kochs Leuten die Eugenik verteidigt?‹, sagte Henrietta.

›Du verstehst den Betrieb nicht. Stellungnahmen und Meinungen sind verpönt. Der Krieg der Beweise entscheidet. Die Vererbungslehre ist eine alte neue Mode, auf einen wirklichen Fachmann kommen hundert Dilettanten und tausend Politiker. Nichts ist entschieden. Ich sage der Eugenik ein langes Leben voraus.‹

›Und doch haben Sie vorhin Stellung bezogen.‹

›Als Politiker, nicht als Wissenschaftler.‹

›Ich habe etwas im Papierkorb gefunden‹, sagte Heinzelmann leise, wie zu sich selbst, und zog die Tür hinter sich zu.

Heinzelmann war momentan Henriettas kleinste Sorge. Cassinis entsetzter, fast angeekelter Blick im Vortragssaal der Irrenabteilung wog schwerer, es war der erste Blick zwischen ihnen seit über einem Jahr, gewiß hatte er sich die Wiederbegegnung anders ausgemalt. Fritz würde nach anfänglichem Schock gutheißen, was ein Virchow guthieß, durchgehen lassen, was ein Virchow durchgehen ließ. Aber Henry Wittig war gestorben und hatte scheinbar noch im Tod geholfen, die Thesen des Cesare Lombroso gegen Mama und die Brut minderwertiger Eltern zu bestätigen. Und das alles jetzt, wo vier neue Kaninchen im Stall des Wilhelmstraßenhinterhofs ein Serum hergaben, das der von Lydia aus dem Triangel geschmuggelten Behringprobe möglicherweise *überlegen* war. Das jedoch in mannigfaltigen Versuchen, deren Grundlage Ehrlichs Vorlesungen blieben, auch formal analysiert und hergeleitet werden mußte. Also zurück in die Charité-Bibliothek, in den Steinbruch der Fachzeitschriften, sofern man sie überhaupt noch einlassen und dulden würde. Welch ein Umweg, welch eine Zeitverschwendung. Auch ein neues Pseudonym mußte erfunden werden, für künftige Veröffentlichungen.

Ich wechsle Haut und Haare und kann doch nicht aus meiner Haut, dachte sie. Aus reinem Übermut und weil Fritz eine abendliche Postdirektionssitzung besuchte und vielleicht auch weil Professor Cesare Lombroso aus Italien kam, hatte Henry sich in den erregt angekündigten Vortrag des Eugenikers und Verfassers von *Genie und Irrsinn* geschmuggelt, wobei ihm zugute kam, daß Henrietta jeden Winkel und alle Schleichwege der Irrenabteilung kannte. Einen slawischen Unruhigen in Zwangsjacke und mit Affenschädel für seine Theorie der minderwertigen Rassen und eine notorische, leise Selbstgespräche führende Engelmacherin aus dem Frauengefängnis für seine These der erblichen Prädisposition zum Verbrechen und zu krimineller Hysterie führte der nach Sandelholzhaarwasser duftende Lombroso mit der Souveränität eines Zirkusdirektors dem kleinen aber feinen Auditorium vor. Und Henry hätte die Beine in die Hand nehmen sollen, als er nicht nur Koch und Ehrlich und die halbe Triangelmannschaft (Behring fehlte wie immer), sondern dazu noch Professor von Leyden und Virchow und den sonnengebeizten Cassini im Publikum entdeckte, ganz zu schweigen von den zwei Blauen, die sich an den Saaltüren aufpflanzten. Aber er blieb und wich instinktiv vor den Blauen nach vorne aus zu den seitlichen Stehplätzen.

Cassinis überraschende Anwesenheit machte keinen Eindruck auf Henry. Ein weiterer Professor, sonst nichts. Henry war es gleichgültig, seit wann Professor Cassini wieder in der Stadt weilte und warum er sich bei Henrietta nicht angekündigt hatte. Auch Professor Cassinis leises, ansteckendes, alle Frauenherzen höher schlagen lassendes, indianerkehliges Lachen ignorierte Henry, als Cassinis Landsmann Lombroso seine Ausführungen jetzt mit dem *hors d'œuvre* begann, Goethe, Dante und Milton hätten ihre genialen Werke zur Sommerszeit verfaßt, weil eben auch der Irrsinn bevorzugt in der heißen Jahreszeit die zum Irrsinn Prädisponierten befiel. Lombroso hatte seinen eigenen Übersetzer mitgebracht, der des Meisters Worte wie eine Messe zelebrierte, und es dauerte, und es gab keine Pullerpause, und der Sandelholzhaarwasserduft kroch bis in die letzte Ritze der Irrenabteilung, und Henry war speiübel.

Das pathologische Lügen und Betrügen, hörte sie die wattige Stimme des Übersetzers, das Täuschen und Fälschen und Stehlen, das Morden und Totschlagen, die Dipsomanie und die Onanie und die widernatürliche gleichgeschlechtliche Liebe und das Zigeunern und Tippeln und Eckenstehen sowie die untrüglichen äußeren Verbrechermerkmale, die Plattnase und die Hakennase, die tiefliegenden, engen Augen mit den zusammengewachsenen Brauen und die barbarisch hohen Wangenknochen, die fliehende Stirn, der rückgelegte Haaransatz und beim Weib das verwilderte, strähnig verfilzte Haar und das typisch weibliche, hinterlistig seibernde Selbstgespräch: alles erblich, anthropologisch und individuell erblich, unausweichlich erblich.

Also die gesamte Keibelstraße erblich, notierte Henry in seinem Kopf, wen wundert's? Lange, möglichst lebenslange Gefängnisstrafen, hörte sie die Stimme des Meßdieners, besonders für die Frauen, damit sie sich nicht fortpflanzten und die pathologische Erbkette unterbrochen werde. Die Blauen haben mich fast hopsgenommen, sie warfen mir Zigeunerei vor, hörte Henry jetzt die Stimme von Henriettas Mama, und ich hatte eine Hakennase, du übrigens auch, und wilde strähnige Haare, und meine hohen Wangenknochen waren mein ganzer Stolz, wach endlich auf. Und Henrietta wachte auf.

Ehrlich eröffnete die Diskussion aus seiner dicken Zigarrenwolke mit einem wunderbaren, unmißverständlichen ›Mumpitz‹. Henrietta klatschte ihm noch Beifall, als alle anderen sich längst beruhigt hatten und auf Kochs beziehungsweise Virchows Beitrag warteten, die beide aufgestanden waren. Unwirsch wandten die Herren die Köpfe zu ihr.

›Nur eine kleine Frage‹, sagte Henrietta und versuchte, Henrys Stimme wiederzufinden in ihrem dicken Hals. Speichel schoß ihr in den Mund, sie schwankte und konnte sich an der Luft nicht festkrallen, sie versuchte zu atmen. ›Meine Mutter sang auf den Straßen. Und trotzdem stehe ich hier. Was sagt Professor Lombroso dazu?‹

Lombroso winkte den Übersetzer zu sich, die beiden tuschelten, dann stieg der Übersetzer vom Podest, kam auf sie zu, blieb vor ihr stehen, zeigte mit dem Finger auf sie, schaute in die Runde, um sich zu vergewissern, daß auch jeder den Zeigefinger sah.

›Provokateur!‹ rief er. ›Provokateur der Roten! Es ist ein Skandal! Wachtmeister! Verhaften Sie diesen Lump, diesen Sohn einer Straßenhure!‹

Sie schaffte es nicht mehr ganz aufs Podest, um dem ängstlich zurückweichenden Lombroso an die Gurgel zu gehen. Der slawische Unruhige hampelte und fletschte die Zähne und biß ins Leere, die Engelmacherin blieb in sich selbst vertieft auf ihrem Schemel sitzen. Brille, Mütze und Perücke fielen im Kampf mit den Blauen. Das Jackett zog sie selber aus und drehte sich dabei derwischschnell und warf Studentenausweis und Studienbuch in einen Papierkorb, der vom schwächeren Blauen dankenswerterweise mit einem Fußtritt unter die Fensterbank befördert wurde, während der Stärkere Henrietta in den Polizeigriff nahm.

›Jette!‹ rief Koch, der sie als erster erkannte. ›Jette Mahlow!‹

›Jette Bentin!‹ rief Henrietta und trat dem Blauen gegen das Schienbein, ›schon vergessen? Professor Lombroso, ich warte auf Ihre Antwort!‹

›Kennen Sie diese Person, Professor Koch?‹, fragte der schwächere Blaue.

›Ja ... nun ja ...‹ Augenblicklich ließ der stärkere Blaue Henriettas Arm los. Im Auditorium wurde es still. Nur Lombroso am äußersten Rand des Podests führte ein leises Selbstgespräch auf Italienisch, begleitet vom Nordberliner Dauergemurmel der Engelmacherin. Koch beriet sich flüsternd mit Ehrlich. ›Nun brat mir einer einen Storch‹, hörte sie Ehrlich husten, ›diesmal ist sie wirklich zu weit gegangen.‹ Koch wandte sich an Cassini, der aussah, als zwinge man ihn, eine giftige Medizin zu schlucken. Sein kurzer Blick hatte Henrietta eine lange Geschichte erzählt, die mit einer Pistolenkugel im Schädel eines sterbenden Pferdes begann. *La notte porta consiglio, no?* hatte Henriettas Blick geantwortet, denn jetzt war sowieso alles verloren. *No, mai più.*

›Meine Herren, ich bitte um Ihre Aufmerksamkeit.‹

Virchow war im Laufe der Jahre geschrumpft und eingelaufen wie ein zu heiß gewaschenes Leibchen. Wie alt war er, siebzig, fünfundsiebzig? Fast alle seine Geburtstage wurden jetzt gefeiert, als seien es seine letzten, mit Pomp und Blaskapellen und Chören. Henrietta sah ihm an, daß sein Körper ihm keine Freude bereitete. Doch um Freude ging es ja auch nicht, *no, mai più*.

›Professor Lombroso, ich warte immer noch auf Ihre Antwort‹, sagte sie.

›Herr Professor Lombroso wird den kleinen Zwischenfall entschuldigen. Ich kenne die junge Dame von Kindesbeinen an, sie neigt zu lustigen Streichen und Charaden …‹

›Und das ist noch milde ausgedrückt‹, sagte Ehrlich.

›Gar nicht lustig, Kollege Virchow‹, sagte Koch. ›Jette, du, eine verheiratete Frau …‹

Eine verheiratete Frau, raunte es im Rund.

›Aber heute muß ich der jungen Dame recht geben, denn ihre schlichte Frage wirft Licht auf ein drängendes gesellschaftliches Problem -‹

›*Non una parola, mi raccomando!*‹ unterbrach Lombroso den ehemaligen König der Medizin im eigenen Haus. Er winkte den Übersetzer heran, sie tuschelten wieder, dann trat der Übersetzer an die Podestrampe.

›Professor Lombrosos Antwort auf die Frage der jungen Dame lautet: Das Weib fragt, der Mann sagt.‹

›- auch ich bin, wie Professor Lombroso, Mediziner *und* Anthropologe‹, fuhr Virchow unbeirrt fort. ›Und ich sage: die Erbgesundheitsforschung und die Menschenzüchtungsideen des Kollegen Lombroso sind mir einerlei, es handelt sich um alten Wein in neuen Schläuchen. Höchst fragwürdig finde ich allerdings die Grundlagen seiner pseudowissenschaftlichen Kriminologie. Seine These, die Anlage zum Verbrechertum sei erblich, arbeitet den Deutschnationalen und Kolonialstrategen zu. Diese Leute versuchen, die exakten Naturwissenschaften auf gesellschaftliche Vorgänge zu übertragen, um ihr kapitalistisches Süppchen zu kochen. *Nicht* in erster Linie das Erbgut entscheidet in unserem Land darüber, wer die fünfte Sinfonie komponiert oder das Treppenhaus putzt, den *Faust* schreibt oder straffällig wird, sondern die Klassengesellschaft und die Massenversklavung und die Verelendung durch Ausbeutung. *Hier* muß die exakte Wissenschaft ansetzen und das ihre beitragen, die Verhältnisse zu verbessern, *das* ist die Aufgabe der zukünftigen Medizin, wenn sie das Vertrauen der Menschheit nicht verspielen will!‹

›Bravo! Vivat Virchow!‹ rief Loeffler und begann zu klatschen, und auch Professor von Leyden schlug die Flächen seiner Klavierspielerhände behutsam gegeneinander.

›Unerhört!‹

›Sie versündigen sich an der Deutschen Nation und der akademischen Jugend!‹

›Wenn das sein Testament sein sollte‹, hörte Henrietta Ehrlich sagen, bevor sie ohnmächtig wurde, ›dann gehen wir unruhigen Zeiten entgegen hier in unserer gemütlichen, kleinen Charité ...‹

Henrietta verließ von Leydens Ordonnanz mit vielen guten Ratschlägen. Grete hatte ihr geholfen, sich abzuschminken und einigermaßen herzurichten, und ihr eine Diakonissentracht geliehen. Die Geschichte hat sich wie ein Lauffeuer herumgesprochen, hatte Grete gesagt, du als Mann verkleidet, es heißt, du seist geistig verwirrt. Ich bin nicht verwirrt, hatte Henrietta sie beruhigt, ich bin nur schwanger.

Cassini lehnte an einer Säule am Ende des Flurs, als Henrietta die Ordonnanz verließ. Auch er beherrschte den Kniff, mit Charitésäulen zu verschmelzen. Sein Blick war jetzt weniger streng und sagte: Hätten Sie mich geheiratet, Sie könnten meine Vorlesungen besuchen. Aber vielleicht sagte sein Blick auch nur: Sie könnten mir die Tasche in die Vorlesungen tragen und Kreide nachlegen. Ich werde bitter, dachte sie. Nicht Mamas Tod, nicht Annas Tod, nicht Henrys Tod, nicht Julias Schweigen, Cassini macht mich bitter. Sie schaute ihn an: Lassen Sie es uns so schlimm wie möglich beenden, geliebter Gefährte.

›Wie geht es Ihrem Vater?‹

›Gleichbleibend schlecht, gleichbleibend gut.‹

›Wie uns.‹

›Ja, wie uns.‹

›Im Triangel lief die Nachricht ein, daß Heinrich Treitschke die Zeitungen informiert hat. Ein gefundenes Fressen für Virchows viele Feinde. Leider werden wir auch erwähnt …‹

›Sie und ich?‹

›Sie und Koch. Er hat Minister Althoff eine Depesche geschickt, derzufolge Sie nie etwas anderes waren als die Tochter Ihres Vaters …‹

›Des Faktotums. Erinnern Sie sich an unsere erste gemeinsame Kutschfahrt, Himmel, es ist ewig her, ich war ja noch ein Kind, und ich sagte …‹

›Sie sagten: *Sie wissen doch, wer ich bin. Ich bin die Tochter des Faktotums.*‹

›Ich möchte Sie nicht wiedersehen. Verstehen Sie?‹

›Koch will nur etwas Gras über die Sache wachsen lassen. Ausgerechnet Lombroso, der Mann ist weltberühmt …‹

›Ob Sie mich verstanden haben?‹

›… und Koch benötigt ungeheure Finanzmittel vom Kaiser. Er plant eine zweijährige Reise, nach Ägypten zur Cholerabekämpfung und nach Bombay, wo wieder einmal die Pest wütet. Hedi wird ihn begleiten.‹

›Wir Armen. Alles Gute im Leben gehört anderen.‹

›Gestatten Sie, daß ich gehe. Ich würde Sie sonst ohrfeigen, bis Ihnen der Kopf wegfliegt.‹

Henrietta schaute ihm nach. Er schien gewachsen zu sein, ging etwas gebeugt, als befürchte er, mit dem Kopf gegen eine unsichtbare Brücke zu stoßen, ging lautlos in seinen weichen Wildlederschuhen, sein Siegelring funkelte im Nachtlicht auf, dann erlosch er wie eine kleine Flamme. Sie roch an ihren Haaren.

Weißt du, was ich glaube, sagte der unbezahlbare Fritz, als er den Zeitungsartikel gelesen hatte, in dem seine Frau als die hysterische, geschlechtlich verwirrte Rachefurie Henrietta Bentin und zwischen den

Zeilen als vermutliche ehemalige Geliebte Virchows, Kochs und gleich auch noch Cassinis dargestellt worden war, ich glaube, ihr seid Besessene, nur die Besessenen schaffen Großes, das ist so, das weiß doch jeder. Fast war er ein wenig stolz auf sie und auf sich selbst, den Unbesessenen, der sie geheiratet und geschwängert hatte. Aufstieg und Fall des Henry Wittig hatte sie ihm verschwiegen. Viele unsichtbare Brotkrumen mußten vom Frühstückstisch gewischt werden, bis er Cassini verkraftet, wenngleich bestimmt nicht verdaut hatte. Ich werde Professor Cassini nie wiedersehen, sagte Henrietta. Sie mußte es ihrem Mann beim Namen seines ungeborenen Sohns schwören.

8 Nadelöhr

In deiner Todesnacht, als von Leyden mich endlich ans Licht zerrte, hast du da noch geatmet, hast du noch geschaut, oder warst du schon kalt und fort? Hast auch du diese graue, aus der Wand gewachsene oder mit ihr verwachsene Tafel gesehen und die kleinen schwarzen Buchstaben zu entziffern versucht? Hast du auch gedacht, es dauert ein, zwei Stunden, und dann dauerte es achtzehn? Hast du an deine eigene Mutter gedacht und deine Großmutter und Urgroßmutter, das Liegen der Frauen in Betten und Gebärstühlen und auf Tischen alle Jahre wieder, die Frau neben mir, kaum älter als ich, zum siebten Mal, hast du mich und Gott und die Welt nicht verflucht und gedacht, warum ausgerechnet ich, sollen doch andere ran, wenn es ihnen solchen Spaß macht, den Fortbestand der Menschheit zu erhalten? Die Frau fragt, der Mann sagt. Die Zeit und die Zelle, sagt Virchow, alles andere ist zweiten Ranges, abgeleitet, untertan. Salomon der Weise spricht, Frau erfülle deine Pflicht.

Ich wollte das Kind nicht austragen, habe nichts unversucht gelassen, H_2SO_4, heiße Stricknadeln, ich habe meinen Unterleib durch ein Eisloch in die Spree getunkt und mich mehrmals die Treppe hinuntergestürzt. Es blieb bei mir. Noch nie in der Geschichte besaß ein Junge derart unbegrenzte Möglichkeiten, sagte Fritz, unser Stammhalter kann die Welt erobern. Worauf ich dann zu erwidern hatte: Vielleicht wird es ja ein Mädchen, ein Sonnenschein, ein Segen. Unsere Unterhaltungen werden immer mechanischer.

Herrschte auf Erden nur die Liebe … konnte ich die Schrift an der Wand entziffern, während das Bündel sich mit aller Macht dagegen stemmte, meinen Schoß in anomaler Stirnlage durch mein Nadelöhr zu verlassen und Fritz und mich zu segnen; weiter kam ich nicht, ich wollte dir nachsterben, die Rechnung bezahlen, verspätet zwar, doch wenn nicht binnen dieser achtzehn viehischen Stunden, wann dann? Gegen eine Hausgeburt wehrte ich mich mit Händen und Füßen, ich mußte zurück in diesen Gebärsaal, an diesen einzigen Ort in der Charité, den ich nie erkunden, nie erforschen hatte wollen. Mensch und Ding im Schattenriß, ungeheure, jedes Paläanthologenherz höher schlagen lassende Silhouetten hätte ich schneiden können von den urzeitlichen Kampfschatten, die ich an die Wand warf, ich war kein Mensch mehr, sondern ein Monstrum aus dem Diluvium, das aussterben muß und nicht aussterben kann. Und dann der kleine Schatten des stummen Dings, das von Leyden mit den Worten ›Sie lebt‹ endlich aus dem Monstrum zog. Es wollte nicht schreien, gab keinen Mucks von sich. In der Nacht zum 20ten März geboren, im Zeichen der Fische geboren, wie C. sagen würde.

Und ich dachte an dich und ich rief dich, mich abzuholen, an die Hand zu nehmen, aber du hast deine Rache gründlich genossen, warst unterdessen mit Lydia Rabinowitsch unterwegs nach Philadelphia zum *Women's Medical College*, warst auf Reisen mit Koch und Hedi, nach Marburg gegangen mit Behring, Professor Behring, Serumbehring, dem Gewinner, er hat das Kapital zur massenhaften Herstellung seines Diptherieheilmittels in einer einzigen Nacht, der Nacht zum 20ten März, in Monte Carlo gewonnen, er ist der Retter und Engel der Kinder.

Du kanntest mich nicht mehr, warst endlich frei von mir, Deiner Mörderin, als Grete im Namen ihres Erlösers und Bräutigams die Nabelschnur durchtrennte. Dies wird mein letzter Brief an dich sein. Schläfst du jetzt für immer?

Glück im Unglück: meine Milchdrüsenentzündung. Fritz mußte eine Amme engagieren, und ich begann die Aufzeichnungen zu studieren, die Lydia mir vor ihrer Abreise hinterlassen hatte, über die Pathogenität der Säuglingsmilch bei Mensch und Kuh. Unerforschtes Terrain, und es braucht nicht die ewigen Kaninchen, ihre systematische

Infizierung und Überinfizierung, die Blicke todgeweihter Kaninchen verfolgen einen dort nicht.

Fritz bestand auf einem berühmten Paten aus dem Triangel, Gott sei Dank sind sie alle abwesend, auch Ehrlich, dem sein Schwiegervater ein kleines Institut in Steglitz eingerichtet hat, wo er, wie von Leyden sagt, die Theorie der Seitenketten niederschreibe und nicht mehr ansprechbar sei. Die Juden gründen überall Filialen, sagt er. Von Leyden bot sich an, machte aber einen Rückzieher, vermutlich auf Befehl Julias, die in Dahlem Privatdozenten um sich schart und Fortbildungs*soiréen* in ›Erster Hilfe‹ für die Gattinnen des Kulturministers und des Hausministers und des Generalpostmeisters veranstaltet, wie Fritz berichtet. Hans-Ulrich Heinzelmann war der einzige, den ich vorließ, er gab mir einen Handkuß und klopfte mit seinem Stock gegen die Wiege, und das Kind gab überraschenderweise Laut, es wimmerte ein wenig, und Heinzelmann bekam den Patenposten.

Fritz wollte es *Notburga* taufen lassen, doch ich ließ nicht mit mir handeln, es war ein Mädchen, es sollte Anna heißen bis ans Ende seiner Tage. Anna, auch ein hübscher Name, sagte Fritz.

Niemand weiß, wo du herkamst, Luise Wittig, oder kennt die Namen der Felder und Wiesen, über die du gegangen bist, du hast keine Spuren gelegt, keine Disteln und Tannzapfen gestreut, ›wohnhaft bei ihm‹ und ›bei der Geburt verstorben‹ sind die einzigen Angaben, die je über dich gemacht wurden. Aber Wittig, wie du, hieß dein pfeifender Sohn, der einen unübersehbaren Pflasterstein in Paul Ehrlichs Straße geschlagen hat.

Die Laternen flammten auf am Ende der Jannowitzbrücke, ein Aprilschauer ging nieder, die Passanten rannten und suchten Schutz. Naß zu werden war unmodern geworden. Henrietta boxte ihren Bauch, er war wieder flach, der Spuk vorbei. Sie warf den Strohhalm in die Spree, auf dem sie gekaut hatte, und zündete sich im Schutz des Büchleins *Lustige Kinderzwiegespräche* (das sie bei Gelegenheit durcharbeiten wollte) eine Zigarette an. Drüben in der Magazinstraße, wo es nach frisch abgezogenen Häuten kleiner Pelztiere roch, wartete ihr Kellerverschlag im zweiten Hinterhof, sechs Quadratmeter nur, aber dieses Labor und die Nächte, die sie darin verbrachte, war Fritz ihr schuldig gewesen.

(Anna ist ein nervtötendes Menschlein, sie schweigt anhaltend und verfolgt mich mit ihren enzianblauen Fritzaugen. Man sieht es ihrer meist finsteren Miene an, daß sie nicht auf die Welt kommen wollte. Sie kann Fritz offenbar nicht riechen, wendet den Kopf von ihm ab, rümpft die Nase, verzieht den Mund, wenn er sich über sie beugt. Läßt man sie aber nur fünf Minuten auf Vaters Blähbauch liegen, grinst sie schelmisch, als habe sie ein großes Geheimnis, und schläft ein.)

9 Und eine Liebe …

Aber gewiß doch, sagte C. zu Fritz im Südflügel der 1ten Medizinischen, gewiß erinnere ich mich an Sie, Herr Postinspektor, Sie waren so freundlich, unsere Henrietta vor der Auswanderung nach Amerika zu bewahren. Postrat in spe, sagte Fritz düster. C. war überraschend erschienen. Möglich, daß er immer noch damit liebäugelte, das Triangel zu verlassen und in leitender Position an der 1ten Medizinischen zu praktizieren; in seinem englischen Tweedanzug und mit seinem fast verbrecherhaft kurz geschnittenen, leicht angegrauten Haar wirkte er bereits sehr praktisch. Koch führte keinen Taschenspiegel bei sich, auch der völlig aufgelöste Max suchte vergeblich, und C. hatte ihm seinen geliehen. Henrietta konnte in Fritzens Augen lesen, daß er ihr nicht traute. Seine grundlosen Verdächtigungen und Nachstellungen wurden immer mechanischer, gehörten zum Alltag wie die quälend langwierigen, schweigenden Abendmahlzeiten und die Fütterung der zwei Finken, die ihm seine Mutter samt gotisch zugespitztem Messingkäfig und achtundzwanzigtausend Reichsmark vererbt hatte. In seiner Welt tauchten Leute nicht ohne Anmeldung mir nichts, dir nichts auf, schließlich war C. kein irregeleiteter Brief, keine mirakulöse Meisterleistung postalischer Mitmenschlichkeit, sondern war inzwischen zum Satan in italienischer Gestalt geworden, zum lüsternen Herrscher (ausgerechnet C.) über Henriettas dunkle Vergangenheit. Obwohl Fritz doch am besten wissen mußte, daß sie in der Hochzeitsnacht als *virgo intacta* unter ihm die Rillen der Tapete gezählt hatte, intakter als sie hätte eine Frau überhaupt nicht sein können. Notburga Bentins erste und letzte Botschaft an ihre Schwiegertochter, auf eine Angermünder Postkarte gekliert, lautete: *Du hast einen Handel abgeschlossen wie wir alle. Halte dich daran.*

Die Tür ging auf, Koch trat aus dem Einzelbettzimmer, in welchem sonst nur Magnifizenzen, Industrielle und Fürsten lagen und litten, meistens gesund wurden, höchst selten starben.

›Es geht zu Ende‹, sagte Koch. ›Ich habe ihm zum Abschied etwas geschenkt, er soll es behalten. Nimm es ihm nicht weg, Jette‹, sagte er und wischte sich eine Träne aus dem Auge. Hatte Vater nun verloren oder letztendlich gewonnen? Trotz all seines Wütens gegen ›die da oben‹, all seiner Bemühungen, ihnen durch Leberselbstverstümmelung zuvorzukommen, hatten die Magnifizenzen der Charité ihre Arbeit unterbrochen und waren noch während Bergmanns am Ende zweckloser Gallenoperation einer nach dem anderen am Operationstisch erschienen. ›Kommen Sie, Cassini, lassen wir die Familie unter sich sein.‹

C. deutete einen Handkuß an. Als er aufschaute, sagte er: ›Grüßen Sie ihn von mir, den wunderbaren, alten Saurier.‹

Henrietta schickte Fritz und Max vor, aber Vater hatte ihnen nichts zu sagen, er verlangte nach seiner Tochter und schickte auch Grete hinaus. In den wenigen wichtigen Augenblicken zwischen ihnen waren sie allein gewesen, dafür hatte er stets gesorgt. Selbst Henriettas drei Geburtstage als verheiratete Frau, die dieser unglaublich zähe Bastard noch in der Roten Kammer miterlebt hatte, waren beherrscht gewesen von ihrem ganz speziellen gemeinsamen haßerfüllten Schweigen. Es gab keinen Grund, jetzt sentimental zu werden, sie hatte das ihre für ihn getan, er war zu oft in seinem Leben vor Henriettas Augen gestorben. Doch wollte sie ihm etwas auf den Weg mitgeben, das sie all die Jahre für diese nun wirklich letzte Stunde aufgehoben hatte.

Aus alter Gewohnheit, nur um sicherzugehen, verriegelte sie die Tür des Krankenzimmers, bevor sie zu ihm ans Bett trat. Er war abgemagert, die vergrößerte Brust grau und faltig eingestürzt, ein haarloses Gerippe, seine Tischlerhände beugekontrahiert, die Haut von kleinen, spinnenartigen Venen überzogen, nur der Aszitesbauch, um den Grete einen frischen Flügelverband gewickelt hatte wie eine Geschenkschleife, ragte noch, drohte noch. Auf dem Nachttisch stand Kochs Abschiedsgeschenk, eine volle Flasche Gummi arabicum, nicht aus dem Siechen, wie umsichtig, sondern die originäre, allein seligmachende Molkenritzenhausmarke. Ein Glas war weit und breit nicht zu sehen.

›Ich sage es nur dir‹, sagte er mit kleiner Stimme, ›hol mir einen Pfarrer. Frag Otto, der kennt welche.‹

›Gleich jetzt?‹

›Morgen reicht noch. Und Grete sagt, es gibt jetzt Strahlen, mit denen man durch sich selbst durchsehen kann. Hol mir diese Strahlen.‹

›Die X-Strahlen zeigen nur, wie deine Leber aussieht, sie heilen nicht.‹

›Ich will sehen, wie ich innen aussehe.‹

›Ich möchte dir etwas geben, Vater. Eine Ecke Papier, die Mariechen Baltuttis in Mamas Kleid gefunden hat, nachdem Mama tot war.‹

›Kannst du behalten.‹

›Es steht nicht viel drauf, nur sechzehn Worte.‹

›Laß mich an der Flasche vom Geheimrat riechen.‹

Henrietta entkorkte die Flasche und hielt sie ihm unter die Nase. Er bog den Kopf zurück, seine Hände verkrampften sich, er lief blau an.

›Wird noch nicht gestorben, Vater! Hörst du?‹

Sie mußte ihr Ohr an seinen Mund legen, um ihn zu verstehen.

›Das Leben ist ein Kuhhandel, Jette. Endlich darf ich saufen, und jetzt schmeckt's mir nicht mehr. Ein Kuhhandel.‹

›Hier, schau, das ist die Papierecke‹, sagte sie dicht an seinem Gesicht. ›Erinnerst du dich? Mama hat dir helfen wollen, ein besserer Tischler zu werden. Sie hat dir alles aufgezeichnet. So war sie. So sehr hat sie dich geliebt. Du hättest es nur noch tun müssen. Aber was tust du? Zerreißt die Zeichnung und sperrst Mama zum Hund in den Hof und wirfst ihr die Schnipsel nach. Schau, was sie auf den Schnipsel geschrieben hat …‹

Er wollte oder konnte nicht lesen. Henrietta schaute nach draußen. Der Scherenschleifer zog seinen Karren durch den Hof, unterwegs zu Virchows Fenster. Überall standen schon die Gerüste für den großen Umbau, die große Erneuerung der Charité, die Bauarbeiter spuckten in die Hände und zeigten in alle Himmelsrichtungen. Die Freude in ihren Gesichtern. Sie begann zu weinen. Sie weinte um Luise Wittig und Paul Mahlow.

›*Und eine Liebe, arm und krank ihr beide, du mußt für sie auf Höfe singen gehn*‹, wiederholte sie Luises Worte für beide zusammen.

›Es ist ein Witz‹, sagte Vater sehr leise.

›Nein, das ist kein Witz.‹

›Doch. Wenn ich dran denke ... wieviele Pisspötte und Bettpfannen ... wir in diesem Zimmer saubergewischt ... und jetzt ...‹

Sie nahm C.s Taschenspiegel vom Nachttisch und hielt ihn unter Vaters schiefen Mund. Er war tatsächlich tot. Sie strich seine Augen zu und steckte die Papierecke in seine Hand. Dann ließ sie Fritz und Max herein und entschuldigte sich, sie müsse allein sein, und ging den Flur entlang und die Steinstufen hinunter und durch das Gitterportal und über die Straße auf geradem Weg ins Naturkundemuseum, wo Cassini sich aus dem Schatten des Brachiosauriers löste und ihr entgegenkam und sie umarmte.

›Sagen Sie mir, wer ich bin. Sagen Sie meinen Namen.‹

›Sie sind Henrietta Bentin.‹

›Nein.‹

›Henrietta Mahlow.‹

›Nein.‹

›Wollen Sie Henrietta Cassini werden?‹

›Würden Sie auf Höfe für mich singen gehen?‹

›Wie bitte?‹

›Ich wäre gerne Henry der Held.‹

›Wer?‹

›Er hatte drei Hände. War unbesiegbar. Der heimliche König der Charité und der Keibelstraße. Wenn Vater nicht mehr laufen konnte und ich ihn am Riemen nach Hause zog, hielt mir Henry die Hand.‹

›Ein imaginärer Freund. So einen hatte ich auch, Giovanni hieß er.‹

›Henry war nicht erfunden. Er lebte. Eine Zeitlang.‹

›Können Sie wenigstens in dieser Stunde ernst und wahr und einfach nur Frau sein? Meine Sehnsucht nach Verschmelzung mit Ihnen scheitert immer wieder an diesen Windungen in Ihrem Kopf.‹

›Gehen Sie doch nach Leipzig. Dort lehrt Moebius über den physiologischen Schwachsinn des Weibes.‹

›Und noch eine Windung. Geben Sie auf, Etta. Ich gehe mit Ehrlich an sein neues Institut für experimentelle Therapeutik nach Frankfurt.‹

›*Buona fortuna*. Ich gebe nie auf.‹

›Wirklich? Da hinten steht übrigens Ihr Gatte. Woher weiß er …?‹

›Fritz ist nicht dumm.‹

›Wissen Sie zufällig eine kleine Lüge, Etta? Mir fällt keine ein.‹

Henrietta streckte erst Fritz, dann Cassini die Zunge heraus und tauchte unter dem Saurier weg und verließ das Museum durch einen Seiteneingang. Irrte sie, oder hatte sich Vater sogar in der Todesstunde, sogar in seiner Verneinung der Todesstunde, seinem Staunen über das gutgemachte Hochwohlgeborenbett, in dem er lag, einen gewissen Stolz erhalten?

(Ich habe meiner schweigsamen Tochter Anna erklärt, daß die Natur uns mit zwei Ohren, aber nur einem Mund ausgestattet hat und daß wir deshalb wohl viel mehr zuhören sollten als reden. Sie war begeistert und bedeckte mein Gesicht und meine Haare mit Küssen.)

10 Emily

Du-Nu-Wieda bekam keine Luft unter der schwarzen Henkersmaske, ihre kurzen, behaarten Beine stocherten in der Luft, aber der Bischof drückte die falschgoldene, falschdiamantene Krümme seines Bischofsstabs gegen ihre Gurgel und rammelte weiter. Henrietta wollte der Freundin zu Hilfe kommen, zerrte an der eigenen, der roten Henkersmaske, doch die Maske war mit ihrem Gesicht verwachsen oder war ihr Gesicht, und Sheriff Wyatt Earp flüsterte durch den roten Stoff, die rote Haut in ihr Ohr: Spürst du das Herz da unten schlagen, *puttana*, es ist mein zweites Herz, reib deine Brüste an meinem Sheriffstern, schieb die Maske hoch und nimm mein Herz und leck es.

›Bentin, du hast Post. Bist wirklich was Besseres.‹

›Gib her.‹

›Macht zehn Pfennig‹, sagte Platin-Else, der Kalfaktor der Gemeinschaftszelle. Henrietta eingerechnet, waren es zehn Frauen, die jüngste sechzehn, die älteste achtunddreißig. Fünf Prostituierte, die ohne Buch aufgegriffen worden waren, zwei singende Landstreicherinnen, eine vermeintliche Totschlägerin (Else), eine Diebin und Fälscherin (Du-Nu-Wieda), eine Diebin (Henrietta).

›Ich hab nix mehr. Frag den Löwen, er gibt's dir.‹ Der Löwe des Ostens besuchte Du-Nu-Wieda, Henrietta und die Sechzehnjährige, um sie bei Laune zu halten. Er brachte Bonbons und ausschließlich gute Nachrichten, die Maiglöckchen blühten, in der Leipziger Straße war ein Kaufhaus eröffnet worden, die Blauen wurden billiger, ein sprechender Hund war die Sensation auf der Hasenheide.

›Wehe, wenn nicht.‹

›Siehst aus wie Weißbier mit Spucke, Henny. Du schläfst zu viel‹, sagte Du-Nu-Wieda, die bei ihrer Verhaftung sage und schreibe drei falsche Pässe auf die Namen Jolande von Felsenstein, Henrietta Kühlkamp und Sophia Brekenfeld bei sich führte, in Wahrheit aber Gesche Wolnikowski hieß.

›Laß mich schlafen.‹

›Willst du nicht deinen Brief lesen? Er ist aus Amerika.‹

›Nachher. Morgen. Übermorgen.‹

›Der Absender lautet: Vanheusen. Vielleicht ist er wichtig.‹

›Selbst wenn, ich bin müde.‹

›Mit dieser Einstellung wirst du hier drin nicht alt. Denk an deine Kleine.‹

›Halt den Rand, Gesche.‹

(Anna ist mein Eisenfuß, mein Klumpfuß, obwohl ich nicht mehr für sie sorgen muß, dem Himmel sei Dank. Sie beschämt mich, es ist ungeheuerlich, was sie sich herausnimmt, was sie sich traut.)

›Ich wette, die kommt wieder. Erinnert mich an mich. Obwohl, ich war ein echtes Wunderkind, hab' schon mit drei geklaut.‹

Anna Bentin hatte ihre Bonne vor einem Affenkäfig im Zoologischen Garten getäuscht, hatte der Gaffenden einfach die Pfote eines anderen Mädchens in die Hand gedrückt und sich auf ihre höfliche, kulleräugig mitleiderregende Art quer durch die Stadt zum Frauengefängnis gefragt und war in Begleitung eines alten, philanthropischen Bummelanten an einem Nichtbesuchstag erschienen und war erst vier.

Möglicherweise war alles Julias Schuld. Wenn sie schon nicht bezeugen wollte, wer hinter dem Pseudonym Henry Wittig steckte, wenigstens die dreißig Mark für den Graphologen hätte sie ihr leihen können. Aber Julia, so nah an ihrem Ziel, blieb hart, ließ sich von den Dienstboten verleugnen, schnitt überall kleine Fäden durch, Doktor von Leyden war auf einmal für Henrietta nicht mehr zu sprechen, die reiche Friedel Lauer unpäßlich, Runkwitz maulfaul und abweisend. Das Gute und das Mögliche im Leben der Armen und sehr Dummen hing an einer einzelnen, unsichtbaren, ausgefransten alten Strippe, die jederzeit reißen oder gekappt werden konnte, während die Julias wie hübsch bemalte Marionetten von vielen edlen Zwirnen geführt und gehalten wurden und zumeist für den Notfall noch ihre Nabelschnüre aufbewahrten.

Henrietta war, wie sie jetzt einsah, sehr dumm gewesen. Sie hätte an Ehrlichs Labortür klopfen sollen, anstatt den Aufsatz darunter hindurchzuschieben. Sie hätte Behring, der aus eigener Erfahrung wußte, was Armut bedeutete, von Anfang an einweihen sollen. Aber war sie denn arm gewesen, mit ihrem von Cassini finanzierten Labor in der Alten Jakobstraße, ihren von Cassini gekauften Büchern, ihrem gelben Kleid?

Arm, oder wie man in der Wilhelmstraße sagte: *verarmt* (also nicht schlimm arm, bussartig arm), war sie erst nach der Trennung. Anna wollte bei Mama bleiben, sie weinte Bentin wohldosiert, besonders während der Abendmahlzeiten und an Sonntagen das Gemüt voll, sie hatte eine Art, nach innen zu weinen, und trieb damit, ohne es zu wissen, ihren Preis hoch. (Aber vielleicht wußte sie es auch, das kleine Luder mit den unschuldigen Kulleraugen.) Henrietta hatte Anna abgetreten, verkauft, um endlich frei zu sein von dem schweigenden Bündel, endlich ungestört, unbemannt, ungehindert forschen zu können. Mit der einmaligen Zahlung von dreihundert Bentinmark hatte sie die Miete für das Kellerlabor in der Magazinstraße ein Jahr im voraus hinblättern können. Auf weitere Zahlungen hatte sie schriftlich verzichtet. Wenn ihr als Laborassistentin Lydia Rabinowitschs der Nachweis von Rindertuberkulose in der Berliner Milch und die Behebung dieses skandalösen Zustands gelang, würden sie beide reich und berühmt werden, würde Bentin das Konterfei seiner Geschiedenen auf Briefmarken feilbieten müssen. Aber bis dahin mußte sie hin und wieder essen und heizen, benötigte Kerzen, Schreibzeug, Chemikalien. Sie schnitt wieder Silhouetten im Tiergarten und im Zoologischen Garten und putzte den Aufgang im Fassadenhaus der Magazinstraße. Maxens Angebot, die Haare und Bartstoppeln fremder Menschen zusammenzukehren, lehnte sie ab. Keine zehn Pferde konnten sie zurück in die Keibel bringen, die Schatten dort waren zu lang, Bussens Rufe ›Komm, spielen wir Stübchenvermieten! Spielen wir Pudelpeter!‹ zu laut. Lydia, die nach ihrer Rückkehr aus Philadelphia Walter Kempner, einen Koch-Assistenten der zweiten Generation, geheiratet hatte, ins ferne Lichterfelde gezogen war und am Triangel in Ehrlichs verwaistem Labor arbeitete, steckte ihr Geld zu, munterte sie auf, forderte praktische Resultate. Doch praktische Resultate gab es noch nicht, Henrietta arbeitete an einer umfangreichen Beichte, der Darstellung ihres Lebens und Wirkens als Henry Wittig und der Entstehungsgeschichte ihres Aufsatzes *Über die Erzielung gleichbleibender Eigenschaften im Diphtherie-Antitoxin*. Die Niederschrift zog sich hin, denn obwohl es eine Beichte sein sollte, mußte vieles ausgelassen, mußten viele Rücksichten genommen werden, durften die Herkunft der gefälschten Studienunterlagen und der Schmink- und Verkleidungsmeister in der Keibel nicht erwähnt werden, und die Alte Jakobstraße schon gar nicht oder der Dachboden des Naturkundemuseums oder der frisch gepflanzte Gingkobaum oder die Kutschen, die Küsse. Um sich zu erinnern, was sie auszulassen hatte, besuchte sie die alten Orte und verweilte lange dort. Eines Abends in der Alten Jakob im Dämmerlicht fiel ihr auf, daß die Vögel wirklich vorsichtiger sangen, wenn die Sonne untergegangen war.

Für die Beichte gab es gute Gründe. Zum Richtfest der umgebauten Charité mit Kaiser und Koch und Virchow und tagelangem Remmidemmi in den pompösen, überverzierten Hallen und Sälen, in denen die Patienten ängstlich geduckt kaum zu atmen wagten, waren auch Ehrlich und Behring wieder in der Stadt. Und Multimillionär Behring, dem man bis hinunter nach Montevideo Denkmäler errichtete, die ihn mit weit ausgebreiteten Armen als rettenden Engel der diphtheriekranken Kinder zeigten, hatte nicht vergessen, wollte belohnen, abgeben, Engel sein für Henry Wittig. Während der feierlichen Enthüllung einer Koch-Büste und Koch-Ehrentafel in der Vorhalle des Triangel, so berichtete Lydia, hatte Behring Henry Wittigs Beitrag zur Vervollkommnung des Heilserums lobend erwähnt und Henry aufgefordert, sich bei ihm zu melden, damit er ihm eine Leibrente aussetze.

Henrietta meldete sich im Hotel Victoria und mußte drei Stunden warten, ehe sie ihm zwischen Tür und Angel ihre schriftliche Beichte übergeben konnte. Behring trug einen schwarzblau gestreiften Maßanzug und eine schwere goldene Uhrkette, er war kahl geworden und sah nach Würde und Bürde aus, doch sein Berserkergesicht war das alte geblieben, und der Duft teurer Zigaretten und edler Glatzenpolitur konnte den Geruch des Pferdeschnitzels nicht überdecken, das er sich gewiß noch immer um vier Uhr morgens in die Pfanne haute. Im Gegensatz zu Koch, der Henrietta bei ihren seltenen, kurzen Begegnungen im Triangel wie ein unartiges Kind behandelte oder wie jemanden, der durch eigenes Verschulden chronisch krank geworden war, ignorierte Behring ihr möglicherweise etwas verwildertes Äußeres, die in alle Himmelsrichtungen wuchernden Haare und das zerschlissene, blaue Almosenkleid, das sie seit einem Jahr trug, er schlug ihr auf die Schulter, wollte wissen, ob sie genug aß und ob es sein Casino Orpheum noch gab, und war begeistert von ihrem Vorschlag, in der Charité eine Gedenktafel anbringen zu lassen für all die Unbekannten und Ungenannten, ohne deren Mithilfe die großen medizinischen Entdeckungen nie gemacht worden wären. Als sie sich am nächsten Morgen wie verabredet mit ihm zum Hotelfrühstück traf, tobte er, seine Papageienaugen kreisten. Ob eine stolze Keibelpflanze und Überlebenskünstlerin wie sie, deren Mumm er stets bewundert habe, es nötig hätte, ihm, Behring, ihrem geduldigen Gönner, ein paar Pfennige aus der Tasche zu leiern mit diesem zusammengelogenen, zusammengestohlenen Zeugs, diesem Weibergewäsch? Glaubte sie denn, ein Emil Behring hätte sie in seinen Vorlesungen nicht entdeckt? Glaubte sie denn, redete er sich in Rage, ein Hund verstünde die Morphologie des Schweins, nur weil er an einem Kotelettknochen nagte? Pfui und Schande über sie, er habe nicht übel Lust, ihr die Freundschaft zu kündigen, in sich solle sie gehen und sich bessern. Koch wollte die Beichte gar nicht erst lesen, Behring hatte ihn vorinformiert. Ehrlich, und das tat besonders weh, las jeden Satz, jedes Wort zweimal, während sie ungeduldig vor seiner vom Umbau verschonten, da historisch seliggesprochenen Kemenate in der 1ten Medizinischen auf und ab ging, und sagte dann: ›Selbst wenn du dieser Henry Wittig gewesen wärest und diesen Aufsatz geschrieben hättest, was ich mir beim besten Willen nicht vorstellen kann, da es unmöglich ist: Mein Vertrauen hättest du für immer verloren. Also, entscheide dich. Willst du Henry Wittig sein oder meine alte gute Freundin Jette Mahlow?‹ Sogar Lydia, die Henriettas Talent doch kannte und lobte und sie für sich arbeiten ließ, wollte nicht hören, nicht glauben, nicht verstehen. Es sei frivol und unzuträglich für die Sache der Frauen, wenn Henrietta sich mit fremden Federn schmücke, noch dazu mit den Federn eines der seltensten Vögel, den das Jahrzehnt in der medizinischen Forschung hervorgebracht hatte. Wie könne sie sich nur in das traurige Häuflein Zukurzgekommener einreihen, die Behrings Hotel und das Triangel belagerten, seine Veröffentlichungen aus der Tasche zogen und behaupteten, Henry Wittig gewesen zu sein?

Henrietta griff zum letzten Mittel, sie bat Hans-Ulrich Heinzelmann, Studienbuch und Studentenausweis des Henry Wittig herauszurücken, die er nach dem Lombroso-Eklat im Papierkorb gefunden und ganz gewiß aufgehoben hatte. Sie irrte sich nicht, Heinzelmann hütete das wertvolle Beweismittel noch an geheimem Ort in seiner Wohnung. Aber Annas Pate, der erst nach der Scheidung wieder in der Wilhelmstraße aufgetaucht war und mit Bentin Schach spielte und seinem Patenkind einen als Märchenschloß gestalteten Mäusekäfig geschenkt hatte, verlangte einen zu hohen Preis. Henrietta sei beschädigte Ware, doch habe er sie von Anfang an auf seine Weise geliebt und biete ihr eine verschwiegene Kammer über der Roßschlächterei am Ende der Straße, Nahrung, Kleider und Verkleidungen sowie die lange versäumte, überfällige, eisenharte Erziehung und Züchtigung.

So landete sie schließlich bei Du-Nu-Wieda alias Gesche Wolnikowski. Gesche sollte am Vormittag, wenn Heinzelmann seine eitle Runde in der Charité drehte, bei ihm einbrechen, das Versteck finden, die Papiere stehlen. Gesches Besitzer, der Löwe des Ostens, hatte eine bessere Idee. Was besagten schon gefälschte Studienpapiere? Am Alex im Dezernat für Mord und Erpressung kannte er einen ›Graphologen‹, der Schriftvergleiche anfertigte, die noch vor dem schärfsten Gericht galten. Wenn dieser Mensch, der dem Löwen gleich mehrere Gefallen schuldete, aber natürlich auch seinen Preis hatte, Henriettas ureigene Handschrift mit ihrer nachgestellten Henryhandschrift vergliche und das Ergebnis positiv ausfiele, würde der Löwe fünfzig, nein sechzig Prozent der Behring'schen Leibrente kassieren und sie den Rest. Eine der vielen steilen Fassungen von *Über die Erzielung gleichbleibender Eigenschaften im Diphtherie-Antitoxin*, die Henrietta aufgehoben hatte, würde genügen.

Der Preis des ›Graphologen‹ war dreißig Mark, für Henrietta eine exorbitante Summe. Und die Zeit eilte. Sie schrieb Julia einen Brief und versuchte, launig und lustig zu klingen wie früher. *Ich umärmele Dich* unterschrieb sie (so verzweifelt war sie). Julia schwieg. Ihre Begeisterung für Henry Wittig war verklungen. Bis in den Schwarzen Grund war ihr typisches, donnerndes Klavierspiel (den ärgerlichen Fuß immer auf dem Fortepedal) zu hören, doch das Dienstmädchen bedauerte, gnädiges Fräulein sei aushäusig.

›Kannst du mir verzeihen, Gesche?‹

›Was denn?‹

›Du weißt schon.‹

›Mach nicht so'n Aufstand wegen 'nem lumpigen Mikroskop. Ich war auf eigene Rechnung da.‹

›Nicht das Mikroskop. Die Höhle.‹

›Weiß nicht, was du meinst.‹

Gesche sprach nie von der Opiumhöhle. Von den Henkersmasken, der schwarzen, der roten, mit den winzigen Sehschlitzen. Den gleichfarbigen Gewändern mit den obszön im Schoß herausgeschnittenen Dreiecken. Dem Bischof, dem Löwenbändiger, dem Chirurgen, dem Scheich, dem Neger, dem Sheriff. Es war eine gutbürgerliche Fassadenwohnung wie jede andere, auf dem Türschild stand ›Witwe Urbanski‹. Aber die Wohnung war schalldicht, schwere schwarzrote Portieren an den Türen und Wänden, die Fenster goldfarben verbrettert. Für dreißig Mark mußt du schon ein bißchen arbeiten, sagte der Löwe. Und es macht auch Freude, denn du darfst ein bißchen den Drachen reiten. Nachdem der Bischof und der Scheich Henrietta ein bißchen gequält hatten, gab es eine kurze Pause, und sie konnte hinter dem roten Nebel in ihrem Kopf hören, was der Neger zum Sheriff sagte: Die Doppelflageoletts im Rondo, mein lieber Wyatt Earp, kamen wie gemeißelt, Sie müssen unbedingt Ihre reizende Verlobte mitnehmen, es ist ein Genuß. Meine Verlobte, sagte der Sheriff, probt für eine Abschieds*soirée* endlich Fugen aus dem Wohltemperierten, um die ich schon so lange bitte, Sie sind herzlich eingeladen. Schwarzer Grund vierzehn? fragte der Neger. Einundvierzig, lachte der Sheriff, die haben da mehr Hausnummern als Häuser. Dann drang Cassini in sie ein, aber sie spürte ihn nicht, obwohl er du zu ihr sagte.

Der ›Graphologe‹ war mit seinem Latein rasch am Ende. Diese Schriftproben stammen nicht von ein- und derselben Person, ließ er den Löwen wissen, das sind zwei oder drei grundverschiedene, völlig voneinander getrennte Personen.

Behring fuhr nach Marburg zurück und nahm Henry Wittigs Leibrente für immer mit. Nicht in Dahlem, sondern im Triangel, das laut Berliner Tageblatt nach den ganz speziellen Vorstellungen der Braut mit lustig bemalten Papiermachémikroskopen und Bakteriengirlanden aus Rauschgold und kaviargefüllten Petrischalen dekoriert war, feierte Julia Cassini geborene von Leyden ihre Hochzeit und ihren Abschied. Das glückliche Paar ging nach Siena, wo es laut Tageblatt in Cassinis Stadthaus und auf seinen Ländereien noch glücklicher zu werden gedachte. Glück und Glücklichsein war das neue Thema in den Zeitungen, Bentin las sich die Augen rot. Aber es war eine alte Geschichte. Die Menschen wurden älter und verrieten ihre Träume, manche Menschen wurden zu Geistern.

Henrietta benötigte dringend Mikroskopierzeit, ihr altes Jakobstraßenmikroskop gab nicht genügend her. Lydia lehnte ab, Koch hatte es untersagt, er mochte Henrietta eine Zeitlang nicht mehr sehen. Sie brach mit Gesche ins Triangel ein und klaute aus Kochs Labor das allerneueste Modell der Firma Lautenschläger mit Monobrom-Naphtalin-Immersion, 108facher Vergrößerung, numerischer Apertur von 1,63 und Flintglasobjektiv im Mahagonikasten. Das Triangel war unbekanntes Terrain für Du-Nu-Wieda, die Meisterdiebin. Beim Versuch, die Kasse des Faktotums mitgehen zu lassen, berührte sie den elektrischen Draht einer versteckten Klingel. Henrietta und Gesche wurden zu neun Monaten verknackt.

Aus dem Gefängnis schrieb sie an Dr. Emily Vanheusen in Philadelphia. Mit Lydia, die einmal im Monat sehr zum Gelächter der anderen gefangenen Frauen eine Fachzeitschrift in die Gemeinschaftszelle brachte, sprach sie nie über Emily. Obwohl Lydia während ihrer Zeit als Professorin am *Women's Medical College* Emily vielleicht begegnet war. So wichtig, so heilig war sie ihr immer noch, die lächelnde sommersprossige Siebte in der dritten Reihe von rechts, die beide Hälften der Welt erobert hatte. Ein letztes Mal schilderte Henrietta die Geschichte ihrer Verwandlung in Henry Wittig und ihrer Entdeckung der Rizin- und Abrin-Beimischung zum Diphterie-Antitoxin. Sie vergaß auch nicht zu erwähnen, daß sie Emilys Photographie ihr halbes Leben mit sich herumgetragen und sehr viel Kraft daraus gezogen hatte.

›Na, was steht drin?‹, fragte Gesche, als Henrietta am Sonntag darauf endlich den Antwortbrief las, den Emilys Mann geschrieben hatte. ›Kannst du Englisch?‹

›Er schreibt auf Deutsch, er ist ein Pennsylvania-Dutch. – Sie ist tot.‹

›Wer?‹

›Eine Freundin, die ich nie kennengelernt habe. Vom Pferd gefallen, Genick gebrochen, tot, einfach so.‹

›Tja‹, sagte Gesche. ›Besser, man lernt sich vorher kennen.‹

(Anna hat mich tatsächlich wieder besucht. Bentin gibt mir die Schuld und will alles daransetzen, daß meine Haft verlängert wird. Anna kann jetzt schon lesen, sie hat im Schrank ein Buch gefunden, das ich vergessen hatte und Bentin übersehen hat, Was kreucht und fleucht in Wald und Flur, sie ist mir unheimlich. Fragt, ob wir uns im Traum treffen könnten. Wo denn? frage ich. Wo es schön ist, sagt sie. Sei nicht so ungenau, ermahne ich sie, sei immer präzise. Irgendwo, sagt sie, Hauptsache, du findest es schön.)

Drittes Buch

Silhouette

1 1900

1900 und noch immer kein Organ, die Zeit zu messen, dachte Henrietta, während sie Grete half, den Stumpf des amputierten Beins zu betten. Paulchen lebt in seiner eigenen Zeit wie eine Katze, er ist ein Hans-Guck-in-die-Luft wie sein Vater, als warte er auf Bonbonregen oder eine Eingebung. Ein Kind des neuen Jahrhunderts. Knatternden Automobilen lächelt er nach, vor Pferden läuft er davon.

›1901 wird das Jahr der Erlösung, wirst schon sehen, Käthe‹, sagte Grete zu der Beinamputierten, die nicht essen und nicht sprechen und das Morphin nicht einnehmen wollte. ›Geheimrat Virchow wird achtzig, das bringt uns allen die Erlösung.‹ Grete war wunderlich geworden. Ihr abwesender Dauerverlobter Jesus schien sich ihrer endlich erbarmt zu haben und war von seinen Reisen zurückgekehrt, am Bahnhof Friedrichstraße mitten im Gewühl hatte er Gretes Hand ergriffen und sie zu einem Glühwein eingeladen und war dann mit Sack und Pack im Diakonissenheim eingezogen. Dort verbrachte er seine Tage in Gretes Spind, seine Nächte in Gretes Bett, nähere Einzelheiten behielt sie für sich, bloß daß er im Schlaf spreche, ließ sie durchblicken. ›Wenn ich mir seine Weissagungen nur merken könnte.‹

Endlich einmal eine wasserdichte Geschichte, fand Henrietta. Morgen war Paulchens erster Geburtstag. Bald würden die Fragen beginnen, und sie würden schwerer zu beantworten sein als die kalten Fragen der Behörden (Vater unbekannt) oder das stumme Stirnrunzeln der Kollegen in der Charité (Vater ein Hallodri). Tot durfte er nicht sein, der Junge würde kurz über lang anfangen, mit dem Himmel zu reden und sich von dort oben überwacht zu fühlen. Hallodri und böser Verlasser war auch falsch, Paulchens Vater sollte Vorbild sein, möglichst

Mediziner, um die Weichen früh zu stellen. Ein reisender Mediziner jedoch, ein edelmütiger, von seiner Aufgabe besessener Cholerabekämpfer, der nie, nie mehr nach Hause finden würde, war nur um einen hohen Preis zu haben: die lieblose, schlechte Frau, so lieblos und schlecht, daß er sich nicht einmal hatte überwinden können, sie zu heiraten. Also tonnenweise Mutterliebe in den nächsten, den prägenden Jahren, um den Vorwürfen, die er als junger Mann gegen sie erheben würde, wenigstens eine glückliche Kindheit entgegenhalten zu können. War das Leben nicht seltsam? Glückliche Grete, die einen Jesus aus dem Spind zaubern konnte. Gott der Gerechte, vor dem sogar Vater in seinen letzten Jahren einen gewissen Bammel gehabt zu haben schien, hatte Paulchens Geburt, die um das Weihnachtsfest vorgesehen war, auf die Silvesteramnestie gelegt. Wieder im Gebärsaal der Charité, wo der Junge binnen einer Stunde nur so aus ihr herausgeflutscht war, hatte sie den Sinnspruch zu Ende entziffern können, der sie bei Annas schrecklicher Geburt beunruhigt hatte: *Herrschte auf Erden nur die Liebe, wäre das Menschengesetz entbehrlich.* Der falsche Spruch am falschen Ort und eine merkwürdige Denkweise, vielleicht vor Jahrzehnten von Professor Bärensprung an die Wand genagelt, dem Vivisektionisten der Huren.

Henrietta ließ den ersten Berliner des Jahres 1900 auf den Namen Paul Robert Mahlow ins Geburtsregister eintragen. Auch wenn Ehrlich und Koch sie schmählich im Stich gelassen hatten, als es wirklich zählte, sollten sie doch die Fixsterne ihres Sohnes sein. Natürlich hatte Lombroso letzten Endes recht und irrte Virchow: Die Prädisposition zum Niederen und Kriminellen und Selbstzerstörerischen lag unleugbar in der Mahlow-Linie und wäre nicht nur in der Keibel, sondern auch in Dahlem, im Westend, Unter den Linden durchgebrochen. Nur die Erforschung und medikamentöse oder operative Bändigung des Erbguts konnte das ändern. Aber tonnenweise Mutterliebe, eine glückliche Kindheit in der Charité und die bis zu den Planeten und ihren Betrachtern reichenden Erbanlagen seines Vaters würden Paul Roberts Leben bestimmen. Sie hatte die Meilensteine dieses Lebens bereits vorausgeplant. Die Meister der Medizin bei der Arbeit beobachten, lernen, lesen, repetieren, wie sie es getan hatte. Dann Gymnasium, Abitur, Friedrich-Wilhelms-Universität. Er war ein Mann, die Natur hatte ein Einsehen gehabt, er *durfte* studieren. Sie legte jeden Pfennig zurück.

›Du mußt essen, Käthe‹, sagte Henrietta leise, damit Grete es nicht hörte, zu der Beinamputierten, einer Fabrikarbeiterin mit Gatten, der sich nicht blicken ließ, und fünf Kindern, die sie nicht sehen wollte. ›Und du darfst das Morphin nicht horten. Ich kenne eine kleine Fabrik für Mikroskope, da beschäftigen sie einen Amputierten. Ich werde fragen, ob man dort Arbeit für dich hat. 1901 gehen alle Wünsche in Erfüllung.‹ Käthe drehte den Kopf und schaute stumm aus dem Fenster des Krankensaals. Im verschneiten Hof wandelten vermummte Inder und Japaner, wurde ein Feuerwerksgerüst errichtet, die weltweiten Feierlichkeiten zu Virchows Achtzigstem sollten am Neujahrsmorgen beginnen und bis zum Herbst andauern. So wird ein großer Vorkämpfer der Forschung geehrt, hatte sie Paulchen erklärt, der seine Tage im Schwesternzimmer verbrachte und vorerst lieber mit dem Suppenbesteck auf den Tisch trommelte, als mit den getrockneten Blättern und dem aufklappbaren Knochengerippe und der plastinierten Niere zu spielen, die sie ihm gebracht hatte. Man mußte Geduld haben.

Heinzelmann, der ihr gemeinsam mit Professor von Leyden die Stelle als Pflegerin auf der 1ten Medizinischen und die Kammer im Diakonissenheim verschafft hatte, war nun endlich auch verheiratet, seine klapperdürre Frau guter Hoffnung, mit Geduld fügte sich alles prächtig. Zwar drängte er sie immer noch, mit ihm *soupieren* zu gehen (immerhin ein Fortschritt gegenüber dem Zimmer über der Roßschlächterei am Ende der Straße) und schlug mit seinem Stock auf und verlangte urplötzlich Berührungen in seinem Büro, doch Henrietta konnte sich unter klugen Vorwänden und mit respektvollen Grüßen an seine Gemahlin entwinden. Sollte er lieber sein Patenkind ausführen, das immer wieder Mittel und Wege fand, sie und Paulchen im Schwesternzimmer heimzusuchen und überall die Nase hineinzustecken, ihr und den Ärzten ein Loch in den Bauch zu fragen, obwohl Postrat Bentin seiner

Tochter jeden Umgang mit der vorbestraften Mutter verboten hatte. Bentin war an den Kurfürstendamm gezogen, wo er Anna einsperrte und sich selbst dazu nach Feierabend, hatte einen Hauslehrer angestellt und gab ihr zusätzliche Privatstunden in Schande, zerrte die Schande hinter sich her wie einen häßlichen Hund, wurde von Koch, Gott und der Welt bemitleidet. *Nie wirst Du begreifen, wie ich Dich anbetete*, schrieb er ins Gefängnis, *bevor ich herausfand, daß Du die Hure des Italieners geblieben warst. Keine fünf Minuten war Dein Vater tot, da ranntest Du schon in die Arme dieses Kretins. Von einem Duell sah ich ab, da es meiner Laufbahn geschadet hätte und der Kretin es nicht wert ist. Heinzelmann, der mir in schwerer Zeit zur Seite steht, klärte mich auf, daß Cassini gar nichts geleistet habe außer reich zu heiraten und daß er Dein Zuhälter gewesen sei bei diesem sogenannten ›Eugen‹, dessen wahre Identität Heinzelmann bekannt ist. Es gibt eine höhere Gerechtigkeit, Ihr werdet Eurer Strafe alle nicht entgehen. Für mich bist Du schon jetzt gestorben und begraben.*

Erst jetzt begriff Henrietta Mahlow, wie sie sich nun wieder nannte (aber Namen hatten sich als unwirklich erwiesen), welche Knochenarbeit Vater in seiner Zeit als Krankenwärter von morgens sechs bis abends acht verrichtet hatte. Und nicht nur die Knochen taten weh. Bis in die Träume krochen auch die Leiden der Kranken, ihre Geschichten und Geständnisse. Sie kannte den Tod von klein auf in all seiner Vielfalt aus der Keibel, doch war er ihr damals selbstverständlicher erschienen. Das Murmeln und Stöhnen hinter den Rabitzwänden, die namenlosen blutigen Embryonen in den Kloaken, die Lungenspucker und Schnapsleichen auf den Kellertreppen, die mit letzter Kraft im Unrat der Höfe harkenden Krallen der Hungerkinder, der müde, grauschwarze Gaul des Totenwagens, selber mit einem Huf schon in der Abdeckerei: das alles gehörte zur Keibel wie der Pudelpeter und das Stübchenvermieten und der belebende Spritzer Maiglöckchenduft, den sie sich morgens von Max geholt hatte, als sie noch das Maskottchen Virchows und der ganzen menschenverschwenderischen Stadt gewesen war. Auf der 1ten Medizinischen, ganz besonders in der Frauenabteilung, die Henrietta immer häufiger an die Moabiter Gemeinschaftszelle erinnerte (die Geschichten, die Geständnisse), trugen die fatalen Fieberkurven vertraute, traurige Namen (Emma, Marie, Luise, Anna), war ein kühler, sachlicher Blick unmöglich, rotteten sich die Krankheitserreger auf den Objektträgern zusammen und kletterten am Mikroskop hoch direkt ins Gemüt des Betrachters. ›Und als ich euch meine Schmerzen geklagt‹, zitierte von Leyden bei der Chefvisite irgendeinen Dichter, ›da habt ihr gegähnt und nichts gesagt. Doch als ich sie zierlich in Verse gebracht, da habt ihr mir große Elogen gemacht.‹ Henrietta hatte es gewagt, eigenmächtig die Milch zu untersuchen, die ein halb verhungertes Mädchen ihrer schwindsüchtigen Mutter auf welchem Weg auch immer beschafft und am Krankenbett eingetrichtert hatte – und dem Totenschein des Stationsarztes ein Postskriptum hinzugefügt: ›Milch zeigt Spuren boviner TBC‹. Zum hundertsten Mal, du bist Pflegerin und kein Mediziner, sagte von Leyden, du kannst froh sein, hier in Lohn und Brot zu stehen, verdirb es dir nicht auch noch mit mir. Heilen und heilen helfen: schön und gut, erklärte sie Paulchen. Aber wollte man nicht wie sein toter Großvater allabendlich am Tresen des Siechen in einem Meer von Schnaps und Mitempfinden ersaufen, durfte man (da Leidenschaft mangels Gelegenheit momentan nicht zu haben war) wenigstens das *Gefühl* für die Forschung nicht verlieren. Krankheit, Armut, Versklavung, Verhurung der Welt konnten nicht mit Kampfer und Morphin coupiert, sondern nur durch Forschung beseitigt werden. Die Diphtherie: Millionen von Kindern in aller Welt gerettet, den Müttern Kosten, Tränen, Selbstvernichtungsgedanken, Absturz erspart! Die Tuberkulose: noch kein radikales Medikament in Sicht, aber die Ursache erkannt und hygienische Maßnahmen gegen massenhafte Ansteckung ergriffen, Hunderttausende gerettet! Der große Wanderzirkus der Cholera-, Malaria-, Pest- und Pockenbekämpfer Koch, Loeffler, Gaffky und wohl auch Eugen, wie man hörte, andauernd unterwegs auf der südlichen Erdkugel. Die Grundlagen für Entwicklung und Herstellung chemotherapeutischer Mittel durch Ehrlichs Seitenkettentheorie gelegt! Lydia Rabinowitschs Untersuchungen der Milch und Butter auf bovine Tuberkuloseerreger in vollem Gange! Oft schlich sie nachts mit Paulchen in Ehrlichs Kabuff, jetzt ein Kabuffmuseum (sogar eine halb gerauchte Zigarre lag im Ascher), verschloß die Tür, stellte das Mikroskop ein und zeigte ihrem Sohn die Bazillen. Merk dir, erklärte sie ihm, die meisten Probleme sitzen *vor* dem Mikroskop, die Wissenschaft ist die einzige Wahrheit, die dich nie im Stich lassen wird. ›Summ‹, summte er, es war sein erstes Wort gewesen und bislang sein einziges geblieben. Er summte gern, als sähe er seine glückliche Zukunft schon vor sich. Die impertinente Anna folgte ihnen heimlich durch die Flure der Charité, summte hinter Ecken, wollte sich bei ihrem Halbbruder einschmeicheln, Gerechtigkeit spielen, Bentins Verachtung und Haß wettmachen.

›Schwester‹, flüsterte Käthe, ›wieviel bekomme ich für das Morphin, wenn ich es dem Apotheker verkaufe?‹

›Ein, zwei Mark vielleicht, ist nur ein Alkaloid.‹

›Mehr nicht?‹

›Nein. Schau mal, die Tütchen gehören der Charité und sind gekennzeichnet. Bei deinem Pech meldet's der Apotheker, und du wanderst ins Gefängnis.‹

(Anna liest viel zu viel für ihr zartes Alter, sie flüchtet vor Bentin in Bücher, ihre Phantasie schlägt Purzelbäume. Liest einen Schmöker betitelt *Der Trotzkopf* und leidet an der Stelle, als Ilse, die Heldin, sich entschuldigt wegen eines zornig vor die Füße der Pensionatsvorsteherin geworfenen Strickstrumpfs und sich beim Entschuldigen ›so leicht wie nie im Leben fühlt, so frei und froh.‹ Ja, und? frage ich, die ich wirklich keine Zeit und keinen Sinn habe für Annas Mumpitz. Ich bin anders, sagt sie, ich bin wie du, ich dachte, das wüßtest du.)

›Also dann, ein Prosit auf 1901 und dein armes Paulchen!‹ sagte Max und ließ sein Glas minderwertigen Schaumweins gegen Henriettas klingen. Max hatte auch schon bessere Zeiten gesehen, die Fassadenkundschaft der Keibel war alt und haarlos geworden und sparte auf elektrisches Licht und Fernsprechapparate. Aus dem Hof der Charité erklang das Spotzen und Zischen und Heulen des Ehrenfeuerwerks für

Virchow, aus den Nachbarkammern des Wohnheims das heute nicht so monotone, da vom einen oder anderen Gläschen Wermut befeuerte Beten der Diakonissen. Hatte der greise Zwerg seine Gruft in der Pathologie verlassen, wo er die Geschwulstlehre weiterentwickelte, und ließ sich feiern? Einmal nur war Henrietta ihm, das Paulchen im Arm, in der Speiseanstalt begegnet und hatte Virchows Kneifen in Paulchens Wange und sein hingemurmeltes ›Jetzt geht das Ganze also von vorne los‹ als wichtiges, wegweisendes Zeichen empfunden.

›Das neue Jahrhundert schleicht so, wäre es doch wenigstens 1915, dann wäre Paulchen schon fast mit dem Gymnasium fertig.‹ Paulchen schlief in seiner Decke neben dem Ofen, er hatte Nerven wie Drahtseile, nur Henriettas Küsse konnten ihn wecken.

Max schenkte nach. ›Alle Feiertage und Gedenktage und Feuerwerke sind mehr und mehr Illusion. Wir sollen tanzen und springen. Die Deutsche Bank baut eine Bahn in Bagdad, der Kaiser und Bülow reiben sich die Hände, das ist das wahre Feuerwerk.‹ Noch immer verfolgte Max das Soll und Haben des Weltkontos, las seine Zeitschriften, lauschte den Rednern, träumte von in Mohrenköpfen oder Eissorbets versteckten Bomben. ›Aber sie sollten sich nicht zu sehr in Sicherheit wiegen‹, sagte er, ›Uljanow ist schon in München. Dein armes Wurm wird eine neue Gesellschaftsordnung erleben und nicht mehr arm sein. Daß Julia von und zu Hochmut Mutter geworden ist, weißt du?‹

›Ihr Vater erzählt es jedem, ob er's wissen will oder nicht. Aber woher weißt du es?‹ Julia und Eugen hatten ihre Tochter Rafaela genannt und Professor von Leyden eine Photographie des in seiner dampfergroßen weißen Wiege nur zu erahnenden Säuglings geschickt, die in seiner Ordonnanz an der Wand hing. Sie hatte den kleinen Äffchenkopf schließlich doch auf dem weißen Seidenkissen entdeckt: Julias breiter Clownsmund, aber Henriettas und Eugens und Paulchens Rabenaugen.

›Julias fette Freundin Friedel Lauer war in der Keibel.‹

›Wieso?‹

›Sie wollte sich eure alte Bude ansehn, wo jetzt dieser alte Schmierlappen Wolnikowski mit seiner fünfzehnjährigen Frau wohnt.‹ Gesches kleinwüchsiger Schmalmachervater hatte sich zur Ruhe gesetzt und eine blutjunge, blinde Näherin geheiratet, die ihn versorgte.

›Warum? Was wollte sie da?‹

›Keine Ahnung.‹

›Unheimlich.‹

›Es wird ein unheimliches Jahrhundert, das sage ich dir. Köpfe werden rollen, wie sie noch nie gerollt sind. Die Massen werden nicht mehr betteln, sie werden schießen!‹

›Und du wirst sie anführen, die Diakonisse vom Dienst.‹

Max hatte sich das Gesicht grau geschminkt und trug knöchellange Diakonissentracht, Perücke mit Dutt, ein Häubchen. Er wollte später noch zu seinen ›lustigen Leutchen‹ vom Alexanderplatz.

›Jette, du warst im Gefängnis, und keiner der Bonzen hat dir geholfen. Hätte dein famoser Geheimrat nicht einfach sagen können: Das Mikroskop wollte ich ihr sowieso leihen …?‹

›Du vergißt, ich besaß keinen Institutsschlüssel mehr, wir sind eingebrochen.‹

›Hätte er nicht einfach sagen können: Ich bin der Größte, der Kaiser stopft mir das Geld zum Hintern rein, ich verlange die Freilassung meiner Freundin Jette?‹

›Das verstehst du nicht, Max.‹

›Aber du verstehst es, ja?‹

›Er ist Robert Koch. Er kann sich mit einer wie mir nicht belasten. Ich war nur die Labormaus, mehr nicht.‹

›Mehr nicht, sagt sie, heilige Arschbacke. Ich an deiner Stelle würde mich rächen wollen, anstatt mein eigen Fleisch und Blut noch *Robert* zu nennen.‹

›Ach, Rache … das ist was für Frisöre‹, log sie mit einem Blick zu ihrem schlafenden Paulchen. Keiner war eingeweiht, selbst Max und Gesche nicht. Der Vorname des geflohenen Kindsvaters lautete unauffällig, schattenhaft, wohlgeboren *Eugen* (diese Taufe hatte sie mehr Überlegung gekostet als die Namenswahl ihres Sohnes), der Zuname blieb aus Gründen der Diskretion geheim, und über Eugen durfte in Henriettas Gegenwart nicht gesprochen werden, *finito*. Glückwunsch zum Geburtstag, mein Sohn, wir haben große Pläne, wir müssen sparen, aber ich schenke dir alle meine Tage und Bentins Taschenuhr.

Es klopfte. ›Grete braucht dich dringend auf der Station‹, hörte sie Schwester Immakulatas Stimme.

Käthe lag, den Hals über ihrem Beinstumpf verrenkt wie ein toter, bläulicher Schwan, am Boden neben dem Krankenbett. Die anderen Frauen warfen Käthes altmodischen, löchrigen Kapotthut von Bett zu Bett, ließen eine Schnapsflasche kreisen und sangen leise eine Melodie, die in der Neujahrsluft lag: *Schenk mir doch ein kleines bißchen Liebe, Liebe, Liebe, sei doch nicht so schlecht zu mir*. Sie hatte das gehortete Morphin auf einen Sitz geschluckt. ›Mehr nicht?‹ waren ihre letzten Worte gewesen.

2 Lebenslauf einer Frau

›Laß dir ruhig Zeit, Mäuseschwänzchen. Die Herrin kommt heute spät. Sie gründet den Damenautomobilclub mit Frau Runkwitz und dieser Friedel Dieterich, die man aufblasen und platzen lassen will wie einen Frosch. Würde es dir gefallen, wenn dein Herr eine Tasse für dich abtrocknet?‹

›Ich hätte gern ein paar Stunden Ausgang mit Paulchen.‹

›Ausgang ist gestrichen für immer. Du scharwenzelst nur in der Charité herum und setzt ihm Flausen in den Kopf. Paulchen geht es gut, hörst du nicht, er zeigt meiner Prinzessin und dem Kinderfräulein die Klaviertasten.‹

›Es ist Sonntag, Hans-Ulrich, jeder hat ein Recht auf –‹

›Du sollst mich Emil nennen, wenn wir unter uns sind, oder ich schneide dir die Haare ab. Emil der Schreckliche. Ich wette, *er* ist dieser ominöse *Eugen*. Du könnest ihm einen Skandal androhen und im Geld baden.‹

›Wenn du es sagst.‹

›Ich habe dich beobachtet, Schwänzchen, seit deiner Kindheit. Ich kenne dein Leben wie kein anderer. Ich weiß alles von dir.‹

›Wissen hält nicht länger als Fisch.‹

›Aua, das tut weh, aua, das wird bestraft.‹

›Ich bin soweit.‹

›Ich aber nicht. Putz das Silber.‹

›Hab' ich erst vorgestern geputzt.‹

›Immer wieder eine schöne Beschäftigung. Behauche und poliere es. Was wollte ich sagen? Deine falschen Väter, Koch, Ehrlich: Waschlappen. Bentin: ein Witz. Cassini: zu hübsch, um wahr zu sein, außerdem bankrott und immer schon hinter dem Geld der Leydenglucke hergewesen. Aber Behring, *von* Behring muß man ja jetzt sagen, das ist ein anderes Kaliber, den hast du geliebt. Hat er dich besser gewürgt als ich? Kennt er unser kleines Bilderspiel, der Herr Nobelpreisträger? Ich bezweifle es.‹

›Daß Behring den Preis bekommen hat und nicht Koch … Ruhm oder Rühmchen, Sie haben die Wahl. Sagte er immer zu Kitasato.‹

›Tu nicht so vornehm, als gehörtest du noch dazu. Kein Hahn kräht mehr nach dir. Beihilfe zur Selbsttötung einer Patientin, da mußte sogar dein alter Freund Virchow passen. Ich persönlich glaube ja, daß er aus der Straßenbahn *gestoßen* wurde. Vermutlich von *von* Behring.‹

›Du weißt genau, daß es anders war.‹

›Meinst du den Mord an Virchow oder den Mord an der Patientin Käthe Zimpel?‹

›Ich will nicht, daß Paulchen auf eurem Klavier spielt. Er soll lesen.‹

›Annelotte will es so. Unser Töchterlein bekommt blanke Augen von seiner Klimperei. Lesen kann er im Gefängnis. Ich habe auch noch Henry Wittigs gefälschte Immatrikulationspapiere, vergiß das nie …‹

›Was besagen die schon nach all den Jahren?‹

›Zusammen mit der Zeugenaussage des Verwaltungsdirektors Heinzelmann: viel. Ich hüte sie wie meinen Augapfel. Schweres Verbrechen, fünf Jahre Gefängnis, wenn man den Brummkreisel der Bürokratie so richtig dreht. Kein Schwein hat dir geglaubt, daß du diesen Aufsatz geschrieben hast.‹

›Glaubst du es?‹

›Seltsamerweise ja.‹

›Wirst du es vor Paulchen bezeugen, wenn er alt genug ist?‹

›Ich gebe zu, ich war ein mittelmäßiger Student. Lange habe ich mich dafür gehaßt. Ganz besonders, wenn ich dich nachts in der Bibliothek beobachtet habe aus meinem Versteck. Wie du mit den Büchern zu Bett gingst, wie du glühtest.‹

›Wirst du vor Paulchen bezeugen, daß ich den Aufsatz geschrieben habe?‹

›Planst du, diese Welt zu verlassen?‹

›Nein, plane ich nicht. Ich suche nur einen Zeugen. Er wird dir glauben, bei der Stellung, die du innehast.‹

›Bald bist du verwelkt. Aber mein Patenkind hat gerade das richtige Alter. Die nehme ich mir als nächstes vor. Paulchen schneide ich die Zunge heraus und verkaufe ihn als den Kaspar Hauser des zwanzigsten Jahrhunderts an seinen Vater *von* Behring.‹

›Bist du jetzt in Stimmung, können wir's hinter uns bringen?‹

›Noch nicht ganz in Stimmung, Jettelchen, danke der Nachfrage. Was für unrichtige Uhren ihr Frauen doch seid.‹

(Anna besitzt ein sogenanntes ›Poesiealbum‹, in welchem ihre Fassadenschulfreundinnen sich im Lauf der Jahre mit allerlei Sinnsprüchen verewigen müssen. Als wir uns zufällig oder nicht zufällig auf der Straße treffen, wo ich Pakete aus Annelotte Heinzelmanns Automobil lade, zeigt sie es mir und bittet mich, etwas hineinzuschreiben. Sie braucht dringend eine eigensinnige Freundin wie Julia, die ›Poesiealben‹ schlicht ›zum Speien‹ fand. Julia hätte Anna auch modisch beraten und ihr die miederlosen Gewänder und die Haarbandeaus ausreden können, die sie bevorzugt. Ach, Julia. *Lebe glücklich, lebe froh*, lese ich, *wie der Spatz im Haferstroh. Lebe glücklich, werde alt, bis die Welt in Stücke knallt. In Liebe Deine Irene Dieterich.*)

Annelotte Heinzelmann knatterte, eine Lederkappe über den Kopf gestülpt, durch die Stadt, wo, wie sie meinte, an jeder Ecke zu jeder Zeit etwas Pikantes geschehen konnte, spielte mit anderen Damen Bridge um hohe Beträge aus dem elterlichen Grundbesitzvermögen (die halbe Straße gehörte ihrer Familie), rauchte englische Zigaretten und gab Henrietta hin und wieder eine ab, schaute im übrigen weg, wenn sie zu Hause war, schenkte Paulchen einen kleinen weißen Ball und ließ ihn ansonsten in Ruhe.

Hans-Ulrich Heinzelmann hängte die Kammer über der Tischlerei am Ende der Straße mit Bildern und Zeichnungen voll, er stöberte diese Darstellungen inquisitorischer und kannibalistischer Greuel bei verschwiegenen Trödlern am Spittelmarkt auf. Die Tischler hämmerten und sägten auch am Sonntag, seinem Lieblingstag, aber Henriettas Nerven waren abgestumpft, fast tot, und sie schrie nicht länger, wimmerte nur noch, das Wimmern gefiel ihm sowieso besser. Früher hatte es ihm genügt, ihre Haare an dem Bilderrahmen festzunageln, der in der Mitte der Kammer auf ein kleines Holzpodest geschraubt war und in dem ihr Kopf stecken mußte, während er allerlei Applikationen vornahm. Letzte Ostern eine Neuerung, der Bilderrahmen war nun Schraubstock, ihr Kopf in verschiedenen Positionen wie eine Nuß im Knacker, moderne Menschenkunst nannte er es und gab sich Phantasien von Schädelöffnung hin, um die Mechanismen in Henriettas Kopf zu erforschen. Doch hätte er dort nichts gefunden, die Spindel drehte sich nicht mehr.

Ein eher harmloser Bilderzyklus aus dem vorvorigen Jahrhundert, der Professor Lombroso auf den ersten Blick erfreut hätte und den sie gerne wie früher die Philadelphiaphotographie in ihrem Brustbeutel herumgetragen hätte (sie hatte den Brustbeutel im Gefängnis verkauft), hing an der Wand des Heinzelmannschen Speisezimmers. In sechs Miniaturen, betitelt *Lebenslauf einer Frau*, zeigte der Zyklus die Lebensstationen zweier Frauen, im oberen Bildteil die einer Fassadenbewohnerin, im unteren die einer Hure. Im oberen Bild blickte das junge Fräulein jungbelassen in ihr inneres Selbst, im unteren grinste das aufgetakelte Freudenmädchen aus alten Augen in eine freudlose Welt. Oben las die marienmilde Mutter ihrem Töchterlein Märchen vor, unten lockte die Ausgemergelte, eine Glasperlenkette um den Hals wie einen Galgenstrick, den schnauzbärtigen Grenadier. Oben neuer Kindersegen und der treusorgende Gatte mit Schlafmütze, unten Bedrängnis durch einen alten Lüstling mit Beulen am Kopf. Oben das in Ehren ergraute, würdevoll promenierende Paar, unten Mord und Totschlag bei besoffenen, zahnlosen Furien. Oben halsten Enkel die Großmutter und küßten ihr die Hände, unten starb ein Schatten, eine Silhouette im Stroh. Es brauchte viele Monate Staubwischens im Speisezimmer, bis Henrietta die Ähnlichkeit der Gesichtszüge in den wechselnden Szenen bemerkte. Sie schaute genauer hin. Kein Zweifel, es waren nicht zwei Frauen, es war eine, ein- und dieselbe. Die letztgültige Lehrstunde im *Unterdessen* für alle Wanzen und Wesen, die laut Professor Henking aus einer mikroskopisch deutlich sichtbaren Samenstruktur X als Weibchen am Leben teilnehmen durften.

Oft wußte sie nicht mehr, wer sie war. Wo gehst du hin? fragte Heinzelmann, wenn sie ziellos zwischen den Zimmern pendelte. Zu meiner Freundin Henrietta, sagte sie. Draußen zogen die weicheren und die härteren Tage vorbei, sie nahm nicht teil, dämmerte traumlos neben Paulchen, durch das blinde Fenster der Folterkammer blieb der Himmel immer dunstig, immer abweisend, die ganze Welt verschwamm in Verneinung.

3 Du-Nie-Wieda

Unten im Schankraum spielte Paul Robert Mahlow wieder seine Melodien auf dem Klavier und sang auch noch dazu. Es war keine erhebende Musik, aber Musik lenkte sowieso nur vom Wesentlichen und von wichtigen, lebensbestimmenden Entscheidungen ab. Bachs Wohltemperiertes Klavier sei nicht Ausdruck einer einzelnen Menschenseele, hatte Eugen gemeint, sondern Ausdruck des Ganzen, wo alles miteinander in Beziehung stehe. Girlanden für Julia, die musikalisch gekämpft und gewonnen hatte. Wer hingegen hatte gesagt: Mal ein Leierkastenlied, das lasse ich mir gefallen, aber das Gefiedel und der Bläserbombast und vor allem die Chöre, *dans le pissoir avec toute la chose*? Paul Ehrlich? Paul Robert sang:

›Es lebe Meister Koch!
Die Welt horcht auf, mit kühnem Forschermut
Hat er die schreckliche Bazillenbrut,
Die mit der bösen Schwindsucht uns geplagt,
Mit einem Schlage in die Flucht gejagt.
Ja, Meister Koch, der nie den Brei verdirbt,
Erreicht's, daß daran selten einer stirbt …‹

Schon als er ein kleines Kind gewesen war, hatte Henrietta ihm Andersens Märchen vom Wassertropfen vorgelesen, auch die traurige Geschichte von den *Galoschen des Glücks*, ohne Wirkung, ohne Resonanz. Die Biologiebücher später: achtlos unters Bett geworfen. Das Angebot, unter ihrer Anleitung mit dem vorsintflutlichen Beck & Beck des Volksschullehrers mikroskopieren zu lernen: lachend abgelehnt.

Das Einsperren im Kohlenkeller mit Kerze und anatomischen Tafeln aus der Volksbücherei: achselzuckend und summend hingenommen. Beim Spaziergang mit Dr. Ferdinand Sauerbruch im Zoologischen Garten: Papageienschreie nachgeahmt und den Mädchen Augen gemacht. In der Volksschule, trotz wohlweislicher Unterstützung durch den Lehrer: nur Vieren, Fünfen und Sechsen, außer in Musik. Er sei ein musikalisches Wunderkind, behauptete ihr Sohn. Seit er herausgefunden zu haben glaubte, daß nicht der abwesende Eugen, sondern der ebenfalls abwesende Robert Koch sein Vater sei, komponierte er an einer ›Koch-Revue‹ herum (Texte natürlich auf Annas Mist gewachsen), Maletzki monierte schon, die Kundschaft wollte Gängiges, wollte das Lied *Seine Durchlaucht Radieschen* hören, welches er ganz passabel und lustig vortrug. Hinter dem Kochfimmel steckte vermutlich Max, der sich neuerdings von Polizeispitzeln verfolgt fühlte und das Fallen einer Stecknadel hörte und alles übelnahm, besonders Henriettas Geheimniskrämerei um Eugen. Würde das ererbte Talent bei Paulchen erst später durchschlagen? Es mußte, sonst wäre ihr Überleben und Maletzki und die Kammer, kaum größer als ein Wandschrank, in der sie und Paulchen und Gesche wie Hühner gehalten wurden, umsonst gewesen und alles, auch das Letzte, die Rache, verloren. Sie sei eine Leidenschaft, die Rache, eine Art Liebe, hatte Heinzelmann gesagt, als er von Virchow in die Bibliothek abgeschoben und von Henrietta wie Luft behandelt worden war.

Paulchens Lehrer brauchte heute wieder ewig. Sie drehte den Kopf und las die Zeitung, die er auf den Liebesstuhl gelegt hatte. *Cometa propheta* lautete die Schlagzeile. Bei ähnlicher Betätigung, in ähnlicher Position hatte sie gestern oder vorgestern oder vor Jahren von Kochs und Ehrlichs Nobelpreisen gelesen; noch perverser als der den frauenheilkundlichen Untersuchungsmöbeln nachempfundene Liebesstuhl war das, was der Lehrer den ›Webstuhl der Zeit‹ nannte, an dem die Sieben Weltwunder und die Wunder unserer Zeit gewirkt worden waren, so der Lehrer. Der Liebesstuhl sei überfrivol, meinte er, der auch spitzenbesetzte, kurze Hemdchen verschmähte, rote Stiefel und Photographien lebender Bilder von Gesche und Henrietta beim nackichten Bockspringen, die Maletzki als Andenken verkaufte. Für den Lehrer hatte sie einen Arztkittel anzulegen, das Zitieren epochaler medizinischer Aussagen wie Virchows (Friede seiner Asche) *omnis cellula e cellula* brachte ihn in Wallung. Es sei eine Wonne mit ihr, lobte sie der Lehrer, fiebrig und sachlich zugleich, Maletzki habe nicht zuviel versprochen, man spüre, daß Henrietta aus besseren Kreisen käme und über eine gewisse Bildung verfüge. *Quod licet iovi, non licet bovi*, tadelte sie ihn, und er juchzte. Ich wünschte, ich hätte deine Zwanzigmarksprüche drauf, sagte Gesche, die sich an einem unleidlichen Devisenhändler mit dem Satz ›Wenn dein Schwanz steigt, wird der Dollar fallen‹ vergangen hatte. Gemeinsam mußten sie es mit dem Besitzer des sprechenden Hasenheidenhundes ›Lothar‹ unter Einbeziehung ›Lothars‹ treiben. Unerforschlicher als alle Krankheitserreger, die es überhaupt gab, waren die Wunschträume der Männer.

Paul Robert Mahlow, noch *eine* Strophe, und ich gebe dich im Kloster ab. Doch Paulchen verstummte plötzlich. Anna? Obwohl sie ihr den Besuch des ›Rotkehlchens‹ strengstens verboten und sie verstoßen hatte?

(Anna stiehlt Bentin Geld und spart es für Paulchen und mich. Nur eine Frage der Zeit, bis Bentin dahinterkommt und mich zur Verantwortung ziehen und ins Gefängnis werfen lassen wird. Sie treibt sich in Dahlem herum bei ihrer Busenfreundin Irene Dieterich, Tochter von Friedel Dieterich geborene Lauer. Die Dieterichs, lügt sie frech, hätten ein Interesse an mir, daß es mir gutgehe und ich wieder auf die Beine käme. Sie besucht das Lyzeum, scheint alle naselang verliebt zu sein, bringt Bestnoten nach Hause, will allen Ernstes Medizin studieren, was ich ihr dreimal verbiete. Warum darf ich nicht fortsetzen, was du angefangen hast? will sie wissen. Weil ich nicht möchte, daß man dir weh tut, ich beschütze dich, so sind Mütter nun einmal. Im Zoologischen Garten, wo sie mich unter dem Vorwand hinschleppt, Paulchen einen heiteren Nachmittag zu bereiten, stellt sie mir den jungen Chirurgen Dr. Sauerbruch vor, einen Schüler des Bergmann-Freundes Mikulicz und Freund der von Leydens und Dieterichs, der an der Charité ein Druckdifferenzverfahren vorgestellt hat, mittels dessen man jetzt am offenen Thorax operieren kann. Und merkt gar nicht, Bentins neunmalkluge Tochter, wie weh sie mir damit tut, welche Wunden sie aufreißt. Denn Sauerbruch, der diese Stadt ›das schöne Spree-Athen‹ nennt, ist bestens informiert und präpariert worden von ihr und lobt sie und ihr ›Interesse‹ an der Medizin und offeriert, eine ›Brücke‹ zu schlagen zwischen Lydia im allerneuesten Institut für Infektionskrankheiten und mir im ›Rotkehlchen‹, das er nicht mit Namen nennt, von dem er aber weiß, ich kann es ihm ansehen. Geheucheltes Mitgefühl, eine Spezialität der Chirurgen; später, wenn kein Organ mehr an seinem angestammten Platz ist, waschen sie ihre Hände und beißen in ein Wurstbrot. Mein Gatte ist auf Reisen, er wird sich um alles kümmern, wenn er zurück ist, sage ich und wasche Anna später in der Stadtbahn gehörig den Kopf, den sie zu hoch trägt, und ohrfeige sie. Sie trudelt mit weit geöffneten Armen durchs Abteil und bleibt an einer Haltestange hängen. Auf dem zurückweichenden Bahnsteig ein alter wehmütiger Nachtschwärmer, der mich vage an Eugen erinnert, scheint nicht zu begreifen, daß der Zug abgefahren ist und er auf den nächsten warten muß. Das kleinste, das geringste Auftauchen meiner Wenigkeit in der Charité – und Paulchens Chancen sind futsch wie der kleine weiße Ball, den er auf der Jannowitz verlor.)

Nächsten Monat sei er pünktlich wieder zur Stelle, sagte der Lehrer. Was es mit *Cometa propheta* auf sich habe, fragte Henrietta. Sie las nur die Schlagzeilen, der Rest konnte zum Teufel fahren. Ein Komet werde erwartet, wie er nur alle Jahrhunderte, Jahrtausende erscheine, sagte der Lehrer, möglicherweise stehe der Weltuntergang bevor. Paulchen sang weiter:

›O welch ein wunderbares Bild
Wird da der ganzen Welt enthüllt.
Es kommen neue Menschen zu,
Die alten gehen nicht zur Ruh …‹

So schauderhaft es auch klang, sooft ihm auch die Stimme wegbrach, es war leichter zu verzeihen als ihr eigener Anflug von Mutlosigkeit kurz vor seinem Geburtstag. Am Bahnhof Friedrichstraße war die Uhr eine Viertelstunde nachgegangen, am Lehrter, wo sie den ersten und letzten Schnaps ihres Lebens kippte, eine Viertelstunde vor. Schlechtes Omen, auch wenn es darauf jetzt nicht mehr ankam. Also hatte sie sich gegen die Schienen entschieden und war auf ihren treuen Füßen zu ihrem treuen Fluß gelaufen, im Zickzack und Sauseschritt, als flüchte sie vor den Blitzen des einsetzenden Gewitters, über die Höfe und durch die Gassen, wie früher, als sie die erste und einzige Laufbotin am Kaiserlichen Gesundheitsamt gewesen war. Die Zeilen an Paulchen (*Vergiß nie, auch wenn er fort ist für immer: Dein Vater liebt Dich und will stolz sein auf Dich*) zerriß sie und warf die Schnipsel von der Jannowitz. Gar nichts sollte von ihr bleiben. *Navigare necesse est, vivere non est necesse.* Paulchen würde, hoffte sie, nicht in die Kinderabteilung der Palme am Prenzlauer Berg gesteckt werden, sondern vielleicht Gnade bei Annelotte Heinzelmann finden. Hans-Ulrich würde alle Hände voll zu tun haben, den Freitod des Dienstmädchens zu erklären und gewisse Spuren zu vernichten.

Henrietta? fragte sie auf der Brücke und roch an ihrem Haar. Nein, nein, sie wollte nicht mehr Henrietta heißen, noch Jette oder Henry oder Etta oder Henny, Du-Nie-Wieda sollte ihr letzter Name sein. Sie stopfte sich das Amtsblatt mit der Nachricht, daß Frauen von Stund an zum Studium zugelassen waren, in den Rachen und verband Mund und Nase fest mit einem Tuch. Dann sprang sie. Aus den Augenwinkeln sah sie ein Schemen an der Flußmauer, das ihr bekannt vorkam, und dachte zuerst, es sei Heinzelmann, und beeilte sich beim Untergehen. Als nächstes spürte sie einen stechenden Schmerz im Nacken und riß die Augen auf und erblickte dicht vor sich im galliggrünen Wasser die Klinge eines Messers.

Die Schnappmesser in den Lederscheiden unter seinen Sockenhaltern sah sie seither noch oft bei Theobert Maletzki, genannt Löwe des Ostens. Auch Heinzelmann sah die Messer aufblitzen und bekam, wie

Maletzki berichtete, einen mächtigen Schock, und obendrein noch einhundert Mark; mehr veranschlagte der Fleischhändler nicht für die neue Schindmähre in seinem Stall, dem Etablissement ›Rotkehlchen‹ in der Krausnickstraße. Doch die Schnappmesser drohten nur, ritzten nur, verletzten nicht so tief wie die Schrauben des Bilderrahmens oder das Dahindämmern unter den blinden Fensterscheiben, oder wie die Freudenrufe der ersten Medizinstudentinnen, die durchs Tor der Charité zogen und von ihren Kutschern und Chauffeuren nach Hause gebracht wurden, während die kleine Assel am Spreemäuerchen gegenüber im Mondlicht über Henriettas Daumen krabbelte.

Maletzki, du Sau, ich wollte sterben! hatte sie ihrem Lebensretter zugerufen, nachdem sie beide an Bord eines Kohlenkahns gezogen worden waren, der endlos weiter durch die Stadt dampfte, ehe er seinen Hafen fand.

4 Nacht der Nächte

Holzmarktstraße, zwei Fassadenzimmer, eines davon mit Morgensonne und Blick auf den Fluß, diesen Blick hat Madame sich gewünscht, ihrem Wunsch ist entsprochen worden. Es ist Gesches Werk gewesen, Gesche hat die Verhandlungen geführt, hat nicht vergessen, daß ich ihrem Vater und der blinden Näherin die Keibelwohnküche vermittelte. Die Dieterichs, deren elektrische Drähte und Kabel den Erdball umspannen, haben die Miete für unvorstellbare zehn Jahre im voraus beim Hauswirt hinterlegt, sie setzen Vertrauen in die Zeit, weniger in mich, die ich doch nur noch aus Zeit bestehe. In zehn Jahren wird Paul Robert Arzt und Forscher sein, das eher musikalische Gebiet der experimentellen Vererbungslehre, meinen wir, die fluktuierenden und individuellen Variablen, werden das Richtige für ihn sein, mehr kann ich mir nicht vorstellen. Die Leute rotten sich auf den Straßen zusammen und gucken in die Luft, hinter den Luftschiffen, die sie begaffen, als würden diese jeden Moment Heilung abwerfen, lauert der Komet, die Kirchen haben Zulauf wie nie, auch die Reliquienhändler, sehr gefragt sind das Ohrenschmalz der Jungfrau Maria, die Barthaare Johannes' des Täufers, die Max liefert, und Strohhalme aus dem Stall von Bethlehem. Wenn ich nicht gerade Paul Robert unterrichte oder wenn wir nicht gerade in Baden-Baden sind, schneide ich Silhouetten der Kometenverrückten und nagle sie an die Küchenwand, eine Galerie dumpfer Rindviecher und verirrter, verwirrter Schafe, die darauf warten, fast darum flehen, daß irgendein Blitz in sie einschlagen möge.

Wir sind mit Paul Robert in Baden-Baden, es ist inzwischen Mai, der Komet hat die Welt nicht kaputtgekriegt, aber Koch liegt im Sterben, und ich will, daß er Paul Robert sieht und berührt. Auch das haben die

Dieterichs ermöglicht, die Stiftung zahlt mir monatlich das Dreifache des Kaufpreises, den Maletzki für mich entrichtete. Hedi läßt uns nicht vor, noch nicht einmal Paulchen, der mir kaum glauben will, daß ich den Besitzer dieser Zwanzigzimmervilla schon kannte, als er noch mit Knechtel durch den Wollsteiner Morast stapfte, und traurig ist, nicht sein Sohn zu sein, was ich beweisen konnte, indem ich ihm Berichte über Kochs Reise nach St. Petersburg zum Zeitpunkt der Zeugung vorlegte. Du mußt ihm ein Loch in den Bauch fragen, Paulchen, das wird ihn erinnern und milde stimmen. Doch es kommt nicht dazu. Hedi ist keinen Deut älter geworden, ihre Haut glänzt ölig braun wie die einer Tempeltänzerin, Kunstmaler braucht sie nicht mehr, sie genügt sich selbst, raucht schmale Java-Zigarren und trägt ein brokatenes Gewand, noch einmal ist sie mit Koch um die Welt gereist, noch einmal haben sie in einem privaten, ultrageheimen Institut, angeblich in einer verlausten, finsteren Bude unter dem Stadtbahnbogen am Schlesischen Tor, die Tuberkulinforschung aufgenommen, bis Koch am 1ten April die Kapuze seines englischen Regencapes über den Kopf zog und sagte: Mit jeder Entdeckung, jeder Geste der Befreiung habe ich mich ein Stück mehr eingesperrt. Ich kann dich nicht zu ihm lassen, sagt Hedi, du regst ihn immer so auf. Ich verstehe dich ja, Jette, aber er versteht dich nicht mehr, für ihn hättest du ewig zwölf Jahre bleiben sollen. Wir gehen in seinem parkähnlichen Garten spazieren, Paulchen bleibt zurück und studiert eine Photographie, die Rafaela mißmutig und gelangweilt auf einem Reiseschemel vor dem Eiffelturm zeigt, sie hat die Beine übereinandergeschlagen, unterdessen versagt Kochs Herz, und er stirbt in Hedis Armen. Ich stehle einen kleinen vesuvinbraunen Stein aus seinem Park, den ich für Paulchen aufheben will.

Es ist der 1te April, die Charité wird zweihundert Jahre alt und wird wieder belagert, diesmal nicht von blutspeienden Scheichs, Maharadschas und Amerikanern, sondern von allen, wirklich allen, die je einen Wassertropfen unter dem Mikroskop betrachtet und gewußt haben, daß alles gut wird. Sogar das Wetter, dessen ewig gleichen Aufführungen wir mit den Jahren überdrüssig geworden sind, versucht eine Premiere: schwärzlicher Regen geht im Hof auf uns hernieder. Aber es ist nur ein geborstener Schlot der Irrenabteilung.

Dr. Otto Lubarsch, der aufgehende Stern am Pathologenhimmel, kündigt im rappelvollen Hörsal Ehrlich an, beide sind Juden und Christen zugleich und mögen einander auf den ersten und auch zweiten Blick nicht. Behring sitzt seitlich, Ehrlich spricht nicht mehr mit ihm, er fühlt sich von Behring übervorteilt, das Schweigen zwischen beiden ist geräuschvoller als die gesamten Zweihundertjahrfeierlichkeiten. Natürlich steckt Behring hinter der Stiftung der Dieterichs, jetzt wird mir auch das Interesse und Spionieren der Friedel Lauer klar. Spät, aber nicht zu spät hat Behring eingesehen, daß von seinem Umfeld nur Kitasato und ich die spezifischen Mängel des Heilserums genau kannten. Um sein menschliches Versagen im Hotel Victoria zu kaschieren und das Gesicht zu wahren, verteilt er Henry Wittigs Leibrente jetzt über die Dieterichs an mich weiter. Beim Empfang den Abend zuvor geraten wir zwischen die Fronten, Behring und Ehrlich haben Paulchen noch nie gesehen und streiten sich schweigend, wer mir als erster keine Frage stellt. Behring hat vergessen, wie hübsch, Ehrlich, wie hübsch *und* klug ich sei. Dann gehen sie ihrer Wege, wie alle Menschen.

Ehrlich würdigt Koch, der nicht weit von uns entfernt bei den Studenten hinter der letzten Sitzreihe steht, ein englisches Regencape im Arm, als wollte er gleich gehen. Die Studenten tuscheln leise und werfen ihm ehrfürchtige, auch ängstliche, auch gierige Blicke zu, und ich entdecke Anna, die sich Notizen zu Ehrlichs Rede macht.

(Anna will zu Paulchen und mir in die Holzmarktstraße ziehen, da Bentin sich neu verheiratet hat, mit einer Schreckschraube ersten Ranges, wie sie sagt. Selbstverständlich lehne ich ab, die Wohnung ist viel zu klein für drei.)

Wie Sie wissen, habe ich zwei Laster, sagt Ehrlich, Zigarren und Detektivgeschichten, besonders die des Kollegen Conan Doyle. Nun habe ich einmal aus einer Laune heraus versucht, fährt er fort, die Geschichte des Hundes von Baskerville rückwärts zu lesen, also bei der Enttarnung des Mörders anzufangen und mich dann langsam Satz für Satz auf den Anfang zuzubewegen, und ich sage Ihnen: es ist schier unmöglich, man versteht nur Bahnhof. Aber unser aller Meister Geheimrat Koch hat genau dieses Unmögliche in der Bakteriologie geschafft: Er hat die mörderischen Krankheitserreger entlarvt und sich zurückgearbeitet zu ihren Anfängen, ihren Motiven, ihren Methoden der Tarnung und Vermehrung. Doch Koch zieht die Kapuze seines Capes über den Kopf und sagt zu uns gewandt: Mit jeder Entdeckung, jeder Geste der Befreiung habe ich mich ein Stück mehr eingesperrt. Dann geht er. Es sind seine letzten an mich gerichteten Worte gewesen. Hat er sich selbst zerbrochen wie Vater, oder wurden ihm die Arme und Beine stückweise abgehackt und Augen, Hirn und Herz herausgerissen wie mir? Und wenn, von wem? Ich erinnere mich. Nie gesehene Wesen, beschwanzte, unbeschwanzte, dreihändige, hunderthändige, vieläugige, einäugige wimmeln miteinander, durchdringen einander, flüchten voreinander, strampeln, beißen, leben, sind gemein, pflanzen sich fort und sind häßlich und sind schön.

Wenn wir nicht gerade zweihundert Jahre Charité feiern oder nach Baden-Baden reisen, trinken wir Tee und rauchen *Effendis* im hellen Zimmer in der Holzmarktstraße. Es ist Anfang März, die Stadt und ihre Brücken und ihr Wetter und ihre romantischen Munkelecken und ihre Massenversammlungen für das allgemeine, gleiche Wahlrecht sagen uns nichts mehr. Paulchen spielt auf dem Schifferklavier, das ich ihm zugestanden habe. Eine Photographie meines abwesenden Gatten Eugen gibt es nicht, leider. Briefe schreibt er auch nicht, der Gegenstand seiner Forschungen in den Urwäldern von Brasilien ist mir unbekannt, leider, leider. Paulchen wird von Grete abgeholt, er soll im Diakonissenheim übernachten, dafür bin ich nun wirklich zu alt, Mutter, ich will lieber ins Rotkehlchen, auf einem richtigen Klavier spielen. Er sieht dir beinahe unheimlich ähnlich, sagt Eugen, der nicht weiß, daß er Eugen ist.

Eugens geübter Blick erkennt jedoch sofort, daß ich die geborene Hure bin, keine von seinen pikanten, gezierten blonden Schnepfen, sondern die schärfere Variante, fiebrig und sachlich zugleich und von einer gewissen Bildung. Über Gattinnen und ehemalige oder abwesende Gatten und deren Kinder wird nicht gesprochen. Er ist älter geworden, aber das bin ich auch. Wir passen gut zueinander, ineinander. Aber unsere Fortpflanzungsorgane haben ihre Pflicht und Schuldigkeit getan und erregen mich nur beiläufig. Unsere Augen erstaunen mich, wir können uns endlos anstarren, ohne mit der Wimper zu zukken. In deinen Augen alles finden, alles vergessen.

Du hast mir fürchterlich gefehlt, sagt Eugen, ich liebe dich mehr als die Welt und das Himmelszelt und den speziellen Stern, den ich nach dir benennen würde, wenn ich Gott wäre und alles noch einmal von vorne erschaffen wollte.

Du hast mir auch gefehlt, sage ich.

Wir mußten allein sein mit unseren Gedanken, sagt er, das hat unsere Liebe gerettet.

Ich scheine nicht so viele Gedanken zu haben, wie ich dachte, sage ich.

Es ist die Nacht der Nächte.

5 Herzfehler

Milde, verlogene Sozialkritik war jetzt die Mode, auch auf den breiten Treppen der Fassadenbewohner. Die alleinstehende Portiersche, die nur unter anklagenden Blicken und ihr eigenes Los unaufhörlich bejammernd das Messinggeländer polierte und die Post hochtrug, hatte ihren Sohn beim Durchwühlen des Bettzeugs und Diebstahl des Sparstrumpfs (tausendzweihundertsiebenundfünzig Mark in Münzen) *in flagranti* ertappt und mit ebendiesem harten Strumpf erschlagen. Die beträchtliche Summe war gedacht für ein paar Quadratmeter Rasen, Blumenbeetchen, Holunderstrauch und Hütte in der Laubenkolonie ›Sonnenschein‹, in die sie mit dem Sohn hatte ziehen wollen. Arme kleine Frau, tragische Geschichte, nieder mit der verrohten Jugend, die nach Geld gierte, um es auf der Pferdebahn oder in den Charlottenburger Kinosälen zu verjuxen. Denkfehler, sagte Henrietta jedem Mitbewohner, der es hören wollte, wer hat es dem Sohn beigebracht, hat auf Holunderstrauch und Sonnenschein gespart statt auf Wissen, Bücher, Ausbildung? Und wenn schon nicht dieses, wenigstens dann nicht mehr die Weinerlichkeit beim Polieren und Sparen. Von wem hatte der Sohn das kleingeistige Raffen und das Selbstmitleid und das falsche Weltbild übernommen?

Max vertrat eine radikalere Auffassung, Mutter und Sohn hätten den Hauswirt der Holzmarktstraße und den Parzellenvermieter der Laubenkolonie gemeinsam erschlagen sollen. Maxens Freund, Genosse Lenin, war bereits in München, in London, in Zürich, überall war er, bald würde es ›losgehen‹.

›Warte nur, wenn Paulchen erst zu uns stößt, dann bleibt kein Stein auf dem anderen.‹

›Du wirst ihn aber nicht ermuntern, mich mit meinem Sparstrumpf zu erschlagen?‹

›Auch du beutest die neue Portiersche aus. Und wirst vom Hauswirt ausgebeutet. Und merkst es nicht. In der Keibel hattest du noch den Blick für die Verhältnisse.‹

›Einen freien Blick wollte ich haben. Aber je höher ich kam, desto verlogener wurde alles.‹

›Endlich siehst du's ein.‹

›Man darf nicht teilnehmen, Max. Zuschauen ist die Devise. Ich beziehe meine Leibrente von Behring über die Dieterichs. Ich habe dafür gearbeitet. Ich war gut, sehr gut.‹

›Du phantasierst, du bist so bürgerlich geworden. Ist es nicht dieser Eugen, der dich aushält? Als seine Kokotte? Gondelt er immer noch den Amazonas hinunter?‹

›Vermutlich. Auch ein großer Zuschauer.‹

›Und er fehlt dir gar nicht?‹

›Nein.‹

›Mach mir nichts vor. Du siehst müde aus, Jette, und unglücklich.‹

›Im Gegenteil. Lies nur, was für wohlgeratene Kinder ich habe …‹

Max zog sein Lorgnon hervor und beugte sich über die Briefe. Wie einsam er war, trotz der tausend Genossen, die angeblich hinter ihm standen, ein alter, schräg gesprenkelter Vogel, der auf Fußspitzen immer noch durch die Keibelkolonie streitsüchtiger Spatzen und mordlustiger Krähen tippelte. Henrietta las in Gedanken mit:

Liebe Mutter,
in Paris ist alles schöner und freier und geht auch einfacher, für nichts muß ich mich entschuldigen (außer manchmal dafür, daß ich aus Deutschland komme), ich darf sein, wie ich bin. Professor Cassini arrangierte ein Vorspielen bei Professor Alexander Brenner, *dem* Brenner, der mir höchstes Talent, beinahe absolutes Gehör und traumwandlerische Fingerfertigkeit attestierte. Wir waren auch im Ballett und schauten dem Todestanz eines Mädchens zu, das dem Frühlings-

gott geopfert wurde. Die barbarische Musik dazu war nicht nach Rafaelas und meinem Geschmack, und wir scharrten und buhten den Komponisten aus.
Rafaela durfte ihren Vater schon einmal nach Afrika begleiten, Anna will auch dorthin, und da kann ich natürlich nicht zu Hause bleiben. Vielleicht nächstes Jahr, wenn ich die Untertertia absolviert habe? Rafaela erzählt, die Wilden glauben, erst muß ein Mensch sterben, damit ein neuer geboren werden kann – tolle Idee für meine neue musikalische Revue.
Heute Sonne, Spaziergang im *Jardin des Plantes*, Nichtstun, *bal musette*, es ist immer Heute hier.
Sei umarmt von Deinem Sohn
Paul Robert

›Der wird nie ein Arzt werden, dein Paulchen‹, sagte Max. ›Theatermusiker ist sein Traum. Himmel, wie die Jahre vergehen.‹

›Er wird Mediziner, und wenn ich ihn im Hörsaal anketten muß‹, sagte Henrietta.

›Er wird dir das Herz brechen.‹

›Mein Herz hält was aus.‹

Das stimmte nicht. In letzter Zeit, besonders am frühen Morgen, fühlte es sich an, als würde in ihrer Brust ein kleiner, wild flatternder Vogel erwürgt.

Liebe, verehrte Frau Mahlow,
wir genießen wundervolle Wochen in der Stadt des Lichts. Anna blüht richtig auf und ist über ihr unglückliches Verliebtsein in Gottfried fast hinweg.
Mit unseren Geldmitteln kommen wir aus, zumal meine Mutter noch eine kleine telegraphische Anweisung nachsandte. Ich weiß, Sie machen sich immer Sorgen, aber das müssen Sie nicht.
Es grüßt Sie innigst
Ihre Irene Dieterich

›Wer ist Gottfried?‹

›Frag mich was Leichteres.‹

›Wie die Jahre vergehen, man wird direkt wehmütig. Was schreibt denn Anna …?‹

Meine über alles geliebte Mama,
ich vermisse Dich. Paris würde um vieles mehr erstrahlen, wenn du hier wärest, denn Du bist schöner als alle Französinnen. Wir wohnen in den Gästezimmern des *L'Institut Pasteur*, Paulchen hat sogar eine Extrabude, die Kammer, wo laut Professor Cassini früher einmal Emile Roux geforscht hat! Rafaela Cassini, Irene und ich teilen uns eine *chambre*, Professor Cassini wohnt im Hotel. Er fühlt sich durch uns Kindsköppe jugendlich beschwingt, wie er sagt, und ich hoffe, wir bedrängen ihn nicht allzusehr mit unseren Afrika-Plänen. Rafaela schwärmt immerzu vom Großen Njassalfluß und den Lebensgewohnheiten der Eingeborenen, die, wie sie meint, den unseren, auch den italienischen, überlegen seien, da der Neger wie die Fauna in einem ›ewigen Heute‹ oder ›ewigen Jetzt‹ existiere. Mit Professor Cassini in Afrika auf Robert Kochs Spuren zu wandeln wäre das Himmelreich für mich. Ich hoffe sehr, Du erlaubst es mir, noch besser: Du kommst mit!
Ich will ganz offen zu Dir sein: Gottfried ist *passé*, Du mußt Dich nicht mehr sorgen. Seine Dissertation *Ätiologie der Pubertätsepilepsie* ist zwar brillant und erhellend, wie alles von ihm, doch hat er mir so gar kein Zeichen, gar keine Hoffnung gegeben. Von Tochter zu Mutter, nicht weitersagen bitte: hier am Pasteurinstitut arbeitet ein junger, schweigsamer Assistent aus Nürnberg über Ehrlichs Seitenkettentheorie und die Nachahmung der Natur in der Therapie. Ich glaube, ich habe mich unsterblich in ihn verliebt. Sein Name ist Karl Rothblum. Schon zweimal haben wir unter den abendlichen Lichtern der *Place des Vosges* gesessen und geträumt. Wenn die Hetze gegen uns Deutsche hier so weitergeht, will er sich an der Charité bewerben. Karl vergleicht die Völker Europas mit Trunksüchtigen, die immer stärkerer Getränke bedürften, um morgens überhaupt aufste-

hen zu können. Ich halte es mit Dir: Politik ist etwas für die Dummen.

Vater wollte mir ja die Reise zum ›Erzfeind‹ verbieten, weil Großvter Bentin einundsiebzig von Franzosen niedergesäbelt worden war. Wie gut, daß es Irene gibt, wir sind wirklich unzertrennlich, und unserer gemeinsamen Studentenbude in der Luisenstraße steht nichts mehr im Wege.

Ach, Mama, wenn wir doch gemeinsam in einem Labor des Pasteurinstituts sitzen und reden und arbeiten könnten, nur Du und ich!

Ich sende Dir all meine Gedanken und viele tausend Küsse.
Deine Dich liebende Anna

›Das Postskriptum kann ich nicht entziffern‹, sagte Max. ›Sieht fast aus wie deine Klaue.‹

›Es ist von Rafaela Cassini. *Sehr verehrte Madame Mahlow ...*‹

›Holla.‹

›*... comme les bons temps passent. Man möchte für immer reisen. Ich hoffe sehr, Sie bald einmal persönlich kennenzulernen, und verbleibe mit ergebenstem Gruß, Ihre Rafaela Cassini.*

›Eine kleine Charmeuse.‹

›Eine kleine Hexe.‹

›Ganz die Frau Mama. – Da ist noch ein Brief ...‹

›Mach dich auf die Socken, Max. Ich muß früh aufstehen.‹

›Wozu mußt *du* früh aufstehen?‹

›Um zu sehen, wie die Sonne über der Spree aufgeht.‹

Ich werde halt nie über Angermünde und Baden-Baden hinauskommen, dachte sie, als sie die Wohungstür hinter Max verriegelte und sich bäuchlings auf den Flurfußboden legte und ihr Gesicht in den Teppich schmiegte, den ersten Teppich, den sie in ihrem Leben besaß. Sie mußte Paulchen einen Antwortbrief schreiben, bevor er zurückkam. Sie wollte aus Friedrich Schillers Dissertationsschrift *Versuch über den Zusammenhang der thierischen Natur des Menschen mit seiner geisti-*

gen (die Anna ihr geschenkt hatte) ein paar Sätze exzerpieren, die ihm zu denken geben würden. Rafaela Cassini und ihrem mumpitzigen Afrikakult mußte Einhalt geboten werden, wenn nötig eben auch idealistischer Einhalt. Wozu hatte man die Klassiker, um die einen die ganze Welt beneidete? Sie hätte sich nicht breitschlagen lassen dürfen, diese Parisreise war eine einzige Katastrophe, aber Paulchen hatte so gefleht. Und die Vorstellung, daß er mit Maurizio das Pasteurinstitut besuchen würde, *mon dieu*! Paulchen bewunderte Maurizio und wollte ihm instinktiv imponieren, doch galt seine Bewunderung im Moment noch Maurizios weltgewandter Art und seinem Musikverständnis und seinem Siegelring und den goldenen Manschettenknöpfen. Henrietta hatte gehofft, ein Rundgang durch die Laboratorien des Pasteurinstituts, lange Gespräche von Mann zu Mann, mit denen sie Maurizio beauftragt hatte, über den Sinn des Medizinstudiums und das große Abenteuer Forschung würden das ändern. Aber nun: Klimperei bei Professor Brenner, *bal musette*, Nichtstun und Rafaela, die sie Paulchen nicht nur verbieten, sondern *austreiben* mußte. Daß Siena in weiter italienischer Entfernung lag, genügte nicht, planten sie in Paris doch bereits Afrikareisen. Maurizio mußte helfen, es konnte nicht in seinem Interesse liegen, der einzigen Tochter (das zweite Kind war wohl in der Wiege gestorben, er sprach nicht darüber) ein Techtelmechtel mit dem Sohn einer Hure und eines notorisch in Brasilien Verschollenen zu gestatten. Nur hatte Maurizio unterdessen Fehler über Fehler begangen.

Etta, mein Leben,
wie geht es weiter mit uns? fragtest Du am Bahnhof. Nun, es geht weiter, wir gehen weiter, und wo immer wir hingehen, der andere geht mit. Nicht physisch vielleicht, ach, was sage ich: ich spüre Deine Berührungen, Deine Bewegungen, rieche Deine Haut auf jedem Boulevard hier, als gingest Du neben mir. *Was wird Julia tun?* fragtest Du. Nun, Julia spricht nie von Dir, sie hat Dich vergessen …

Fehler Nummer eins: Er unterschätzte Julia. In den finstersten Kellerwinkel ihres Kopfes verbannt, aber die Verräterin vergessen? Nie im Leben.

… also muß sie auch nicht wissen, daß Deine Kinder hier mit mir in Paris sind. Ich habe Rafaela, die Deinem Paulchen übrigens gehörig den Kopf verdreht hat, dementsprechend instruiert, auf meine Tochter kann ich mich verlassen …

Rafaela hatte ihn nun in der Hand, sie konnte die kleine Hexe schon frohlocken sehen. Fehler Nummer zwei: Er hätte das Kopfverdrehen im Ansatz unterbinden müssen. Fehler Nummer drei: Auf einen Backfisch war kein Verlaß, besonders nicht, wenn der Backfisch die Tochter Julia von Leydens war, die ausgebufftere Bündnisse zu knüpfen verstand als weiland Bismarck.

… Es ist letzten Endes auch egal. Ich habe immer nach meiner Façon gelebt, und Julia weiß das und billigt es, muß es billigen. In früheren Jahrhunderten waren dem Mann mehrere Frauen gestattet, ohne daß eine heuchlerische Gesellschaft großes Gewese darum gemacht hätte; bei bestimmten afrikanischen Stämmen ist diese freie Gesinnung auch heute noch gang und gäbe …

Aha, daher wehte der Wind, der Paulchen ins ewige afrikanische Jetzt und Heute trieb. Ob die kleine Anthropologin Rafaela ihre Nase noch so hoch trüge, wenn sie mit den anderen neun Negerweibern im Kral Mais stampfte? *Comme les bons temps passent*, Madamchen.

… Schauen wir also nach vorne, Etta, und nie zurück. Wir haben einander wiedergefunden, obwohl so vieles dagegen zu sprechen schien. Es kann ja auch geschehen, daß Paulchens Vater eines Tages zurückkehrt und Rechte an seinem Sohn fordert. Ich bin gewiß, wir würden auch dies überstehen.

Den Sommer und Herbst werde ich in Siena sein und meine Lehrtätigkeit wieder aufnehmen. Der Winter gehört uns. Hoffen wir weiter, mein Herz, daß ich beim nächsten Revirement in Berlin den Posten als Leiter der 1ten Medizinischen ergattere. Ich hoffe, Du bist mindestens ebenso fröhlich, gesund und munter wie wir.

In Liebe
Dein Maurizio

Gesund war sie nicht. Sie hatte die Symptome gesammelt, wie man Kastanien und Eicheln sammelte, die einem auf den Kopf fielen und die man in die Tasche steckte und vergaß. Schwindel, Atemnot, Blausucht, Enge, Herzklopfen. Sie trank viel Kaffee und mit zugehaltener Nase größere Gläser Wein und spritzte sich subkutan Äther. Als die Symptome nicht nachließen, suchte sie einen der vielen namenlosen Praktiker in der Königsgrätzer Straße auf, der ihre eigene Diagnose (Herzinsuffizienz) mittels Perkussion bestätigte und Digitalis verordnete. Jene Teile ihres Herzens, welche die meiste Arbeit verrichteten, waren angegriffen, die linke Kammer, die Papillarmuskeln der Klappen. Der Herzmuskel war hypertrophiert, die Krankheit sehr wahrscheinlich hervorgerufen durch einen angeborenen Herzfehler. Angeboren? Außer der Papierecke und dem verschwundenen blauen Kleid hatte Mama ihr also ein weiteres Andenken hinterlassen, und eine gewisse späte Gerechtigkeit nahm ihren Lauf. Die Prognose des Praktikers war so verschwommen wie die Frühnebel über dem Fluß.

6 ›The Game of Sweet Revenge‹

Der Große Krieg war zwei Jahre alt. Im Feldlazarett wurde Tag und Nacht operiert.

›*I'm dying, am I? Tell me the truth.*‹

›Schsch. Sprich Deutsch, denk an Berlin, das beruhigt.‹

›Stehn die Linden noch, hast du ein *bicycle*? Ich habe drei. Und drei Automobile. *Safety first.*‹

›Was? Ich kann dich nicht verstehen.‹

›*Safety first.*‹

Diese Schreie und das Durcheinanderrufen und schlimmer noch die leisen letzten Ausatmer, sie klangen wie platzende Blasen auf falsch angesetzten Nährböden im Ofen, oder sind wir alle nur ertaubt und hören Gespenster, und wer hatte die Hasenheide erwähnt, waren wir durch Konfetti oder Blut gewatet, wer hatte gerade eben Dieffenbach erwähnt, gab es die Metzgerei um die Ecke vom Naturkundemuseum noch, Blutwurstbrötchen à la Dieffenbach, dem Doktor der Doktoren, er schneidet dir die Rübe ab, macht neue Nas' und Ohren? Wer erwähnte Goethe, war es Sauerbruch, dem Helfer half der Helfer droben? Diese großen Kulturschätze können uns ja in Äonen nicht geraubt werden, doch wahrhaftig unser Eigentum sind sie nur dann, wenn wir, die Enkel Goethes, auch mit der Waffe zeigen, daß die deutschen Dichter nicht umsonst unsere Seelen hoch über die Dumpfheit des Lebens und die Schrecken des Todes erhoben haben. Diese Gebetsschreie, Gott, warum hast du das Reich verlassen, unklar, welches Reich er verlassen hat, das deutsche oder sein eigenes? Gott sei Dank für Paul Robert und sein völlig sinnloses Grammophon. Gott sei Dank für Maurizio und die fehlenden tausend Gaswerfer unten am Großen Njassal. Die unvergasten Engländer vor Tubora und Neulangenburg in Deutschost luden Henriettas Geliebten zu Tee und Gurkensandwiches ein, doch die Leprastation wurde dem Boden gleichgemacht, *equated by the wrath of God*. Gott sei Dank für Paul Robert und die drei Fremdsprachen, in denen er bereits fließend parlierte, Englisch, Französisch, Italienisch. ›Ich sehe den Mann als Kunstwerk‹, erreichte Henrietta ein Brief Maurizios vor Tagen, Jahren, ›und die Frau als die warme Wirklichkeit, Ikarus gegen Aphrodite, und Aphrodite gewinnt.‹ Die alten Ärzte werden gewinnen, beharrt Sauerbruch, Dieffenbach und Napoleons Leibarzt Larrey, die Feinschmecker des Wundschocks.

Frontferien in Berlin vor ein paar Wochen, Jahrzehnten, der Tertianer Paul Robert, so schön, daß er Henrietta nahezu unheimlich ist, ein dunkler Engel oder Magier oder Erlöser, viele sprechen ihn unter vielerlei Vorwänden auf der Straße an, damit er sie berühre, besaß nun ein Grammophon, das er sich gekauft hatte aus dem Erlös nächtlicher Klimperei in den Kaschemmen. Die Schulnoten blieben desaströs, die Versetzung stets gefährdet und stets in letzter Sekunde dann doch geschafft mittels Magie, Berührung, Schönheit, Fremdsprachen und dem Aufsatz *Wodurch gewinnen die alten Germanen unsere Teilnahme?* (nämlich durch ihre Gemütsbildung und ihre tapfere Kampfweise), den Löwe des Ostens Maletzki, kriegsuntauglich aufgrund einer wandernden Revolverkugel im Rücken, bei seinem Graphologenfreund in Auftrag gegeben und Paul Robert zum Geburtstag geschenkt hatte. Ich pfeife auf die Moral, Mutter, sagte Paul Robert, Moral ist etwas Unnatürliches. Sie verstand ihn nur zu gut, aber es war ihre Pflicht, dagegenzuhalten. Das Gute ist eine innere Stimme, ist ein Lied, erklärte sie ihm beim Tiergartenspaziergang rund um den Gingkobaum, auf das du hören mußt. Dieses Lied ist ein Teil unserer natürlichen Ausstattung, wie die Wurzeln Teil der natürlichen Baumausstattung sind. Wer das Lied nicht hört und singen kann oder auf Religion und den Applaus des Publikums angewiesen ist, um es zu singen, leidet an einem biologischen Defekt. Der Liedvergleich schien ihn zu beeindrucken, also setzte sie nach. Rafaela Cassini, log sie, mag dich in Wirklichkeit nicht und spielt nur mit dir, das weiß ich aus guter Quelle, sie macht sich lustig über dich, und außerdem ist sie einem anderen versprochen. Das sollte reichen, Unordnung und Zwist in die bibelschweren Briefe zu bringen, die zwischen der Holzmarktstraße und Siena wechselten und in einem fortlaufenden Postskriptum ›die Herrlichkeit des Lebens, den Augenblick an der *Place des Vosges*‹ feierten, den ersten Kuß vermutlich. Wie einst Henrietta hatte die kleine Hexe sich ein geheimes Postfach einrichten lassen. Irgendwann in den Monaten, Jahren, die zwischen den Frontverläufen zerrieben und zermalmt wurden, war Professor von Leyden gestorben. Grete berichtete von einem Blumengebinde, das Julia aus Italien geschickt hatte, und von einem Gedicht, das in Julias Auftrag am Ende der Beisetzungsfeierlichkeiten verlesen worden war. Julia würde nie wieder nach Berlin kommen, war Maurizio überzeugt, aus Gründen, die sich seiner Kenntnis entzogen, haßte sie die großen Städte und hatte sich schon einen Platz in der Familiengruft der Cassinis in den Hügeln vor Siena reserviert. Julia züchtete Schafe und sprach mit den Steinen, die rund um den Landsitz verstreut lagen, während ihre Brüder in Flugzeugen am italienischen Himmel auftauchten und Granaten auf Padua regnen ließen und ihr Gatte mit den Engländern in Afrika Ginwetttrinken veranstaltete und die Lichter auf der *Place des Vosges* für immer erloschen.

Alles Ausdauer, Hingabe, Demut im Labor, erklärte sie Paul Robert am Tag der Trauerfeier für Paul Ehrlich, der erst nach der Analyse von 606 Präparaten und 65tausend klinischen Erprobungen an Mäusen und Menschen sein heilendes Arsen *Salvarsan* freigegeben hatte, das einzige wirksame Medikament gegen den korkenzieherförmigen Syphiliserreger *Spirochaeta pallida*. Nicht Heureka-Rufe, keine schnellen Siege, sondern Präzision der Beobachtung, Fortentwicklung der mikroskopischen Technik und Kleinarbeit, Kleinstarbeit, Wassertropfenarbeit konnten die Menschheit jetzt noch retten. Maurizio kämpfte längst um seine Leprastation in Afrika, und ganz abseits, ganz allein, hatte sie im Kabuff Abschied genommen von ihrem bunten Hund, der wie kein zweiter gewußt hatte, daß alles in der Natur, im Leben immer noch bunter kam als erwartet. Lustseuchenmedizin, Judenmedizin, schmierten neue Schemen an die Wand, und das alte Schemen Heinzelmann schaute hinter einer Säule hervor und putzte langwierig seine Brille und ließ es geschehen. In der Heroenzeit der experimentell-therapeutischen Forschung war Ehrlich der König, hörte sie Behrings Stimme aus dem schwarz umflorten Vestibül der 1ten Medizinischen. Die Sehnsucht nach den Toten und Abwesenden ist wie der Tropfen Wein, den der Zauberer in den Wassertropfen gibt, um besser sehen zu können, erinnerte sich Henrietta an Ehrlichs Worte und gedachte seiner mit diesen Worten und zog behutsam die Kabufftür zu.

Die Sänger werden die Welt retten, sagte Paul Robert, Orpheus wird uns retten. Er litt darunter, nicht teilnehmen zu dürfen, den Krieg zu versäumen wie eine Turnstunde, träumte von immensen Ehren und einer Heldenoperette über den Luftsieger Hauptmann Bock, halb Kind noch wie er. Immerhin hatte er ihr versprochen, das Medizinstudium in Erwägung zu ziehen. Sie umarmte ihn innig vor dem Gingkobaum, ihren großen Jungen, und schnitt eine seiner schwarzen Locken ab und nahm sie mit zurück in die Hölle.

Europas große Jungen waren vom Steckenreiten und Katzensteinigen und Köppeeinschlagen nicht zum Essen und Schulaufgabenmachen nach Hause gekommen, sie waren gleich weiter in den Krieg gezogen wie stolze Schmutzfinken, die lieber von der Eckensteherbande mit Sand und Steinen abgerieben, als von Mama milde gesäubert und zu Bett gebracht werden wollten. Die Söhne der Fassadenbewohner führten anfangs immerhin den ›Knigge‹ im Tornister, zerplatzten höflich, starben manierlich.

Dem Irrsinn die Krone aufgesetzt hatte Wilhelm Manschke, der zwischenzeitlich in Hoboken, New Jersey, vom Steineklopfer zum Bonbonverkäufer und schließlich zum Süßigkeitenmogul *William Manson* aufgestiegen war, Glückwunsch, Eierkopp, so sieht man sich wieder. Obwohl Traugott von Jagow, Präsident der Blauen, schon vor Jahren den Mannsbildern, die immer gerne in Massen aufmarschierten und demonstrierten, zugerufen hatte: ›Ich warne Neugierige!‹, war Eierkopp ohne Not, ohne Sinn und Verstand dem Ruf des Rudels gefolgt. Kaum aus New York in Berlin als Yankee angekommen, hatte er Bündel von Dollars verteilt und sich in das deutsche Heer *hineingekauft* und seine freie amerikanische Haut mit dem deutschen Waffenrock vertauscht. Nun stopften Henrietta und Anna die zerfetzten Gedärme zurück in seinen Bauch, den Sauerbruch, weil es sinnlos war, mit links vernähte, während er mit rechts bereits am blutigen Arm des Nachbarsoldaten für die Amputation Maß nahm.

Sauerbruch und der Krieg waren in ihrem Element, die Betäubungsmittel längst ausgegangen, weswegen der begnadete Chirurg gut und gerne auf sie verzichten konnte – wie einst Doktor Dieffenbach, der das Aufkommen der Äthernarkose mit einem lachenden und einem weinenden Auge gesehen hatte, weil die Narkose das tief trauliche Verhältnis zwischen Operateur und Patient, das Verbundensein auf Leben und Tod empfindlich zu stören drohte. Der Wundschock sei die natürliche und die beste Narkose, meinte Sauerbruch. Klar, daß Anna ihn verehrte.

›Das ist also deine Tochter‹, sagte der wundgeschockte, arme, reiche, sterbende Eierkopp. ›Ich habe drei Kinder, zwei *boys* und *a girl,* Henrietta habe ich sie genannt, verstehst du, *sweety*, verstehst du?‹

(Anna ist mir durch die Feldlazarette gefolgt wie ein Hündchen. In den Weinbergen der Vogesen, in Ypern: auf einmal war sie da mit ihrem Sauerbruch. Sie macht sich die üblichen Selbstvorwürfe, sie ist dazu veranlagt, ihren Vater nicht genug geliebt und geehrt zu haben. Bentin wurde unter Führung des Kronprinzen Ruprecht bei Metz von einem Bajonett aufgeschlitzt. Ich behalte meine Herzerkrankung für mich. Anna trägt den Hippokrates mit sich herum und liest darin in jeder unzermalmten Minute. Ich lese in Gedanken mit. Blut gleich Wasser. Schleim gleich Erde. Gelbe Galle gleich Feuer. Schwarze Galle gleich Luft.)

›Schau in meinen Tornister, Kind‹, sagte Eierkopp mit letzter Kraft zu Anna, ›da habe ich was Feines für dich ...‹ Er hatte seinen Tornister besser zu schützen gewußt als seinen Bauch, Anna zog ein unversehrtes Brettspiel in grünem, knallig bedrucktem Karton heraus. ›Ist mein neuer Verkaufsschlager‹, sagte Eierkopp.

›Anna, Henrietta, Tempo!‹ drängte Sauerbruch. ›Wir können nichts mehr tun für ihn.‹

›*Wait a moment now, doc.*‹

›So viele Momente, wie du willst‹, sagte Henrietta und hielt Eierkopps Hand und legte ihr Ohr an seine blutleeren Lippen.

›Ich gehe ins ... Rummelplatz ... *business* ... eine Rutschbahn bauen ... dreißig ... vierzig Meter lang ...‹

›Ich würde eine Rutschbahn bauen, mein Lieber‹, sagte Henrietta, ›wie die Welt sie noch nicht gesehen hat. Über Wiesen und Felder, durch Täler und Wälder ...‹

›Ja‹, sagte Eierkopp. ›Oh ja ...‹

Im Tornister des Toten fand sie eine Familienphotographie, Eierkopp und die Seinen vor einer offenen Limousine mit barhäuptigem Negerchauffeur. Die Chauffeursmütze trug Henrietta Manschke-Manson, und sie hielt ein Schild mit der Aufschrift *Number One* hoch und lachte und war eine wilde, blonde Schönheit in dieser anderen, fernen Geschichte.

SORRY! THE GAME OF SWEET REVENGE! FOR 2–4 PLAYERS, der neue Verkaufsschlager, bestand aus kleinen Schokoladencowboys und Schokoladenindianern, die man würfelnd gewinnen und auffuttern konnte. Und als dann endlich genug Spielfiguren aufgefuttert waren, ging das Sterben zu Hause weiter. Die Influenza hielt sich nicht an Kapitulation und Versailler Verträge und raffte Hunderttausende Neurepublikaner dahin, aber auch den Siegern schleimten die Bronchien, und der bei Nacht und Nebel getürmte Kaiser durchnieste immerhin seine einsamen Nächte. Max wurde bei den Winterunruhen verwundet, als er mit seinen Spartakusfreunden aus dem Frisörgeschäft das Feuer auf die Söldner des Freikorps Lequis eröffnete. Professor Otto Lubarsch hatte unterdessen ungerührt in der Pathologie weiter ostjüdische Lebern seziert, gegen die er einen speziellen Groll hegte, nur in den Vorlesungspausen ließ er seine treuen Studenten mit dem

Ruf ›Haltet Ausschau nach dieser Rosa Luxemburg!‹ durch die Fenster des Hörsaals zurückschießen.

Kurz nach seinem neunzehnten Geburtstag, der Krieg war vorbei, verschwand der bereits im ersten Semester gescheiterte Medizinstudent Paul Robert Mahlow, nun Klavierspieler des Metropol-Theaters und Komponist des beliebten Pausenfüllerschlagers *Immer heiter, gleich geht's weiter* aus der Stadt Richtung Afrika und kehrte erst ein Jahr später als Toter zurück. Ein Opfer der Liebe und der Schlafkrankheit.

7 Die weißen und die schwarzen Tasten

›Acht Kilo Eis auf ein Kilo Fleisch, dem Kapitän gingen die Kühlmittel aus, der 1te Offizier fühlte behutsam bei mir vor, ob der junge Herr eine bedeutende Persönlichkeit gewesen sei‹, sagte Maurizio, ›man transportiere schließlich auch wertvolle Gazellensteaks.‹ Die Frischhaltung geschehe aus rein medizinischen Gründen, hatte Professor Cassini all seine Autorität in die Waagschale geworfen, der Leichnam müsse an der Berliner Charité in möglichst gut erhaltenem Zustand untersucht werden.

Die Untersuchung durch den Pathologen Professor Lubarsch und seine Paradestudentin Anna ergab nichts Bewegendes, keine überraschende Wendung, die neue, dringend benötigte Antworten auf Henriettas alte, hundertmal gestellte Fragen ergeben hätten: Wo genau, wann genau, wie genau und warum gerade er? War er glücklich gewesen oder zu Tode betrübt in der Fremde? Wenn zu Tode betrübt, warum kein einziger Brief nach Hause? Wenn glücklich, dito. Maurizio hatte ihn mutter- und vaterseelenallein in den afrikanischen Nebelwald ziehen lassen, wo Paulchen ein Blatt suchen wollte wie den verfluchten Heiligen Gral. Das Blatt eines Baumes? Einer Pflanze? *Schenk mir ein Blatt aus unserem Msambale*, hatte Rafaela Cassinis Auftrag gelautet.

(Tröstet es dich nicht ein wenig, sagt Anna, daß er in Liebe unterwegs, von Liebe beseelt war? Mich tröstet es, fügt sie hinzu. Anna hat mehr Glück als Verstand, daß sie in Berlin geblieben ist, wäre sie dabeigewesen und mit dem Leichnam nach Hause gekommen, ich hätte sie erschlagen, dreimal totgeschlagen hätte ich sie.)

Rafaela hatte sich mit einem Nervenschock in ihrer Schiffskabine eingeriegelt und war von Cuxhaven, um Paul Roberts Mutter nicht ge-

genübertreten zu müssen, per Bahn sofort nach Siena weitergereist und lag kummerhungernd zu Bett und wurde von Julia rund um die Uhr umsorgt und behütet und geküßt, geküßt, geküßt, während Henrietta kein Kind zum Küssen geblieben war.

Maurizio saß neben Henrietta in einer Kutsche, die zum dritten Mal den verschneiten Tiergarten umrundete, da sie beide nicht wußten, wohin sie wollten. Bald mußte er nach Siena zu seiner Tochter, aber er schob es auf. Zum dritten Mal las Henrietta einen Brief, den Maurizio in Paulchens Tasche gefunden und an sich genommen hatte, als die fiebrigen Euphorien schon von den Symptomen des Verblödens und Vergessens abgelöst worden waren. (Bloß keine Einzelheiten, Maurizio, keine einzige Einzelheit will ich jetzt hören, hebe sie dir auf für später, wenn ich in der Holzmarktstraße mein Privatlabor eingerichtet habe und wir an die Arbeit gehen).

> Mein über alles geliebter *Ajali*, mein Schicksal: guten Morgen. Du schläfst noch, und ich will Deine Träume nicht stören, denn ich kann sehen, Du träumst von mir, von uns. Nia will mir Giraffen zeigen, die in der Nähe gesichtet wurden, ich werde am Nachmittag zurück sein. Hier mein Auftrag an Dich: geh in den Wald unserer Vereinigung, geh in den Nebelwald und suche ein Blatt für mich. Schenk mir ein Blatt aus unserem *Msambale*.
>
> Deine *Malaika* Rafaela, die Dich liebt und sich nach Dir verzehrt.

Zum zweiten Mal hatte ein Heilmittel Robert Kochs versagt. Das auf Drängen des Kaisers und um den Preis ungezählter toter Neger während Kochs letzter großer Schlafkrankheitsexpedition entwickelte *Germanin* war indes Paulchens letzter Sargnagel gewesen, nach der Verabreichung waren die Krankheitserscheinungen noch gravierender, noch gräßlicher geworden. Keine Einzelheiten. Auch keinen Sarg. Die Vorstellung, daß ihr blutjunger, noch in der Leichenstarre auf unheimliche Weise schöner Sohn tief unten langsam in einer Kiste vermoderte, war ihr unerträglich gewesen, und sie hatte Paulchen im Armenofen der Charité verbrennen lassen und die Asche mit Maurizio von der Jannowitzbrücke in den Fluß gestreut. Es war nun an der Zeit, Maurizio die Wahrheit zu sagen, die sie sich eigentlich für den glorreichen Tag der Rache aufgehoben hatte, den Tag von Paulchens Promotion.

›Zerreiß den Brief, Etta. Quäle dich nicht damit.‹

›Was bedeutet *Malaika*?‹

›Suaheli für *Engel*.‹

›Du willst Rafaela den Brief nicht zurückgeben?‹

›Sie ist schon geschlagen genug‹, sagte er. ›Und ich habe eine zweite traurige Nachricht für sie und für … dich.‹

›Ich auch. Paul Robert war dein Sohn.‹

›Ich weiß, du bist nicht du selbst dieser Tage. Aber bitte erspar mir deinen perfiden Humor. Ich habe vermutlich nicht mehr lange zu leben, Etta. Das Herz. Kardiomyopathie aufgrund chronischer Insuffizienz.‹

Habe ich ihn angesteckt, oder er mich? dachte Henrietta. Vielleicht war das Herz der gefährlichste Erreger und der am besten sich tarnende.

›Ich behandle mich natürlich selbst. Vielleicht ein Fehler. Kraus und Heinzelmann haben mir die Leitung der 1ten Medizinischen angeboten, und ich werde zusagen, um bei dir zu sein, *tesoro mio*. Aber das mit dem Privatlabor und der Trypanosomiasis-Forschung … wenn der schlimmste Schmerz abgeklungen ist, wirst du anders darüber denken.‹

›Er war dein Sohn. Ich wollte es dir sagen, wenn er sein Studium beendet hätte und Forscher geworden wäre wie sein Vater.‹

›Ich glaube dir kein Wort.‹

Merkwürdig, daß ich nicht weinen kann, dachte sie. Keine Träne war geflossen, seit sie die telegraphische Nachricht von Paul Roberts Tod erhalten hatte. Auch in der Pathologie, auch auf der Jannowitz: ihre Augen blieben trocken und starr, so als seien sie von einem Krampf befallen. Sie las Rafaelas Brief, sie hörte die Schallplattenaufnahme von Paulchens Pausenfüllerschlager *Immer heiter, gleich geht's weiter*, sie bat Max und Grete, sogar Gesche und den Löwen des Ostens um Erinnerungen und Paulchengeschichten und schälte pfundweise Ziebeln: keine Tränen.

›Es war kurz vor eurer Hochzeit. In einem dieser privaten Etablissements. Ein kleines Kostümfest. Du warst der Sheriff Wyatt Earp. Ich trug eine rote Henkersmaske und eine rote Robe ...‹

›Nicht ein Wort glaube ich dir.‹

›Witwe Urbanski, erinnerst du dich nicht? Du unterhieltest dich mit einem anderen Herrn über Bachs Wohltemperiertes Klavier.‹

›Hast du nicht zahllose Herren beglückt?‹ sagte er. ›Warum erniedrigst du dich und mich mit diesem *Schmutz*?‹

›Weil du der erste warst und Paulchen neun Monate später kam und ich dazwischen im Gefängnis saß.‹

›Sag mir endlich die Wahrheit: Wer ist dieser Eugen?‹

›Du bist dieser Eugen.‹

›Eugen war dein Zuhälter, sag die Wahrheit.‹

›Du bist es.‹

›Was willst du mit dieser ungeheuerlichen, infamen Lüge erreichen? Denkst du, ich hätte es nicht auf den allerersten Blick gespürt, gesehen, *gewußt,* wenn Paul Robert mein Sohn gewesen wäre? Machst du dir überhaupt eine Vorstellung davon, wie glücklich ich war, als er und Rafaela ihre zarten, reinen Bande knüpften? Glücklich auch für dich und mich? Endlich eine Liebe, die sich vielleicht erfüllt, dachte ich, dein Sohn und die Tochter deiner besten Freundin und des Mannes, der dich vom ersten Augenblick an über alle anderen Frauen gestellt hat.‹

›Zart und rein? Sie hat ihren Halbbruder im Nebelwald verführt. Und ihn noch einmal hineingeschickt, was sein Tod war.‹

›Woher willst du das wissen? Die Tse-Tse kann ihn auch woanders gebissen haben.‹

›Ich weiß es. Paulchen und Rafaela haben den Preis bezahlt für unsere Lüge.‹

›Deine Lüge.‹

›Unsere Lüge, Cassini. Unsere Lebenslüge.‹

›Du zerstörst und zerstörst. Reicht es dir nicht, daß ich ein kranker

Mann bin? Reicht es dir nicht, wie schwer du uns alle enttäuscht hast, als du überall herumerzähltest, du seist Henry Wittig gewesen?‹

›Ich war Henry Wittig.‹

Kurze Zeit fuhren sie noch schweigend, dann ließ Cassini die Kutsche anhalten und stieg aus und verschwand geduckt wie ein Verbrecher oder gebeugt wie ein gebrechlicher, alter Mann im nächtlichen Tiergarten. Schnee fiel von einem Tannzweig, aber es war keine Wange der jungen, hoffnungsvollen Straßensängerin Luise Wittig da, die Flocken aufzufangen, und kein kecker Tischler Paul Mahlow, sie fortzuküssen.

Acht Tage später kam ein Brief von Julia.

Liebe Henrietta,
Maurizio hat mir Eure neuerliche Affäre gestanden, die wohl befeuert wurde von der Backfischverliebtheit meiner Tochter in Deinen Sohn, zu dessen Tod ich Dir mein Beileid ausspreche. Ich maße mir kein moralisches Urteil über den Verstorbenen an, zumal ich ihn nie kennengelernt habe. Doch ist es eine Tatsache, daß er Rafaela – sie kann weiß Gott eine Nervensäge und ein Dummerchen sein – abenteuerlich, ohne eingeladen worden zu sein, nach Afrika gefolgt ist und ihr dort, wie sie Maurizio und mir inzwischen tränenreich beichtete, recht aufdringlich den Hof gemacht hat.
All das ist unendlich traurig. Eigentlich war ich drauf und dran, wieder in persönlichen Kontakt mit Dir zu treten, damit wir uns einmal aussprechen können nach so vielen Jahren. Du bist nämlich nicht die einzige, die ein Päckchen zu tragen hat. Mein zweites Kind, mein geliebter Augusto Ernesto, wurde nur zwei Monate alt!
Aber nun ist es wirklich genug, Henrietta. Die Zahlungen, die ich Dir aus unverbrüchlicher ferner Freundschaft und in dem Glauben, Du seist nicht selber schuld an Deinem Unglück, geleistet habe, werden ab sofort eingestellt.

Es grüßt Dich
Julia Cassini

Nicht Behrings Henry-Wittig-Leibrente hatte ihr und Paulchen und Anna ein sorgenfreies Leben ermöglicht, sondern Julia. Die Stiftung der Dieterichs wurde geschlossen wie eine bankrotte Bank. Zwei Monate lang arbeitete Henrietta in Lautenschlägers Berliner Firmenniederlassung für mikroskopische Geräte. Sie konnte sich nicht konzentrieren und machte Anfängerfehler, montierte einen Objekttisch schief, verwechselte Kondensorblende und Feldlinse. Ja, bei Ihrer Erfahrung mit dem Mikroskop, wissen Sie denn nicht ...? sagte der Kontrolleur. Ich glaube, ich habe alles vergessen, was ich je gewußt habe, sagte sie.

Wieder und wieder las sie das Postskriptum, das Rafaela unter den Nebelwaldbrief gesetzt hatte, den Henrietta stets bei sich trug. *P. S. Wir sind die Klaviatur, Geliebter, jeder Ton ohne den anderen unmöglich. Du bist die schwarzen Tasten, ich die weißen. Hörst Du, wie schön wir spielen und klingen? Hörst Du uns? Antworte mir.*

8 Ich bin du

Zu seinem 75ten Geburtstag spendierte Max der Keibelstraße Cremetorte und Freibier, abzuholen in seinem Frisörladen, wo der Jubilar noch immer von morgens acht bis abends sieben der sturen Welt den Schädel rasierte. Zwar wurde der Sedanstag, auf den sein Geburtstag fiel, schon lange nicht mehr gefeiert, doch hatte Max aus reinem Spaß an der Freude den Bäcker gebeten, ein kleines Brandenburger Marzipantor zu errichten und es mit der alten Losung ›Welch eine Wendung durch Gottes Fügung‹ in Zuckerguß zu verzieren. Die beinschlackernden, singenden, selbstverliebten Bubikopftöchter der Buss-Schwestern zuckten die Achseln, in der Volksschule lernte man jetzt höchstens noch die neuesten Tanzschritte. Auch wenn Genosse Lenin das Zeitliche gesegnet hat, beendete der milde gestimmte Max seine kleine Ansprache und ließ den Blick über die weiterhin bettelarme, nun aber bunt und ›individuell‹ gekleidete, mit allerlei Glasperlen und Talmi behängte Kundschaft schweifen, ich glaube an die Erneuerung des Menschen und die Weltrevolution. Dann verabreichte er Henrietta ihren Spritzer Maiglöckchenduft, und sie machte sich auf den Weg zur Charité. Trotz Formalin und gründlicher Waschungen mit Kernseife wurde sie den Leichengestank nicht los, auch wenn Gesche noch so viele geklaute orientalische Räucherstäbchen in der Wohnküche schwenkte. Vorige Woche war Gesche zum dritten Mal bei Wertheim erwischt worden. Nicht der Schupo, berichtete sie, nein, irgendeine Schickse oder Tippse, die in der Mittagspause Handschuhe anprobierte, habe sie am Kragen gepackt, und nur weil Gesche sich an ihren alten Ohnmachtsanfalltrick erinnerte, sei sie davongekommen, ›Knall dir selber eine, ich hab' jetzt keine Zeit dafür‹, habe sie der Tippse noch zurufen können. Wir sind das perfekte Paar, dachte Henrietta, eine Diebin mit Gicht in den Händen und eine Leichenwäscherin mit Gift im Herzen. Gicht und Gift, beides lähmte. Kein Wunder, daß die Keibelküche verkam und verrottete und die Schimmelpilze aus dem Fußboden wuchsen.

Herbstblätter kreisten und bildeten Gesichter auf dem Fluß, und sie löste sich von ihrem Mäuerchen und ging weiter. Der Professor hatte um eine abendliche Unterredung gebeten. Was immer Lubarsch von ihr wollte, es konnte nichts Gutes sein. Sie wusch zaghaft und falsch und langsam, die Leichen schienen sich zu wehren. Sollte er sie ruhig entlassen, das Ende war sowieso nah. Sie schaute über ihre Schulter. Zwei gefleckte Köter entkamen um Haaresbreite den huschenden schwarzen Autos und verschwanden im Vestibül eines Kinos. Man blieb ratlos, dachte sie, der Feind, der Erreger, das Leben tarnte und versteckte und entzog sich. Wozu die ganze Forschung im Namen der Menschheit und des Fortschritts, wenn die Menschheit sich tarnte und verbarg? Die Humanität, nun ja, hatte Behring in einer Vorlesung gesagt, das ist keine Wissenschaft, aber den Pöbel, die Massen, die Idioten, die noch kommen werden, in seelische Bewegung bringen, das, meine Herren, wäre eine humane Wissenschaft. Die Medizin konnte vielleicht helfen und trösten, aber erlösen konnte sie nicht. Was tun? In die Kirche gehen? Ins Kino? Einen tiefen Schluck nehmen wie Vater? Zweimal hatte sie mit Gesche die letzten Sonnabendgroschen zusammengekratzt und Tom Mix als Wyatt Earp über die Leinwand reiten und die Feinde niederknallen sehen, ganz ohne Mikroskop, Labor, Hingabe, Demut. Seltsam erleichtert, fast beschwingt, mit diesem guten mörderischen Gefühl, alles verstanden zu haben, ohne gefragt zu haben, so wie damals im Krieg, waren sie aus dem Kino stolziert. Am Sonntagmorgen dann, im Spiegel mit den Entenornamenten, der tatsächlich noch immer in der Keibelküche hing: das eigene, kleine, unlesbare Gesicht. Vielleicht sollten sie einfach im Bett bleiben, nicht mehr vor die Tür gehen, Spinnweben ansetzen, verhungern, verdursten und verfaulen. Man würde zwei Bündel finden und auf den Müll neben der Kackbude werfen.

Hören Sie mir gut zu, sagte Professor Lubarsch, der aus seinem engen weißen Kittel glupschte wie ein Mops und dessen abgrundtiefe Häßlichkeit Henrietta rührte, als schreie aus Lubarschs grindigem, vernarbtem, verzerrtem Gesicht die ganze Natur, die gesamte Schöpfung. Ich weiß, wer Sie sind, Frau Mahlow, ich weiß, wie Sie zu Geheimrat Ehrlich standen, ich weiß auch, wie der Geheimrat zu sich selber stand, mirakulöserweise lebte er im Einklang mit sich selbst. Bei mir, fuhr Lubarsch fort, ist das etwas anderes. Sehen Sie, ich bin Christ, ich bin deutschnational, ich bin deutscher, als die Polizei erlaubt, und bleibe doch: ein Jid. Verstehen Sie? Nein, sagte Henrietta. Ich glaube, Sie verstehen mich sehr gut, sagte er. Das ist etwas Schlimmes, sich selbst zu hassen, auch wenn man mit Orden und Titeln behängt wird wie ein Weihnachtsbaum. Begehen Sie diesen Fehler nicht, schon Annas wegen, Sie reißen Ihre Tochter in den Mahlstrom. Hat Anna sich über mich beschwert? sagte Henrietta. Schon wieder der Fehler, sagte er, Anna hat sich noch nie über Sie oder irgend jemanden beschwert, das sind alles Hirngespinste, falsche Vorstellungen, Kopfschmerzen, Himmel, ich weiß, wovon ich rede, es ist ein Höllenkochtopf, das eigene Ich. Aber die Examina stehen an, und ich mache mir Sorgen um Anna. Sie hat eine Überraschung für Sie, gehen Sie zu ihr, sie büffelt in meinem Labor.

Lubarsch arbeitete in Virchows altem Labor. Virchows Büro, seine Skelettsammlung, die Kinder mit den zwei Köpfen und drei Händen, waren jetzt ein Museum. Ehrlichs Kabuffmuseum auf der 1ten Medizinischen war vor kurzem in ein Oberarztvorzimmer umgewandelt worden. Anna wohnte bei Oberin Grete in derselben Kammer, in der auch ihre Mutter (denn Henrietta war wohl ihre Mutter) einst mit Paul Robert untergekommen war. Anna half tagsüber auf der Station, büffelte die Nächte durch, der Krieg hatte sie drei Jahre gekostet. Seit Paul Roberts Tod waren erneut viele sogenannte Jahre vergangen. In diesen Jahren hatte Henrietta nur die allernötigsten Worte mit ihrer Tochter (denn Anna war wohl ihre Tochter) gewechselt. Warum haßt du die arme Anna so? fragte Gesche oft, sogar in ihrem Liebeskummer hast du sie allein gelassen, als ihr Karlchen nach Moskau gemacht hat. Ich hasse sie nicht, sagte Henrietta, ich schäme mich nur, ich habe mich immer geschämt vor ihr. Und warum? wollte Gesche wissen, die viele Kinder abgetrieben, keines bekommen hatte und wegen versuchten Säuglingsdiebstahls im Lustgarten während des Krieges zu einem Jahr Gefängnis verknackt worden war. Weil ich sie nicht lieben kann, sagte Henrietta. Ich hab's versucht, es geht nicht. Du bist nicht ganz normal, sagte Gesche. Weiß Gott, sagte Henrietta.

›Mama ...?‹ Anna schaute von ihrer Versuchsanordnung auf. Sie stand allein im Lichtkegel einer jener strahlenden, nichts im Dunkel lassenden Wunderlampen, für die Papageienauge Behring in den Zeiten des Leuchtstrumpfs gewiß gemordet hätte. Henrietta hatte vergessen, wie wundervoll ein Labor duften konnte, besonders nachts, wenn der Fleißschweiß und der Angstschweiß des Tages den Essenzen und Tinkturen erst die richtige Würze verlieh. An der Tafel prangte in Annas klarer, steiler, männlicher Kreideschrift eine Berechnung zum van't Hoffschen Gesetz vom osmotischen Druck, allerdings fehlerhaft. Es haperte wohl in physikalischer Chemie. Henrietta nahm den Schwamm und löschte die falsche Gleichung und ersetzte sie durch die richtige.

›... einprozentige Zuckerlösung, wenn sie ein Mol im Raum von zweiundzwanzigkommavier L enthält, muß dann bei null Grad den osmotischen Druck von zehn mal zweiundzwanzigkommavier dividiert durch ein Mol sprich dreihundertzweiundvierzig Gramm gleich Nullkommasechsvierneun Atmosphäre besitzen.‹

›Stimmt. Ich Dussel.‹

›Frag mich‹, sagte Henrietta. ›Frag mich irgendwas.‹

Anna überlegte. Vermutlich zählte sie die Lücken und Löcher in ihrem Wissen. Auch wenn man später mit Professor Sauerbruch Gliedmaßen amputieren und künstliche Hände anpassen und Umkipp-Plastiken anfertigen wollte, mußte man doch das Einmaleins beherrschen.

›Du hast zwar studiert‹, sagte Henrietta, ›aber ich weiß auch noch ein wenig. Frag mich.‹

›Wie sehe ich aus?‹ sagte Anna.

›Gesund und munter. Bißchen blaß um die Nase vielleicht.‹

›Das meine ich nicht. Wie sehe ich aus? Beschreibe mich.‹

›Einsachtundsiebzig groß, wieviel wiegst du denn überhaupt? ... ach komm, Anna, lassen wir den Quatsch.‹

›Sag mir, wen du siehst.‹

Henrietta wurde schwarz vor Augen, der Vogel in ihrer Brust schüttelte sein Gefieder, war kurz davor zu flattern.

›Ich sehe eine hochaufgeschossene, schöne, junge Frau‹, sagte sie müde.

›Mumpitz. Welche Farbe haben meine Augen?‹

›Blau. Dunkelblau.‹

›Was sagt dir meine Stirn, mein Mund? Was sagen dir meine Hände?‹

›Ich weiß es doch nicht, quäl mich doch nicht.‹

›Meine Haare.‹

Und nun, so spät erst, so fürchterlich spät kamen die Tränen, auf die sie seit Paulchens Tod gewartet und gewartet hatte. Sie weinte und weinte, und wie merkwürdig, es waren keine bitteren Tränen, es waren Zuckertränen, süße schöne Tränen, Verliebtheitstränen, denn in diesem Augenblick hatte sie sich in Annas Haare verliebt und danach gleich in die gesamte Anna, noch einmal verliebt sein, unfaßbar in ihrem Alter, und Anna schaute zu, und dann fielen sie einander in die Arme, und Henrietta küßte ihre Tochter wohl zum ersten Mal im Leben.

›Daß in einer Zuckerlösung der gelöste Stoff trotz seines viel größeren spezifischen Gewichts nicht zu Boden sinkt‹, flüsterte sie in Annas Ohr, ›liegt an seinen Molekülen, die sich wie die Flüssigkeit dauernd bewegen. Diese Bewegung erzeugt Druck. Den osmotischen Druck.‹

›Ich weiß‹, flüsterte Anna zurück. Dann mußten sie beide lange lachen. Dann wurde sie von Anna gestreichelt und gehalst, als sei Henrietta das Kind, als sei sie gerade eben geboren worden.

›Was siehst du, Mama, wenn du mich ansiehst?‹

›Du erinnerst mich, mein Molekülchen. Ich war wie du. Nicht ganz wie du. Oder doch?‹

›Du bist ich. Und ich bin du‹, sagte Anna.

›Sag mir, daß alles gut wird.‹

›Schneller, als du Kottbusser Postkutschkasten sagen kannst, Mama.‹
›Lubarsch meinte, du hättest eine Überraschung für mich …‹
›Und ob! Du wirst Augen machen.‹

9 Ein Kuhhandel

Es ist schon lustig, ich komme wohl in letzter Zeit Vater nach. Vater wußte, wie man mit Patienten umspringt, Zuckerbrot und Peitsche, und er hatte stets ein offenes, ein weit offenes Ohr für ihre Geschichten. Du bist nicht allein, sagte Vater, und sage ich jetzt auch. Oder er sagte: Nun mach dir mal nicht ins Hemde oder du kriegst was auf die Omme, du Eimer, und sage ich jetzt auch. Mama ist da, jedenfalls eine junge Frau, die so aussieht wie die Korbmachergehilfin und Straßensängerin Luise Wittig auf ihrer Hochzeitsphotographie vor dem römischen Panorama. Mama beziehungsweise diese junge Frau ist von der Irrenabteilung auf die 1te Medizinische verlegt worden, ihre Kopfkrämpfe sind in den Magen gewandert. Ich bin die Leuchte der Welt, sagt sie, der Kaiser hat mich zur Herzogin von Berlin erhoben, auch die italienische Königskrone wurde mir angetragen, ich bin die Königin von Palästina und sämtlicher Erdteile.

›Brauchst du noch etwas, Mama?‹

›Anna, gut, daß du kommst. Ich muß auf die Station, die Patienten warten.‹

›Erst wirst du gesund.‹

›Ich werde nie mehr gesund. Kann ich ebensogut arbeiten.‹

›Ich besuch' dich nachher wieder. Und bringe eine Überraschung mit, eine große Überraschung.‹

Anna ist die *erste* Frau, die an der Charité das Skalpell schwingt, sie ist Assistentin Professor Sauerbruchs, des neuen Potentaten, dessen erste Amtshandlung darin bestand, Hans-Ulrich Heinzelmann in den Ruhestand zu ekeln. Drüben in der Ziegelstraße hat Professor August Bier bereits ein Auge auf sie geworfen und will sie abwerben. Vielleicht würde der Reichspräsident noch leben, hätte Anna statt Bier rechtzeitig seinen Blinddarm entfernt, aber damals stand sie noch im Examen. Bestnote natürlich, wie es sich gehört für die Tochter Henrietta Mahlows und Henry Wittigs. Schau mal, Mama, was meine kluge Tochter gefunden hat.

Henrietta zog vorsichtig die Knie an, damit sie ihn besser sehen konnte, ihren alten Tuschkasten, der Tag und Nacht auf ihrem Krankenbett oder unter ihrem Kopfkissen lag. Beim Umbau von Ehrlichs Kabuff hatten die Arbeiter das gute Stück zwischen verstaubten photograpischen Platten aus der Anfangszeit der Bakteriologie entdeckt und zuoberst auf den Bauschutt geworfen. Kam Anna des Wegs, ging daran vorbei, hielt inne, drehte sich um und kontemplierte aus ein paar Metern Entfernung den zerbeulten Kasten. Irgend etwas erzählte er mir, sagte sie später, nachdem sie die eingeritzten Initialen richtig gedeutet und den Tuschkasten in Lubarschs Labor getragen und ihrer Mutter beinahe feierlich überreicht hatte. Er war mein ein und alles, als ich klein war, sagte Henrietta, er war mein Kopfkissen. Fast noch bewegender fand Anna den Zettel, den Ehrlich im Tuschkasten vergessen hatte. Das sind vielleicht medizinhistorisch wertvolle Notate, sagte sie. Mumpitz, sagte Henrietta, das sind typische Krakeleien eines notorisch Zerstreuten und Vergeßlichen. Nichtsdestotrotz gab Anna den Zettel an Lubarsch weiter. Sie kannten Ehrlich doch, zog Lubarsch Henrietta zu Rat, glauben Sie, daß er schon in jungen Jahren Stoff sammelte für eine Selbstbiographie? Noch einmal überflog sie den Zettel: *See von Bier, Cigarren-umwölkt, Foucaultscher Regulator. – Viel arbeiten, wenig publizieren,* pauca sed matura. *Keine vorläufigen Mitteilungen. Keine Schätzungen. Exakte Messungen.* Keine vorläufigen Mitteilungen, sagte Henrietta, lang, lang ist's her, da sind wir heute aber ganz anderes gewöhnt. *Beschränkung des Wissens auf das gerade Notwendige; jedes Mehr von Schaden. – Intelligenzmaximum in der Jugend. – Amerika schätzt die Jugend, bei uns sybillinisches Buch. – Farbentheorie, Geschichte des Zufalls, Methylenblau, Heilstoffe.* Methylenblau, dachte Henrietta ganz leise bei sich, das war wirklich ein

Zufall, ein Geschenk, eine große, volle Nacht. Besser eine einzige große, volle Nacht als hunderttausend leere. Aber sind das nicht quasi unschätzbar wichtige letzte Worte des bedeutenden Kollegen? meinte Lubarsch. Keiner kennt es und niemand hat es, das letzte Wort, sagte Henrietta. Stimmt es, liebe Frau Mahlow, daß Sie mit Henry Wittig verlobt waren? wollte Lubarsch noch wissen. Wer erzählt denn so was, du etwa, Anna? Charitéklatsch, sagte Anna verlegen.

Ich komme wohl in letzter Zeit Vater nach. Höre die Rufe der Spreeschiffer, rieche die Flußfäule, sehe die Lichter der Stadt im Fenster, sehne mich nach Gesche und der Keibel und dem niederen Leben in den Höfen zwischen den Mauern, den Hausierern und Leierkastenmännern und Scherenschleifern. Liebe und Träume und hohe Ziele allein reichen nicht, du mußt für sie auf Höfe singen gehen.

Anna betrat das Krankenzimmer, hinter ihr im halbdunklen Flur stand ein weinendes, schluchzendes Schemen. Nimm mich mit, Anna, wenn du zur Arbeit gehst. Jeden Tag. Versprich es mir. Anna scheint mich nicht zu hören, ich muß lauter sprechen. Ist das Julia? Julia, bist du es?

›Bleib ganz ruhig‹, sagte Anna. Ihre Stimme kam aus weiter Entfernung, als führe sie unten auf dem Fluß vorbei.

›Thymian, es ist so schrecklich.‹

›Also bist du's doch.‹

›Als ich hörte, daß du ... habe ich mich sofort in den Zug gesetzt ... aber ... es ist so schrecklich ... ich kann nicht ... sag du es ihr, Anna.‹

›Julia, wie schön. Komm näher, ich kann dich kaum sehen.‹

Julia beugte sich über sie. Sie weinte immer noch, Tränentropfen fielen auf Henriettas Gesicht, doch sie konnte ihre Hand nicht bewegen, um die Tropfen wegzuwischen oder von ihnen zu kosten.

Meine beste Freundin ist zurückgekehrt. Wir müssen einander verzeihen. Aber was? Ich weiß gar nicht mehr, wer ich war. Vielleicht haßte ich mich, weil ich mein Leben mit einem Mord begann, und steckte in diesem Höllenkochtopf, den Lubarsch das eigene Ich nennt. Hilf mir ein bißchen, Mama, und zieh mich in deinen Bauch zurück, wir fangen noch einmal von vorne an.

›Ich weiß nicht mehr, wer ich war‹, sagte oder dachte Henrietta. ›Aber Anna soll wissen, wer ich war, das scheint mir jetzt das einzige zu sein, was zählt.‹

›Ich werde deiner Tochter sagen, wer du warst, Thymian. Was für schöne Zeiten wir hatten. Was du geleistet hast.‹

›Maurizio Cassini ist gestorben‹, rief Anna vom Fluß herüber. Oder stand sie schon auf der Jannowitz? Anna steht schon auf der Jannowitz, beeil dich, zieh mich zurück.

›Wann?‹

›Vor zwölf Stunden‹, sagte Julia. ›Eben bekam ich den Anruf aus Siena. Ihr habt dieselbe Krankheit.‹

Henrietta fühlte, wie der Vogel, den sie so lange Zeit in ihrer Brust eingesperrt hatte, die Gitterstäbe mit seinem Schnabel zerhackte und die Flügel zum Fliegen ausbreitete. Beeil dich jetzt.

›Endlich sind wir zwei wieder vereint‹, sagte oder dachte sie, aus der Dunkelheit winkend, ›und nun müssen wir um Cassini trauern. Vater hatte recht, das Leben ist wirklich ein Kuhhandel ...‹

Mama, sind wir vereint? Antworte mir.

Julia Cassini drückte Anna eine Silhouette in die Hand, die Henrietta vor langer Zeit von sich selbst geschnitten hatte. Auf ihrem Spreemäuerchen stand die Laufbotin des Kaiserlichen Gesundheitsamts und zog ihr Hütchen, den Rand mit Schwung, und spähte den Fluß hinauf, oder hinab, als wachte sie über die Rätsel ihres Lebens.

LESEN SIE VOM SELBEN AUTOR

Martin Kluger

Abwesende Tiere

Roman
1039 Seiten,
Taschenbuch
ISBN 978-3-8321-6131-6

Papageno ist Vogelpfleger. Seit Menschengedenken arbeitet der Einzelgänger im Berliner Zoo. Da kommt eine neue Kollegin in den Garten, Dorothee Matthes, die über Großkatzen forscht. Doch die leidenschaftliche Affäre der beiden zerbricht an Papagenos Erinnerungen an Jali. Die litauische Jüdin hat er in den dreißiger Jahren kennengelernt, beide schwärmten sie für die Tiere. Jali wollte Deutsch von ihm lernen und brachte ihm dafür die Sprache der Liebe bei. Eines Tages verschwand sie. Papageno hofft noch immer, im Zoo auf ihre Spuren zu stoßen.

»Martin Klugers 1000-Seiten-Wunderwerk muss man lieben.«

Die Zeit

»Eine der schönsten und traurigsten Liebesgeschichten der neueren Literatur!« *Neue Zürcher Zeitung*